KB100042

현대시조와
리듬

지은이

김보람(金보람, Kim Bo-Ram)

1988년 경북 김천에서 태어났다. 고려대에서 문학박사학위를 받았다. 2008년 중앙신인문학상 시조 부문에 당선되어 작품 활동을 시작했다. 시집 『모든 날의 이튿날』, 『괜히 그린 얼굴』, 『이를테면 모르는 사람』이 있으며, 대학교재 『질문하는 시민과 예술의 y』(공저)를 발간했다. 제10회 한국시조시인협회 신인상을 수상했다. 2016년 한국문화예술위원회 유망작가 선정, 2022년 아르코문학창작기금을 받았다. 현재 성신여대, 을지대, 한서대에서 강의하고 있다.

현대시조와 리듬

초판인쇄 2023년 2월 25일 **초판발행** 2023년 2월 28일

글쓴이 김보람 **펴낸이** 박성모 **펴낸곳** 소명출판 **출판등록** 제1998-000017호

주소 서울시 서초구 사임당로14길 15, 서광빌딩 2층

전화 02-585-7840 **팩스** 02-585-7848

전자우편 somyungbooks@daum.net **홈페이지** www.somyong.co.kr

값 27,500원

ISBN 979-11-5905-755-7 93810

현대시조와 리듬

/김보람/

Modern Sijo and Rhythm

책머리에

한국 현대시조에 나타나는 리듬을 모색하기 위하여 김상옥, 윤금초, 박기섭 시인의 작품을 분석하면서 현대시조의 형성 과정 및 리듬론의 전개 양상을 파악하고자 하였다. 이들의 현대시조는 '정형률'이라는 규격화된 한계를 극복하고 형식적 가능성을 최대치로 탐색하고 있다. 특히 동적인 실체로서의 '리듬'을 시적 영역 안으로 포섭하여 시조의 가장 핵심적인 조건인 '정형'의 의미 생성 과정을 궁구하였다. 그 결과 전통시조의 정격이라는 고착된 사고에서 벗어날 수 있었을뿐더러, 현대시조의 미학적 의의와 예술적 가치를 표출하는 현대시조 창작 주체들의 내면 의식구조와 리듬의 연관성을 들여다볼 수 있었다.

제2장에서는 전통시조의 '정형률'로 인해 혼란을 거듭해온 보수적 진화론을 확인하면서 근대문학 가능성의 의미를 열어준 김상옥의 시세계를 살펴보았다. 김상옥은 시조와 자유시를 장르적 구분 없이 수용하면서 자유로운 형식의 개성 있는 변주를 실현하였는데, 이를 통해 시조라는 형식에서 최대한 멀어지면서 미학을 얼개로 하여 획득되는 긴장감을 확인할 수 있었다. 그는 기존에 답습해 왔던 '정형률' 즉 '리듬'이라는 시조 형식의 문제를 재점검하는 기회를 마련하였고, 이러한 김상옥의 문제의식은 현대시조 리듬의 본질이 무엇인지 근원적인 질문을 던져주었다.

제3장에서는 시조 형식의 장형화를 열린 세계를 지향하는 실천의 힘으로 파악하면서 사설성을 강조한 윤금초의 시세계를 살폈다. 이를 통해 현대시조의 탈격이나 변격의 흐름이 자율적 리듬의 지형도를 구축할 수 있으며, 이는 내재적 리듬소와 연결된다는 점을 확인할 수 있었다. 윤금초는

시조의 양식을 '막힌 시조' 혹은 '닫힌 시조'가 아닌 '열린 시조'를 지향하는 리듬임을 강조하였다. 그는 폭넓은 융통성을 가진 시조의 형식이 사설시조, 엇시조, 옴니버스시조라고 명명하면서 시조의 '규범적 리듬'을 '자율적 리듬'의 실현으로 보았다.

제4장에서는 현대시조의 의욕적인 변화와 상상의 동력을 주도한 박기섭의 시세계를 살폈다. 박기섭은 정교하고 치밀한 상징적 기호를 형상화하는 시각률에 관심을 가졌다. 이는 시적 화자의 경험 세계가 대상과의 은유적 상호 과정으로 미학적 효과를 획득하고 있다는 점에서 의의를 찾을 수 있다. 이때 집중되는 시각 은유는 시조의 관습적인 틀을 깨고 시공간의 경험 세계를 확장하면서 리듬의 문제를 본격화한다. 바로 시조의 내적·외적인 형식이 시적 은유가 가진 일상성과 결합하면서 현대시조의 방향성을 짚어주는 전략적인 방법을 제공하였다.

이 책에서는 현대시조의 리듬이 개별 시인의 개별 작품을 추동하는 핵심적인 원리로 작용한다는 사실을 조명하였다. 현대시조가 지닌 미적 특질과 의미는 개별 시인과 개별 작품에 나타나는 새로운 리듬인 것이다. 따라서 현대시조 창작 주체들은 시조의 리듬이 의미와 형식을 결합하면서 존재 내부로 향하는 감각적 미美라는 사실을 작품을 통해 보여주고 있다. 앞으로 현대시조는 계속해서 '정형률' 혹은 '규범'과 맞서면서 개성 있는 리듬의 가능성을 개진할 것이다. 정형률에 대한 끊임없는 반성적·성찰적 문제 제기와 시작 방법의 모색은 한국시 리듬론에서 더 넓은 지평을 열어주는 통로가 될 것이다.

2023년 2월

김보람

차례

책머리에 3

제1장 현대시조의 리듬과 미학에 대한 각성 7

1. 현대시조 리듬 담론의 지형도 7
2. 시조의 역사적 전개와 전망 — 김상옥, 윤금초, 박기섭 17
3. 리듬의 구조와 시조 형식 혁신의 양상 42

제2장 '정형률整形律'이라는 시조의 잠재적 리듬 _ 김상옥 61

1. 정서적 강화를 위한 시적 장치로서의 '정형률整形律' 63
2. 정형률의 본질과 리듬 문제 85
3. 탈정형화된 현대시조와 가능태로서의 현대성 106

제3장 형식의 장형화에 따른 산문성의 리듬 _ 윤금초 137

1. 개성의 미적 재구성에 따른 시조 리듬의 개방성 141
2. 병렬 구조의 결속과 소리의 감각적 배열 169
3. 사설시조 혼합 연형과 양식적 확장 191

제4장 다양한 형식 변주와 단독성의 리듬 _ 박기섭 217

1. 시각적 은유와 '정형률定型律'의 전위 가능성 221
2. 장章과 구句의 분절과 리듬 충동 242
3. 극대화된 종장과 시조의 단독성 확보 273

제5장 현대시조의 리듬과 의미지평 305

참고문헌 314

제1장

현대시조의 리듬과 미학에 대한 각성

1. 현대시조 리듬 담론의 지형도

이 글은 한국 현대시조 리듬을 둘러싼 담론의 지형도를 살피는 것을 목적으로 한다. 시조가 '시가詩歌'로 인식되던 시기에는 시와 리듬은 분리될 필요가 없었으나, 시가에서 '가歌'가 분리되면서 시조의 '정형' 혹은 '율격'이 비로소 등장하였다. 이제 현대시조는 가창이 아니라 묵독과 낭독의 방식으로 전환되면서 자연스럽게 시가에서 '시詩'로 분리되었다. 그러나 시의 본질이라 할 수 있는 리듬론은 '가歌'의 성질을 빼놓고서는 논의될 수 없다. 시는 소리와 의미를 품은 기본 단위이며, 소리와 의미가 결합된 의미론적 자질과 숨은 주체의 개입에 따른 강세의 변화 속에서 리듬의 체계가 형성된다. 한편 향가, 고려가요, 가사, 시조 등은 전통시가로서 보편성과 불변성을 목표로 삼아왔으나 형식에 구애받지 않고 자유로운 리듬을 주조로 하는 자유시와 견주어 볼 때, 현대성을 구현해내기에 적합하지 않다는 논의가 지배적이다. 이와 함께 정형률과 관련하여 시의 리듬을 내용과 형식이라는 이분법적 논의에서 벗어나 시조 리듬의 체계를 어떻게 수

립할 것이냐의 문제가 제기되었다. '시詩'와 '가歌'의 경계에서 발생되는 시조 리듬에 관한 논의는 반드시 시의 의미론과 연결된다는 차원에서 미적 성취의 문제까지 고찰하는 일이 될 수 있다.

'시詩'는 노래라는 음악성과 모국어를 토대로 하여 고대로부터 현재까지 이어져 왔다. 시를 통한 운율적 감각의 실현은 우리 민족의 역사의식과 긴밀한 관련을 맺으면서 의미와 호응을 이루는 일이며, 나아가 새로운 언어의 정체성을 산출하는 일이라 할 수 있다. 더욱이 "운율은 시에 살아 있는 육체를 부여하는 언어예술의 극치"[1]이므로 시문학사에서 시의 리듬에 대한 담론은 중요한 연구가 될 수밖에 없다. 근대 시문학사의 리듬과 관련된 논의에서는 다음의 두 가지 견해가 확인된다. 하나는 전통 율격을 계승하면서 근원적인 정서에 호응하는 '정형률定型律'이 강한 정형시에 대한 것이고, 다른 하나는 시의 의미와 관계에 따라 매번 새롭게 재창조되는 '자유율自由律'의 자유시 혹은 산문시에 대한 것으로 구분할 수 있다. 정형률은 시의 정통성 측면에서 평가되며 전통적 율격과 정조를 드러내지만, 자유율은 정형성을 이탈하면서 재창조되며 개성적인 리듬을 재현한다고 평가한다.

근대 시문학사에서 정형률은 자유율을 타자로 상정하여 서로 대립해왔다. 근대에 출현한 문학 주체는 전통시가인 정형률에서 최대치로 벗어나면서 자유율을 실현해야 한다고 보았다. 예컨대 정형률을 근대적 시 형식으로 적합하지 않다고 평가하면서 근대성의 개념에서 가歌를 분리하는 설정이 그렇다. 이는 "'가歌'를 '전근대성의 불온한 표지'"[2]로 상정하면서 이

1 이혜원, 「시와 리듬」, 『현대시 운율과 형식의 미학』, 서정시학, 2015, 50쪽.
2 조영복, 「'노래'를 기억한 세대의 '朝鮮語 詩歌'의 기획－岸曙 金億의 논의를 중심으로」, 『한국현대문학연구』 46, 한국현대문학회, 2015, 48쪽.

항대립적으로 적용한 결과로 보인다. 그러나 이러한 정형률의 전근대성이 갖는 한계로 인해 다른 측면을 부각시키는 것은 정형률과 자유율 모두를 근대적 타자로 만드는 결과를 초래한다. 따라서 "정형률의 타자로만 자기를 드러내야 하는 결여태로서 자유율의 한계를 극복하고, 한국시 전반을 관통하는 '내재적 연속성'을 발견"[3]하기 위해서는 리듬의 문제를 포괄하고 수렴할 수 있는 새로운 개념 설정이 요청되므로, 기존의 관점은 재고할 필요가 있다.

현재까지 근대시와 근대시조는 시의 하위 장르이면서 다른 영역의 장르처럼 인식되어 왔다. 특히 정형률과 자유율을 이분법적으로 도식화하거나 정형률이 자유율로 옮겨가는 과정을 통해 근대성이 논의되었다. 그러나 "국문시가가 관습적으로 오랫동안 음악과 한시에 종속되어 온 현상은 조선조 상촌 신흠이 시조를 '시여詩餘'라고 명명한 데서 결정적으로 확인"[4] 된다. 결국 시와 시조는 근본적으로 시라는 장르의 필연적인 속성인 '가歌'의 영역에서 결코 자유롭지 못하다. 따라서 '정형률'을 전근대적인 것, '자유율'을 근대적인 것이라고 설정하는 이분법적 사고는 시의 리듬 논의에서 혼란을 야기했다. 정형률 또한 시詩와 가歌에서 쓰기와 읽기문자라는 시각성의 원리, 말하고 듣기음성라는 청각성의 원리와 친화력을 유지하면서 보다 실체적인 리듬을 구축하기 위해 심도 깊은 사유를 개진하였다.

최남선에 의해 새롭게 발견된 시조는 조선 민족과 동일시되었다. 그는 "시조時調가 조선국토朝鮮國土, 조선인朝鮮人, 조선심朝鮮心, 조선음률朝鮮音律을 통通해 표현表現한 필연적必然的 양식樣式"[5]이라고 규정한다. 그에 따르면 시조

---

3 최현식, 「한국 근대시와 리듬의 문제」, 『한국학연구』 30, 인하대 한국학연구소, 2013, 397쪽.
4 김준오, 『시론(제4판)』, 삼지사, 2017, 16쪽.

는 '조선', '사람', '마음', '음률'이 시조라는 양식과 필연적으로 직면한다고 여겼으며, 시조는 민족의 '음률'이라는 절대성으로부터 의문시될 수 없는 문학 장르라고 보았다. 이러한 인식은 1910년을 전후한 시기에 일본에서 유입된 신체시와 번역된 서구의 자유시를 통해 '리듬'이라는 개념이 처음 등장한 것과 관련이 있다. 시조부흥론자들은 조선인 고유의 시형에 관심을 보일 수밖에 없었고, 조선적인 리듬을 정의하기 위해서 시의 특질을 따져 묻기 시작했다. 이에 따라 조선인의 음률은 음조의 실현이라는 측면에서 음악 장르부터 문학 장르의 세계까지 섭렵하는 일이므로 근대적인 의미에서의 시 리듬 문제가 비로소 제기되었다.

개화기 초에 출현한 시조는 이제 '부르는 노래'에서 '읽는 시조'로 전환되었다. 1920년대 중반 시조부흥운동이 발의되고 시조가 부활하면서 한국 근대시사는 시조의 형태적 본질인 정형성을 밝히는 일에 논의를 집중했다. 예컨대 정형의 자리에 무엇을 놓을 수 있을지에 대한 탐색이 이어졌으며, 결과적으로 시조 형식에 대한 구체적인 검토 과정에서 시조의 정체성 문제에 초점이 맞춰졌다. 따라서 시조부흥운동[6]은 "1920년의 중반에

---

5 최남선, 「朝鮮國民文學으로서의 時調」, 『조선문단』 16, 1926.5.

6 조선프롤레타리아예술가동맹(KAPF)의 계급문학에 대항하여 최남선, 이광수가 중심이 되어 민족주의 문학운동 실천방법으로 제시한 창작운동이 시조부흥운동이다. 악곡(樂曲)의 창사(唱詞)로 존재하는 시조가 아니라 우리 언어의 특성과 조선의 리듬이 응집된 단시(短詩) 형식을 탐색하면서 시조의 중요성과 부활의 당위성을 강조하였다. 시조부흥운동론자들의 논의를 정리하면 다음과 같다.
양건식, 「時調論－그復興과改良을促함」, 『시대일보』, 1925.7.27~8.30; 최남선, 「朝鮮國民文學으로의 時調」, 『조선문단』 16, 1926.5; 최남선, 「時調胎盤으로서의 朝鮮民性과 民俗」, 『조선문단』 17, 1926.6; 손진태, 「時調와 時調에 表現된 朝鮮사람」, 『신민』, 1926.7; 이병기, 「時調란 무엇인고」, 『동아일보』, 1926.11.24~12.13; 양주동, 「丙寅 文壇 槪觀」, 『동광』, 1927.1; 김기진, 「文藝時評」, 『조선지광』, 1927.2; 조운, 「丙寅年과 時調」, 『조선문단』 4-2, 1927.2; 염상섭, 「시조와 민요」, 『동아일보』, 1927.4.30; 김동환, 「時調排擊小義」, 『조선지광』, 1927.8; 안자산, 「時調의 淵源」, 『동아일보』, 1930.9.24~30; 이은상, 「時

잠깐 쟁점화되고 사라진 것이 아니라, 대개 1925, 6년 경 양건식, 최남선에 의해 문제 제기되고 1932년까지 이병기, 이은상, 조윤제 등에 의해 논의가 심화, 확장된 뒤 1934년에서 1940년에 걸쳐 학문적 정리의 길을 걸어갔다고 요약"[7]할 수 있다. 그러나 뒤이어 1950년대 시조의 현대화와 관련한 제2차 시조부흥운동이 일어났으며 시조는 민족 고유의 형식이 아니라 현대적 가치의 차원에서 재탄생해야 했다. 제2차 시조부흥운동에 앞장섰던 이태극은 1953년 『시조연구』에 「시조부흥론」을 발표하고, 그로부터 2년 후인 1955년 3월 17일 『조선일보』의 「문화재건과 시조문학」을 통해 시조부흥운동의 당위성을 강조한다. 시조부흥운동은 외형상으로는 시조의 위치를 과거의 표지에서 찾으려는 전통 지향적 움직임에서 일어났고, 자유시 운동에 반하는 형식으로 등장하였다. 이처럼 시조부흥을 모색하려는 일련의 운동은 보다 본질적인 질문들과 마주하게 된다. 시조부흥의 일차적인 목표는 전통 고유의 양식이라는 측면에서 가치가 있지만 부흥의 대상은 전통시조가 아니라 현대시조였기 때문이다. 그런 점에서 시조부흥운동의 핵심적인 논쟁은 현대시조를 전통시조로 편입시키면서 과거로부터 얼마나 멀어질 수 있느냐의 문제로 환언될 수 있다. 결국 제2

調短型芻議－時調形式論의 一部」, 『동아일보』, 1928.4.18~24; 이광수, 「病窓語」, 『동아일보』 25~31, 1928.11.1~9; 이병기, 「律格과 時調」, 『동아일보』, 1928.11.28~12.1; 이병기, 「時調源流論」, 『신생』, 1929.1~5; 이병기, 「時調의 現在와 將來」, 『신생』, 1929.4~6; 이병기, 「時調와 그 硏究」, 『학생』, 1930.1~3; 조윤제, 「時調 字數考」, 『신흥』 4, 1930.11; 이병기, 「時調는 革新하자」, 『동아일보』, 1932.1.23~2.4; 이은상, 「時調創作問題」, 『동아일보』, 1932.3.30~4.11; 이병기, 「時調의 發生과 歌曲과의 區分」, 『진단학보』 1, 1934.9; 이병기, 「時調鑑賞과 作法」, 『삼천리』 12-37, 1935.1; 조윤제, 「時調의 本領」, 『인문평론』 2-2, 1940.2.

7 이명찬, 「근대시사에 있어서의 시조부흥운동의 성격에 관한 연구」, 『한국시학연구』 57, 한국시학회, 2019, 215쪽.

차 시조부흥운동은 "'재건과 재편의 시대' 현대문학으로 재탄생하기 위한 시조문단의 지향이 권력-문학의 공존 매커니즘 속에서 스스로 활로"[8]를 찾으려는 인식에서 비롯된 것이다.

그동안 시조의 특질을 규명하려는 시도가 지속적으로 이루어져 왔지만 시조의 정형성이 무엇인가라는 물음에 명확하게 답하지 못했다. 그럼에도 3장章 6구句 45자 내외, 특히 종장 제1음보의 '3음절'이라는 속성은 시조만이 가지고 있는 가장 근본적이고 독특한 미학이었다. 물론 시조의 3장 속에 들어있는 의미 체계를 짚어보면 독립된 장章과 절節, 음보音步와 구句 등이 구조적인 통일을 이룬다. 시조 종장의 첫음절이 시조 미학의 핵심적 기능을 수행하는 만큼 시조의 각 '장章'이 보여주는 기본적인 의미망은 시조의 율격과 통사적 구조로 그 역할을 감당해낸다. 그러나 현대시조는 '한국 전통 정형시'라는 형식론에 매몰되어 시조 작법상 적극적인 비전을 제시하지 못했다. 정형을 규명하는 견해도 엇갈리기 때문에 여전히 혼란이 가중되고 있다. 앞서 정리했듯이 이러한 논의는 정형률의 한계를 가歌에서 찾으면서 리듬과 의미의 상관성을 견인하지 못했다. 더욱이 시조와 관련한 기존의 논의들도 대부분 시조의 정형률이 민족 또는 전통이라는 이데올로기에 집착하면서 구성된 것으로 보고, 정형률로부터의 탈피를 근대로 보았다는 점은 다양한 오류의 가능성을 갖고 있다. 그럼에도 불구하고 그동안 '정형률' 즉 시조 장르를 전근대적인 것 혹은 근대에 이르지 못한 미성숙한 것으로 보면서 문학장에서 소외시킨 것은 사실이다.

이 글에서는 근대시의 본격적인 리듬 문제에서 끊임없이 변화를 지향했

8 임곤택, 「한국 현대시조의 위상과 '2차 시조부흥운동'」, 『비평문학』 43, 한국비평문학회, 2012, 244쪽.

던 정형률을 논의 주제로 삼는다. 근대시와 관련된 대부분의 담론은 정형률에서 벗어난 자유율로의 이행을 미적 척도로 보았다. 그러나 "정형률로부터의 탈피는 내재율에 귀착되지만 내재율은 리듬에 대해 아무것도 설명하거나 입증하지 못하고 단지 '자유'만 강조할 수 있을 뿐이다."[9] 여기서 '정형률-자유율'이 시사의 전개 과정에 어떠한 의의를 내포하고 있는지 점검하면서 시조 형식상의 문제에 미치는 영향 관계를 분석해볼 것이다.

시조는 정형 율격을 골조로 하여 안정된 시상을 담는 전통 양식이라는 점을 불문율로 여겨왔다. 이에 전통과 현대로 이분화된 시조 장르는 과거 지향 장르로 초점이 맞춰지면서 전통과 현대라는 대립적 구도 속에서 변별점을 규명하기 어려웠다. 더욱이 전통 정서로부터의 시조 정격에 파격을 꾀하거나 해체를 추구하는 시조 형식은 다소 민감한 문젯거리로 논의되었다. 따라서 "시조 미학은 사물과의 불화보다는 화해, 새로운 것의 발견보다는 익숙한 것의 재확인, 갈등의 지속보다는 통합과 치유쪽으로 무게 중심을 할애해왔다고 해도 단견"[10]은 아니다. 그러나 "형식이 고정되면 내용도 표현 방법도 고정되기 쉬운 법, 시조가 안고 있는 문제성은 여기에 집중"[11]될 수 있다. 시조의 전통에 치우친 형식론은 현대의 다양성과 그 가치를 제한함이 분명하다. 그러므로 현대시조의 출발점은 시조의 현대적 미의식이 시대정신의 감각 속에 놓이는 것이며, 변화의 움직임에 집중하는 것이다.

현대시조 창작 주체들도 현시대의 다양성과 복합성을 미학적 주류라고

9 김남규, 「한국 근대시의 정형률 논의에 관한 연구」, 고려대 박사논문, 2017, 3쪽.
10 유성호, 「현대시의 세계화」, 『나라사랑』 121, 외솔회, 2012, 134쪽.
11 김명인, 「비유와 리듬의 활용에 대하여」, 『나래시조－직지사 여름시인학교』, 나래시조시인협회, 2006, 32쪽.

보면서 시조가 가진 정격에 의문을 제기하기 시작했다. 여기서 현대라는 요구를 무리하게 밀고 나갈 경우, 자유시와 변별되지 않는 형식 실험의 과잉으로 자유율만이 강조될 것이며, 전통시조의 선택된 동일성을 재현할 경우, 텍스트 내부의 흐름이 자연스러운 리듬을 구사하기 어려운 일종의 정형률만을 드러낼 것이다. 그러므로 현대시조가 안고 있는 가장 큰 문제점은 자유시와의 변별성이다. 하지만 시조시인 절대 다수는 3장 구조와 종장 제1음보 '3음절' 규칙에서 탈주하지 않으려 한다. 시조는 율격에 대한 질문에서 출발한 시형이므로 자유시와의 경계를 분명히 한다는 데서 현대시조의 존재 의의를 밝힐 수 있다. 그러므로 현대시조에서 정형률은 열린 구조로서 존재하는 자유율을 강화하며 과거와 현재의 소통 의지를 찾고, 시조 형식의 밀도와 깊이를 획득해야 한다. 즉 "현대적 정형시는 자유시 이전의 것과 다르게 자유시를 경험하고 자유시의 흔적을 지닌 정형시"[12]라는 측면에서 미학적 가치를 드러내는 것이 이 글의 목적이다.

현대시조가 나아가야 할 방향은 "시조성과 현대성의 조화로운 동거"[13]에 있다. 이는 시조만의 정체성을 유지하기 위하여 시조성을 살피면서도 더불어 변화가 가속화되는 현대라는 시대상을 감지하면서 조화를 이루어야 한다는 인식에서 촉발된 것이다. 이러한 문제는 리듬론과 직결되어 있다. 이 글에서 주목하는 것은 시조가 정형적인 한계를 극복하고 새로운 형식의 발화를 보여주는 현대시조를 통하여 시조의 리듬론을 재고하는 데 있다. 이제 시조는 "고정된 율격이론을 넘어서서 소리-의미의 단일체로

12 임곤택, 「1950년대 현대시조론 연구-月河 이태극을 중심으로」, 『한국시학연구』 40, 한국시학회, 2014, 212쪽.
13 김학성, 「현대시조의 좌표와 방향」, 『한국 시가의 담론과 미학』, 보고사, 2004, 141쪽.

서 작동하는 동적인 실체로서의 리듬론"[14]을 수립할 필요가 있으며, 정형률로부터의 "자유율의 지향은 한 집단이 공통적인 형식으로 공유하고 있는 보편적인 리듬이 아닌 개인적 리듬의 창출 과정으로 이해"[15]되어야 할 것이다. 그러므로 '전통시조'가 보편적 형태를 보여주는 정형시라면, '현대시조'는 보편적 형식과는 다른 개인적 리듬을 창출하면서 개인적 언어를 실현하고 체현함으로써 구체화될 수 있는 형식이어야 한다.

그동안 시조문학사 대부분의 연구는 1920~1930년대 제1차 시조부흥운동에 보다 집중되어 있다. 그 이후 현대시조가 본격적으로 어떠한 시학적 이론과 작시법을 제시하면서 변모해 가는지 보여주는 연구는 양적으로도 적다. 더군다나 1940~1980년대 시조 관련 연구는 매우 희박하다. 약 50여 년의 시조사가 공백으로 남아 있는 실정이다. 따라서 이 글에서 주목하는 세 시인의 작품을 살펴보면서 현대시조의 미적 성취도와 리듬의 문제를 살피는 일은 넓게는 시조 문학사의 계보를 진단하는 일이므로 향후 시조사의 연구에 중요한 척도가 될 수 있을 것으로 기대한다.

현대시조에 나타나는 새로운 유형의 실험적 리듬을 모색하기 위하여 이 글에서는 김상옥, 윤금초, 박기섭의 시조가 적합하다고 판단하였다. 가람 이병기의 추천으로 1939년 『문장文章』을 통해 얼굴을 드러낸 김상옥, 해방 이후 시조문단에 변화의 바람을 일으킨 1960년대 윤금초, 자신의 고유한 문체를 구가하기 시작한 1980년대 박기섭의 시조에 집중하여 그들이 어떤 형식적 실험을 시도하며 현대시조를 변혁했는지 고찰해보고자 한다.

---

14 권혁웅, 「한국 현대시의 리듬 연구」, 『우리어문연구』 46, 우리어문학회, 2013, 267쪽.
15 하재연, 「근대시 형성기 시들의 형식과 변화 과정」, 『비평문학』 39, 한국비평문학회, 2011, 510쪽.

그들은 주요 활동 시기가 20년 정도씩 차이가 난다. 그러나 그들의 시조에 드러나는 공통점은 '음수音數'와 '음보音步', '장章'과 '구句'의 변화가 시조의 리듬에 영향을 준다는 점에 집중했다는 사실이다. 시의 의미를 풍부하게 함의하려는 데서 형식의 일탈을 시도했다는 점 역시 유사하다. 그들은 정격 시조라는 피상적인 인식에서 벗어나 시조 형식의 창조적 운용에 변화 의지를 가지고 있다. 이때 시조는 변화된 율격을 구사하면서 유연한 리듬을 감지한다. 그들에게 시조는 정형의 정격만을 이야기하는 것이 아니다. 그들에 의하면 이러한 움직임은 그간 관행적으로 답습해온 시조의 정격 논리에서 어긋난 것이지 시조 형식 자체를 어긋난 것이 아니다. 그들에게 저항이 없는 시조의 접근 방식은 기존 시조의 성과와 업적을 일방적으로 이어받아 도습하는 일과 다르지 않다. 그런 점에서 김상옥, 윤금초, 박기섭의 시조에서 창출하는 현대시조의 형식 실험은 시조와 리듬의 상관관계를 다시 살피게 하는 원동력이 된다.

현대시조는 역사와 함께해온 문학 장르로서 시조라는 장르의 독립성을 유지하기 위해 힘써왔다. 현재에 이르기까지 현대시조 창작 주체들은 현대의 특수성을 담지하면서 동시에 미학적 성취를 이루기 위하여 노력을 거듭하고 있다. 특히 시조의 본질적 구조에 집중하는데, 정형률의 최대치까지 펼쳐 보이려는 시도들은 전통시조와 현대시조의 연속성이라는 관점에서 교두보 역할까지 가능하게 한다. 이러한 관점을 토대로 이 글은 기존의 현대시조 리듬과 관련된 논의의 타당성을 재검토하면서 1930년대 이후 본격적인 연구를 이루지 못해 공백으로 남아있는 1940~1980년대 시조의 변모 양상을 살피는 것을 목적으로 한다. 그 중에서도 김상옥, 윤금초, 박기섭의 시조에 나타난 보편적 '형식' 즉 '리듬'의 문제를 인식하면서 시조의 문학사적 위상을 재정립해볼 것이다. 여기서 현대시조가 전통 시조의 계승인가, 재창조인가를 가늠해보면서 시조가 근대 이후 어떤 변화를 겪고 재구성되고 있는지를 진단해본다. 이것은 정형이라는 질서가 변형이라는 변화의 원리로 이행하는 과정을 파악하는 일이다. 이를 통해 시조의 리듬이 음성적·통사적·의미적 차원으로 결속되면서 형식의 일원론으로 수렴되고 있음을 밝히고자 한다.

2. 시조의 역사적 전개와 전망—김상옥, 윤금초, 박기섭

현대시조의 리듬 문제를 다각적으로 연구하기 위해 이 글은 제1차, 제2차 시조부흥운동과 시조 장르에 관한 통합적 논의를 전개하면서 김상옥, 윤금초, 박기섭 시조에 나타나는 내용적 측면과 형식적 측면의 논의까지 포함하여 살펴보고자 한다.

시조부흥운동을 둘러싼 논의는 문학의 근대적 형식과 이념에 관련하여 진지한 탐색이 이루어지던 1920년대에 집중된다. 1920년대 중반 최남선, 염상섭, 양주동, 이병기 등의 문인들은 서구의 영향을 받은 자유시와 카프 계열의 프로시에 대항하는 동시에 조선 신문학 건설을 위해 시조時調라는 장르에 주목하기 시작했다. 김윤식은 1920년대 문단에서 프로문학의 대타항으로써 소극적으로만 성립되던 민족문학론이 시조를 통해 조선주의에 집약되는 계기로 작용했다고 평가하였다.[16] 특히 가람 이병기는 시조

16 김윤식, 『한국근대문예비평사연구』, 일지사, 1999.

혁신을 주창하며 현대시조론의 기틀을 마련하고자 했는데, '국학파적 실증주의'의 방법을 통해 전통시조 형식을 연구하면서 오늘날의 현대시조 창작방법을 궁구했다는 점에서 의의를 찾을 수 있다.[17] 시조부흥운동은 미학적 혹은 이념적으로 보편의 항에 대항하면서 근대문학의 특수성을 고민한 근대적 문학운동인 것이다.

시조사 연구를 최초로 시도했던 김동준은 국문학 연구 중 시조에 관련된 연구가 가장 먼저 나타났다는 점에 집중하면서 시조 연구의 발전사를 4기로 분류하였다. 그는 제1기 부흥이론기1925~1930, 제2기 연구모색기1931~1945, 제3기 연구전개기1946~1960, 제4기 연구발전기1961~1980로 구분하여 각 시기별로 주목할 만한 주요 논의들을 소개하였다.[18] 이러한 시도는 시조사를 체계적으로 규명하면서 논지의 출발을 알렸다는 점에서 주목의 대상이 된다. 장미라는 전통시조에서 근대시조의 계승 과정에 있어서 정신사적 흐름과 작품 내 내면의식의 변화를 살피면서 고시조-개화시기시조-근대시조 순으로 각 시기를 대표할 수 있는 작가와 작품을 정리하였다.[19]

오문석은 시조부흥운동이 외형상 근대 자유시 운동에 반대하는 형식으로 등장한 것은 사실이지만 자유시 운동에 민족이라는 혼을 불어넣고 자유시를 '근대문학'으로 끌어올림으로써 '민족문학' 개념을 문학사에 남기는 보완적 기능을 추구했다고 해석하였다.[20] 차승기는 최남선의 시조부흥

---

17 이형대, 「가람 이병기와 국학」, 『민족문학사연구』 10, 민족문학사연구소, 1997.
18 김동준, 「시조문학의 연구사론」, 『한국시가의 원형이론』, 진명문화사, 1996.
19 장미라, 「한국 근대 시조 연구」, 중앙대 박사논문, 1990.
20 오문석, 「한국 근대시와 민족담론-1920년대 시조부흥론을 중심으로」, 『한국근대문학연구』 4, 한국근대문학회, 2003.

선언을 통해 조선적 문학의 토대가 된 시조부흥론이 시조의 기원을 고대 종교제의의 노래에서 찾으면서 중국의 영향으로부터 시조를 구제하고, 민족성의 본질을 규정하였다고 보고 있다. 특히 시조부흥운동을 근대문학의 이념에 내재하는 '국민문학민족문학'의 개념에 실질을 부여하고자 한 시도로 파악하였다.[21] 구인모는 시조부흥론자들이 시조에 몰두한 것은 민족주의적 열망에 의한 것이 아니라고 설명한다. 이것은 시조의 구술성이 조선인들을 음독의 공동체로 편성하여 국민문학의 공동체를 정립하는 첩경이라는 사실을 분명히 인식하고 있었기 때문이라고 추적한다.[22] 조연정은 시조부흥을 통한 조선문학의 성립은 모두 특정한 보편의 항에 대한 나름의 특수성을 인식하는 과정으로 이해했다. 여기서 최남선은 제국으로서의 일본을 보편의 항으로 설정한 반면, 이병기는 근대문학이라는 제도 자체를 보편의 항으로 설정하였다는 점에 주목하였다.[23]

임곤택은 1950년대는 신생 대한민국의 기반을 확고히 하고 국민통합을 공고히 할 방안이 모색되던 시기라고 기술했다. 이때 실존주의나 전후문학 같은 서구의 사상, 사조가 유입되는 한편, 우리의 위치를 과거로부터 연속된 지표에서 찾으려는 움직임을 보였다는 점에 집중한다. 이러한 상황에서 제2차 시조부흥운동을 파악하였는데, 이후 21세기까지 시조와 관련된 특별한 운동이나 시조의 역사적 문학적 가치에 대한 논쟁이 두드러지지 않았다는 점에서 제2차 시조부흥운동은 시조의 위상을 확정시킨 계기가 되었다고 판단한다.[24] 또 다른 논의에서는 1950년대 시조론은 '현대

---

21 차승기, 「근대문학에서의 전통 형식 재생의 문제」, 『상허학보』 17, 상허학회, 2006.
22 구인모, 『한국 근대시의 이상과 허상』, 소명출판, 2008.
23 조연정, 「1920년대의 시조부흥론 재고(再考)-'조선' 문학의 표상과 근대 '문학'의 실천 사이에서」, 『한국문예비평연구』 43, 한국문예비평학회, 2014.

문학'과 '세계문학'이라는 주제를 시조 갈래에서 고민하고 구현하면서 한국현대문학의 자기 정립 과정에 중요한 계기로 작용하였다고 요약한다.[25]

시조 장르의 양상을 추적하면서 시대적 변화를 요약하는 연구 내용은 다음과 같다. 시조는 "신라의 향가, 고려의 별곡이 계승 정착되면서 3장 구성의 '변화 속의 통일'이라는 한국 시가의 형태적 특징"[26]을 이루어 왔다. 예컨대 시조는 3장 6구로 집약된 형식적 패턴을 수용하면서 한국인의 미를 정제된 민족시로 정착시켰다. 결국 시조의 미의식과 형식 체험은 한국 시가詩歌 전체를 일관하는 정서의 보편성이며 한국 시가의 기본적인 골격이라고 명명할 수 있다.[27] 그러나 시조의 전통적 미의식은 불변성이나 지속성을 의미하지 않는다. 그것은 불연속적인 연속으로 계승되면서 시대적 관심을 반영하며 현대시조에 대한 인식의 전환을 촉구하는 방향으로 개진되었다.

문무학은 1906년을 기점으로 하여 1926년 시조부흥운동 전까지를 근대로 파악하였다. 이때 근대 시조론의 형성과 전개 과정을 통시적으로 고찰하여 한국 근대 시조론의 정립 방향을 규명해내는 것에 초점을 두었다. 여기서 시조는 비평론, 시조사론, 문학사론으로 전개되면서 민족문학 형식의 주체라는 인식 속에서 면면히 계승되어 왔음을 피력하였다.[28] 이러한 논지는 한국 근대 시조론을 정립하는 데 있어서 전통 문학과 근대 문학

---

24 임곤택, 「한국 현대시조의 위상과 '2차 시조부흥운동'」, 『비평문학』 43, 한국비평문학회, 2012.

25 임곤택, 「1950년대 현대시조론 연구-月河 이태극을 중심으로」, 『한국시학연구』 40, 한국시학회, 2014.

26 정병욱, 『한국고전시가론』, 신구문화사, 1983, 292쪽.

27 조규설·박철희 편, 『시조론』, 일조각, 1978.

28 문무학, 「한국근대시조론연구」, 대구대 석사논문, 1986.

이라는 이분법적 사고를 극복해내는 해결 방안에 근접하고 있다.

홍성란은 현대시조의 장르적 위상에 관련한 존립 근거, 미학적 기반으로서의 형식 실험 양상을 검토하여 그것을 종합적으로 체계화하여 의미를 규명하는 데 집중했다. 특히 현대시조가 현대성 모색을 위한 형식 실험을 다양한 형태로 이루어왔지만 그 가운데 유독 엇시조와 사설시조가 도외시되어 왔다는 사실을 지적하면서 이 두 하위 장르가 부실한 것은 우리 시대의 시조단이 반성해야 할 가장 큰 문제라고 평가했다.[29] 이와 같은 논의는 자유시를 타자로 갖는 시조가 자유시가 갖지 못한 전통적 율조에 우리의 언어미학을 절묘하게 표상해내며 현대시조의 성취를 보여주어야 한다는 인식의 결과로 보인다.

이교상은 근대 이후 다채로운 변화를 모색하며 현대시조의 형식문제에 주목한다. 현대에는 시조의 정형성을 내재하고 내용과 형식 면에서 시대의 정서를 흡수·통합해야 한다고 기술한다. 여기서 형식은 내용의 집이므로 내용에 의해 형식도 자연스럽고 다양하게 변할 수 있음을 인정하면서 시조의 정체성에 대해 고민한다. 또한 현재의 시조는 정형성을 아우르면서 스스로 끊임없이 시조를 극복해야 하는 위치에 서 있음을 피력한다.[30] 이는 현대시조가 정형성을 내재한 상태에서 실험성을 추구할 때 독창성을 구축할 수 있다고 보는 시각에서 이 글에서의 문제의식과 일정 부분 교집합을 이룬다.

지금까지 검토한 선행연구를 정리해보면 시조부흥운동은 표면적으로는 현대성을 지향하지만 궁극적으로는 전통 내부의 주도권 다툼 속에서

---

29 홍성란, 「시조의 형식 실험과 현대성의 모색 양상 연구」, 성균관대 박사논문, 2005.
30 이교상, 「현대시조의 형식 연구」, 고려대 석사논문, 2007.

고전 복원에 힘을 실었다고 요약할 수 있다. 시조는 양자를 대립시켜 권력과 공존이라는 매커니즘 속에서 과거의 형식으로 재발견되었다. 바로 시조의 정형률이 민족 고유의 운율에서 비롯된 것임을 지적하며 시조의 영역을 전근대적인 것과 근대적인 것으로 나누어 보고 있는 것이다. 시조는 역사적 형성물이라는 인식 속에서 민족과 동일시되어 왔다. 그러나 궁극적으로 시조는 '연속'과 '차이'의 강조에 따라 민족 고유의 형식으로서가 아니라 현대적 가치를 지닌 것으로 재탄생되어야 한다.

시조라는 장르에 대한 이해도 마찬가지다. 시조는 개화기를 거치면서 비로소 문학 장르로서의 당위적 근거가 작동하게 되었다. 이러한 맥락에서 시조는 내용과 형식 면에서 전통시조의 기원과 전개 과정으로부터 자유롭지 못했고 근대 혹은 현대시조의 다채로운 변화와 모색의 방향을 온전히 살피지 못했다. 이와 같은 문제에 의문을 제기할 필요가 있다. 근대 이후 현대시조는 시조의 형성 과정에서 출현한 논의의 혼재 양상을 검토하면서 시조의 존재론 문제를 점검해야 한다. 따라서 이 글에서는 시조의 현대성과 관련된 견해들을 살피면서 한국 현대시조문학사에서 근대성의 논의가 여전히 진행되고 있음을 추적하는 동시에 시조의 내용과 형식의 문제를 동일성과 차이에 대한 인식의 문제로 열어두고자 한다.

이 글은 김상옥, 윤금초, 박기섭 시조를 내용과 형식 면에서 체계적으로 살펴보는 것을 1차적인 목표로 하며, 이를 바탕으로 다양하게 전개된 현대시조 리듬론을 연구할 것이다. 또한 개별 작품의 분석에 따른 시조 리듬론을 정리하면서 근대 이후 현대시조라는 장르가 어떤 양상을 보이고 있는지 논의할 것이다.

가장 먼저 김상옥[31]에 관한 연구이다. 김상옥 관련 연구는 현대시조문학사에서 주목할 만한 문학사적 의미가 있음에도 불구하고 연구가 질적, 양적으로 충분하지 않다. 몇몇 논의에 따르면, 김상옥은 우리 민족혼과 예술성을 고취시키고 새로운 시어를 발굴했다고 평가된다. 또한 전통시조를 현대시조로 혁신하면서 미학적 차원을 한 단계 격상시켰다고 보았다. 이처럼 김상옥의 시세계는 일상 언어를 통하여 감각적인 언어 선택의 탁월함을 보여주었다. 김상옥과 관련된 기존 연구의 유형을 살펴보면 크게 세 가지로 나누어 요약할 수 있다. 첫째, 내용적 측면으로 전통 정신의 지향과 고향의식, 역사의식, 향토어와 관련된다. 둘째, 내용과 형식적 측면에서 현대적 계승의 모더니티에 관한 논의를 들 수 있다. 셋째, 형식적 측면으로 시조 형식의 일탈에 관한 논의를 살필 수 있다.

우선 김상옥 시조에서 전통 정신이 지향하는 변이 양상의 관점에 주목한 연구는 다음과 같다. 오승희는 김상옥의 시조는 인사적人事的 현실공간과 관조적 자연공간을 수평축으로 하면서 역사의식과 종교적 상징공간을 수직축으로 이루고 있다고 분석하였다. 이때 김상옥이 설정한 수직공간은 민족의 전통적 문화유산과 정신적 유산에 민족의식 내지 민족적 서정

31 초정 김상옥(艸丁 金相沃)은 1920년 3월 15일 경남 통영에서 태어나 2004년 10월 31일 향년 85세로 타계하였다. 1936년 조연현 등과 '아(芽)' 동인, 1937년 김용호, 함윤수 등과 '맥(脈)' 동인으로 활동하였다. 1939년 10월 『문장(文章)』에 가람 이병기의 추천으로 「봉선화」를 발표했으며, 같은 해 동아일보에 시와 동요가 당선되었다. 시조집 『초적(草笛)』(1947), 시집 『고원(故園)의 곡(曲)』(1949), 시집 『이단(異端)의 시(詩)』(1949), 동시집 『석류꽃』(1952), 시집 『의상(衣裳)』(1953), 시집 『목석(木石)의 노래』(1956), 동시집 『꽃 속에 묻힌 집』(1958), 삼행시집 『삼행시육십오편(三行詩六十五編)』(1973), 산문집 『시(詩)와 도자(陶磁)』(1975), 회갑기념시집 『묵(墨)을 갈다가』(1980), 고희기념시집 『향기 남은 가을』(1989), 시조집 『느티나무의 말』(1998) 등을 발간하였다. 노산시조문학상, 중앙시조대상, 가람시조문학상 등을 수상했다.

을 담고 있다고 보면서 이는 역사적 인간으로서의 상징적 공간이라고 설명하였다.[32]

나재균은 김상옥의 내면세계를 문화적 유산이나 역사적 유물과 꽃, 혈육에 대한 정한, 의미의 확대 순으로 살피면서 김상옥이 외형적 묘사 대신 의미의 심도에 주력하면서 추상화, 비구체화의 시적 세계를 보여주었다고 피력했다.[33]

김민정은 김상옥의 고향의식은 민족사의 현실과도 관련이 깊은데 하나는 지정학적인 고향인 통영의 토속적인 정서를 나타내며, 다른 하나는 정신적인 고향으로서의 전통적인 정서에 바탕을 두고 있다고 파악하였다. 또한 김상옥의 고향의식에는 시간과 공간에 대한 그리움은 있지만 갈등적 요소는 없다고 판단하며 전통정신과 전통미에 대한 향수를 통해 정신적 유토피아를 찾고 있다고 보았다.[34]

김귀희는 김상옥의 사향의식은 일차적으로 토속적인 고향에 대한 향수에서 시작하지만 나아가 의미의 심층화를 이루어 근원에 대한 지향성을 갖추게 되는데, 이것은 유토피아가 되기도 하며, 초월성을 지니는 것으로 나타난다고 기술했다. 따라서 자신에 대한 성찰과 나아가 인간 탐구와 사물과 현상에 대한 정감을 살필 수 있다는 점에 주목하였다.[35]

이순희는 김상옥이 향토어를 선택함으로써 우리말의 아름다움을 계승, 발전시켜 나갔다고 지적하며, 김상옥이 시조를 쓰기 시작한 시기는 일제

---

32 오승희, 「현대시조의 공간연구」, 동아대 박사논문, 1992.
33 나재균, 「김상옥 시조 연구」, 한국교원대 석사논문, 1998.
34 김민정, 「현대시조의 고향성 연구-김상옥, 이태극, 정완영을 중심으로」, 성균관대 박사논문, 2003.
35 김귀희, 「초정 김상옥 연구」, 성신여대 박사논문, 2007.

강점기였고 시인으로서 할 수 있었던 독립운동은 전통적 소재를 선택하여 시조를 쓰는 일이라고 인식했다. 그에 따르면 김상옥이 시적 소재로 선택한 것은 한국의 자연물과 민족의 얼이 담긴 유적과 유물이었고, 향토어를 통해 우리의 민족 정서를 일깨웠다고 보았다.[36]

황성진은 김상옥이 새로운 시어의 창조적 형상화에 노력을 기울였는데, 특히 그는 언어 감각을 지역적 방언의 활용에서 찾으며 향토적 정감을 부여한다고 보고 있다. 또한 김상옥이 계절적 배경을 통해 사유 세계의 변화를 추구했다고 평가하면서 전기에는 주로 봄을 다루어 젊은 감흥과 해방을 표현했으며, 후기에는 가을을 다루어 소멸로 가는 생의 순간을 관조했다고 파악한다.[37]

유성호는 김상옥이 '고향'과 '고전'에 대한 함축적 지향을 보여주면서 작품 세계를 열었다고 파악하며 김상옥 시조에서는 관념보다는 경험적이고 일상적인 자연의 모습이 드러나는데, 이것은 이념의 상관물로서의 자연이 아니라 생활적 구체를 지닌 자연 혹은 시인 자신의 내면과 깊이 상응하는 자연으로 나타난다고 설명했다.[38]

우은숙은 김상옥의 시조에는 생명 평등주의의 미학이 나타나는 데 이는 사물과 인간의 자연합일 속에서 파악되고 있음을 피력한다. 이것은 인간과 비인간 사이의 구획 짓기를 거부하면서 하나의 유기체로 파악되는 생태주의와 관련이 깊다고 평가하는데, 총체적 세계의 지향을 바탕에 둔 김상옥의 시조는 자연과의 합일 또는 인간의 총체성을 회복시키는 기제가

---

36 이순희, 「김상옥 시조의 전통성과 변모 과정」, 경북대 석사논문, 2008.
37 황성진, 「김상옥의 시조 문학 연구」, 공주대 석사논문, 2008.
38 유성호, 「초정 김상옥의 시조 미학」, 『비평문학』 43, 한국비평문학회, 2012.

된다고 보았다.[39]

이어서 현대성 혹은 모더니티에 관한 논의이다. 이와 관련된 연구는 전통시조의 정형성과 현대시조의 현대성 계승으로 직결되는 문제의식을 포함하며, 이 글에서 탐구하고자 하는 논의와도 일정 부분 맥락이 닿아있다.

주강식은 김상옥이 한국의 전통적인 아름다움을 재발견하고 현대적인 것을 계승하기 위하여 한국미와 한국혼을 불러일으켰다고 보았다. 특히 김상옥이 조국이라는 추상적 사실과 광범위한 개념을 구체적으로 드러냈다고 이해하였다. 그러한 전제 아래 존재의 본질과 생명에 천착하여 전통성을 계승했다는 점에서 의미를 찾았다.[40]

김경복은 김상옥의 시조에 감춰진 많은 가치 중 하나를 상상력의 발동이라는 측면에서 살폈다. 그것은 김상옥의 시조가 문명사회에 대응하는 일련의 원형적 지향을 보임으로써 인간 존재의 심원한 전망을 보여주는데, 이를 통해 김상옥의 작품을 단순히 전통시조의 현대적 계승이란 측면으로 평가하는 데 머물러서는 안 된다는 논지를 펼친다.[41] 이는 전통시조가 갖는 음악성이나 정형성의 한계를 뛰어넘어 현대사회에 맞는 현대성을 드러내야 한다는 점에 초점을 두면서 현대시조에 새로운 동기를 부여했다.

김봉군은 김상옥 시조는 전통의 지속持續, duration과 변이變異, variation의 양상에서 드러난다고 밝힌다. 바로 전통미의 지속과 변이에 성공하면서 근대적 미학의 모색이 실현 가능한 것이 된다고 정의를 내렸다.[42] 이 논의

---

39 우은숙, 「현대시조에 나타난 생태학적 특성 연구－이병기, 김상옥, 정완영의 작품을 중심으로」, 경희대 박사논문, 2016.
40 주강식, 「현대시조의 양상연구」, 동아대 박사논문, 1990.
41 김경복, 「초정 김상옥 시조의 상상력 연구」, 『현대문학이론연구』 25, 현대문학이론학회, 2005.
42 김봉군, 「김상옥 시조의 특성 연구」, 장경렬 편, 『불과 얼음의 시혼－초정 김상옥의 문학세계』, 태학사, 2007.

는 전통시조의 궤를 함께하면서 현대시조의 다양성으로부터 시조 양식의 함의를 밝히기 위한 시도를 하고 있다는 점에서 의의가 있다.

강호정은 김상옥이 전통을 고수하고 시조의 미적 측면을 강조하면서 문학성을 드러내고자 했는데, 이때 형식의 자유로움을 추구하면서 자기 정립의 문제와 마주한다고 피력했다. 그에 의하면 김상옥이 전통, 민족의 문제에 경도하면서 그것이 지닌 '옛것'의 이미지에서 벗어나는 방법을 형식의 자유로 환기한다고 보았다.[43] 이는 시조가 시대정신에 대한 문제의식을 기반으로 결합을 모색할 때 궁극의 의미를 찾을 수 있다고 보는 관점에서 주목할 만하다.

다음은 시조 형식의 일탈에 관한 논의다. 이지엽은 김상옥 시조의 형식을 엄격과 일탈로 구분하면서 김상옥 시조에서 3장의 구분은 비교적 명확하다고 평가했다. 다만 김상옥이 그것을 '장章'으로 부르는 것을 꺼리고 '행行'으로 부르기를 원했는데, 여기서 그가 생각한 '행'은 '장'이라는 개념보다 동등한 지위를 갖게 된다고 기술하였다.[44] 이러한 논의는 김상옥 시조의 지평을 넓히는 방법적 모색이며 이 글에서 살피려는 시조 형식 문제에 보다 가깝게 접근하고 있다.

이중원은 김상옥의 후기 시세계를 추적한 결과 시조의 구조를 변화시키면서 형식을 통해 내용을, 내용을 통해 형식을 재구하는 난계에까지 이르고 있음을 파악하였다. 이로써 시조의 형식적 제약은 시조를 불가능하게 하는 것이 아니라 가능하게 한다는 차원에서 시조에 '자유의 형식'이 존

---

43 강호정, 「이호우와 김상옥 시조 비교 연구」, 『시조학논총』 49, 한국시조학회, 2018.
44 이지엽, 「정제와 자유, 엄격과 일탈의 시조 형식」, 장경렬 편, 『불과 얼음의 시혼–초정 김상옥의 문학 세계』, 태학사, 2007.

재함을 규명하였다.[45] 이 논의는 시조라는 장르에 대한 고정성을 탈피하여 개별 범주로서의 형식적 분류에 가능성을 열어두면서 시조의 위치와 자유의 속성을 논구하고 있다는 점에서 의의를 갖는다.

김남규는 김상옥이 시조의 기본형이라 할 수 있는 '3장章' 구성이 아닌 '3행行' 구성을 의도하면서, 시조의 리듬이 얼마든지 행으로 늘어날 수 있다는 점에 주목하였다. 또한 그가 3행 3연의 형식을 시도하면서 시조의 '구句'가 단순히 분절되는 것에 그치는 것이 아니라, 구가 점층의 형식을 취하여 특정한 효과가 발생하도록 의도하였다는 점을 지적하면서, 김상옥의 실험은 시조라는 리듬의 탄성이 어디까지 갈 수 있는지 최대치로 당겨본 시도라고 평가한다.[46] 이 논의는 김상옥 시조에 나타나는 장과 구가 형식에 얽매이지 않고, 오히려 장과 구의 극복이라고 보면서 시조의 지평을 보다 넓히고자 했다.

이송희는 김상옥이 구사했던 형식 실험에 대한 의식은 정형시와 자유시의 경계마저 모호하게 만드는데, 이것은 시조의 혁신이면서 동시에 위험 부담을 안고 있다는 점에서 논란의 여지가 있다고 평가한다. 요컨대 김상옥 시조의 '장'이 형식의 제약을 보완하기 위해 '행'의 개념을 도입했다는 점이 시조의 영역을 확장하는 기회로 보아도 좋은지 의문으로 남는다고 지적했다.[47] 이 논의는 시조 형식의 비판적 검토가 폭넓게 진행되어야 하는 계기를 마련해주면서 현대시조가 어떠한 방식으로 새로운 시형을 창출해낼 수 있는가의 문제의식을 포함하고 있다는 점에서 의미가 있다.

---

45 이중원, 「김상옥 시조와 자유의 형식」, 『시조학논총』 48, 한국시조학회, 2018.

46 김남규, 「한국 현대시조 리듬론 비판적 검토-김상옥을 중심으로」, 『우리문학연구』 66, 우리문학회, 2020.

47 이송희, 「김상옥 시조의 미적 형상화」, 『한국시학연구』 63, 한국시학회, 2020.

김상옥 시조에 대한 기존의 평가는 주로 내용적인 측면에 집중되어 산발적으로 논의되어 왔다. 그러나 김상옥의 시조는 평시조의 형식적 확장을 주도하면서 자유시의 영역으로 파악되는 생경한 이미지까지도 시조 안으로 끌어들였으며, 시조의 자율성 측면에서 시조라는 장르의 본질에 근접하고자 했다. 그러나 앞서 검토한 대로 김상옥 시조의 형식 문제를 리듬의 지향으로 주목하는 본격적인 연구는 희박하다. 김상옥 시조에서 형식의 제약을 넘어서려 했던 의도를 새로운 시형 창출의 문제로 고찰해보는 일은 현대시조사적인 차원에서 형식이 리듬에 미치는 영향 관계를 밝히는 일로 확장될 수 있다.

다음은 윤금초[48]에 관한 연구이다. 윤금초는 1968년에 등단하여 지금까지도 왕성한 창작활동을 펼치고 있다. 윤금초는 방대한 양의 작품을 창작했음에도 불구하고 작품에 대한 본격적인 연구는 이루어지지 않았다. 그가 생존해 있을 뿐만 아니라 꾸준히 작품 세계를 넓히고 있으므로 객관화된 지표로 텍스트를 고정시키기가 어렵다는 점이 문제로 지적된다. 따라서 윤금초에 대한 논의는 본격적인 연구 논문보다 작가론이나 서평이

48 윤금초 시인은 1941년 6월 3일 전남 해남에서 태어나 1966년 공보부 신인예술상 시조부문에 입상하고, 1968년 동아일보 신춘문예에 「안부(安否)」가 당선되어 작품활동을 시작하였다. 시조집 『어초문답(漁樵問答)』(1977), 『해남 나들이』(1993), 『땅끝』(2001), 『이어도 사나, 이어도 사나』(2003), 『무슨 말 꿍쳐두었니?』(2011), 『큰기러기 필법』(2017), 한국대표명시선 100 『질라래비훨훨』(2013), 단시조집 『앉은뱅이꽃 한나절』(2015), 사설시조집 『주몽의 하늘』(2004), 『뜬금없는 소리』(2018)와 4인 시조선집 『네 사람의 얼굴』(1983), 『네 사람의 노래』(2012), 에세이집 『갈 봄 여름 없이』(1980), 『가장 작은 것으로부터의 사랑』(1992), 시조창작 실기론 『현대시조 쓰기』(2003) 등이 있다. 가람시조문학대상, 중앙시조대상, 고산문학대상, 현대불교문학상, 한국시조대상, 유심작품상, 조연현문학상, 이호우시조문학상, 민족시가대상, 이영도시조문학상 등을 수상했다.

수적으로 우세하며 여기에는 대개 그의 특정 작품집이나 특정 시기에 쓰여진 작품들만을 대상으로 삼아왔다. 그러나 한 시인을 연구하는 작업에서는 작품 속 개별 시편의 의미를 밝히면서 한 시인이 생산해낸 종합적인 작품의 맥락을 읽어내고 미학적 가치를 짚어낼 수 있을 때 진정한 의의를 가진다. 그러므로 윤금초의 작품 세계를 살피는 일은 시인의 개별 시편에 나타나는 인식의 변모를 추적하는 일이면서 동시에 현대시조가 어떤 의미와 위상을 가질 수 있는가를 밝히는 방식으로 연결될 수 있다.

윤금초의 시세계를 다룬 연구는 크게 두 가지 측면으로 나누어 볼 수 있다. 첫째, 내용적인 측면에서 바라본 시의식에 관한 연구다. 내용적인 측면에 관한 연구는 자연, 풍자와 해학, 에로티시즘에 관한 논의로 세분화할 수 있다. 둘째, 형식적인 측면에서 바라본 시조 양식에 관한 연구가 있다.

먼저 내용적인 측면에서 자연의식을 살핀 연구는 다음과 같다. 최승호는 윤금초 시조에 나타나는 자연에 대한 미메시스, 고전과 전통, 이야기에 대한 미메시스가 차지하는 역할에 주목한다. 이때 시인의 주관적인 정서 표현과 객관적인 경물 묘사의 일치체험, 불가분리를 이념으로 하는 정경교융론에는 단연 미메시스적 계기가 내포되어 있다고 피력한다. 그는 윤금초가 주목하는 자연서정시에 있어서 자연은 미메시스의 대상으로 존재한다고 이야기하면서, 시적 주체에 의해 직관적으로 파악되고 있는 자연물들은 시간적 논리적 선조성을 벗어나 공간적으로 병치되고 있다고 이해하였다.[49]

유성호는 윤금초의 시세계에 나타난 부단한 시적 갱신과 사유의 흐름을

49 최승호, 「윤금초 시조의 미메시스적 연구」, 『우리말글』 36, 우리말글학회, 2006.

개괄적으로 검토하였다. 그는 『무슨 말 꿍쳐두었니?』를 우리 정형시의 역사를 통틀어 가장 구체적이고 생동감 있는 '구어口語의 장場'이라고 평가하면서 언어적 자의식 속에서 구어적 소통의 가능성을 궁구하고 실현할 수 있다고 보았다.[50] 더욱이 윤금초의 단시조집 『앉은뱅이꽃 한나절』에는 탐구하고 묘사하는 대상이 근원적이고 성스러운 분위기에 감싸여 있다는 점에 집중하였다. 이때 자연 사물이 들려주는 성스러운 소리를 통해 원초적 통일성을 회복하고 완성하려는 열망이 줄곧 나타나고 있다고 강조한다.[51] 『큰기러기 필법』에서는 실존과 이력에 대한 존재론의 문제를 짚었다. 그것이 세상을 향한 긍정적 기억과 대상을 향한 가없는 사랑의 마음에 있음을 추적하였고, 윤금초의 시편에 나타나는 자연은 범속한 상상력의 차원으로 떨어지거나 평균적 생태 시편의 외양을 취하지 않는다는 점에서 일관된 특징을 보인다고 진단한다.[52]

이지엽은 윤금초의 시조를 민초들의 고단한 삶과 따뜻함, 일상의 부조리와 비상식적인 잘못에 대한 비판, 분방한 성담론, 시대에 대한 풍자와 재미성이라는 측면에서 탐색하였으며 특히 연작시조를 관류하는 정신은 서민성 · 자유성 · 재미성을 포괄하는 자유정신의 구현과 대지적 여성성에 있음을 인식하였다.[53]

윤금초 시조의 흐름을 꾸준히 추적해온 김태경은 윤금초 시조에 나타나는 자연공간의 의미를 존재론적 탐구와 연관하여 논의했다. 이때 자연공

---

50 유성호, 「섬세한 언어적 자의식과 첨예한 양식적 실천」, 윤금초, 『무슨 말 꿍쳐두었니?』, 책만드는집, 2011.

51 유성호, 「단형 서정의 전율과 그 심연」, 윤금초, 『앉은뱅이꽃 한나절』, 책만드는집, 2015.

52 유성호, 「오래도록 치열하게 다져온 그만의 정형 미학」, 윤금초, 『큰기러기 필법』, 동학사, 2017.

53 이지엽, 「자유정신의 구현과 대지적 여성성」, 윤금초, 『뜬금없는 소리』, 고요아침, 2018.

간은 화자를 포용해주는 모성성의 발현이며 시인이 삶의 여정에서 발생하는 노독과 상처를 자연을 통하여 치유하고 힘을 얻는다고 분석했다.[54] 또한 윤금초의 사설시조에 육화된 모어의 특징은 주로 일상회화에서 사용되는 구어체의 활용이라는 점을 밝히면서 방언 전략은 생태학 차원으로 승화되고 있다고 지적하였다.[55]

다음은 풍자와 해학, 에로티시즘과 관련된 논의들이다. 김태경의 다른 논문에서는 윤금초 시조 양식의 확장은 연작의 창작을 통해 극대화되는데 특히 풍자 시조를 통해 현실의 모순과 비리를 고발하고 성해방 담론으로 인간 내면에 잠재한 생명력을 회복한다고 보았다.[56]

이송희는 윤금초 시인의 비판과 저항은 시조창작의 미학적 새로움에 대한 도전이자 부조리한 현실을 향한 것이라고 추적하며 이것은 전통과 현대를 아우르는 소재의 발견으로 이어지면서 현대성을 구현하는 데 일조한다고 평가하였다. 또한 사설시조 가락에 성적 모티브를 들어앉힘으로써 사랑과 외설은 물론 성적 쾌감을 해학적으로 형상화하는데, 이러한 작품을 통해 현대사설시조가 이룰 수 있는 에로티시즘의 극치를 보여준다고 기술하였다.[57]

황치복은 윤금초 시조의 골계미를 성애적 담론을 통한 해학적 골계와 사회 비판적 담론을 통한 풍자적 골계로 구분해서 그것의 원리와 가치를 부분적으로 해명하고 있다. 특히 윤금초 시조의 골계미는 매우 자각적이

---

54 김태경, 「윤금초 시조에 나타난 시의식 연구」, 『어문학』 131, 한국어문학회, 2016.
55 김태경, 「생태언어학과 방언의 가치－윤금초 시조를 중심으로」, 『국제어문』 80, 국제어문학회, 2019.
56 김태경, 「윤금초 시조 연구」, 『어문학』 123, 한국어문학회, 2014.
57 이송희, 「윤금초 시조의 창작방법 연구」, 『호남문화연구』 64, 전남대 호남학연구원, 2018.

며 의식적이라는 점에서 의미를 지닌다고 설명하며, 긴장과 억압으로부터 심리적 해방을 지향하는 기능을 공유하고 있다고 평가한다.[58]

이어서 형식적인 측면에 초점을 맞춘 논의들이다. 윤금초 시조의 형식에 관한 연구는 외형률의 제약을 받는 닫힌 양식이 아니라 내재율을 중요시하는 열린 양식이라는 측면에서 이야기되고 있다. 그의 첫 시집에서 조병무는 윤금초의 현대적 감각이 시도적試圖的 실험의 성공에 있다고 보면서, 더 이상 시조가 과거 시조의 내용이나 음수적 자구字句의 문제에 얽혀 있을 수만은 없다고 판단하였다. 그에 따르면 시조는 내용의 실험성은 물론 형식의 대담한 실험도 필연적으로 이루어져야 한다고 지적했다.[59]

장순하도 윤금초가 시조사를 통해 불가능하게 여기던 장편서사시의 통로를 열었다고 인식한다. 이때 실험정신은 창조정신으로 연결되며, 창조정신을 윤금초의 사설성으로 규명하고 있다.[60] 이러한 논의는 전통시조를 향한 일원론적인 사고방식에서 벗어나 현대시조의 구조적인 미학을 형식의 가능성 차원으로 모색했다는 점에서 의의가 있다.

문명인은 「윤금초 시조 연구」에서 윤금초 시조의 서술성을 통한 양식론적 확장은 시조가 현대문학으로서 든든한 기반을 마련하는 데 일조했다고 파악하였다. 이 논문에서는 윤금초가 형식적 기율로 인해 경직되어 있는 시조를 무엇으로 극복하고 확상하는지 추론하고 있으며, 현대의 복잡하고 다채로운 정서를 담아내기 위해서 보다 새로운 양식에 대한 욕구가 충족되어야 함을 피력했다.[61] 이처럼 윤금초 시조의 형식에 대한 관심은

58 황치복, 「윤금초 시조에 나타난 골계미의 양상과 효과」, 『어문논집』 85, 민족어문학회, 2019.
59 조병무, 「漁樵問答의 試圖性」, 윤금초, 『漁樵問答』, 지식산업사, 1977.
60 장순하, 「今初를 形成하는 몇 가지 要素」, 윤금초, 『漁樵問答』, 지식산업사, 1977.
61 문명인, 「윤금초 시조 연구」, 고려대 석사논문, 2007.

이 글에서 논구하고자 하는 문제의식과도 밀접한 관련이 있다.

장경렬은 윤금초 시인이 시조 형식이라는 일종의 통제 장치를 사용하고 있음에 주목하면서, 시대의 현실에 대한 고뇌는 고도의 형식적 장치에 의존하지 않고서는 그대로 전달하기 어렵다는 점을 살폈다. 그렇기 때문에 윤금초의 시조가 갑작스럽거나 예외적인 것이 아니라고 지적하였다. 그에 의하면 윤금초는 시조 형식이라는 절제의 원리를 따르면서 순간순간의 원리를 파기하고 있는데 이는 사설시조나 엇시조를 포괄하는 시조의 전통을 크게 벗어났다고 할 수 없고 따라서 형식상의 실험이라고 하기엔 어려움이 있다고 판단하였다.[62] 이 논의는 기존의 시조 형식과 시조의 형식 실험에 대한 인식을 재점검하게 하면서 새로운 의문을 제기한다.

김동식은 윤금초가 보여주는 시적 소재와 형식 실험은 하나의 일관된 주제의식으로 수렴되고 있다고 평가하였다. 윤금초 시조에 나타나는 형식에서의 다양성과 개방성은 시조가 현대시의 한 양식으로서 살아있는 문학 양식이 되어야 한다는 현대시조의 요청에 부응하고자 하는 노력의 소산이라고 언급했다.[63]

조남현은 윤금초가 외형이나 분위기에서만 시조 확대를 꾀하고 있는 것은 아니며 형식의 변형은 시적 소재와도 밀착되어 있다는 점을 지적하였다. 또한 윤금초가 '시조답지 않은 것'을 받아들여 시조의 공간에 맞는 것으로 만들어 내려 애쓰며, 율律이 느껴지는 현장을 포착한다고 보았다. 이것은 윤금초 시조에서 빈번히 등장하는 노래나 그림 소재의 차용에서도 드러나는데 이때 율, 즉 음악성의 조화 상태나 미를 찾을 수 있다고 밝혔

62 장경렬, 「무엇을 위한 시조 형식인가」, 윤금초, 『해남 나들이』, 민음사, 1993.
63 김동식, 「'풀이'의 의미론, 생성의 현상학」, 윤금초, 『땅끝』, 태학사, 2000.

다.[64] 이러한 논지는 윤금초 시조의 형식을 소재와 음악성의 교집합으로 설명해내면서 폭넓은 시각으로 리듬의 문제를 논의하게 하는 단초를 제공한다.

유성호는 『주몽의 하늘』에서 윤금초 시인이 일관되고도 지속적으로 행하고 있는 시조 지평의 확대 작업에는 윤금초 시인의 메타적 메시지가 담겨있다고 평가했다. 이때 윤금초가 시조라는 가장 고전적이고 정형적인 틀을 기저基底로 하여, 시조로서는 다소 파격적인 언술 방식인 '서술성'의 극치를 선보이고 있다는 점에 집중하였다. 특히 윤금초 시학의 서술성은 무의식을 바탕에 두면서 공동체가 공유할 수 있는 이야기의 여러 양상이라고 명명하였다.[65]

정과리는 윤금초 시조의 최종 구조를, 흩어진 명사성과 집중된 동사성으로 변환하는 사건 그 자체라고 해석했다. 여기서 집중 속에 주어가 숨는다는 것은 정치적 상상력이 집단주의적이지 않다는 것을 가리킨다고 보았다. 윤금초는 어느 편을 드는 데는 관심이 없으며 그의 시조는 오로지 삶의 역동화에만 집중하고 있다고 평했다.[66]

본 저자의 논문에서는 윤금초 시조의 형식 확장을 현대시조의 가능성 차원에서 재조명하며 형식 실험과 리듬의 문제를 유형화하였다. 특히 윤금초의 시조가 일반적인 사수율에서 벗어나 신축성 있는 시조의 양식을 구현하면서 형태적인 변화뿐만 아니라 내적 논리에 따른 서술성을 이끌

64 조남현, 「형식과 의식의 틈, 그 네 가지 해결 방법」, 윤금초 외, 『네 사람의 얼굴』, 문학과지성사, 2000.
65 유성호, 「서술성을 통한 현대시조의 양식론적 확장」, 윤금초, 『주몽의 하늘』, 문학수첩, 2004.
66 정과리, 「자유의 모험으로서의 현대시조」, 윤금초 외, 『네 사람의 노래』, 문학과지성사, 2014.

어낸다는 점에 주목했다. 따라서 자율적 동기에 의해 새로운 시적 공간을 마련한다고 보았다.[67] 이 논문은 이 글의 제3장에서 활용되며 전면적인 수정, 보완을 거쳐 논의를 심화하였다.

윤금초 연구의 대부분은 몇 가지의 주제나 방법에서 한정적으로 이뤄져 왔으며, 산발적인 관심사에 따라 편중적으로 언급되었다. 최근 들어 연구자들이 그의 형식 실험에 관한 논의에 관심을 보이고 있지만 형식에 대한 심도 있는 작품 분석과 음악성을 매개로 하여 창작 방법에 주목한 연구는 거의 이루어지지 않았다. 따라서 윤금초 시세계의 전반을 살펴보면서 심층적인 연구의 다양성을 확보할 때 윤금초 시조의 문학사적 의의와 새로운 면모가 드러날 것으로 판단된다.

마지막으로 박기섭[68]에 관한 연구이다. 박기섭은 1980년에 등단하여 꾸준하게 작품활동을 이어왔으며 이 글을 작성하는 2020년 8월에도 아홉 번째 시집을 발행하는 등 왕성한 창작활동을 벌이고 있다. 박기섭은 문단에 데뷔한 이래 지금까지 일관되게 과정으로서의 시조, 가능태로서의 시조에 관심을 보였다. 또한 창작과정에서 현대시조의 변용 양상과 혁신적

---

67 김보람, 「윤금초 시조의 형식 실험과 현대시조 리듬 연구」, 『어문학』 149, 한국어문학회, 2020.

68 박기섭은 1954년 12월 4일 대구 달성군 화원읍에서 태어났다. 1980년 한국일보 신춘문예에 시조 「한추여정(閑秋餘情)」이 당선되어 작품 활동을 시작하였다. 1984~1994년 '오류(五流)' 동인으로 활동하였으며, 시조집 『키 작은 나귀 타고』(1990), 『묵언집(默言集)』(1995), 『비단 헝겊』(2001), 『하늘에 밑줄이나 긋고』(2003), 『엮음 수심가(愁心歌)』(2008), 『달의 문하(門下)』(2010), 『각북(角北)』(2015), 『서녘의, 책』(2019), 『오동꽃을 보며』(2020)와 박기섭의 시조산책 『가다 만 듯 아니 간 듯』(2012) 등이 있다. 대구문학상, 중앙일보시조대상(신인상), 오늘의시조문학상, 대구시조문학상, 중앙일보시조대상, 이호우시조문학상, 고산문학대상, 가람시조문학상, 백수문학상, 외솔시조문학상, 발견문학상 등을 수상했다.

면모에 중점을 두면서 감각적 사유의 발견을 중요하게 생각했다. 그러나 그의 작품에 관한 본격적인 연구는 거의 이루어지지 않은 실정이다. 우선 연구 대상으로 생존하고 있는 시인의 텍스트를 확정지을 수 없을 뿐더러 그의 관심사와 기법이 끊임없이 변모하면서 객관화된 지표로 텍스트를 고정시키기가 어렵다는 점에서 이유를 짐작할 수 있다. 다만 문학평론, 서평, 단편 등의 논의가 활발히 이루어지고 있으며, 협소한 영역에서의 탐구만 이루어져 왔다. 박기섭에 관한 연구를 몇 가지 유형으로 나누어 개괄하면 다음과 같다.

박기섭의 시세계를 다룬 연구 또한 크게 두 가지 측면으로 기술할 수 있다. 첫째, 내용적인 의식의 측면이다. 그의 시조는 전통정서의 수용에 있어 절제된 미학을 선보였는데 이것은 서민에 대한 애착과 연민, 남성성의 결연한 신념, 역동성을 부가하는 수식어에 관한 논의로 분류할 수 있다. 둘째, 현대적 모색과 개방에 관심을 둔 형식적인 측면에서 바라본 연구가 있다.

먼저 살펴볼 것은 내용적인 측면의 연구로 보편적인 의미로서의 인식에 초점을 맞춘 연구들이다. 유재영은 박기섭이 꾸준히 표현미학의 탐구로 작품을 써오고 있다고 밝히면서 그의 시조에 담긴 민중적 시각에 주목하였다.[69] 여기서는 박기섭이 시적 대상 속에 숨겨진 말을 찾으며, 시조의 존재론적인 파동을 끌어올리는 데 단초를 제공한 것을 하나의 성과로 인식했다.

이경호는 박기섭 시세계의 원동력이 저항과 긴장의 몸짓에 있다고 보았다. 그에 의하면 박기섭은 대체로 자연의 사물들이 갖는 견고하거나 강인

---

69 유재영, 「정형률과 인간률」, 『현대문학』, 1997.3.

한 속성에 주목하는데, 그 속에서 남성적인 삶의 자세를 찾아낼 수 있다고 분석하였다. 이때 남성적 사유와 정서의 견고한 속성을 '각角의 형상'과 결합되는 모형으로 설명해낸다.[70]

유성호는 박기섭의 시조가 사물을 섬세하게 관찰하면서 철학적이고 가치론적인 지혜나 깨달음을 얻는 작법에 의해 전개되고 있다고 요약하고,[71] 그가 부드러움보다는 견고함, 떨어져 내림보다는 솟구침의 미학을 통해 그만의 시적 역동성을 일관되게 보여온 매우 드문 시인이라고 평가하였다.[72]

학위논문으로는 박희정의 「박기섭 시조 연구」가 있다. 이 논문에서는 박기섭의 시조가 남성성과 의지력의 표상으로 현실에 대한 결연한 신념이 불의에 항거하는 저항성을 드러낸다는 점에 주목한다. 이와 같이 현실인식을 표출하는 수식어의 사용은 이미지의 명사와 충돌하기도 하고 상승하기도 하며 역동성을 드러낸다는 점에 의의가 있다고 논한다. 특히, 사설시조에 나타나는 의미의 확산과 풍자성은 그의 시조가 안고 가야 할 현대성을 염두에 둔 태도라고 평가한다.[73]

조춘희는 『각북角北』에 주목하면서 시인의 고향인 '각북'이 토포스적 의미로 귀향한 삶이자 돌아온 탕자로서의 자기 성찰에 닿아있다고 보았다. 이때 각북이라는 대명제는 상상적 위안을 제공하는 공간이라는 점에서 의의를 갖는다. 따라서 이 시집을 고향에 대한 헌시라고 통칭하면서 삶과 생의 본질에 대한 물음으로 해석의 가능성을 열어놓았다.[74]

---

70 이경호, 「견고한 지조의 미학」, 박기섭, 『비단 헝겊』, 태학사, 2001.
71 유성호, 「현대시조에 나타난 '자연' 현상」, 『서정과 현실』, 2004. 하반기호.
72 유성호, 「견고함과 솟구침, 그 역동적 결속」, 『시조시학』, 2008. 여름호.
73 박희정, 「박기섭 시조 연구」, 고려대 석사논문, 2009.

박진임은 『하늘에 밑줄이나 긋고』와 『달의 문하門下』에 수록된 시편들을 '맹독의 순수를 다루는 옻쟁이'의 모습과 동일시하였다. 특히 박기섭의 시조가 원시적이면서 강렬한 생명력을 구현하는 남성적 시어와 메타포의 중심에 있다고 논지를 펼쳤다. 더 나아가 박기섭이 흔히 낭만적이고 여성화된 목소리로 재현되는 대상들의 속성을 다른 이미지로 드러낸다는 점에 집중하면서 시적 대상 간의 관계 변화를 추적하고 있다. 이때 박기섭 시조에 드러나는 '이후'라는 말의 내포는 '나머지' 즉 '잉여excess'의 의미에 근접해있다고 명명하였다.[75]

뒤이어 박기섭 시조가 형식으로 세계에 대응하는 방식을 살피고 변모 양상을 밝힘으로써 시인의 전략을 살펴보려 한 연구들은 다음과 같다. 박시교는 박기섭의 첫 시집 『키 작은 나귀 타고』에서 그의 시조가 평시조의 형식 일부를 해체하고 새로운 형식을 시도했다는 점에 집중한다. 요컨대 시조가 사적인 문제를 벗어날 때 보다 트인 목소리로 울려온다는 것을 작품 분석을 통해 확인하였다. 물론 그러한 작품들이 사변적이고 활달한 상의 전개와 자연스러운 반복법의 전형을 도출해낸다고 보았다.[76] 박시교의 해석은 박기섭 시조의 형식적 지평을 넓히는 새로운 논지의 출발점이라는 점에서 주목의 대상이 된다.

이우걸은 박기섭이 언어의 감각이 예민한 시인이며 표기법이나 시조의 전개방법 등에서 대단한 실험을 하고 있다고 평가하였다.[77] 또한 박기섭이 내적 필연성의 극대화를 통한 형식의 원용으로 새로운 시조 쓰기의 실

---

74 조춘희, 「탐식의 시대, 거식증을 앓다!」, 『시조시학』, 2015. 여름호.
75 박진임, 「이후의 삶과 이후의 시」, 『시조시학』, 2016. 여름호.
76 박시교, 「80년대의 외로운 주자에게」, 박기섭, 『키 작은 나귀 타고』, 황금알, 2019.
77 이우걸, 「80년대와 현대시조」, 『현대시조』, 1987. 가을호.

천적 선례를 보여준다고 보고 있는데, 이때 박기섭 시조의 운문성 확보 양상을 시조의 종결어미나 문장의 반복, 구어체 어휘의 동원에서 찾고 있다.[78] 이러한 요소가 박기섭 시조에서 주목되는 한 장 한 장의 속도감을 구현하는 기술이라고 보는 시각은 시조의 리듬 문제를 이해하는 데 필수불가결한 지점을 포함하고 있다.

김재홍에 의하면 박기섭이 시조 형식을 견지하면서도 자유시의 율격 형식을 비판적으로 수용한다고 보았다. 그는 박기섭을 현대시조의 폭넓은 가능성을 보여주는 일군으로 평가하였다. 더욱이 박기섭 시조에 나타난 시적 상상력을 광물적인 심상 체계로 설명하는데, 여기서 광물적 상상력은 시의 실마리가 되고 전개 원리로 작용하고 있음을 피력하였다.[79]

이정환은 박기섭을 변신과 시적 도전의 모험을 시도해 온 시인으로 평가한다. 박기섭의 시조가 등단 이후 밀도 높은 서정성을 바탕으로 한국적 정한의 세계를 펼쳐 보이다가 얼마 지나지 않아 내용과 형식의 다양한 추구의 세계, 주목할 만한 변화의 길로 들어섰다고 진단한다.[80] 또한 그의 시조가 삶을 사유하되 그 맥이 도저함에 닿아있고, 전체적인 구조가 유기적인 결집을 이루고 있어 삶의 자유와 진실성을 중후하게 녹여 놓고 있다고 피력했다.[81]

김헌선은 형식에 얽매이지 않으면서 시조를 올연하게 잇고자 하는 박기섭 시조의 정신을 평가한다. 특히 시행과 문장, 율격과 음절 등의 관계를 적절하게 탐구하는 것이 시인의 창조력이라고 간주하며 시인은 형식을

78 이우걸, 「견고한 자존의 시」, 『이우걸 평론집-젊은 시조문학 개성읽기』, 작가, 2001.
79 김재홍, 「정죄(淨罪)의식과 초극의 갈망」, 박기섭, 『默言集』, 동학사, 1995.
80 이정환, 「정형률, 그 도저한 인간율」, 『대구문학』, 1995. 겨울호.
81 이정환, 「거침과 부드러움의 시학」, 『열린시조』, 2000. 겨울호.

필요로 하고, 형식의 진정성은 내용을 표현하는 데 있다고 설명하면서 박기섭 시조의 미학적 특징을 규명한다.[82] 이러한 논의는 박기섭 시조의 형식을 가능성의 차원에서 열어놓고 있다는 점에서 이 글의 논의와도 밀접한 관련이 있다.

권갑하는 박기섭 시조의 이미지가 견고한 '정형성'을 중심으로 다양한 형태 실험과 여성적 '유연성'을 창조하고 있으며, 격조 높은 종장 구사로 시조 형식 특유의 '세련성'을 획득하고 있다고 파악하였다. 특히 그의 사설시조집 『엮음 수심가愁心歌』에서는 시조 3장이 빚어내는 형식적 울림과 종장에서 폭발하는 시적 묘미를 엿볼 수 있다고 논구했다.[83] 이 논의의 문제의식은 박기섭 시조 형식의 미적 구조를 종장에서 찾으며 해석의 독법을 달리한다는 점에서 의의가 있다.

본 저자의 논문에서는 박기섭의 초기시집부터 최근 시집에 드러나는 시조의 형식 실험에 주목하여 박기섭 시조에 나타나는 시각적인 힘의 반복과 질서에 따라 얻어지는 시각률을 고찰하였다. 또한 그의 시조가 개성 있는 분행으로 긴장과 이완의 효과를 주도한다는 점을 살피면서 박기섭이 시조의 정형률 속에 내재된 리듬을 찾아가는 과정을 적극적으로 고찰하였다.[84] 이 논문은 전반적인 내용을 보강하여 이 글의 제4장에서 활용될 것이다.

저자는 박기섭의 시조가 현대시조사를 이끄는 주목할 만한 의의가 있는 텍스트로 인식하지만, 아직까지 본격적인 연구의 대상이 되기에 이르다는

82 김헌선, 「비슬산에 숨어 사는 외톨박이 시인의 형식과 언어」, 박기섭, 『달의 門下』, 작가, 2010.
83 권갑하, 「엮음 수심가(愁心歌) – 이순재(67)」, 『현대시조 진단과 모색』, 알토란, 2011.
84 김보람, 「현대시조에 나타난 형식 실험 연구 – 박기섭을 중심으로」, 『열린정신 인문학연구』 21, 원광대 인문학연구소, 2020.

이유로 활달한 논의가 진행되지 못했다. 그러나 박기섭의 선명한 언어 감각과 치열한 형식 실험은 현대시조라는 장르 자체에 기여한 바가 적지 않다. 따라서 그의 시세계를 고찰하고 의미를 밝혀보는 일은 박기섭의 시조가 함축하고 있는 현대시조의 혁신성을 파악하는 데 긴요하다고 판단된다.

3. 리듬의 구조와 시조 형식 혁신의 양상

이 글은 시대와 다양한 시조 형식을 대표하는 김상옥, 윤금초, 박기섭의 시세계를 통해 시조 리듬의 지형도를 그리는 것에 목적이 있다. 시조는 고려 말기부터 발달해온 우리 고유의 정형시이다. 엄격히 말하면 시조는 문학 갈래의 명칭이라기보다 음악 곡조의 명칭이었다. 따라서 시조의 정형성을 논의하는 과정에서 형식의 문제는 '문학'과 '음악'이라는 두 가지 측면에서 모두 밝혀야 한다. 시조는 시대를 이끄는 주도적 사상과 변천 과정에 따라 조금씩 변모해오면서 율격적으로는 구수율句數律 · 음수율音數律 · 음보율音步律 등이 검토되었는데, 검토의 대상이 어느 쪽이든 시조가 '3장 6구 45자 내외'로 구성된 정형시라는 점에는 대부분 동의하였다. 이것은 '불문율'로 여겨져 온 시조의 오랜 규칙이자 규범이며, 암묵적인 합의였다. 그러나 시대의 흐름에 따라 현대시조는 다양한 자기 갱신을 거듭하였고 시조 정형의 내용과 형식에 의문을 제기하였다. 그러므로 현대시조라는 장르적 특성과 행로를 짚어보는 일은 오늘날의 시조가 점유한 위치를 살피는 일과 다르지 않다. 이 글에서 주목하는 시조 리듬의 문제를 설명하기 위해 먼저 현대시조를 비롯한 근대시의 리듬 체계가 확립되는 과정을 개괄적으로 짚어보겠다.

최남선의 「경부텰도노래」1908를 기점으로 7·5조의 '신체시'가 문학사에 등장하였다. "신체시는 통시적으로는 전통시가에서 근대 자유시로 넘어가는 전환 역할을 담당했으며, 공시적으로는 아직 전통적 '가歌', 즉 낭송의 형식에서 벗어나지 못했던 개화기 시가들의 양식적 이합집산의 와중에 본격적으로 인쇄된 '시詩', 즉 눈으로 읽는 시의 형식을 모색했다는 의의를 확인받고 있다."[85] 여기서 최남선이 주목한 7·5조의 음수율은 재래의 3·4조나 4·4조의 율격에서 탈피한 새로운 음수율이라는 점에서 의미가 있었지만, '시詩'와 '가歌'가 가리키는 시적 실험이 무엇인지 밝히면서 경계를 명확히 할 필요가 있었다. 이에 따라 "1910년을 전후한 시기의 문학 주체들은 처음으로 '운율'이라는 개념을 상대하면서 새로운 시형을 모색하기 시작했고, 기존 조선의 전통적 운율을 처음으로 대상화하기 시작했다".[86] 그러나 시조부흥론을 주창했던 문학 주체들은 '민족성'과 '음악성'이 어떠한 형태로 각인될 수 있는가의 문제에 봉착하면서 전통시조에서 근대시조의 경계를 살폈다. 여기에서 하나의 문제점이 발견된다. 문학 주체 사이에서도 시가詩歌를 문학 장르로 인정할 것인지 음악 장르로 인정할 것인지에 대한 논의는 좀처럼 정리되기가 어려웠기 때문이다. 당시에 최남선은 "노래 부르기를 좋아하는 국민國民이요 또 민족民族"[87]이라고 고백하며 '가歌'를 강조하는 반면에 혁신적 시조론을 정립한 이병기[88]는

---

85 박슬기, 「최남선의 신시(新詩)에서의 율(律)의 문제」, 『한국근대문학연구』 21, 한국근대문학회, 2010, 194쪽.

86 김남규, 「한국 근대시의 정형률 논의에 관한 연구」, 고려대 박사논문, 2017, 33쪽.

87 최남선, 「시조태반으로서의 조선민성과 민속」, 『조선문단』 17, 1926.6.

88 "녜전사람들은 時調를 짓기 위하여 진 것이 아니고 부르는 김에 지어본 것이다. 다시 말하면 卽興的으로 지어본 것이다. 만일 짓기 위하여 진이가 잇다하며 그는 小數에 지나지 못

의미에 의해 발생하는 '격조格調'로부터의 '시詩'[89]를 제시하였다. 이처럼 시조부흥론자 사이에서도 시가詩歌라는 용어에 대한 불분명한 정의가 문제시되면서 '시詩'와 '가歌'의 실재성을 입증할 보다 분명한 제도적 장치가 필요했다. 이러한 논의는 전통시조와 근대시조 사이의 시공간적 변동을 추적하게 하는 중요한 지표로 작용하면서 근대시조 시형의 새로운 탐구가 요청되었다. 그러나 결국 이들이 제시한 '시詩'와 '가歌'를 규명하는 문제는 '율律'이라는 음악성리듬과 분리될 수 없다.

그동안 연구자들과 창작 주체들은 근대시의 문학사에서 시조 형식과 창작 방법에 대하여 숱한 고민을 이어왔으며, 리듬이 점유하는 원리를 추론하면서 심층적인 재고를 거듭하였다. 다시 말해 이러한 모형들은 오랫동안 시조의 규범으로 작용하면서 현대시조의 시조작법 논의를 심화시키는 방향으로 전개되었다.

먼저 이광수는 시조의 기본형을 12구句로 보면서 초장 3/4/4/4, 중장 3/4/4/4/, 종장 3/5/4/3으로 45음을 기본형으로 제시하였고, 조윤제는 초장 3/4/4(3)/4, 중장 3/4/4(3)/4, 종장 3/5/4/3의 음수율을 제시하였다. 조윤제는 『신흥新興』 제4호 「시조時調의 자수고字數考」에서 우리 시가의 율격을 분석하는 학문적 방법론을 처음 제시하였으나 '음수율론'은 전통시조의 형식적 기준형을 통계적으로 확정한 것에 불과했다.[90] 이은상은

할 것이다. 그리고 그들이 지은 時調의 內容은 각각 時代의 思想 感情을 咏嘆한 것임으로 지금 보기에는 單調하고 固陋하고 貧弱한 것이 만치만는 그러타고 모다 나무라고 唾棄할 것은 아니다. 다만 우리는 그것이나마 그만한 形式이나마 우리 文壇에 남은 것만 다행으로 알고 仔細히 닑어보고 깁히 硏究하여 取할 것은 取하며 버릴 것을 버릴 섇이다."(이병기, 「시조란 무엇인고」, 『동아일보』, 1926.12.4)

89 이병기, 「시조는 혁신하자 9」, 『동아일보』, 1932.2.2.

90 이 글에서는 조윤제가 시조를 12구로 나누고, 411수의 작품을 대상으로 하여 각 구에 나타나는 자수를 조사하여 추출한 '기준형'이 사실상 그대로 나타날 수 있는 가능성이 희박

시조의 3장 형식에서 각 장은 4구씩 성립되고, 각 구의 기본 율조는 4/4조를 바탕으로 하며 약간의 가감이 있다고 보았다. 그는 종장의 첫 구를 제외하고는 기준 음수의 진폭과 여유를 가진다고 설명했다. 이병기는 시조의 초장과 중장, 종장의 구조적 차이를 양식상의 본질로 인식하였고 초장과 중장은 구두句讀를 포함한 2구, 종장은 구두를 포함하지 않은 4구로 보면서 초장·중장·종장이 균등하지 않은 8구의 형식으로 설명했다. 그러나 이병기는 "시조의 음수율을 구태여 초장 몇 자 중장 몇 자 종장 몇 자로 꼭 한정할 것은 아니니다"[91]라고 주장하면서 정해진 음수 안에서 자유롭게 가감도 가능하다는 점을 강조했다. 이러한 이병기의 주장은 시조 형식을 초장과 중장, 종장으로 나누어 초구와 중구, 후구의 의미와 리듬을 다르게 보았다는 점에서 주목할 만하다. 조창환은 이병기가 "음수율적 기준을 설정하기보다 시조의 3장 구조 안에 서로 다른 의미와 율격의 흐름이 내재한다는 점을 강조하였더라면 이후의 시조형식론과 우리 시의 율격에 대한 이해는 다른 방향으로 전개되었을지 모른다"[92]고 피력하였다. 그런데도 그들이 제시한 시조의 기본형[93]은 오랫동안 시조의 규범으로 작용해

한 것을 증명해 보인다. 조윤제가 제시했던 기준형(3 4 4(3) 4 / 3 4 4(3) 4 / 3 5 4 3)에서 각각의 구에 제시된 글자 수가 기준치 모두 90%의 압도적인 실현율을 가진다 해도 그것들을 조합하게 되면 기준형의 실현가능성은 2%에 불과하다는 것이다(김흥규, 「한국시가 율격의 이론 I」, 『민족문화연구』 13, 고려대 민족문화연구원, 1978, 101쪽; 이혜원, 「현대시 교육을 위한 제언」, 『현대시 운율과 형식의 미학』, 서정시학, 2015, 81쪽).

91 이병기, 「율격과 시조」, 『동아일보』, 1928.11.30.

92 조창환, 「현대시 운율 연구의 방법과 방향」, 『한국시학연구』 22, 한국시학회, 2008, 89쪽.

93 시조의 기본형을 제시한 논의들은 다음과 같이 전개되어왔다.

① 이광수 : 3章 각 15言 기본, 초중장은 3/4/4/4, 종장은 3/5/4/3(「時調의 自然律」, 『동아일보』(1928.1.1)).

② 이은상 : 초장－2~5/2~6/2~5/4~6, 중장－1~5/2~6/2~5/4~6, 종장－3/5~8/4~5/3~4(3)(「時調短篇芻議」, 『동아일보』(1928.3.18~25)).

③ 이병기 : 3장 8구체. 초장－6~9/6~9, 중장－5~8/6~9, 종장－3/5~8/4(5)/3(4)/4

왔으며, 더불어 시의 창작 방법 및 계승 과정에 크고 작은 영향을 미쳤다.

이후 음수율音數律의 정형화된 굴레에서 탈피하고자 1950년대 말부터는 음수율을 부정하면서 대안이 모색되었다. 바로 정병욱, 이능우 등에 의해 음보율音步律이 제시된다. 음보는 시간적 등장성等長性에 근거하는 기초 단위인데, "음보율의 관점에서 보면 음보 안의 음절수를 따질 필요가 없으므로 한국 시가의 자연스러운 율격을 포용할 수 있다는 이점"[94]이 있다. 전통적 율격은 3음보나 4음보 형식을 기준으로 한다는 점이 음보율의 요체지만, 음보율론에서는 복잡다단한 현대시의 율격을 설명하기 어려웠다. 따라서 음보율은 한국시가의 전통적 율격을 분석하는 틀로는 적합하지만 현대시에 적용하기에는 무리가 있다는 문제점을 초래했다.[95] 그 결과 이

(「時調란 무엇인가」, 『동아일보』(1926.11.24~12.12)).

④ 조윤제 : 초장-3/4/4(3)/4, 중장-3/4/4(3)/4, 종장-3/5/4/3의 기준을 가지고 41자에서 50자 범위 내(「時調字數考」, 『신흥』 4, 1931).

⑤ 안확 : 초중장 내구(內句) 7자, 외구(外句) 8자, 종장 내구(內句) 8자, 외구(外句) 7자 총 45자(『時調詩學』, 조광사, 1940).

⑥ 고정옥: 3章 45言 내외(『國語國文學要綱』, 대학출판사, 1949, 394쪽).

⑦ 김종식 : 45자 기준 3장으로 나누고, 15자를 1장으로 내구를 7자, 외구를 8자(『時調概論과 作詩法』, 대동문화사, 1950, 50쪽).

⑧ 이태극 : 3장(行) 6구로 총44자 내외, 한 구 7자 기준 종장 첫 구 3자 고정과 6자 내외(『時調概論』, 새글사, 1956, 69쪽).

⑨ 김기동 : 3장 4음보격 45자 내외, 非聯詩로서의 3行詩(김기동, 『國文學概論』, 정연사, 1969, 113쪽).

⑩ 정병욱 : 3장 45자 내외, 각 행은 4보격, 두 개의 숨묶음(breath group)으로 나누어져 그 사이에 사이쉼(caesura)을 넣게 되어있다(『한국고전시가론』, 신구문화사, 1985, 178~179쪽).

⑪ 김학성 : 3개의 장으로 시상이 종결, 각 장은 4개의 음절마디를 가진다(「시조의 정체성과 현대적 계승」, 『시조학논총』 17, 한국시조학회, 2001, 57쪽).

⑫ 임종찬 : 초중장 3(2-4)≦4(3~5)∨3(4~5)≦4(3~5) 종장 3(고정)≦5(6~7)∨4(3-5)≧3(4)(「다각적 관점에서 본 시조 형식 연구」, 『시조학논총』 30, 2009, 153쪽).

(이지엽, 『한국 현대 시조문학사 시론』, 고요아침, 2013, 224~226쪽 참고)

94 조창환, 「현대시 운율 연구의 방법과 방향」, 『한국시학연구』 22, 한국시학회, 2008, 91쪽.

95 그동안 한국 전통시가는 율격의 경계표지를 분명하게 인식했으므로 음보간의 균형이 맞

러한 현상이 어떠한 음보를 구성하고 리듬을 만들어내는지 알 수 없다는 주장까지 제기되면서 개별시가 가지고 있는 운율이 복합적인 맥락에 입각하여 설명될 필요가 있었다. 1970년대에는 조동일, 예창해, 김흥규 등이 '단순음보율'[96]이라는 개념으로 영미시처럼 강약, 고저, 장단 등이 반복되는 음보로 한국시가의 율격을 설명해낸다. 그러나 이 또한 율격적 자질에 대한 설명 없이 음보를 혼동하여 사용하고 있다는 문제점을 안고 있었다. 뒤이어 음보율로는 변화가 가속화되는 현대사회에서 율격을 설명하는 정형 리듬이 통용되기가 어렵다고 판단하여 음수율音數律과 음보율音步律을 절충한 이론이 제시되기도 한다. '뒤가 가벼운 3보격/뒤가 무거운 3보격',[97] '후장 3보격/후단 3보격',[98] '층량 3보격',[99] '율마디'[100]와 같이 음보율론의 문제점들을 극복하기 위한 대안으로 여러 시도들이 있었다.

김준오는 시의 리듬은 운율, 곧 운rhyme과 율meter을 지칭하며 이때 운율은 율격만 가리키는 용어가 아니라고 정의했다. 그에 의하면 리듬은 기표의 '반복성'이며 동시에 소리의 반복을 비롯하여 음절수, 음절의 지속, 성

아 시간적 등장성(등시성)이 어느 정도 부합된다고 보았다. 그러나 현대시조에서 음보는 창작자가 음보율을 어떻게 규정짓는지에 따라 실제 적용 범위에서 상당한 차이를 보인다. 시조에서 음보는 음절을 만들고, 음절은 하나의 '행(行)'을 이룬다. 따라서 음보율은 음보의 수에 의해 결정되는 율격이며, 다시 말해 규칙적인 반복이 음보율을 형성한다. 현대시조에서 보이는 형식의 해체와 실험은 음보의 운용을 자유롭게 구사하면서 시조 '행(行)'의 배열에도 차이를 빚어낸다. 그러므로 현대시조에서도 정형률을 벗어나 음보율론을 적용하기 어려운 문제점을 안고 있다.

96 조동일, 『서사민요연구』, 계명대 출판부, 1970; 예창해, 「한국시가 운율의 구조 연구」, 『성대문학』 19, 성균관대 국문학회, 1976; 김흥규, 「한국 시가 율격의 이론 I」, 『민족문화연구』 13, 고려대 민족문화연구원, 1978.

97 조동일, 『한국시가의 전통과 율격』, 한길사, 1982.

98 오세영, 『한국 낭만주의시 연구』, 일지사, 1980.

99 성기옥, 『한국시가율격의 이론』, 새문사, 1986.

100 조창환, 「초기 시조 율격론의 형성과 전개」, 『한국시의 넓이와 깊이』, 국학자료원, 1998.

조, 강세 등 여러 상이한 토대[101]에서 이루어진다고 보았다. 서우석은 음악 용어인 '박자'에 주목하여 우리가 지금 박자라고 쓰고 있는 리듬은 분할적 리듬divisive rhythm의 범주에 드는데, 이때 분할적 리듬은 일정한 길이 즉 보행에서와 같은 시간적 진행이 전제된 다음, 그것을 기본으로 설명되는 리듬 이론[102]이라고 지적하였다. 이 논의는 현대시의 운율을 '구조적 강박자'로 설명한다는 점에서 주목할 만하나 연구의 논의가 제한된 틀 안에서만 가능하다는 점에서 한계를 찾을 수 있다. 한수영은 근대시의 운율이 가시적 형식이나 노래의 틀로서 이해되다가 내적 구성요소로 수렴되는데, 이때 외래조인 7·5조가 음수율과는 다른 기층체계에 의하여 불균등 세마디율[103]로 변모하였다고 보았다.

최근에는 조재룡이 소개한 '앙리 메쇼닉'[104]의 리듬론에 주목하면서 리듬이 의미의 사건이라는 문제의식을 공유한다. 그러나 의미와 무관한 소리 자질이나 호흡 마디의 분석으로는 리듬의 실체를 파악할 수 없다는 견해가 제기되었다. 이에 따라 연구자들은 리듬에 관한 새로운 개념을 제안하고 리듬 체계의 실례를 통해 리듬론을 검증하고자 하였다. 장철환은 앙리 메쇼닉과 조재룡의 제안을 이어받으며 『김소월 시의 리듬 연구』에서 프로조디 개념을 끌어다가 분석의 예로 보여주었다. 또 이후의 연구에서 현대시에서 음악성을 실현하는 구체적인 지표를 '공명도sonority', '프로조디prosodie', '억양intonation'이라는 세 가지의 리듬 자질로 제시하면서 세

101 김준오, 『시론(제4판)』, 삼지원, 2017.
102 서우석, 『시와 리듬』, 문학과지성사, 2011.
103 한수영, 『운율의 탄생』, 아카넷, 2008.
104 조재룡, 「메쇼닉에 있어서 리듬의 개념」, 『불어불문학연구』 64, 불어불문학회, 2003; 조재룡, 『앙리 메쇼닉과 현대비평』, 길, 2007; 조재룡, 『시는 주사위 놀이를 하지 않는다』, 문학동네, 2014.

지표들이 통사적 차원에서뿐만 아니라 의미론적 차원에서 어떻게 하나의 체계로 통합[105]되는지에 보다 집중하였다. 권혁웅은 리듬을 의미의 생성, 변형, 배치, 충돌에 관여하는 음운복합체 즉 '소리-뜻'으로 부르면서 개별 작품에 수행되는 의미론적 강세를 강조하였다. 여기서 음운복합체는 의미론적 지평에 따라 복수의 중심[106]을 가질 수 있는 개념을 말한다. 장철환의 논의를 이어받은 장석원은 공명도 대신 '템포tempo'를 소개하면서 호흡의 배분이 리듬의 속도에 관여하고 있다는 사실을 보여주었는데, 이때 불규칙한 분행앙장브망을 호흡에 관여하는 템포[107]로 보고 있다. 박슬기는 리듬의 이념적 차원을 가리켜 '율律'이라고 규정하고, 텍스트에 현상으로 나타나는 리듬과 문자 리듬을 '성률聲律'과 '향률響律'이라는 개념으로 도입한다. 이때 성률은 언어의 음성적 효과를 이야기하며 낭송을 통해 구체적으로 실현되는 것이고, 향률은 문자의 율이며 문자의 시공간적 배열에 의거하는 것이다. 그는 이러한 문제의식에 따라 리듬은 세 가지 층위를 지닌 것으로 보았다. 첫째, 언어적 현상으로 드러나는 문자적 리듬 둘째, 경험으로서만 실재하는 리듬 셋째, 텍스트 차원의 리듬으로 주체로 하여금 계속 쓰고 중단하게 만드는 리듬의 충동을 리듬의 이념적 차원[108]에서 정리하였다. 이 논의는 리듬이 기존의 율격론에서 벗어나 '쓰기' 차원의 시적 주체 충동으로부터 근본적인 거론이 가능하다고 본 측면은 주목할 만하

---

105 장철환, 「격론 비판과 새로운 리듬론을 위한 시론」, 『현대시』, 2009.7; 장철환, 『김소월 시의 리듬 연구』, 소명출판, 2011.

106 권혁웅, 「현대시의 리듬 체계」, 『비교한국학』 22, 국제비교한국학회, 2014.

107 장석원, 「'프로조디, 템포, 억양'을 통한 새로운 리듬 논의의 확대-김수영의 「사랑의 변주곡(變奏曲)」을 중심으로」, 『국제어문』 52, 국제어문학회, 2011.

108 박슬기, 「한국 근대시의 형성과 율(律)의 이념」, 서울대 박사논문, 2011; 박슬기, 「율격론의 지평을 넘어선 새로운 리듬론을 위하여-장철환, 『김소월 시의 리듬 연구』, 소명출판, 2011 〈서평〉」, 『민족문학사연구』 48, 민족문학사연구소, 2012.

나, 근대시의 리듬을 언어적 실체에서 추적하여 문자 리듬에만 국한되게 다루고 있다는 점은 아쉬움으로 남는다.

이처럼 '리듬' 즉 '율律'을 규정할 수 있는 원리가 무엇인지에 대한 논의는 끊임없이 제기되었다. 주지하듯이 시에 내재되어 있는 리듬을 이해하기 위해서 기존 리듬론에 대한 한계를 인식하고 리듬을 발생시키는 요소를 살피는 일은 주요하다. 근대 초기 시가의 형성 과정에서부터 리듬은 능동적인 활동을 전제하면서 새로운 리듬론이 늘 요청되었다.

이 글의 논의로 돌아오자면, 결국 선행연구들은 '근대시 리듬=시조 리듬정형률'이라는 도식으로 정리될 수 있다. 근대 초기 시가의 형성 과정과 방향은 현대시조의 창작 방법에도 지대한 영향을 미쳐온 것이 사실이다. 그러나 분명한 것은 "정형이나 규범을 내세우는 율격론은 정형시형 일반의 질서를 설명할 수 있어도 작품마다의 질서를 이해할 수는 없는 한계"[109]를 가진다는 것이다. 따라서 현대시조가 현대시조로서 존립하려면 전통시조 기본형에 대한 개념과 변형 규칙에 따른 이해적 접근, 형식과 의미의 관계가 주도하는 주체적인 리듬에 대한 재고가 필요하다고 판단된다. "운율의 자유로운 운용은 전통 운율을 이해하고 변환함으로써 가능"[110]한 것이 된다는 문장에서 추측해볼 수 있듯이 현대시조는 전통시조의 기본형이라는 장벽을 넘어봄으로써 시조 장르의 현재적 가능성을 새로이 진단할 수 있을 것이다.

이 글은 김상옥, 윤금초, 박기섭의 시세계에 나타나는 형식 실험에 집중하면서 현대시조 '리듬'의 기제를 살피고자 한다. 여기서의 리듬은 전통

---

109 조동일, 『한국시가의 전통과 율격』, 한길사, 1982, 127쪽.
110 이혜원, 「현대시의 운율」, 『현대시 운율과 형식의 미학』, 서정시학, 2015, 50쪽.

적이고 추상적인 '율격' 차원의 리듬이 아닌 구체적이고 실체적인 '리듬'의 문제로 정의한다. 시의 리듬은 운율韻律을 지칭하는 개념이다. 운rhyme은 리듬rhyme으로 소리의 반복이고, 율meter은 율격으로 강약, 고저, 장단 등의 규칙적인 반복으로 볼 수 있는데, 이때의 리듬은 고정적이고 제한적이라는 한계를 안고 있다. 따라서 기존의 '운율법韻律法'은 소리의 반복 혹은 리듬의 반복이 만들어내는 일종의 패턴에서 리듬을 선택해야 하는 문제를 야기하였다. 그러나 소리의 규칙이나 법칙만으로 시를 설명하기는 적절하지 않다. 현대시의 경우 리듬은 '형식'이나 '의미', '이미지'라는 다양한 층위의 음악적인 특징을 포괄하는 넓은 범주로 적용된다. 그러므로 시에서 혼재된 상태로 사용하는 '운율'과 '리듬'이 변별되어야 할 필요성을 보여준다.

이 글에서는 현대시조의 '리듬'이라는 용어를 사용하면서 용어에 대한 혼선을 피하고자 한다. 특히 전통적인 '말소리'의 리듬에서 현대로의 이행으로 '의미'의 리듬, '경험'의 리듬이 발현해내는 감각적인 운동의 측면에서 리듬을 표기하겠다. "율격은 언어 체계 안에서 규칙적이고 체계적이어서 불변성을 갖지만 리듬은 형상화되는 언어 현상에 따라 가변성을 갖는다. 따라서 같은 율격을 채용한 작품이라도 율격은 같으나 리듬은 다를 수밖에 없는 것이다."[111] 이러한 맥락에서 현대시조의 리듬을 살피는 일은 시조의 정격 '형식'을 되물으며 기존의 '리듬' 문제를 재진단하는 과정이 된다. 또한 이것은 현대시조가 지향하고 있는 세계와 대면하는 일이면서 현대시조의 존재론을 증명하는 일이 될 것이다.

111 김대행, 『韻律』, 문학과지성사, 1984, 12쪽 참고.

이 글에서 구체적인 작품 분석을 통해 다루겠지만, 김상옥, 윤금초, 박기섭의 시조에 나타나는 특징은 시조의 내용의미에 적합한 시조의 형식리듬을 독자적인 시각으로 기획하면서 전통시조와는 변별되는 개성 있는 시 세계를 펼친다는 점이다. 이는 현대시조라는 장르의 가능성을 열어두면서 특수성 또한 추구하려는 의도라 할 수 있다. 그들이 도달해 보여주고자 하는 현대시조는 시조의 한계이자 특징인 시조 리듬을 심상화하는 과정에서 나타나는데, 여기서 우리는 고정된 시조가 아닌 자유롭고 개방적인 리듬을 살필 수 있다. 이 글에서는 김상옥, 윤금초, 박기섭의 작품을 읽고 분석하면서 개별 시인의 시조가 품고 있는 내재적인 특징이 시조의 리듬과 장르에 어떻게 기여하는지 밝힐 것이며, 동시에 전통시조에서 현대시조로의 이행에 따른 전개 양상을 함께 짚어보고자 한다.

현대시조의 리듬 문제를 보다 명확하게 이해하기 위해서는 규칙과 불규칙의 변형이라는 변화의 원리를 파악해야 한다. 또 리듬의 문제를 결속하는 음성적 · 통사적 · 의미적 차원의 층위에 대한 이해를 바탕에 두어야 한다. 본격적으로 이 글에서 작품 분석에 전제로 삼을 몇 가지 주요 개념에 대해 정리하면 다음과 같다.

먼저 강세, 박자, 언어로부터 유래한 '음보' 개념에 대한 이해다. 음보는 'foot'의 번역어로서 율격을 나누는 단위인 '토막'을 뜻한다. 시조에서는 일반적으로 한 장章의 네 토막을 '음보율'로 대체하여 사용하였다. 이때 토막은 음절수가 일정한 것을 기본으로 하는데, 이것은 고저율 · 장단율 · 강약율이라는 복합율격의 특징을 갖춘다. 그러나 음보로 규정되는 단위로서의 리듬이 과연 어떤 자질에 의해 형성되는 것인지 현대시조의 경우에도 숙고해볼 필요가 있다. 이때 음보는 율독할 때 숨을 쉬는 단위인 휴지休止로 경계를 이루는데, 고전시가의 경우를 살펴보자면 율격상의 경계 표지가 분명하며 시간적 등장성等長性, isochronism의 원칙에 부합하는 경우가 많지만, 대개 한국 시가는 단순 율격이면서 한 토막을 이루는 음절수가 고정되어 있지 않고 가변적이기 때문에 음보의 개념에 잘 부합되지 않는다. 더욱이 형식의 변이와 일탈을 도모하면서 개별 율격을 구현하는 현대시조의 경우에도 율격이 각기 다르게 적용되고 있음을 확인할 수 있다. 따라서 운율론자들이 쓰던 '음보'의 개념을 현대시조에서 무반성적으로 사용함으로써 빚어지는 혼선을 바로잡고자 이 글에서는 시조의 네 토막 음보를 확실한 쉼에 의해 분단되는 '마디'의 개념으로 이해하고 휴지休止에 의해 구분되는 잠재적인 분단까지 의미화하고자 한다.

시조 마디음보의 개념은 호흡의 단위와 긴장 관계 속에 놓여 있다. 따라서 개별 시인의 발화를 보편적 질서의 규칙으로 내세우기에는 어려움이 따른다. 예컨대 현대시조 리듬의 문제는 '장章'과 '구句'의 배열을 의식하면서 탄력을 높이는 유연성을 추구한다는 점이다. 이러한 실험은 시조의 한 장章을 '행行'과 '연聯'의 가능성 차원으로 열어놓는데, 여기서 시인은 자의적인 분행으로 이미지에 탄력적인 리듬을 부여한다. 디어터 람핑은 '시행발화詩行發話'라는 용어를 사용하면서 통사적인 언어는 모든 규준으로부터 이탈이 가능하다는 지점을 조명하였고, 시적 발화의 고유성을 수용하였다. 그에 따르면 "언어적 표현은 오히려 이해 불가능한 단어들이나 어휘 나열을 포함할 수도 있으며 그 자체 내에서 모순되거나 비연관적일 수도 있고 심지어는 전통적인 의미 표상과 충돌할 경우"[112]도 있는 것이다.

112 디어터 람핑, 장영태 역, 『서정시-이론과 역사』, 문학과지성사, 1994, 39쪽.

이와 같은 논의를 참조하여 이 글에서는 현대시조에 나타나는 제약된 발화, 제약되지 않은 발화의 의미론적 강세를 짚어보겠다.

또한 '행行'과 '행行' 사이의 분절이 시어의 통사적인 분절과 일치하지 않는 경우 기존의 의미와 호흡을 낯설게 한다는 점에서, 이 글은 황정산의 '시행엇붙임' 혹은 '앙장브망enjambment'[113]의 개념을 방법적으로 차용한다. 이는 시행에 파격적인 구문을 만듦으로써 이미지에 충격을 가하여 시선을 모으게 하는 힘을 지닌다. 여기서 엇붙임의 결속 방향은 시상의 내면 성질을 파악하게 하면서 속도 변화를 가속화한다. 가령 시행 '올려붙임'과 '내려붙임'은 시행의 끝에 자리하면서 다른 국면을 드러내는데 이영광은 "엇붙임된 시행에서 보이는 심리적 갈등과 시적 효과를 크게 '갈등의 추이'와 '갈등의 구도'"[114]라는 두 항으로 정리하고 있다. 이 글에서는 이러한 지점을 참조하여 현대시조에 나타나는 엇붙임과 시의식을 규명할 틀을 마련하려 한다.

의미의 지표나 의미의 요구는 끝없이 의미를 향한 여정과 연관된다. 그것은 의미의 효과를 부여하는 형식에 관한 관심으로 전개되는데, 현대시조에서도 시적 의미는 형식의 다름을 주관한다. 이를테면 상징적 발화를 통하여 가시적인 세계와 비가시적인 세계를 통섭해내면서 시각 은유를 구조화할 수 있다. 이 글은 시적 상상력에 따라 미적 실천으로 재현된 이미지를 은유의 태도로 살피고자 한다. 이러한 맥락에서 시각 은유가 시각적 유기화를 통하여 미학적 특이성을 확보한다는 점에 동의하면서 강홍

113 황정산, 「한국 현대시에 나타난 시행 엇붙임에 대한 연구」, 『한국학보』 59, 일지사, 1990.
114 이영광, 「한국시의 시행 엇붙임과 시의식에 대한 연구－1960~80년대 시를 중심으로」, 『현대문학이론연구』 13, 현대문학이론학회, 2000, 234~235쪽.

기의 '시각률'[115]이라는 개념을 적극적으로 수용하였다. 그에 의하면 리듬은 소리이기보다 의미의 진동, 의식의 흐름, 정서적 진폭, 이미지 간의 연결, 시각적 요인, 통사적 구조를 통해 추적되는 복합체인데, 우리 시에 있어서 일사불란하게 배열된 활자들의 공간이 시각적 효과를 드러내면서 심리 현상을 지속시킨다는 것이다. 이것은 궁극적으로 시의 함축적이고 외연적인 의미를 함께 살필 수 있는 척도가 될 수 있다는 점에서 유의미한 방법으로 보인다.

시적 기능에 있어서 등가성의 원리를 우위에 두는 로만 야콥슨에 따르면 선택과 결합은 언제나 배열의 구성요소로 자리한다. 바로 "유사성이 인접성 위에 중첩될 때, 시는 철두철미하게 상징적, 복합적, 다의적 본질을 표출"[116]하는 방법이 된다. 이 글에서는 현대시조에 드러나는 존재론적인 의미를 인접성과 유사성이라는 환유와 은유에서 찾고 시조의 다층적 의미를 드러내면서 소리 자질을 연합하는 과정을 논구하기로 한다.

결국, 한 편의 작품은 최종적으로 전달하려는 작품의 의미를 넘어서 지평을 구성하는 세계다. 이러한 관점에서 시조의 종장 역시 언제나 열린 구조가 된다. 윤의섭은 시의 종결에 이르러 형성되는 지평 구조를 살피면서 시적 자아와 세계와의 관계에 대해 피력하였다. "지평의 현재성은 그러나 그것이 지평 형성의 기준이 될 뿐, 유일한 범주라고 할 수 없다. 지평은 독자 주체로 하여금 주변 환경으로의 연장을 유도하고 다시 과거와 미래로의 지향을 유발"[117]한다는 것이다. 다시 말해 종결은 시간적 간격을 통하

---

115 강홍기, 『현대시 운율 구조론』, 태학사, 1999, 307쪽.
116 로만 야콥슨, 신문수 역, 『문학 속의 언어학』, 문학과지성사, 1989, 78쪽.
117 윤의섭, 「시의 지평 형성과 시간성 연구－종결 구조와 관련하여」, 『한국시학연구』 24, 한국시학회, 2009, 209쪽.

여 과거와 미래로의 경계를 확장하게 된다는 관점에 입각해 있다. 이러한 종결 의식에 대한 인식은 현대시조 종장의 미학적 가치와도 닮아 있다. 그런 점에서 현대시조의 종장을 불가능성의 가능성 차원에서 살펴볼 필요가 있다.

이상의 논의를 정리하자면, 형식 면에서 현대시조 시인들은 시조의 구조적인 특징에 주목하였다. '장章'과 '구句'의 배열을 의식하고 시형의 변주에 대해 고민하기 시작하였는데, 특히 3장초장・중장・종장이라는 장별 배행에서 벗어나 구별 배행을 시도하는 형식 실험이 두드러졌다. 또한 그들이 단시조, 단장시조, 양장시조, 사설시조, 옴니버스시조 등과 같은 다양한 시조의 형태를 추구했다는 점은 새로운 시조 형식의 출현 가능성 차원에서 좀 더 논의해 볼 필요가 있다. 내용 면에서 전통시조가 인간의 내면 혹은 자연관에 대한 사상과 감정을 이입하여 표출했다면, 현대시조는 선경후정先景後情의 관점에서 탈피하여 시적 상황을 정서화했다. 따라서 시조의 의미 전달은 감정의 점층적 고양과 하강이라는 진폭을 제시하게 되는데 이때, 시조의 리듬에 율동을 보태는 것이다. 이 글에서는 시조의 '장행'과 '구연'의 구분으로 호흡의 단층을 마련하는 과정이 시조 의미상의 리듬을 재조직하거나 해체하는 모습을 드러낸다는 점에 집중하여 연관 관계를 밝히고자 한다. 시행의 굴곡미를 실행하기 위해서는 억양이라는 리듬감을 필요로 하는데, 시조의 구수율, 음수율, 음보율의 대담한 확장은 관습적으로 반복되던 시조의 긴장감을 깨뜨리고 시조를 자유로운 리듬에 가깝게 읽어줄 것을 요구한다.

이러한 맥락에서 이 글에서는 "고시조를 '기 지향의 언어'로, 현대시조를 '지표 지향의 언어'로 파악"[118]하는 단선적인 인식에 반기를 들면서 현대시조가 내포하고 있는 내용의미과 형식리듬상의 문제 또한 보편적인 리듬이 아닌 개인적 리듬의 자유로운 충동이라는 관점에서 파악하고자 한다. 다시 말해 리듬은 개별 텍스트에 나타난 개별 시인의 미적 자질임을 밝히면서 시조-시인의 개별 시편에 관심을 기울일 것이다.

제2장에서는 김상옥의 시조가 한국 현대시조사에 던지는 의미를 진단하면서 그가 시조를 통해 정의하려고 했던 정형률의 잠재적 가능성에 집중한다. 그는 초기 시편에서 전통시조의 정형을 고수하다가 후기 시편으로 가면서 시조 형식의 변격과 일탈을 보여준다. 이를 통해 전통시조의 엄격한 규제미와 고유미의 특색에서 멀어지고자 한다. 더욱이 김상옥은 자신의 시조를 '삼행시三行詩'라고 명명하면서 시조가 고수하는 전통성에서 이탈한 작품을 창작하며 복합적인 의미를 생성해낸다. 이때 시조 율독의 연관에서 비롯된 '장행'과 '구연'의 기능 강조는 시조의 '템포'에 변화를 주고 있다. 의미의 확대와 형식의 이완이 안고 있는 시조의 특질은 시조의 현대화를 위한 실험으로 탈정형화된 율격의 새로운 계승을 제시한다. 이처럼 김상옥이 시도한 시조 운용적 폭의 극화 지점을 살피면서 시조에 나타나는 음조미의 층위를 분석하고 탐구해볼 것이다.

제3장에서는 윤금초의 시조를 중심으로 시조의 장형화가 빚어내는 산문성에 대해 살핀다. 그는 정형시라는 형식적 제약 속에서 기본 율격을 벗어나는 변격으로 양장시조, 엇시조, 사설시조와 같은 '열린 시조'를 탐색

118 이완형, 「고시조와 현대시조, 그 이어짐과 벌어짐의 사이」, 『시조학논총』 28, 한국시조학회, 2008, 113쪽.

하였다. 특히 윤금초 시조의 형식 실험은 평시조와 다양한 변격 시조의 혼합 형태인 '옴니버스omnibus시조'를 구현해낸다. 시조에 서사 구조를 갖추기 위하여 다양한 형식을 병합하면서 단아한 안정성을 유지하던 시조는 새로운 양식적 확장을 기대하게 된다. 이에 따라 시조는 서정의 확장과 정형의 가변성에 집중하고, 연쇄적 병치에 기초하며 '말 엮음'의 미학적 성취를 발견해나간다. 이는 시조와 산문시의 경계를 넘나드는 형식으로 시인의 관습적 욕구가 시조의 형식을 향한 창조적 실현으로 재현된다. 윤금초의 산문 시형은 진술에 의존하기보다 시조의 본령을 유지하면서 형태적 상상력을 넘어서려는 속성을 보여준다. 바로 문장이 의미적 응집성과 결속 구조로 담화의 효과를 형성한다. 또한 시적 주체의 시선과 공간을 이동시키는 동시에 리듬의 문제를 강조하는 방향으로 나아가는데 이 글에서는 이점에 주목할 것이다.

제4장에서는 박기섭 시조의 연상적 거리와 상징적 이미지가 일깨우는 역동적인 리듬의 효과를 파악한다. 그는 시조의 외형적인 미美에도 관심을 가지면서 문자가 관여하는 내재적 의미 생산뿐만 아니라 모양이 드러내는 공간적 상상력을 강조한다. 이것은 '시각률'과 '회화성'으로 설명할 수 있다. 시인 내면의 복잡한 감정에 문학적 상상력을 더하여 공간성의 개념으로 연결 지을 수 있다. 이때, 쓰여지는 말과 말해지고 싶은 말이 동시에 새로운 리듬감을 형성하게 되는 것이다. 박기섭은 의도적으로 시행에 변화를 줌으로써 동일한 호흡으로 시조를 읽는 독자의 리듬에 관여하는데 이것은 '낯설게 하기defamiliarization' 효과를 불러일으킨다. 시조의 통사 구조를 의도적으로 왜곡하고 변형하여 시행을 자유롭게 하는 과정은 박기

섭의 시조에서 생동하는 이미지를 설명해 줄 중요한 단초라고 할 수 있다. 또한 박기섭은 시조의 본령은 절제와 함축, 긴장과 탄력, 생략과 여운이 중요한 기제로 작용한다는 점을 강조하였다. 특히 그는 시조성을 시조의 종장으로 확인하면서 종결 방식에 대한 의미의 확산에 중점을 두고 있다. 따라서 박기섭 시조에 나타난 종장의 지형도를 추적하다 보면 시조 종장이 의미에 관여하는 리듬을 어떻게 만들어 낼 수 있는지를 엿볼 수 있다.

이 글은 김상옥, 윤금초, 박기섭의 시세계를 토대로 그들 개별 작품이 도달하고자 한 정형률의 확장 가능성과 시의 본질인 음악성의 미학적 가치를 탐구하고자 한다. 이를 논구하는 일은 정형률을 기저 자질로 삼고 있는 현대시조 개별 리듬의 가능성을 타진하는 작업에 다름없다. 이를 통해 산재되어 있는 현대시조 리듬론을 집대성하면서 동시에 한국시 리듬론의 도약에 기여할 것으로 기대한다.

제2장

‘정형률整形律’이라는 시조의 잠재적 리듬

김상옥

한국 근대문학에서 시조는 전통 장르의 ‘정형률定型律’로 인해 혼란을 거듭해왔다. 일차적으로 시조에 대한 고착된 시각은 근대화의 일반적 속성을 충족하기 어려웠다. 따라서 시조의 특수성을 이해하고 그 방향을 파악하는 데 보수적 진화론이 지나치게 강조되면서 수정과 보완의 소극적인 자세를 유지한 것이다. 그러나 오늘날 현대시조가 갖는 정체성은 ‘현대성’과 ‘시조성’을 동시에 충족하는 데서 확립되어야 하며, 시조가 단순한 형식주의나 소재주의에 머무를 수 없다는 점에서 문제가 제기된다. 그러므로 현대시조가 나름의 의미 있는 결과를 산출해내기 위해서는, 현실에의 접근을 위한 예술적 규범의 직관과 통찰의 만남을 주선함으로써 시조에 관한 성찰의 장이 마련되어야 한다. 그리하여 현대시조가 현실을 보다 충실하게 재현하면서 시대의 정신을 반영해야 한다는 점은 분명하게 인식된다. 그동안 “시조가 개인 내면의 자율성과 사회 현실의 구체성을 매개하고 통합하려 했던 근대문학의 일반적 속성을 충족하기 어려운 전통과 형식”[1]을 가지고 있다는 시각이 일반적이었는데, 이는 시조의 형식적 제약에 지나치게 의존하면서 독자성을 상실하게 하는 요인으로 작용하였다. 하지만 현대시조가 "현재적 의의를 갖는 이유는 시조 형식의 진부함에도 불구하고 그것을 현재의 분위기에 맞게 변용시키는 슬기의 소산"[2]이기 때문이다. 그런 점에서 시조는 이제 오늘이라는 현재성을 떼어놓고 생각할 수 없다.

이 장에서 살피려고 하는 초정 김상옥의 시조는 근대문학의 반성을 토대로 하여 역설적으로 근대문학의 가능성을 점검하게 한다. 이는 반反근대성이 내세우는 존재 가능한 양식의 확장이 우리 시대 시조의 가능성을 얼마나 열어주고 있는지를 확인해보려는 시도이다. 김상옥은 시조의 내용과 형식에 있어서 독자적인 세계를 구축하였다. 김상옥의 시조는 "대타자의 상실과 자기 정립을 행했던 당대 시조시인의 관점"[3]을 명확하게 보여준다는 점에서 의미가 있다. 결과적으로 그의 시조는 시조 장르의 자기 정립 문제와 존재론 문제로까지 접근한다.

김상옥은 첫 시조집 『초적草笛』 이후 전통이라는 시대정신으로부터 탈피하여 형식적 자유로움을 구가하면서 변화의 움직임을 모색하였다. 특히 김상옥은 "가락을 강조할 때는 시조로, 이미지를 중심으로 할 때는 자유시"[4]로 쓰면서 시조와 자유시를 장르적 구분 없이 수용하였으며 자유로운 형식의 개성있는 변주를 실현하였다. 예컨대 김상옥에게 시조의 형식 실험은 우리말이 우리 가락을 형상화하는 데 얼마만큼 기여하는지에 관한 물음에

---

1 유성호, 「초정 김상옥의 시조 미학」, 『비평문학』 43, 한국비평문학회, 2012, 166쪽.
2 김제현, 『현대시조작법』, 새문사, 1999, 209쪽.
3 이중원, 「김상옥 시조와 자유의 형식」, 『시조학논총』 48, 한국시조학회, 2018, 34쪽.
4 장영우, 「시와 시인을 찾아서 · 19－초정 김상옥 대담」, 『詩와 詩學』 23, 시와시학사, 1996, 24쪽.

서 출발한다. 그에게 형식이라는 용어는 그 자체가 우위에 있는 것이 아니라 음의 높낮이와 관련이 있는 멜로디melody 즉 선율과 장단, 리듬rhythm과 연결된 것으로 질문의 형식을 포섭하여 논의를 진행하고자 할 때 그 의미를 획득하게 된다. 따라서 그의 시조가 전통시조의 형식이 품고 있는 음률의 미학을 얼개로 하여 시조 최대한의 박진감을 살리고 있다는 점은 주목할 만하다. 그러나 이와 같은 논의는 그동안의 시조가 이데올로기에 갇혀 시조 전통 내부에 남아있는 보수성을 떠안고 제한된 시조 리듬론을 펼쳤다는 데에서 재고할 필요가 있다. 이는 느슨한 의미의 관념론을 의심없이 사용해왔던 시조 형식의 문제를 재점검하는 기회를 마련해줄 것이다.

이러한 맥락에서 김상옥의 시세계에 나타나는 '정형률' 즉 '리듬'에 대한 논의는 시조가 자유시와 대비되고 소외되는 열등한 차원의 문제가 아니라 시조의 형식적 확장이 시조와 자유시의 경계를 얼마만큼 무화시킬 수 있는지에 집중하는 일이 된다. 이 장에서는 초정 김상옥의 시세계와 시론을 검토하며 시조와 시조 아닌 것의 경계를 살피고, 어떻게 시조의 형식과 리듬의 문제가 연결되고 있는지 파악하고자 한다. 김상옥의 시조에 나타나는 형식에 관한 고찰은 시조 리듬의 본질이 무엇인지에 대한 궁극의 질문을 던져줄 것이다.

1. 정서적 강화를 위한 시적 장치로서의 '정형률整形律'

김상옥은 첫 시조집 『초적草笛』1947을 비롯하여, 시집 『고원故園의 곡曲』1949, 시집 『이단의 시』1949, 동시집 『석류꽃』1952, 시집 『의상衣裳』1953, 시집

『목석木石의 노래』1956, 동시집 『꽃 속에 묻힌 집』1958, 시조집 『삼행시육십오편三行詩六十五篇』1973, 회갑기념시집 『묵墨을 갈다가』1980, 고희기념시집 『향기 남은 가을』1989, 시조집 『느티나무의 말』1998 등을 발간하면서 시조, 자유시, 동시라는 다양한 장르를 통해 실험성이 짙은 시형을 시도해왔다.

김상옥의 시집 『초적草笛』과 『삼행시육십오편三行詩六十五篇』, 『느티나무의 말』은 작품 전체가 시조만으로 구성된 시조집이며, 『묵墨을 갈다가』, 『향기 남은 가을』은 개작한 작품을 포함해 신작을 섞어 시조와 자유시를 구분 없이 다루고 있다. 그는 시조와 자유시 중 한 장르에 경중을 두지 않고 오히려 장르를 넘나드는 시도로 시조의 의미를 찾고자 했다.

김상옥에 대한 최초의 평가는 1939년 가람 이병기의 『문장文章』 추천사에서 확인할 수 있는데, 이병기는 김상옥의 시조 「봉선화鳳仙花」를 "우리 어감語感, 어례語例를 새롭게 살리는 말법을 쓰는 것이 더욱 용하다"[5]고 평가했다. 그는 전통적 서정을 바탕으로 민족성을 발견하고 토속적인 언어를 구사하면서 삶과 밀착된 것을 문학의 질료로 삼아왔다. 『초적草笛』에 대한 기존의 평가는 대체로 김상옥의 정신적 토대인 유儒·불佛·도교道敎에 기초한 관조의 세계이며, 대개 작품 속에 자리한 생태사상과 생명사상이 실천적 수양과 윤리를 내세우는 동양사상에 뿌리를 두고 있다는 관점에서 논의되었다.

특히 그의 등단 지면인 『문장文章』은 "근대에 대한 회의로서의 반근대, 근대에 대한 저항으로서의 탈근대, 파시즘적 동일화에 맞선 차이에의 지향 등을 구현"[6]하였는데, 김상옥의 초기 시조를 이와 같은 맥락에서 이해

5 이병기, 「시조를 뽑고」, 『문장』, 1939, 180쪽.
6 유성호, 「초정 김상옥의 시조 미학」, 『비평문학』 43, 한국비평문학회, 2012, 169쪽.

할 수 있다. 그는 반근대와 토착어를 일관되게 지향하면서 "전통에서 출발하야 그와 몌별袂別하고 다시 시류에 초월한 시조중흥의 영예로운 위치"[7]에 설 수 있다고 보았다. 그러나 고전적 전통주의에 따른 향토적 서정 지향, 자연 친화적인 정서를 바탕으로 한다는 한정된 정의로는 김상옥의 시세계를 설명하기 어렵다. 김상옥은 시의 본질에 대해 고민하면서 '내용'과 '형식' 탐구를 이어갔으며, '문학이 하는 일'에 대한 근원적인 물음을 제기했다. 그는 첫 시집의 후기에서 "'왜 시를 쓰는가'에 답하는 내용을 통하여 시의 '동기'에 대한 관심을, '시란 무엇인가'를 말함으로써 시의 '정의'를, '시는 무엇을 노래해야 하는가'를 통하여 시의 '내용'을, '시는 어떠해야 하는가'를 통하여 시의 '형식'에 대한 관심의 궤적"[8]을 전개하였다. 그것은 한 시인의 시세계를 이루는 필연적 요소이면서, 김상옥의 시세계가 어떻게 원인과 결과를 가지고 작동하는지에 대한 근본을 파악하는 일이다. 김상옥은 문학을 생성하는 힘에 관하여 장애로 작용하는 규율·규범의 요인을 검토하면서 '지금-여기'에 대한 끊임없는 탈주로서 시조의 존재론을 도모한다. 따라서 김상옥의 시세계를 형성하는 내적 필연성은 '내용'과 '형식'에 대한 관심과 가깝게 밀착한다.

김상옥의 현대적 언어미학은 시조와 자유시의 존재에 대한 사유를 심화시킨다. 전통적 서정성과 생명 미학에서 출발하여 내밀한 서정의 세계로 시조의 운명을 개척해나가던 그는 새로운 양식에 대한 실험과 탐색을 거쳐 형이상학적인 존재탐구로 자신의 영역을 확장시킨다. 여기서 정형시

---

7 정지용, 『가람시조집』, 문장사, 1939, 99쪽.

8 김대행, 「초정 김상옥의 문학관」, 장경렬 편, 『불과 얼음의 시혼－초정 김상옥의 문학 세계』, 태학사, 2007, 131쪽.

형과 자유시형이라는 대조적인 시작詩作에 대한 가감 없는 수용은 김상옥의 시세계를 심화 혹은 연장시키는 움직임의 요소로 작용하게 한다. 아울러 김상옥은 "시조를 조선조 문화 유산의 답습품이 아니라 현대에도 살아 숨 쉬는 한 편의 시로 재창조한다는 의미에서 그는 시조라는 말을 버리고 '삼행시'라는 용어를 택하였다. 이 말은 한국인의 정서적 형질에 부합하는 3행의 형식 욕구를 충족하면서 현대의 시"[9]로 모습을 드러내고 시조의 새로운 가능성을 개척하는 데 일조했다. 김상옥은 한국인의 율조를 '삼행시三行詩'로 보면서 전통시조의 형식에서 벗어나는 본격적인 형식 실험을 실현하였다.

> 혹자는 말합니다. 당신이 뭔데 시조를 멋대로 삼행시라고 하느냐는 것인데, 함부로 지은 것은 아닙니다. 자유시가 형식을 무시한다고 하면서도 내재된 규격을 지키는 것과 같이, 시조도 형식에만 구애되지 않은 시이고, 형식이 없다고까지 할 만큼 내용이 우선되는 것입니다. 나는 이 시와 시조의 관계에서 삼행시란 말을 쓰게 된 것입니다. 시조는 옛날 것이고 자유시는 새로운 것이란 인식을 뛰어넘어 시조의 새로운 전통을 잇는 의미로서의 뜻일 수도 있습니다. 세 줄로 된 시니까 삼행시고 2행 3연시도 될 수 있는 것이지요. 서구 사조를 따른 서양 사람 흉내 낸 한국말 용법이 아닌 한국말답게 한국인의 율조律調에 맞게 쓴 것이 나의 삼행시인 것입니다.[10]

---

9 이숭원, 「고고하고 정결한 정신의 지향」, 장경렬 편, 『불과 얼음의 시혼－초정 김상옥의 문학 세계』, 태학사, 2007, 238~239쪽.

10 임문혁 대담, 「국어 교과서 수록 작가 대담」, 『새한신문』, 1985.9.2.

전통적 율격을 선보였던 그의 첫 시조집 『초적草笛』1947 발간 이후 김상옥은 두 번째 시조집 『삼행시육십오편三行詩六十五篇』1973을 출간한다. 그는 이 시조집에서 시조라는 말을 전혀 사용하지 않고 '삼행시三行詩'라고 규정한다. 김상옥은 시집의 속표지에 '삼행시장단형단연작육십오편백이십삼수三行詩長短形單聯作六十五篇百二十三首'[11]라고 제목을 표기하였다. 김상옥은 시조의 정형성을 음수율에 가두지 않으려는 태도를 보여줌으로써 자신의 시세계에서 중요한 문제의식은 시조와 자유시의 경계를 넘나드는 유기적 관계임을 강조하였다.

『삼행시육십오편三行詩六十五篇』에는 김상옥이 추구하는 시조와 예술세계에 대한 완성 의지가 유감없이 드러나면서 시조의 독특한 흐름을 추종하고 있다. 그렇게 해서 그의 시조는 은밀하게 새로운 의미 규정을 이루었다. 이 시집에는 시조의 형식이 잘 정제된 시형인 전통시조와 시조의 정형성을 많이 벗어나 보이는 시조작품이 섞여 있음을 확인할 수 있다. 이와 같은 방식으로 김상옥은 시조 형식의 실체에 접근하면서 시조의 완강한 고정관념에서 벗어나 기성 질서에 대응할 수 있는 새로운 양식을 찾고자 했다. 『삼행시육십오편三行詩六十五篇』에는 총 65편의 작품이 수록되어 있는데 그중에서도 시조의 전통규칙에 입각한 평시조 52편, 시조의 기준형에서 벗어나 보이는 장형시조가 13편[12]으로 구성되어 있다. '삼행시三行詩'에

---

11 "『三行詩』 시집에 실린 시조는 6행으로 된 「관계」를 제외하면, 단시조 15편, 2수 연시조 23편, 3수 연시조 9편, 4수 연시조 4편, 5수 연시조 1편, 사설시조(장형시조) 12편으로 구성되어 있다. 이들을 모두 더하면 64편 121수이다. 따라서 김상옥은 6행으로 된 시 「관계」를 2수로 계산한 것으로 보인다. 그럴 경우 시집의 안쪽 표지에서 김상옥이 명시한 '65편 123수'와 일치한다."(강호정, 「이호우와 김상옥 시조 비교 연구」, 『시조학 논총』 49, 한국시조학회, 2018, 65쪽)

12 『삼행시육십오편(三行詩六十五篇)』에서 시조의 정형을 벗어나 보이는 작품은 「圖章」, 「내가 네 房안에 있는 줄 아는가」, 「늪가에 앉은 소년」, 「關係」, 「人間나라 生佛나라의 首都」,

서 김상옥이 주목한 것은 '행行'과 '수首'의 유연성과 신축성이다. 이때 '행行'이 단어나 '구句', '절節'의 연합으로 구성되는 자유시에 가까운 개념이라면, '수首'는 시조에서의 개념으로 보는 것이 보편적이라 할 수 있다. 김상옥은 시조의 구태의연함을 혁신해보고자 시조 정형의 기계적 자수 배치에 전복을 꾀하였다. 그것은 문화적으로 용인되어 온 시조의 오랜 고정관념을 깨뜨리는 획기적인 시도이자 의식의 발로이다. 다시 말해 김상옥이 인식한 '행'과 '수'의 문제는 시조와 자유시의 '경계'가 안겨주는 일종의 '바깥'이라는 고립감에서 시작되며, 이를 해소하고자 '삼행시三行詩'라는 명칭을 자각하면서 시세계의 매개로 삼은 것이다. 그런 지점에서 '삼행시三行詩'를 통해 도달하고자 했던 것은 시조와 자유시의 이분법을 해체하면서 무화를 염두에 두는 시인의 태도와 연결된다.

①

솔씨가 썩어서 송진을 게워내기까지

송진이 굳어서 반쯤 밀화蜜花가 되기까지

용하다 이조李朝의 흙이여 너는 얼마만큼 참았는가.

—「李朝의 흙」 1수(『三行詩六十五篇』)[13]

②

몇십층十層 빌딩보다 오히려 키가 큰 너

「古山子 金正浩先生頌」, 「金을 넝마로 하는 術師에게」, 「開眼」, 「돌아온 꽃이」, 「춤 1」, 「슬기로운 꽃나무」, 「科學 非科學 非非科學的 體驗」, 「雅歌 2-아사녀의 노래」로 총 13편이다.

13 초정 김상옥의 모든 작품은 이 책에서 인용한다(김상옥, 민영 편, 『김상옥 시전집』, 창비, 2005).

지금 먼지구덕에 어깨 쭈그리고 앉았지만

한때는 불구덩에 휘말려도 차디찬 눈발 끼얹던 너!

—「착한 魔法」 1수(『三行詩六十五篇』)

③

주황색朱黃色 네모난 저 돗자리를 누가 펴고 있나

두루마리, 물빛 두루마리 걸어놓은 가장이에

모이를 찾듯, 몇개의 꽃잎이 머리 맞대고 앉는다.

—「따사롭기 말할 수 없는 無題」 1수(『三行詩六十五篇』)

④

고와라 연蓮꽃수렁, 깊숙이 깔린 자욱한 인연人煙

천당도 푸줏간도 한지붕 밑, 연신 일렁이는 환생還生

눈부신 지옥, 드높은 시렁에 너는 거꾸로 매달린다.

—「꿈의 蓮못」 2수(『三行詩六十五篇』)

⑤

이마에 마구 짓이기던 그 독毒한 꽃물도

몸에 둘렀던 그 짙고 어두운 그늘도

이제는 다 벗을 수밖에…… 벗을 수밖에……

—「가을 뜨락에 서서」 1수(『三行詩六十五篇』)

김상옥의 시조에는 보편적 시조의 형식으로는 잘 설명할 수 없는 부분이 존재한다. 인용시는 『삼행시육십오편三行詩六十五篇』에 실린 평시조의 부분이다. 김상옥 시조에 나타나는 형식의 실험성은 정형 규칙의 엄격함과 일탈의 변주로 정의할 수 있을 만큼 그는 나름의 시조 창작방식을 구사하면서 형식의 과감한 긴장과 이완을 허용하였다. 인용시에서 주목할 부분은 그의 시조 '종장'[14]에 나타나는 특성이다.

먼저 인용시 ①~②를 살펴보면 위의 시조는 전통시조의 기준형에서 봤을 때 음수가 상당히 넘치는 모습을 확인할 수 있다. ①「이조李朝의 흙」에서 "용하다 이조李朝의 흙이여 너는 얼마만큼 참았는가"를 음수율로 따져보면 "용하다 / 이조李朝의 흙이여 / 너는 / 얼마만큼 참았는가" 3/6/2/8로 도식화할 수 있다. ②「착한 마법魔法」에서도 마찬가지다. "한때는 / 불구덩에 휘말려도 / 차디찬 눈발 / 끼얹던 너!"는 3/8/5/4와 같이 음수가 기준형에서 벗어난 변형적 형태를 보이는 것이다. 또한 ③「따사롭기 말할 수 없는 무제無題」와 ④「꿈의 연蓮못」에서는 시조 종장의 제1구 제2마디음보가 1마디음보와 3마디음보에 맞물려 있는 형상을 보이고 있으며, 이는 쉼표를 이용하여 의미 단위가 분절되어 읽히게 하는 효과를 불러일으킨다. 이러한 경우에는 시조 종장의 제1마디음보 '3음절' 규칙을 명확히 지키는 김상옥의 시조에 준거해서 대입해볼 필요가 있다. 김상옥은 ③~④에서 쉼표를 이용하여 제1마디음보 '3음절'을 2마디음보의 의미 단위와 이어붙여 놓았다. 가령 「따사롭기 말할 수 없는 무제無題」의 종장 "모이를 찾듯"을 시

14 김상옥의 두 번째 시조집 『삼행시육십오편(三行詩六十五篇)』에서 대표적으로 종장의 형태가 길어진 평시조를 살펴보자면 「李朝의 흙」, 「꿈의 蓮못」, 「착한 魔法」, 「일」, 「雅歌 1」이 있는데, 이는 김상옥의 첫 시조집 『초적(草笛)』에서는 전혀 찾아볼 수 없었던 특징이라고 할 수 있다.

조 종장의 '3음절'을 확보한 후 의미의 단위로 나누어보자면 "모이를 / 찾듯, 몇 개의 꽃잎이 / 머리 맞대고 / 앉는다"로 나누어 볼 수 있으며, 「꿈의 연蓮못」에서 "눈부신 지옥,"은 "눈부신 / 지옥, 드높은 시렁에 / 너는 / 거꾸로 매달린다"로 끊어 읽을 수 있겠다. 그러나 결과적으로 이러한 김상옥의 창작방식은 시조의 한 장을 의미의 단위로도 시상의 단위로도 나누지 못하는 문제를 초래한다. 또한 여태껏 불변의 음수로 인정해왔던 종장 제1마디음보인 '3음절'마저도 지키지 않는 것처럼 보일 수 있다. ⑤「가을 뜨락에 서서」의 종장에서 돋보이는 것은 말줄임표의 흔적이다. 시를 구성할 때 쓰이는 문장부호는 엄밀하게 선택되고 배치되는 것이므로 또 다른 형태의 언어가 되기도 하는데, 인용시의 종장에서 말줄임표는 모두 2회에 걸쳐 반복적으로 나타난다. "이제는 다 벗을 수밖에…… 벗을 수밖에……"에서 말줄임표는 "벗을 수밖에"라는 문장 사이의 행간과 여백을 이루는 효과를 얻고 있지만 시조의 단위를 2구로 나누거나, 4마디음보로 나눌 때 시조의 정격을 설명하기 더욱 어려워진다. "이제는 / 다 벗을 수밖에"에서 종장의 제1구는 3/6으로 나눌 수 있겠지만 "…… 벗을 수밖에……"는 2/3으로 보아야 하는지 하나의 마디음보 단위인 '5'로 보면서 말줄임표의 역할에 한 마디음보를 기대어야 하는지 그 범위가 모호해지기 때문이다.

생시엔 꿈도 깰 수 없어, 연방 내리쬐는 뙤약볕은 무섭도록 고요하다. 혼자 뒤처진 한 소년이 늪가에 앉아, 피라미새끼 노니는 것을 보고 있다.

저 백금白金빛 반짝이는 늪물 속엔 장대가 하나 꽂혀 있다. 장대의 그림자도 물에 꺾인 채 거꾸로 꽂혀 있다. 멀리서 터지는 포砲소리, 그 포砲소리에 놀란 어린 새가 앉을 데를 찾다가 장대 끝에 앉는다. 어린 새의 체중이 장대를 타고 흔들린다. 털끝만큼 흔들린 장대는 물 위에다 몇겹으로 작은 파문을 그린다.

이 순간, 파문에 놀란 피라미떼는 달아나고, 장대 끝에 앉은 어린 새 모양, 혼자 뒤처진 그 소년도 연방 물속으로 늪물속으로 빨려들어갈 듯 앉아 있다.

—「늪가에 앉은 소년」 전문(『三行詩六十五篇』)

「늪가에 앉은 소년」 또한 시조와는 거리가 멀어 보인다. "생시엔 꿈도 깰 수 없어, / 연방 내리쬐는 뙤약볕은 무섭도록 고요하다. // 혼자 뒤처진 한 소년이 늪가에 앉아, / 피라미새끼 노니는 것을 보고 있다."와 같이 인용시의 의미구조를 4마디음보로 나누어 볼 수 있겠지만 평시조의 기본 음수율에서 한참 늘어난 확장의 형태가 초래된다. 즉, 장음보長로서 기준음절수가 초과하는 모습을 보이고 있다. "음절수가 8음절이나 9음절로 늘어나는 것은 엇시조로 보는 편이 타당"하겠지만 엇시조는 "2음보가 세 번 중첩되어 6음보가 나타난 곳이 한군데만 있는 시조"[15]이기 때문에 인용시를 엇시조로 볼 수도 없다. 또한 자유시에 가까워 보이는 인용시를 사설시조로 규정짓기에도 어려움이 따른다. 이것은 일반적인 사설시조의 전형적인 짜임에서도 벗어나는 변형을 시도하기 때문이다.

그럼에도 김상옥은 「늪가에 앉은 소년」을 '삼행시三行詩'로 분류해 놓으면서 시조로 보고 있다. 그는 시조에서 '3장'이 시사하는 바를 시조의 실존과 본질에 가깝다고 믿었지만 이를 '장'으로 부르지 않았다. 되려 '행'

15 조동일, 『한국시가의 전통과 율격』, 한길사, 1982, 63~110쪽 참고.

이라는 의미를 강조하면서 의식의 기조를 마련한다. 시조 의미상의 구성은 3장 형식이면 3단 구성이라는 논리를 근거로 한다. 이것은 시조의 의미구조를 파악하는 데 도움을 주는데, 초장과 중장은 병렬적으로 연결되고, 종장은 앞선 초장과 중장을 접속·통합하거나 종결을 맺으며 미적 형식으로 표현되는 것이다. 인용시에 등장하는 "소년"은 무언가에 골몰하는데, "연방 물속으로 늪물속으로 빨려들어갈 듯 앉아" 현실 세계의 갈등과 억압의 세계를 지운다. 그는 "장대 끝에 앉은 어린 새"의 모습을 그리면서 평화로운 이상 세계를 소망한다. "늪가"의 정경을 호흡이 긴 장별 배행으로 시도하면서 서사적인 성질을 추구하고 있다. 이러한 용례에 비추어볼 때 김상옥이 명명하는 '행'은 열린 차원의 시작법이란 관점에서 그 의미를 확장해볼 수 있다. 그의 시조 속에서 행은 장보다 넓은 범주이며 전통적 규범을 벗겨내는 역설을 일종의 의미 효과로 획득하게 한다.

말없이 자리를 뜰 때마다 꼭 무엇에 빼앗기는 것만 같더니

물기 있는 하늘 속에 뛰어든 꽃망울, 그 꽃망울의 사운댐을 네 가슴에 옮겨놓고 보고 싶더니

아직은 값치지 못할 칠보七寶로 덮인 산山봉우리, 그 오색五色 봉우리를 너는 또 네 몸에 지니고 다닌다.

흩어진 노리개의 부스러기도 원형原形 그대로 이빠진 자국을 맞추더니

문득 플라스틱으로 만든 포도알, 그 인조 포도알을 가지고도 감쪽같이 싱그러운 과즙果汁을 짜내더니

마침내 너는 또 네 몸에 풍기던 그 살내음을 휘저어, 다시 뇌물에 실명失明한 이의 눈도 띄운다.

—「關係」 전문(『三行詩六十五篇』)

김상옥에게 「관계關係」는 "이빠진 자국을 맞추"면서 "네 몸에 지니고" 다니는 "살내음"에 다르지 않다. 그는 "물기 있는 하늘 속에 뛰어든 꽃망울"을 "가슴에 옮겨놓고" "칠보七寶로 덮인 산山봉우리"의 정경을 안으로 끌어들인다. 여기서 "너는 또 네 몸에"로 반복되는 구절은 나와 너의 시간 속에서 하나의 관계 맺기를 입증한다.

「관계關係」는 '삼행시三行詩'로 보기 매우 어려울뿐더러 시조의 삼단논법으로 그 구조를 파악해본다 하더라도 시조의 형식을 갖추고 있다고 볼 수 없다. 따라서 총 6행으로 구성된 인용시는 3행을 3장의 형식초장·중장·종장으로 보면서 2수짜리 연시조로 확정지을 수 있는 시조의 특질을 명확하게 규명하기 어렵다. 다만 문장의 3행이 끝나는 종결 구조를 살펴볼 때 "다닌다"와 "띄운다"처럼 평서형 종결형으로 취하고 있다는 점에 주목할 수 있다. 이러한 암시를 통해 인용시가 2수로 구성된 시조임을 간접적으로 유추할 수 있을 뿐이다. 실제적으로 김상옥은 "평시조든 연시조든 사설시조든 각각의 모든 시를 1수로 보았는데 「관계關係」는 2수로 계산"[16]했다. 「관

16 강호정, 「이호우와 김상옥 시조 비교 연구」, 『시조학논총』 49, 한국시조학회, 2018, 65쪽.

계關係」를 2수로 계산하고 있다는 점은 시조 형식의 자유로운 발화에 대한 고민이며, 시조로서 새로운 경지를 열고자 했던 김상옥의 적극적인 의지 표출이기도 하다. 다시 말해 김상옥이 추구하는 '삼행시三行詩'의 형식 추구는 자유시의 산문시에 가까운 장형시조로 설명할 수 있는데, 이때 나타나는 장형시조의 3장 구성은 3행의 배열을 모두 가능한 차원으로 이끌어낸다. 김상옥은 시조의 3장 구조를 작업의 토대로 놓고 있으며, 시조의 3장과 3행을 성찰하는 작업에서 시조의 표지를 찾고 있다.

> 옛날 옹기장수 순舜임금도 지나가고, 안경알 닦던 스피노자도 지나가던 길목. 그 길목에 한 불우한 소년少年이 앉아, 도장을 새긴다.
>
> 전황석田黃石을 새기다 전황석田黃石의 고운 무늬 눈에 재우고, 상아象牙를 새기다 상아象牙의 여문 질質을 손에 태운다. 향목木도 회양목木도 마저 새겨, 동그란 도장, 네모난 도장, 온갖 도장을 다 새긴다. 하고많은 글자 중에 사람들의 이름자字, 꽃이름 새이름도 아닌 사람들의 이름자字, 꽃모양 새모양으로 전자체篆字體를 새긴다.
>
> 그 소년少年, 잠시 칼질을 멈추고, 지나가는 얼굴들을 바라본다. 그 많은 얼굴 하나같이, 지울 수 없는 도장들이 새겨져 있다. 찍혀져 있다.
>
> —「圖章」 전문(『三行詩六十五篇』)

"불우한 소년少年"은 시적 주체의 자화상이다. 소년은 "지나가는 얼굴들을 바라"보며 "지울 수 없는 도장"을 새긴다. 그가 새기는 것은 자신의 자의식과 연관된다. 무수한 "칼질"을 통해 자기동일적인 주체 의식의 "이름 자字, 꽃이름 새이름"의 글씨를 남긴다. 여기서 도장은 새기고 찍는 행위를 통해 자신의 실존을 각인시킨다. 이지엽은 「도장圖章」을 각 장이 늘어난 사설시조로 보면서 사설이라는 형식은 반복과 열거를 통해 궁극의 논지를 절정으로 몰고 가는 수사법의 통합이라는 점에 주목한다. 이것은 호흡의 완급과 장단을 필연적으로 동반하면서 사유의 흐름과 긴밀하게 연결되기 때문이다. 가령 이러한 문제의식들을 수용하면서도 "호흡의 완급은 산문시의 형식적 조건을 규정하는 하나의 기준일 수 있다는 점"[17]에 집중하여 김상옥의 지향점이 어디에 있는지를 살피는 일이 중요하다. 시조는 구조적 안정성과 단조로움으로부터 탈피하려는 평시조의 개별 속성을 진단하면서 사설시조라는 차이를 만들었다. 따라서 사설시조 또한 평시조의 장단에서 박자를 형성하며 형식과 규범을 지켜왔다는 사실은 분명하게 인식되어야 한다. 그러나 김상옥의 사유는 불연속적인 에너지를 가지고 있으며, 텍스트의 형태로 온전히 시조를 형상화할 수 없다는 데서 문제가 발견된다. 시조의 기본 정격에 따르면 인용시 또한 사설시조로 보기가 매우 어렵다. 초장을 4마디음보로 나누어보면 "옛날 옹기장수 / 순舜임금도 지나가고, / 안경알 닦던 스피노자도 / 지나가던 길목. // 그 길목에 / 한 불우한 소년少年이 앉아, / 도장을 / 새긴다."로 정리할 수 있다. 이처럼 자유분방한 말수의 확장을 지표로 삼으면서 전체와 부분을 좌시하기에는 중장을 설명해내기가 힘들어 보인다. 또 종장을 두 번 반복해본다 하더라도 "그 소년少年, / 잠시 칼질을 멈추고, / 지나가는 / 얼굴들을 바라본다. //

---

17 이지엽, 「정제와 자유, 엄격과 일탈의 시조 형식」, 장경렬 편, 『불과 얼음의 시혼－초정 김상옥의 문학 세계』, 태학사, 2007, 283쪽.

그 많은 / 얼굴 하나같이, 지울 수 없는 도장들이 / 새겨져 있다. / 찍혀져 있다."처럼 종장의 뒷부분은 일반적인 시조 형식상의 외연이 무분별하게 늘어져 있어 결과론적으로 시조로서 이해될만한 범위를 초과한다. 그럼에도 여기서 주목할 부분은 김상옥이 시조가 갖는 한계를 극복하고자 부단히 노력했다는 점이다. 그의 시조가 과감한 축약과 이완을 허용하면서 획일화되어 있는 시조 형식의 운용폭을 극대화했다는 데서 여러 의미를 추출해볼 수 있다.

이런들 어떠오리 저런들 어떠 하오리 술을 따라 권하오거늘

백사가百死歌 읊으오시며 그 잔盞을 돌리오시다.

그 몸이 아으 죽고 또 죽고 천만번을 고치오셔도 한번 간肝에다 새긴 뜻은 굽힐 길이 없소이다.

아으 그 노래 읊은 뒤에 반천년半千年도 하루인 양 오로지 왕씨王氏 이조李朝도 한길로 쓰러져 꿈이로소이다.

임 한번 베오신 피가 돌이 삭다 살아지오리.

돌난간마저 삭아지어도 스며드오신 붉은 그 마음은 흐릴 길이 없으리다.

—「善竹橋」 전문(『草笛』)

인용시는 첫 시조집 『초적草笛』에 실려 있는 40편의 작품 중 유일하게 평시조에서 벗어난 작품이다. 김상옥은 역사의 유물을 찾아 노래하면서 민족의 자존심을 세우는 일에 앞장섰다. 「선죽교善竹橋」는 고려시대 석교로 알려져 있으며 고려 충절의 상징물이다. 고려말 충신 정몽주가 이성계를 문병하고 귀가하던 도중 그의 아들인 이방원으로부터 철퇴를 맞아 숨졌는데, 선혈이 얼룩진 자리에 대나무가 피어서 선죽교라고 불리게 되었다. 선죽교는 고려 왕조의 절개를 지킨 정몽주의 충의를 기리는 김상옥의 비장한 결의를 표출한 작품이다. 김상옥은 「선죽교善竹橋」에서 이미 시조 정격의 호흡을 살피면서도 자유롭게 시상을 전개하려는 파격적인 시도를 멈추지 않았다. 시조라는 고정된 정형으로부터 발생하는 불확실성에서 다의적인 해석의 가능성을 열어놓고 있다. 인용시 역시 사설시조의 사설성에 대한 견해를 내비치며 자유분방한 시형으로 보는 것이 가능하다는 의견이 있었지만 임선묵은 "이를 사설로 보기에는 중장이 너무 가즈런하고, 엇시조로 보기에는 종래의 통설에 적용하기 곤란하다"[18]고 하며 하나의 변조로 다루었다. 인용시의 2행 "백사가百死歌 / 읊으오시며 / 그 잔盞을 / 돌리오시다", 7행 "임 한번 / 베오신 피가 / 돌이 삭다 / 살아지오리"처럼 중장은 비교적 평시조의 자수율을 지키고 있는 반면에 초장과 종장이 길어진 형태를 보이면서 상당히 긴 호흡의 담론을 시적 언어로 표현하고 있다. 이처럼 김상옥이 첫 시집에 평시조의 규칙에서 벗어난 작품을 함께 수록한 것은 시조 특유의 호흡에 대한 관심으로 추적해볼 수 있다. 김상옥은 시조를 전통시의 계승이라는 명분에서 제외시키고 변화에 대한 열망과

18 임선묵, 「『초적』고」, 『국문학논집』 11, 단국대 국어국문학과, 1983, 121쪽.

추동의 힘으로 새로운 문학적 타자를 궁리하게 한다. 이러한 모색의 방향은 내부를 외부화하거나 외부를 내면화하는 동시에 시조와 자유시의 교집합을 찾으려는 노력으로 귀결된다.

소주燒酒 아니다, 뻬주 아니다, 그날 네가 권한 꼬냑은 더욱 아니다.

칠칠한 바닷속으로 바다 같은 숲속으로 내몰려 두 눈에 쌍심지 돋던 가락,
이제 그런 가락은 없을라, 다시 없을라.

지금은 진하다 못해 말간 증류수蒸溜水 같은 액체, 그 액체 속의 봄비 같은
것만 가비얍게 가비얍게 흩날려온다.

—「춤 1」 전문(『三行詩六十五篇』)

물속을 돌아드는 나선형 돌층계로
발끝 발끝마다 물줄기가 솟아올라
어느새 차양을 걷은 저문 날의 죽지들.

사벽은 벽이어도 문門은 질로 열리어
구석진 그늘마다 옮겨놓는 울음 속
내려도 쌓이지 않는 눈사태를 펼친다.

—「춤 2」 전문(『三行詩六十五篇』)

「춤 1」과 「춤 2」는 『삼행시육십오편三行詩六十五篇』에 나란히 수록된 시편

이다. 김상옥에게 '춤'은 내적 충동이다. 의미의 확산을 통해 마음의 형상을 강조하거나 자극하는 효과를 불러온다. 춤은 내면의 갈등에서 생성되는 불완전 요소들을 감각적으로 표출하는 그만의 방식인 것이다. 그는 춤의 의미에 대해 고민하면서 개방적인 시조의 배열로 시각적인 형상을 함께 살폈다. 「춤 2」는 전통시조에서 보이는 시조의 3장 형태를 그대로 고수하였는데, 「춤 1」은 시조 형식의 일탈을 통해 자유시형에 가까운 호흡을 보여준다. 이것은 형식이 정해진 시조의 경우라고 할지라도 의미를 배제한 형식만을 고집할 수 없다는 것을 단적으로 방증한다. 다시 말해 형식 실험을 위해 시조의 의미가 호명되는 것이 아니다. 이때 직접적인 언어를 이미지라고 부르고, 이미지가 곧 있는 그대로의 대상이라고 볼 때, 직접적인 언어이미지란 시인이 표출하는 표상이면서 오히려 다중적인 의미를 발생시키는 기능을 한다. 주지하듯이 김상옥에게 다중적인 의미를 산출하는 방식은 의미성과 회화성[19]으로 수반되는데, 여기서 김상옥의 '듣는 시조'는 이제 '읽고 보는 시조'로서의 기능을 포괄하게 된다. 중요한 것은 그 과정에서 시조와 시조 아닌 것의 경계가 함께 사유된다는 점이다. 김상

19 김상옥은 도자기에 깊은 애정과 조예를 갖고 있었으며 시골 교편생활을 청산하고 상경해서 아자방(亞字房)이라는 골동품 가게를 경영한 적도 있다. 그는 시와 도자기에 대하여 이렇게 말한 바 있다. "시와 도자기를 비유하자면 시는 언어로 빚은 도자기요, 도자기는 흙으로 빚은 시일 수 있지요. 우리에게 말의 '언어'가 있듯이 어떤 조형으로 의사를 전달하는 이른바 '조형 언어'가 있는데, 흙으로 '조형 언어'를 빚을 수 있다는 말입니다."(임문혁 대담, 「국어 교과서 수록 작가 대담」, 『새한신문』, 1985.9.2) 김상옥은 시·서·화·각·도예에 능한 예술인이었으며, 감정을 절제하고 이미지를 중시하는 태도를 가지고 있었다. 따라서 감상에 중점을 두는 주정시가 아닌 이미지 중심의 감각시에 시의 본질이 있다고 믿었으며 시조의 전통 형식을 극복하는 문제로 내면적 '리듬'을 강조하는 방식에 대해 고찰하였다. 김상옥은 시조와 자유시 사이의 경계를 허물며 시조의 형식을 '삼행시'로 보면서 형식 실험을 이어갔으며, 시조의 형태 변화를 통한 '회화성(이미지)'까지 드러내 보였다.

옥은 가장 소극적이면서 가장 적극적인 방식으로 의도적인 거리감을 조성한다. 따라서 「춤 2」에서 확인되는 시조 정형의 단아한 절제미는 「춤 1」을 통해 실천적인 운동으로 구체화된다. '춤'이라는 동적인 움직임이 김상옥의 내적 동기에 응대하면서 시조의 미학적 특이성을 확보하고 있다.

한 장의 무색無色 투명한 거울이 수직으로 걸어온다. 맞은편에서도 꼭 같은 무색無色 투명한 거울이 수직으로 걸어온다. 이 두 장의 거울은 잠시 한 장의 거울로 밀착되었다가, 다시 둘로 갈라져 제각기 발뒤축을 사푼 들고 뒤로 물러선다.

뜻밖에 이 난데없는 거울 앞에, 또 난데없는 손이 하나 나타나 한 자루의 촛불을 밝혀든다. 순간, 촛불은 앞뒤로 비친다. 하나의 촛불은 하나의 촛불로 비추고, 그 비쳐진 촛불은 촛불을 비추고, 비쳐진 촛불은 촛불을 비추고, 다시 비추고 비치고, 비치고 비추고, 일천一千의 촛불은 일천一千의 촛불을 비추고, 천만千萬 억만億萬의 촛불은 천만千萬 억만億萬의 촛불을 비추고, 항하사恒河沙의 촛불은 항하사恒河沙로 비추고, 아승지阿僧祇의 촛불은 아승지阿僧祇로 비추고, 나유타那由他 불가사의不可思議의 촛불은 나유타那由他 불가사의不可思議로 비추고, 다시 비치고 비추고, 비추고 비치고, 무량무진無量無盡의 촛불은 무량무진無量無盡의 촛불로 비춘다.

오호라, 이 무량무진無量無盡의 촛불은 일렬로 늘어서서 저기 저어 무색無色 투명한 거울 속, 그 깊으나 깊은 동굴 속에 서로 비치고 있다. 깊으나 깊은 동굴 속, 무량무진無量無盡의 촛불은 먼저 그 단 하나의 촛불이 꺼지는 일순一瞬!

그 일순一瞬에 다 꺼져, 일절一切의 무명無明 무무명無無明 속에 잠기고 마는 사실을 내 지금 확실히 보고 있다. 명명明明한 실험實驗을 통하여 내 지금 명명明明히 촛불 보듯 보고 있다.

—「科學 非科學 非非科學的 實驗」 전문(『三行詩六十五篇』)

모더니즘 시를 지향하는 「과학科學 비과학非科學 비비과학적非非科學的 실험實驗」은 전통시조와는 다른 감각으로 낯설고 생경한 느낌을 주는 자유시적 발상의 주제 혁신이라는 점에서 가치가 있다. 흔히 전통시조의 소재는 자연의 서경과 서정, 관조적 세계에 머물러 있는데, 인용시는 강렬한 주제의식을 갖고 '과학科學', '비과학非科學', '비비과학非非科學'이라는 실험에서 구체적인 사물과 추상적인 사물에 대한 호명으로 시가 함의하는 의미를 추궁한다. "무색無色 투명한 거울"을 "수직"으로 세워놓고 "밀착"했다가 "뒤로 물러"섰다가 "한 자루의 촛불을" 밝힌다. "비추고 비치고, 비치고 비추"는 촛불의 움직임은 비가시적인 세계를 가시화시키면서 "깊으나 깊은 동굴 속" 또 다른 공간을 밀고 들어간다.

김상옥은 시조의 시대 감각을 거듭 추동하면서 각각의 행과 행을 결합하는 방식을 취한다. 같은 맥락에서 결합의 시간이 지속되는 동안 화학적인 작용이 의미의 관계를 비틀리게 함으로써 현상의 가치가 생겨나는 지점을 목격하고 있다. 즉 "단편적 단일적 의미 구조를 떠나 복합적 의미 구조를 띤 시조 작품을 창작하려는 시도가 추상화의 길"[20]로 나아가게 하는 것이다. 김상옥의 시조는 전통적 시조풍에서 탈피하고 현대의 감각적인

---

20 임종찬, 「초정의 모더니티」, 장경렬 편, 『불과 얼음의 시혼-초정 김상옥의 문학 세계』, 태학사, 2007, 177쪽.

요소뿐만 아니라 관념적인 요소까지 품으면서 이중의 혁신을 보인다. 따라서 김상옥이 붙인 '시조시', '삼행시'에서 "'창唱'을 비워 버린 현대시조는 '시조시'일 수 있고, 세계시의 보편성으로 볼 때 시조는 삼행시"[21]인 것이다. 이와 같이 김상옥이 추구했던 시세계의 가시적인 결과와 비가시적인 결과는 리듬을 부각시키는 역할을 수행한다. 다시 말해 시조 형식의 변격은 의미의 확장과 연관성을 가지는데, 이때 의미는 다시 리듬의 창조와 밀접하게 연결되는 것이다. 김상옥은 대담에서 시조의 형식을 어떻게 극복하느냐의 문제에 대해 다음과 같이 논구하였다.

> 내 경우를 보자면 나는 자유시와 시조를 구분치 않습니다. 그러나 자유시가 쓰기 어렵다고 하면 시조는 더욱 어렵다는 점은 분명합니다. 그리고 '시조의 현대화' 문제를 이야기하자면 오늘날의 시조는 창唱이 아니니까 굳이 음수율과 음보율을 따질 필요가 없다고 봅니다. 아니, 정확히 말하자면 옛시조도 형식에 얽매이지는 않았어요. 사설시조나 엇시조는 말할 것 없고 평시조도 그래요. "삭풍은 나무 끝에 불고" 하는 것만 봐도 초장이 3・6의 자수字數였어요. 읽는 문학인 현대시조에서 다시 형식을 문제시하는 것은 시대 착각이고 시조를 모르는 소치입니다.[22]

김상옥은 하나의 패러다임으로 시조를 규정짓는 작업은 시조가 상당히 고정된 모형 속에 묶이는 것과 같다고 인식한다. 그는 자유시와 시조를 구

---

21 김봉군, 「김상옥 시조의 특성 연구」, 장경렬 편, 『불과 얼음의 시혼 — 초정 김상옥의 문학세계』, 태학사, 2007, 121쪽.

22 임문혁 대담, 「국어 교과서 수록 작가 대담」, 『새한신문』, 1985.9.2.

분하지 않으며, 오히려 두 장르가 한 편의 시를 형성하는 전체와 부분의 역할을 한다고 본다. 그는 시조라는 연원의 오랜 권위를 지켜온 음수율과 음보율에 반기를 들면서 통설처럼 차용되어 온 시조의 기준형에 의문을 제기한다. 전통시조의 고정된 형식이 요체를 분명하게 드러내지 못한다는 점에서 곤란이 야기된다고 보는 것이다. 따라서 시조의 "형식을 문제시하는 것"은 시조라는 문학을 과거의 틀 속에 가둬두고 정태적으로 파악하게 하면서 시조의 폭을 제한한다. 김상옥은 시조를 고정불변하는 존재로 정의하기보다 변화할 수 있는 가변적인 속성으로 이해한다. 이때 시조의 형식 그 자체는 김상옥을 구속하는 동시에 그를 자유롭게 하는 속성을 띄게 한다. 이러한 맥락에서 김상옥은 구속하는 것은 완전히 자유로워지는 것으로서만 존재할 수 있다는 인식에 이르게 된다.

주지하듯이 그는 시조와 자유시를 이분법적으로 구분하여 사유하지 않으며, 구분되지 않음에서 특유의 시적 문법을 발생시킨다. 김상옥의 경우 시조의 형식 실험은 정형을 대상으로 삼지 않고 '정형 아닌 것'을 바탕에 두고 있다. 따라서 그에게 시조의 정형은 고정의 정형定形이 아니라 모양을 다듬으면서 표현하는 정형整形으로 집중된다. 이때 정형整形은 명확하게 규정된 틀형식을 벗어나 시조를 쓰게 하는 힘이면서 불가능한 말하기를 포괄하는 하나의 명칭으로 정의할 수 있다.

김상옥이 시도하는 실험 의식은 시조의 사유와 감각을 응축하면서 시인의 정서가 실현하는 복합적인 기능에 주목한다. 더욱이 그의 개별 작품에 나타나는 중층성은 넓은 의미에서 정서적 강화와 밀도에 영향을 주고받는다. 김상옥이 주체의 감정과 인식으로부터 매개되는 현실의 이야기를 작품의 골조로 삼으면서 정형률의 자질을 작품 내에 장치하는 이유는 시조의 오래된 형식을 하나로 상대화하면서 현대시조 생명력의 최대치를 진단하기 위함이다. 바로 의미를 응축하는 과정을 논의의 구심으로 두면서 인식의 전회를 통해 시조의 주체적 기능과 그 역할을 가다듬는 것이다. 한편 이러한 지점에서 시조의 실험 의식이 반드시 좋은가의 질문과 형식 실험에 대한 진지한 고민이 요구된다. 김상옥이 파악했던 형식에 대한 미학은 시조와 자유시를 아우르는 중요한 주제의식인 리듬론과 관련이 있으며, 시조의 리듬은 무엇인가에 대한 심층적인 질문을 본격화한다. 그러므로 이와 같은 논의는 시조 리듬의 가능성과 불가능성을 따져 묻는 최초의 질문으로 돌아가서 여전히 주목되어야 할 필요가 있다.

2. 정형률의 본질과 리듬 문제

'시조란 무엇인가'라는 물음에 명확하게 답하기란 쉬운 일이 아니다. 시조에 관한 어떠한 정의도 시조의 속성을 정확히 포괄하지는 못하기 때문이다. 또 어떤 면에서는 시조에 대한 기존의 정의들이 상호 모순된 목표를 제시하면서 혼란을 초래한다. 사실 이러한 현상은 시조의 정의 자체에 문제가 있어서라기보다 시조의 속성 자체가 현대인의 복잡다단한 감각과 정서를 표현하기에 제약이 따른다는 문제의식에서 연유된다. 시조는 "시대의 변천과 문화의식의 변화 및 시정신이 향하는 바에 따라 새로운 장르가 형성되기도 하고 기존의 시가형식에서 변형된 형식"[23]으로 변모하면서

23 김제현, 『시조문학론』, 예전사, 1992, 21쪽.

문학적 욕망을 추동해왔다.

시조는 일정한 형식적 제약을 안고 있는 '정형시'인 만큼 기본 골조를 지키면서 민족의 보편적 정서를 패턴화시킨 시형이다. 『상서尙書』의 「순전舜典」에 따르면 '시언지가영언詩言志歌永言'이라고 했는데 여기서 주목할 것은 '시詩'와 '가歌'의 본래 하나 된 성질이다. '시'는 '가'에서 분화되었고 진화의 흔적은 결국 시의 본질적 요소인 음악성리듬에서 발단된 것이다. 즉 시절단가음조時節短歌音調의 준말인 시조는 '시대의 노래'인 것이다. 따라서 이제 '시조의 리듬은 무엇인가'라는 물음을 더하여 내용과 형식의 문제까지 물어야 할 것이다.

김상옥의 경우 초기 시편부터 후기 시편에 이르기까지 끊임없이 시조양식의 해체와 실험을 통해 다양한 변모를 보여주었다. 이 같은 시조 양식의 분화는 무엇보다도 시인 주체의 인식 변화를 주된 원인으로 삼을 수 있지만, '시조란 무엇인가'를 따져 묻는 궁극의 질문에 가깝다. 따라서 '시조는 얼마만큼 벗어날 수 있는가'의 문제와 대면하게 되는데, 여기서 '시조의 리듬은 무엇인가'라는 진실의 규명을 신념으로 삼게 한다. 이때 시조와 리듬은 그의 시세계를 형성하는 하나의 전략인데, 우선은 기존의 관습적인 시조의 규범을 수용하면서 그것을 자신의 고유한 표현으로 바꾸어 미적 형식을 성취하는 것이다.

①

보면 / 깨끔하고 / 만지면 / 매출하고

신神거러운 / 손아귀에 / 한줌 흙이 / 주물러져

천년 전 / 봄은 그대로 / 가시지도 / 않았네.

휘넝청 / 버들가지 / 포롬히 / 어린 빛이

눈물 고인 / 눈으로 / 보는 듯 / 연연하고

몇포기 / 난초蘭草 그늘에 / 물오리가 / 두둥실!

—「靑磁賦」 부분(『草笛』)[24]

②

지그시 / 눈을 감고 / 입술을 / 축이시며

뚫린 / 구멍마다 / 임의 손이 / 움직일 때

그 소리 / 은하銀河 흐르듯 / 서라벌에 / 퍼지다.

끝없이 / 맑은 소리 / 천년을 / 머금은 채

따스히 / 서린 입김 / 상기도 / 남았거니

차라리 / 외로울망정 / 뜻을 달리 / 하리오.

—「玉笛」 전문(『草笛』)

③

불꽃이 / 이리 튀고 / 돌조각이 / 저리 튀고

밤을 / 낮을 삼아 / 정 소리가 / 요란터니

불국사 / 백운교 위에 / 탑이 / 솟아오르다.

꽃쟁반 / 팔모 난간 / 층층이 / 고운 모양!

---

24 이 글에서 마디(음보) 구분을 위해 사용한 '/', '//'는 저자의 표기이다.

그의 / 손 간 데마다 / 돌옷은 / 새로 피고

머리엔 / 푸른 하늘을 / 받쳐 이고 / 있도다.

—「多寶塔」 전문(『草笛』)

『초적草笛』에는 우리나라 문화유산에 대한 남다른 관심으로 민족의 정체성을 찾으며 내면과 조응하는 작품들이 빈번하게 발견된다.[25] 또 토속적 시어를 사용하면서 섬세하고 간명한 문체를 구사해낸다. 가령 우리 유물과 유적을 다루면서 민족혼을 지켜내는 시편에는 향토어를 활용하면서 민족의 특수성을 살피고자 했다. 민족정신을 되살리기 위한 김상옥의 노력은 「청자부靑磁賦」, 「백자부白磁賦」, 「추천鞦韆」, 「옥저玉笛」, 「십일면관음十一面觀音」, 「대불大佛」, 「다보탑多寶塔」, 「촉석루矗石樓」, 「선죽교善竹橋」, 「무열왕릉武烈王陵」, 「포석정鮑石亭」, 「재매정財買井」, 「여황산성餘艎山城」에서 확인할 수 있다. 김상옥은 우리 문화 정체성 보존을 고민하며 우리의 문화가 인간의 삶과 어떻게 연동하고 있는지에 관하여 문제의식을 가졌다. 『초적草笛』에서 문화유산과 관련된 시편 및 고향의 전경과 자연 친화적인 정서가 감도는 전편에 주목해보면 안정적인 호흡의 음수율과 음보율을 확인할 수 있다. 주지하듯이 시조는 4마디음보격 3행시이며, 각 행의 마디음보마다 마디음보를 이루는 음절수의 규칙이 있다.

① 「청자부靑磁賦」는 청자의 겉모습과 질감을 노래하면서 "천년 전 봄"의 감촉이 그대로 살아 있음을 예찬한다. 여기서 '청자'라는 구체적인 사물

25 "김상옥은 일제 식민지 시대에 태어나 민족적 고통을 경험했고, 광복 후의 사회적 혼란과 6 · 25, 4 · 19, 5 · 16 등의 격변기를 거쳤다. 그 생의 과정에서 초정은 우리의 전통 문화유산을 작품화하여 민족혼을 고취시켰고, 주변의 삶에 대한 연민과 애정을 표현한다."(황성진, 「김상옥의 시조 문학 연구」, 공주대 석사논문, 2008, 47쪽)

은 일제강점기의 억압된 상황 속에서 민족의 일체감을 회복하고 역사적 영원성을 일깨우는 상징적 매개물이 된다. ② 「옥적玉笛」에서는 신라의 혼이 깃든 유물에 대한 깊은 애정을 엿볼 수 있다. "외로울망정 뜻을 달리" 하지 않겠다는 지절志節을 통해 김상옥이 부르짖고 싶은 조선혼의 주체적인 사고가 발견된다. ③ 「다보탑多寶塔」은 석공들이 만든 탑에서 받은 예술적 감흥을 시각적 · 청각적 심상을 동원하여 표현하고 있다. 다보탑이 제작되기까지의 창조적 과정과 인공의 예술품이 자연과 조화를 이루는 광경을 노래하였다.

인용시 ①~③의 경우를 보면 3 · 4조의 전통적인 율격체계를 갖추고 있다. 인용시 ①의 1수 초장 제1마디음보 "보면"과 ②의 1수 중장 제1마디음보 "뚫린" ③의 1수 중장 제1마디음보 "밤을"과 종장 3마디음보 "탑이", 2수 중장 제1마디음보 "그의"에서 보이는 소음보小와 1수 종장 제4마디음보 "솟아오르다"의 장음보長를 제외하면 전체적으로 3 · 4조의 평음보平를 유지하고 있다. 그러나 소음보小와 장음보長로 읽히는 장을 포함하여 ①~③의 인용시를 이병기가 주장했던 '3장 8구체 시형'[26]으로 살펴보자면 ①의 1수는 6-7-8-8-3-5-4-3의 호흡으로 읽힐 수 있으며, ②의 1수는 7-7-6-8-3-5-4-3이 된다. 또한 ③의 1수는 7-8-6-8-3-5-2-5로 2수는 7-7-7-7-3-5-4-3으로 정리해볼 수 있다. 이처럼 『초직草笛』[27]에

26 "이병기의 3장 8구체는 시조시형이 지닌 구법의 실상을 제대로 파악하고, 창(唱)에 있어서 종장의 특이성도 잘 살렸다. 이는 시조가 지닌 리듬상의 소위 '기식(氣息)의 분배(分配)'나 '숨묶음'을 간파한데서 얻어진 것이다."(최승범, 『스승 가람 이병기』, 범우사, 2001, 150쪽)

27 『초적(草笛)』에 수록된 총 40편의 작품을 유형별로 살펴보자면 단시조 6편 「春宵」, 「愛情」, 「물소리」, 「어무님」, 「안해」, 「廻路」, 2연 연시조 19편 「비오는 墳墓」, 「江 있는 마을」, 「晩秋」, 「길에 서서」, 「家庭」, 「病床」, 「僵屍」, 「懷疑」, 「落葉」, 「집오리」, 「흰돛 하나」, 「路傍」, 「煩惱」, 「鞦韆」, 「玉笛」, 「大佛」, 「多寶塔」, 「鮑石亭」, 「艅艎山城」, 3연 연시조

수록된 작품 대부분은 전통시조의 정격을 고수[28]하면서 때로 1~2자의 가감에는 유연성을 가지고 있다. 이렇듯 김상옥은 첫 시집에서 전통적 언어미학에 대한 관심과 절제된 감수성으로 잘 빚어진 율격미를 추구하였으며, '장별배행'을 중심으로 한 '단형시조평시조'의 평면성[29]을 강조하였다.

새로운 양식을 찾으려면 당연히 전통에 입각해야 한다는 이념에 사로잡힌 듯 김상옥은 시조의 전통적 율격구조의 틀을 고수해왔는데, 두 번째 시조집에 이르러서 일련의 주목할 만한 변화를 확인할 수 있다. 『삼행시육십오편三行詩六十五篇』[30]에 수록된 김상옥의 작품은 시조단에 적지 않은 파장

11편 「思鄕」, 「봉선화」, 「立冬」, 「눈」, 「누님의 죽음」, 「自戒銘」, 「邊氏村」, 「十一面觀音」, 「矗石樓」, 「武烈王陵」, 「財買井」, 4연 연시조 2편 「囹圄」, 「白磁賦」, 5연 연시조 1편 「靑磁賦」, 장형시조 1편 「善竹橋」로 분류할 수 있으며, 「善竹橋」 1편을 제외한 39편의 작품이 단형시조(평시조) 형태를 취하고 있다.

28 "가람은 『문장』의 고전문학 재발견의 작업을 실질적으로 주도했으며, 문장의 전통인식의 방향을 기본적으로 정하는 역할을 담당"했다(유성호, 「가람, 시조, 문장」, 『비평문학』 45, 한국비평문학회, 2012, 388쪽). 김상옥은 가람 이병기에 의해 『문장(文章)』에 추천을 받았는데, 『文章』의 편집진들은 조선적인 정조를 추구하고 유교적 선비정신을 계승하려는 의고적 태도를 견지했으며 전통주의 내지 상고주의적 취향이 짙었다. 따라서 고전의 발굴과 복원 작업에 매진하며 고전과 학술분야에 상당한 지면을 배정하였다. 김상옥의 작품 창작 기저에는 기본적으로 『文章』의 고전적이고 전통지향적인 의식이 잔재해있을 것으로 추측된다.

29 정효구는 소월시의 리듬을 평면형, 입체형, 혼합형으로 나누어 분석하였다. 여기서 평면형은 「紫朱구름」처럼 한 행이 리듬의 기본단위 2~3개로 이루어진 유형을, 입체형은 「님의 노래」와 같이 한 행이 7·5조로 이루어진 제1형과 「진달래꽃」과 같이 행갈이를 통해 기저구조를 7·5조로 둔 제2형과 같은 유형을, 혼합형은 「金잔듸」와 같이 여러 가지 리듬구조가 혼합되어 있는 유형을 지칭한다(정효구, 『現代詩와 記號學』, 도서출판 느티나무, 1989, 226~260쪽 참고).

30 『삼행시육십오편(三行詩六十五篇)』에 수록된 총 65편의 작품을 유형별로 살펴보자면 단시조 15편 「蘭 있는 房」, 「洗禮」, 「無緣」, 「어느 날」, 「不在」, 「銀杏잎」, 「겨울 異蹟」, 「傳說 1」, 「傳說 2」, 「寫眞」, 「配置」, 「今秋」, 「凋落」, 「물빛 속에」, 「門」, 2수 연시조 23편 「꽃 피는 숨결에도」, 「祝祭」, 「따사롭기 말할 수 없는 無題」, 「항아리」, 「딸에게 주는 笏記」, 「꽃의 自敍」, 「억새풀」, 「백모란」, 「모란」, 「꽃과 乞人」, 「어느 親展」, 「油畵」, 「안개」, 「밤비 소리」, 「降雪」, 「耽羅記」, 「翡翠印靈歌」, 「葡萄印靈歌」, 「착한 魔法」, 「形狀」, 「現身」, 「춤 2」, 「巫歌」, 3수 연시조 9편 「撮影」, 「李朝의 흙」, 「꿈의 蓮못」, 「회를 친 얼굴」, 「硯滴」, 「몸」, 「나의 樂器」, 「일」, 「樹海」, 4수 연시조 4편 「가을 뜨락에 서서」, 「紅梅幽谷圖」,

을 불러 일으켰다. 이 시집을 두고 전통적 시조 작법의 농축이라는 관점에서 그 흔적을 찾거나 김상옥에게 "시조 또는 시조 형식이란 초월 세계와 인간 또는 자연과 인간 사이의 의사소통을 위한 수단"[31]이라고 보는 연구에 주목해볼 필요가 있다.

> 난蘭 있는 방房이든가, 마음귀도 밝아온다.
> 얼마를 닦았기에 눈빛마저 심심한고
> 흰 장지 구만리九萬里 바깥, 손 내밀 듯 뵈인다.
>
> ―「蘭 있는 房」 전문(『三行詩六十五篇』)

> 벌써 가을이 진다, 고궁古宮은 가을이 진다.
> 노오란 소낙비로 으능잎 가을이 진다.
> 바람도 조각난 가을, 소슬한 가을이 진다.
>
> ―「銀杏잎」 전문(『三行詩六十五篇』)

「난蘭 있는 방房」에서는 난향을 두른 "흰 장지 구만리九萬里 바깥"의 문을 열고서 동양적 사유를 확인할 수 있다. 난초를 바라보는 시적 주체의 정황을 미루어 보아 자기 응시에서 시작되는 깨달음이 "마음귀"를 밝힌다. 여기서 객관적 시각은 주관적 시각으로 구체화되며 "손 내밀 듯" 보이는 삶

「남은 溫氣」, 「달의 노래」, 5수 연시조 1편 「雅歌 1」로 분류할 수 있으며 52편의 작품이 단형시조(평시조) 형태를 취하고 있지만 장형시조가 13편이 나타나면서 『초적(草笛)』에 비하면 장형시조, 즉 혼합형의 유형이 많아졌음을 살펴볼 수 있다.

31 장경렬, 「끌어안음과 뛰어넘음의 미학」, 『불과 얼음의 시혼－초정 김상옥의 문학 세계』, 태학사, 2007, 217쪽.

의 근원적인 생기를 획득한다. 「은행銀杏잎」에서는 "가을이 진다"를 4회 반복하면서 "고궁古宮", "노오란 소낙비", "바람도 조각난" 가을의 "소슬한" 풍경을 그려낸다. 늦가을의 황량을 담아내기 위해 탄력적으로 사용한 '가을'이라는 단어는 시적 분위기를 고조시킨다. 두 인용시는 단시조로서 장별로 배열하고 있다. 이처럼 「난蘭 있는 방房」과 「은행銀杏잎」은 3장의 정형시로서 4마디음보의 율격체계를 갖추면서 일반적인 평시조 정형의 규칙을 비교적 잘 지키고 있다. 시조의 형식상 분류는 대체로 초장 · 중장 · 종장의 3장으로 되어 있고 각 장은 4마디음보로 구성된다는 기준에서 출발하는데 인용시는 규칙적이고 반복적인 단위가 4마디음보라는 전제를 충족시키면서 통설화된 시조의 기본형을 지키고 있는 것으로 보인다.

그러나 하나의 작품에서 '음보 단위'를 통사적 구분으로 나누는 것이 가능한가에 대한 물음은 꾸준히 제기되어 왔다. "음보율은 강약이나 고저를 기준으로 등장성을 구분하는 방식이기 때문에 그런 지표가 뚜렷하지 않은 한국시에는 적합하지 않다"[32]는 문제의식으로부터 결코 분리될 수 없었다. 음량론의 한계에 대한 해명으로 조창환은 "율행 내의 경계표지가 되는 쉼의 크기가 일정치 않다는 점에 주목하여 확실한 쉼에 의하여 분단되는 단락을 '율마디'"[33]라는 개념으로 설정하였다. 그에 의하면 각각의 율마디를 구성하는 음절수는 불균등하지만 보조적인 임의자질로 인하여 우리는 심리적 유사성을 느끼게 되며 정서적이고 심미적인 운율적 기반을 형성한다는 것이다. 로츠J. Lotz 역시 운율 분석의 단위를 '콜론colon'[34]

---

32 이혜원, 「현대시의 운율」, 『현대시 운율과 형식의 미학』, 서정시학, 2015, 36쪽.

33 조창환, 「현대시 운율 연구의 방법과 방향」, 『한국시학연구』 22, 한국시학회, 2008, 91쪽.

34 J. Lotz, "Metric Typology", T. A. Sebeok ed., *Style in langauge*, The M. I. T. Press, 1960, p.142.

이라고 정의하였는데, 여기서 음보는 율마디 혹은 마디의 개념과는 근본적으로 다른 것이라 할 수 있다. 김대행 또한 우리말에서 4음절의 단위는 "시행에서의 말이 의미론적으로 완결성을 갖기는 어렵다. 여기서 완결성이라는 것은 통사적 구조로 구현되는 논리적 성격이라는 말로 치환해도 무방할 것이다. 무릇 말은 통사 형식을 갖춤으로써 논리적 완결성을 가지는 점을 감안한다면 4음절이 완결성을 갖지 못한다는 점"[35]을 지적하며 4음절은 최소의 단위로서의 '마디'로 인식되어야 한다고 명명하였다.

> 카이젤 수염을 한 어느 도적盜賊놈 소굴
> 주름 번득이는 검은 바윌 등지고
> 꽃같은 촉루髑髏가 나와 샘을 긷고 있었다.
>
> —「傳說 1」 전문(『三行詩六十五篇』)

> 천년千年 반석 밑에 그날같이 고인 물빛!
> 한방울 지는 소리 파뿌리 청상靑孀 과수
> 그 아미蛾眉 싱그러운 볼도 한 이불로 재운다.
>
> —「傳說 2」 전문(『三行詩六十五篇』)

「전설傳說 1」과 「전설傳說 2」는 연작시조다. 역사상의 사건을 소재로 하여 구전되어 온 전설은 표면적으로는 4음보율의 규칙적인 율격을 살리고 있는 것처럼 보이지만 통사적 분절에 따른 음보 분석의 불명확성을 드러내

35 김대행, 『우리 시의 틀』, 문비신서, 1989, 123쪽.

며 오류를 가시화한다. 「전설傳說 1」에서는 "카이젤"과 "수염을 한", "주름"과 "번득이는"에 주목할 수 있으며 「전설傳說 2」에서는 "천년千年 반석"과 "밑에" 등을 2음보로 나눈 것이 모호하게 해석될 여지가 있어 보인다. 예컨대 인용시의 문맥에서 "카이젤 수염"과 "주름 번득", "천년千年 반석 밑에"와 같은 구절은 자의적인 해석의 여지를 필연적으로 내포하면서 하나의 음보로 읽힐 가능성을 품고 있다. 이렇듯 음보의 통사 배분은 시의 문맥에서 의미상의 확실한 경계표지를 제시하지 못하고 되려 주어진 의미상의 상관관계를 음보의 단위에 가두면서 율독에 오류를 범할 위험성을 포함하고 있다. 이와 같은 이유로 하나의 행에서 중첩되거나 반복되는 일정한 규칙은 의미상의 완결성을 제공하기 위함이라 하더라도 전체의 불규칙적이고 동적인 리듬까지는 포괄하지 못한다는 점에서 한계를 드러낼 수밖에 없다. 김상옥은 시조 형식의 과감한 긴장과 이완을 허용하면서 전통시조의 기본형이라는 음보의 통사적 구분 단위를 벗어나는데, 이때 김상옥의 시조가 발생시키는 효과를 확인할 수 있다.

> 마루가 햇빛에 쪼여 / 찌익찍 소리를 낸다. // 책상과 걸상과 화병, / 그밖에 다른 세간들도 다 숨을 쉰다. // 그리고 주인은 혼자 / 빈 궤짝처럼 따로 떨어져 앉아 있다. //
>
> —「빈 궤짝」 전문(『느티나무의 말』)

「빈 궤짝」은 단시조이다. 단시조는 일반적으로 "3·4조의 운율로 전체 글자수가 대략 43~45자가 된다는 점에서 전달력이 효과적"[36]이라고 보는데, 인용시는 전체 글자수가 60자로 늘어나 있는 단시조 변조로 볼 수 있다. 당연히 4음보 기준의 통사적 배분에서 불균등한 구조를 보이며 불안정한 리듬감을 생성한다. 좀 더 살펴보자면, 초장과 중장의 제2음보까지는 큰 무리 없이 율독이 가능하지만 중장 제3음보~4음보와 종장 제3음보~4음보는 전통시조의 고정된 율격이 아닌 자유롭고 개성적이며 상당히 불규칙한 호흡으로 시조 전반의 질서와 흐름을 조절하고 있다. 특히 인용시에서 무엇보다도 문제가 되는 것은 김상옥이 중장 제3음보~4음보 "그밖에 다른 세간들도 / 다 숨을 쉰다"와 종장 제3음보~4음보 "빈 궤짝처럼 / 따로 떨어져 앉아 있다"를 하나의 호흡 단위로 처리하고 있다는 점이다. 이처럼 김상옥 시조의 실험과 실천의 극단은 시조 의미의 자장을 확장하는 데 기여하는 바가 있을지는 몰라도 결론적으로는 시조의 어느 한 경향은 부정하면서 다른 한 경향을 수긍해보려는 반대항으로 해석할 수 있다. 그러나 "모든 통사적 경계가 다 율격적으로 유효한 음보 경계가 되는 것은 아니지만, 모든 음보 경계는 통사적 경계"[37]라는 지적에서 유추할 수 있듯이 김상옥이 구사하는 통사적 구분은 적어도 나름의 논리를 찾아 시조의 음보를 일치시키고 있는 것이다.

바람 잔 푸른 이내 속을 느닷없이 나울치는 해일이라 불러다오.

저 멀리 뭉게구름 머흐는 날, 한자락 드높은 차일이라 불러다오.

36 이송희, 「SNS 시대 짧은 시 대안으로서 단시조」, 『국제어문』 83, 국제어문학회, 2019, 251쪽.
37 김흥규, 「한국 시가 율격의 이론 1」, 『욕망과 형식의 시학』, 태학사, 1999, 34쪽.

천년도 한 눈 깜짝할 사이, 우람히 나부끼는 구레나룻이라 불러다오.

—「느티나무의 말」 전문(『느티나무의 말』)

그럼에도 여전히 풀어야 할 숙제가 남는다. 김상옥 시조의 자의적인 음보 구분은 「느티나무의 말」에서 보이는 불균등한 구조와 같이 시조의 3장을 명확하게 포괄하지 못한다. 더 큰 문제는 이러한 논리가 여전히 시의 문맥과 의미에 의한 것인지 4음보를 맞추기 위한 어쩔 수 없는 선택인지 그 의도가 불분명하다는 데 있다. 더욱이 4음보로 창작되었기 때문에 4음보로 읽어야 한다는 점을 강요받고 있는 것은 아닌지 점검해볼 필요가 있다.

김상옥의 시조를 보자면 "음절수가 고정되어야 한다는 생각에서 정형적인 규칙을 마련한 것은 전통적인 율격에 대한 더욱 심각한 파괴"[38]인 것으로 보여진다. 「느티나무의 말」은 파격적인 형식이 눈길을 끌어당기며 시조단에 혼란을 가중시켰는데, 반대로 "당시 전통 시형이라는 폐쇄된 논리에 빠져있던 시조단에 일대 경종을 울리는 발상 전환의 대작업"[39]이었다는 주장도 있었다. 따라서 새로운 시조 시형의 창조라는 믿음은 정격의 평시조를 시조와 자유시적 경계에 놓았으므로 김상옥의 작품이 시조임을 가능하게 하는 '증명'의 방식에 촉각을 곤두세울 수밖에 없었다. 인용시는 김상옥이 구사하는 현대적인 감각의 혁명이며, 관조와 포용의 의지다. 그는 느티나무의 형상을 "구레나룻"이라는 이미지로 표현하며 남성성을 강조한다. "천년도 한 눈 깜짝할 사이" 시간적 공간을 단숨에 뛰어넘는 열린 의식이 시인의 직관과 감각을 묘파한다. 이것은 삶

38 조동일, 『한국시가의 전통과 율격』, 한길사, 1982, 140쪽.
39 권갑하, 『현대시조 진단과 모색』, 알토란, 2011, 242쪽.

의 행보와 긴밀하게 연결되어 있다. "해일"과 "차일"이라는 시상과 '-불러다오'의 반복을 통해 해질 무렵 멀리로 보이는 흐릿한 기운을 만난다. "이내 속을 느닷없이 나울치는" 역동적이며 고고한 시정신은 김상옥이 담고자 했던 예술 세계의 염원이다.

「느티나무의 말」에 나타난 중장을 통사적 단위로 구분해보면 "저 멀리 / 뭉게구름 머흐는 날, / 한자락 드높은 / 차일이라 불러다오"로 4음보율을 확인할 수 있으며 초장과 종장도 마찬가지로 4분절이 가능하다. 그러나 이러한 통사적 구분은 인용시의 자주적이고 주체적인 확장을 제한시키며 시조의 모범적 관습으로부터 결코 자유롭지 못하게 하는 문제를 발생시킨다. 가령 김상옥의 입장에서 4음보는 띄어 읽는 발화상의 호흡 마디에 기대면서 율독상의 패턴을 만들어낸다. 바로 "'(시인의) 호흡의 마디' → '(시의) 띄어쓰기의 마디' → '(독자의) 율독의 마디'"[40]라는 등식에 맞섦으로서 호흡의 규제 원인을 텍스트의 율독에서 찾아낸다. 물론 이러한 등식은 보편적 준칙이 될 수 없다. 호흡률은 개별 시인이 가진 고유의 발화 자질호흡발산량이므로 음보율은 처음부터 시인과는 무관한 추상적 자질일 수밖에 없는 것이다.

큰 슬픔 절로 곰삭아 고난 속에서도 한결 그윽한 너.

어쩌다 팔목을 잃고 그 오똑하던 콧날까지 망가져

40 "율독상의 호흡 패턴을 결정하는 것은 텍스트상에서 띄어쓰기의 마디로 표시된 시인의 호흡의 마디들이 된다."(장철환, 「〈님의 침묵〉」의 리듬 연구」, 『비평문학』 46, 한국문학이론과비평학회, 2012, 422쪽)

풀섶에 마냥 뒹굴어도 어떤 형상보다 더욱 완벽한 너.

—「돌」 전문(『느티나무의 말』)

김상옥의 시세계에 있어서 통사적 구분으로 나누는 4음보율이라는 개념은 정확하게 일치하지 않을뿐더러 연속적인 지층의 형태가 아님을 확인할 수 있다. 되려 이것은 시인의 사유와 시의 의미 그 자체로 격변의 계기가 되는 불연속적인 단층에 가깝다. 즉 시조에 있어서 통사적 구분으로 경계가 설정된 음보 단위는 정확하게 일치하지 않는 모호함으로 드러난다. 그러므로 이제 시조의 음보율이라는 형식을 말할 때 시인의 시행이 이야기하고자 하는 고유한 '템포tempo'를 짚어보면서 시인의 발화와 호흡상의 특질을 살펴보는 것이 중요하다. 특히 김상옥의 경우, 율독에서 감지할 수 있는 호흡의 패턴이 그의 시조 리듬의 전체를 지탱하는 한 축이 된다. 다시 말해 지금까지 시조에서 통용되었던 통사적 경계로서의 음보 단위는 현대시조에서 개별 시인의 발화에 해당하는 보편적 질서로 내세우기가 매우 어렵다. 따라서 개별 시편, 개별 시인의 특성에 의지해야 하는 '마디' 개념에 직면할 수밖에 없으며, 시조의 일반적인 규칙으로 시조 전체를 통섭할 수 없다는 점을 직시해야 한다.

김상옥의 시집에서 유독 눈에 띄는 소재는 '돌'이다. 돌이 내포하는 의미는 여러 가지를 생각해볼 수 있겠지만 무엇보다 흔들리지 않고 한 세월을 이겨내고자 하는 결연한 마음의 의지를 내포한다. 김상옥이 주목하는 돌은 "큰 슬픔 절로 곰삭아"도 "팔목을 잃고", "오똑하던 콧날까지 망가져"도 "더욱 완벽"하게 하나의 몸을 이루는 것이다. 그에 의하면 "풀섶에 마냥 뒹굴어도" 초연한 삶의 안과 밖을 바라보는 다부진 형상이 돌과 닮아 있다. 김상옥은 자연의 섭리에 대한 자신의 고민을 절정으로 몰고 가는 수사법을 활용하여 필연적으로 호흡의 완급을 동반하고 있다.

이처럼 「돌」의 경우도 앞서 다루었던 인용시 「느티나무의 말」과 비슷한 전개 양상을 보이는데, 초장·중장·종장의 제1마디음보는 모두 3음절로 이루어져 있으며 제2마디음보~4마디음보는 5음절을 넘어서는 장長음보를 유지하고 있다. 이러한 지점에서 율독의 패턴에 변화를 주는 내부적 요소를 가늠할 필요가 있다. 이를테면 김상옥 시조의 장章 개념은 병렬구조의 연聯, verse 또는 행行으로 전환하며 이제 "'장'의 기능은 소멸하고, 하나의 행이 하나의 연으로 기능하면서 '3'의 구조"[41]만 갖게 되었다는 점에 주목된다.

전통율격에 충실하고자 노력했던 『초적草笛』에 이어, 생소한 시조풍을 구사하면서 형식의 이완과 파격을 담보했던 『삼행시육십오편三行詩六十五篇』에서 김상옥은 시조의 시형을 '3장'으로 인식하지 않고 '3행'으로 보면서 나름의 시조 미학을 산출하였다. 이러한 시도를 통해 그는 시적 표현의 자유를 확장한 셈이다. 이후 김상옥은 시집 『묵墨을 갈다가』에서 규칙적인 시형의 해방과 다양성을 추구하더니 『향기 남은 가을』과 『느티나무의 말』에서는 절제와 응축의 미학을 보이면서 돌연 시조 한 장인 '구'를 세 줄로 가르는 시형의 변화를 시도한다. 이와 같은 시도는 이전의 시집에서는 볼 수 없었던 '3행 3연'[42]의 시풍으로 시집 『향기 남은 가을』[43]에서부터 시조집

41 김남규, 「한국 현대시조 리듬론 비판적 검토-김상옥을 중심으로」, 『우리문학연구』 66, 우리문학회, 2020, 209쪽.

42 김남규는 김상옥의 시집 『향기 남은 가을』에서부터 기존에 볼 수 없었던 '3행 3연' 형식이 『느티나무의 말』에 이르기까지 시집 대부분을 차지하고 있음에 주목하였다. 그는 김상옥이 1행과 2행을 하나의 행으로 처리하여 2행 2구로 구성할 수 있었을 텐데 굳이 3행을 쓴 이유는 바로 3행이 3연으로 일정하게 유지되는 '3'이라는 안정적인 구조 때문일 것이라고 피력하였다(김남규, 「한국 현대시조 리듬론 비판적 검토-김상옥을 중심으로」, 『우리문학연구』 66, 우리문학회, 2020, 205~206쪽 참고).

『느티나무의 말』[44]에 실린 대부분의 작품에 절대적인 질서를 부여하는 기능을 하고 있다.

문門 빗장 걸려 있고 섬돌 위엔 신도 없다.

대낮은 밤중처럼 이웃마저 부재不在하고

초목草木만 짙고 푸르러 기척 하나 없는 날……

—「不在」 전문(『三行詩六十五篇』)

문빗장

걸려 있고

43 『향기 남은 가을』은 기존 작품을 개작한 것과 신작을 섞어 시조와 자유시를 함께 수록한 시집이다. 총 62편의 작품이 수록되어 있는데 '3행 3연'의 시형을 보이는 단시조 작품은 52편으로 「백자」, 「편지」, 「雨後」, 「너만 혼자 어디로」, 「그 門前」, 「싸리꽃」, 「因果」, 「하얀 꽃나무」, 「빈 궤짝」, 「가을 그림자」, 「이 나무는」, 「早春」, 「아침 所見」, 「還生」, 「꽃」, 「모란 앞에서」, 「뒤안길」, 「近況」, 「햇빛」, 「封書」, 「착한 魔法」, 「硯滴의 銘」, 「安否」, 「보얀 불빛」, 「失明」, 「무엇으로 태어나리」, 「흔적」, 「어느 골짜기」, 「못물 1」, 「못물 2」, 「못물 3」, 「잎 지는 나무」, 「立春 가까운 날」, 「無緣」, 「蘭 있는 房」, 「不在」, 「억새풀」, 「물빛 속에」, 「凋落」, 「銀杏잎」, 「어느날」, 「師弟」, 「꽃과 눈물」, 「香囊」, 「모란」, 「傳說 1」, 「傳說 2」, 「孤兒 말세리노 1」, 「孤兒 말세리노 2」, 「밤비 소리」, 「乙淑島」, 「강아지풀」이 있다. 2연 연시조 2편 「꿈의 蓮못」, 「가을 열쇠」와 장형시조 5편 「저 꽃처럼」, 「늪가에 앉은 소년」, 「안개」, 「귀여운 債鬼」, 「가지 않는 時計」가 있으며, 자유시 3편 「돌」, 「悲歌」, 「참파노의 노래」가 있다.

44 『느티나무의 말』은 김상옥의 마지막 시조집이다. 총 45편의 작품 중 '3행 3연'의 시형을 보이는 단시조 작품은 41편으로 「이승에서」, 「周邊에서」, 「對象」, 「靜止」, 「광채」, 「구름」, 「촉촉한 눈길」, 「親展」, 「흔적」, 「그 늙은 나무는」, 「空洞」, 「봄」, 「아침 素描」, 「꿈같은 생시」, 「돌」, 「돌」, 「무늬」, 「微物」, 「종적」, 「눈길 한번 닿으면」, 「건너다보면」, 「돌담 모퉁이」, 「11월의 聯想」, 「日記抄」, 「돌」 「胎」, 「손바닥 위의 궁궐」, 「소망」, 「풀꽃과 나비」, 「봄 素描」, 「金을 티끌처럼」, 「詩나 한편」, 「풍경」, 「寒蘭」, 「가랑잎 위에」, 「水沒」, 「동굴」, 「짚단 부스럭거리는 소리」, 「풀잎」, 「억새풀 1」, 「억새풀 2」가 있다. 이밖에도 장 구분 없이 이어 쓴 단시조 1편 「빈 궤짝」과 마찬가지로 장 구분 없이 이어 쓴 2연 연시조 1편 「密使」, 장형시조 2편 「느티나무의 말」, 「돌」이 있다.

섬돌 위엔 신도 없다.

대낮은
아닌 밤중
이웃마저 부재不在하고,

초목만
짙고 푸르러
기척 하나 없는 날.

—「不在」 전문(『향기 남은 가을』)

『향기 남은 가을』은 『삼행시육십오편三行詩六十五篇』에 실린 상당수 시편들을 개작하여 재수록하였다. 초장·중장·종장으로 구성된 3장 형식의 시조를 가지런하게 배열하지 않고 각 장의 앞구를 2마디음보로 나누어 '3행'으로 배열하고 있다. 김상옥의 이러한 시도는 시조가 어떻게 구별되면서 특수성을 확보하고 있는지에 대한 뚜렷한 실험 의식을 전제하면서, 그가 생각하는 시조 리듬의 기능과 의의에 영향을 미쳤으리라 추측해볼 수 있다. 김상옥은 장별로 배열했던 시조를 고쳐 쓰면서 다시 3행으로 배열하여 '행'과 '연'을 정연하게 운용하고 있다.

인용시를 살펴보면 규칙적인 4마디음보율의 율격을 살려 우리 가락의 정서를 수용하던 초기 시조의 「부재不在」가 행과 연의 기능을 강조하는 쪽으로 배열되면서 자유롭고 개성있는 율격 창조를 위해 이행하는 과정을 살핀다. 시조에서 "하나의 장은 대체로 4음보를 기준으로 하며 의미상의 종결성"[45]을 가지는 것이 일반적인데, 김상옥의 시조에서는 이제 '장'의 기능이 사라지고 '구'의 기능이 강조되는 것이다. 각 마디음보의 특성을 뚜렷하게 드러내며 고정된 율격을 고수하던 시편은 "점층의 율독 구조를 가진 이러한 행가름에서 정제된 시조 가락의 이상적인 보법"[46]을 확인하듯 한 장을 석 줄로 나누는 일련의 실험을 하고 있다. 따라서 앞선 「부재不在」의 중장에서는 없었던 쉼표를 더하고, 종장의 말줄임표를 마침표로 바꾸면서 시조의 율독과 의미 전달에도 영향을 주고 있음을 확인할 수 있다. 한편 여기서 주목할 것은 분행의 기능이다. 김상옥은 중장에서 "대낮은 밤중처럼"의 직유를 "대낮은 // 아닌 밤중"으로 탈고하였다. 1행과 2행에 분행을 가함으로써 하나의 구를 명확한 2마디음보로 분절시킨다. 이는 행을 분절시켰을 때 읽히는 시적 가독성을 고려한 태도로 비춰지는데, 중요한 것은 이것이 자신에 대한 자각으로부터 가능해지는 실제적인 묘사라는 점이다.

「부재不在」에서는 "짙고" 푸른 "초목草木" 앞 "문門 빗장 걸려" 있는 적막한 공간이 두드러진다. "신도" 찾지 않는 "기척 하나 없는 날"의 역발상이 하강의 속도에 방점을 찍는다. 그것은 절묘한 국면의 전환으로 나타나는 데 각 장이 점층의 율독 구조를 형성하며 뒷구의 여운을 극대화한다. 이처럼 김상옥 시조의 묘사는 공간과 사건과 시간을 분절시키면서 하나의 풍경 속에 다시 텍스트를 엮는 행위로 마주할 수 있다. 김상옥이 시세계를 가시화하는 방법적인 측면은 3행 3연시에서 1행과 2행을 '반구半句'[47]의 역할에 기대어 색다른 시의 형식을 개진하는 데 있다.

---

45 김대행, 『시조 유형론』, 이화여대 출판부, 1998, 140쪽.
46 박기섭, 「천품(天稟), 시품(詩品)」, 장경렬 편, 『불과 얼음의 시혼-초정 김상옥의 문학세계』, 태학사, 2007, 367쪽.
47 홍정자, 「사설시조의 반구(半句)구조 연구」, 서강대 석사논문, 1984.

바람에

씨가 날려서

움막에도 꽃이 핀다.

햇빛은

눈이 부시고

사람은 간 곳이 없어

천지간

거미 한마리

허공에 그물을 친다.

—「對象」 전문(『느티나무의 말』)

살풀이

슬픈 춤사위

구름처럼 나부꼈다.

덕수궁

하얀 모란꽃

구름처럼 나부꼈다.

내 넋도

너의 구름으로

꽃처럼 나부꼈으면—

—「구름」 전문(『느티나무의 말』)

시조에서 구의 개념은 장의 개념보다 불분명한 것으로 인식되어 왔다. 이러한 논의는 '3장 6구, 3장 8구, 3장 12구'라는 다양한 구 개념의 논의로 진전되면서 혼란을 가중시켰다. 그러나 '구'에 대한 논의는 보편적으로 "하나의 의미 내용을 갖춘 하나의 문장의 단락"[48]으로 규정한 '3장 6구' 개념이 일반적이다. 반면에 여기서 구가 하나의 의미 단락이라고 하더라도 의미 단락의 기준이 무엇이냐는 문제는 논란의 여지를 남기게 된다. 더군다나 4마디음보를 하나의 장으로 보았을 때 초장과 중장이 4마디음보라는 점에는 대체로 합의했지만 종장을 5마디음보로 봐야 하는 것이 아니냐는 견해에서는 구의 개념과 그 역할을 좀 더 분명히 해야 할 필요성이 있다. 앞서 논의한 바와 같이 인용시 「대상對象」과 「구름」 또한 3행 3연의 일정한 패턴으로 하나의 리듬을 유지하고 있다. 특이한 것은 이때 구의 개념은 '반구半句'의 기능을 한다는 점이다. 하나의 장이 3행을 만들고 다시 하나의 구는 1행과 2행을 분절시키는 반구의 개념을 동원하여, 마지막 3행은 단독적인 '구'를 완성한다고 볼 수 있다.

「대상對象」에서는 시적 주체에 의해 표상이 된 실재적 개념이 "바람", "햇빛"을 감싸는 "천지간"으로 이어지며 하나의 순환고리를 만들어낸다. 각 연마다 그가 인지하는 사색의 대상물이 등장하는데, 이것을 삶의 진행형으로 치환하여 보여준다. 「구름」에서도 마찬가지다. "살풀이 // 슬픈 춤

48 김대행, 『시조 유형론』, 이화여대 출판부, 1998, 141쪽.

사위", "덕수궁 // 하얀 모란꽃"이라는 움직임으로 감지되는 시간의 인식 작용은 "구름처럼 나부꼈다"는 발화를 통해 내재적 동기의 계기를 마련한다. 여기서 "내 넋도 // 너의 구름으로" 파동하는 존재론적인 면모가 "꽃"이라는 이미지로 산출된다.

이렇게 김상옥이 시도하는 3행 3연의 규칙은 그의 후기시조에 패턴을 이룩함으로써 시조 전개의 기본단위가 된다. 비록 김상옥 시조에 드러나는 마디음보 구획의 문제가 자의적이라 할지라도 시조 형식의 변조와 반복을 통해 미시적인 운율적 자질을 드러내면서 엄연한 리듬요소로서의 기능을 수행한다. 가령 시조에서 종장은 한 편의 시를 마무리하는 종결의식을 바탕에 둔다. 여기서 초장과 중장의 의미를 종장으로 수렴하면서 논리적 의미망을 형성하는 형식미가 종장에 있다고 볼 수 있는데, 김상옥이 구사하는 형식 실험으로는 시조 종장 특유의 특질을 성립시키지 못한다. 그럼에도 김상옥이 시조 정형의 규칙과 규율로부터 이탈하여 자유로운 형식을 취하는 것은 시조의 행과 연의 문제가 내연적 리듬의 요소로 작용하기 때문이다.

김상옥의 후기시조에서 살펴보았듯 그의 시조는 3행 3연을 구성하기 위하여 각 연의 1행을 1마디음보로 시작하여 2행에서 1마디음보 3행에서 2마디음보씩 점층적인 구조로 늘려가고 있다. 이와 같은 시조의 구조는 이미지의 질서에 따른 내적인 리듬감을 확장하고 상호 유기적 상관성을 지속한다. 이제 김상옥 시조의 실험 의식은 시조 양식의 범주에서 새로운 파격을 시도하고 통제하려는 강한 의지 표상의 결과로 드러난다. 그의 시조에서 내적인 질서는 리듬의 문제와 직결된다. 김상옥은 전통시조 율격의 보편성에 의문을 제기하며 시조가 더이상 과거의 규범적인 기준에 기대어서는 안 된다는 전제로부터 출발한다. 따라서 그는 시조의 형식에 예민하게 반응할 수밖에 없었다.

김상옥의 시세계에 나타나는 두드러진 표상은 형식의 입체적 형상화다. 시조의 형식에 대한 개방적 탐구가 김상옥이 정형시를 이해하는 핵심적 방식인 것이다. 김상옥은 '장'과 '구'의 개념을 '행'과 '연'으로 인식하면서 시조가 어떤 주기를 두고 반복하는지, 그 속성으로 인해 어떠한 리듬을 실현할 수 있는지 규명하고자 했다. 이러한 요소들은 시조의 다양성을 포괄하는 보편타당한 리듬을 만들어내면서 시조라는 본질적 구조를 다시 생각하게 한다. 그렇기 때문에 김상옥이 구사했던 형식에 대한 치열한 모색은 대상에 대한 시적 반응을 유도하면서 이미지를 통해 재현되고 구체화되는 정서적 반응을 살피는 일에 다르지 않다.

3. 탈정형화된 현대시조와 가능태로서의 현대성

현대시조는 전통시조의 형식장치를 차용하면서 일정한 규칙을 만들어왔다. 시조는 현존하고 있는 우리 고유의 유일한 정형시이다. 시조는 오랜 흐름 속에서 거듭 변모하였는데, 외적 제약을 극복함으로써 긴 생명력을 유지해왔다. 그렇기 때문에 시조를 하나의 의미장으로 한정 지어 읽어내는 것은 어려워 보인다. 전통시조와 현대시조라는 두 개의 항을 세워놓고 그 항을 명확하게 나눌 수 없을뿐더러 이는 개별 시인이 세계를 인식하고 감각하는 태도와 연관하기 때문이다. 문제는 이러한 기준이 대립의 관계에 있다는 점인데, 앞서 살펴보았듯이 전통시조와 현대시조를 구분하는 기준으로는 포착되지 않는 지점이 존재한다. 따라서 근원적으로 연결되어 있는 전통시조의 흔적을 확인하면서 현대시조의 양식적 가능성에 대해 파악해야 할 것이다. 다시 말해 시조의 역사와 현재를 연결하는 '거리'가 현대시조의 전부이자 일부의 의미를 동시에 갖게 하는 것이다. 현대시조의 존립 과정은 시조성과 현대성이란 개념으로 설명된다. "현대성을 충족해야 이미 역사적 사명을 다하고 사라진 고시조와 변별되는 존재이유를 찾을 수 있고, 시조성을 획득해야 자유시와 경쟁관계에서 존재이유를 찾을 수 있다"[49]는 점에서 두 개의 항은 밀접하게 닿아있는 특징을 갖는다. 이러한 지적은 '시조성' 혹은 '현대성'이라는 개념에서 어느 한쪽으로 치우치지 않고, 존립할 수 있는 기반을 다지는 일이다.

시조는 자유시에 비해 정형이라는 외적 제약이 가질 수밖에 없는 선험적 규범을 극복해야만 했다. 다시 말하면 현대시조의 미학적인 저항은 시조가 그 안의 정격만을 강조함으로써 '현대성'을 무시하는 방식으로는 감내하기 힘들다. 또한 시조의 양식으로부터 일탈과 변형을 통해 자유시와의 경계가 모호해지고 고유의 '시조성'이 상실되면 시조 양식의 구심점을 형성하지 못한다. 그러므로 전통시조가 가지는 정격의 미학과 근대의 비판적 속성이 상호보완되면서 대안적 지표를 생성할 수 있어야 한다. 바로 통시적인 관점에서 현대시조사의 유의미한 문제를 제기할 때 이와 같은 논의는 또렷한 성과를 거둘 수 있을 것으로 보인다.

김상옥은 시조의 현대화를 위하여 내용의 쇄신을 병행하며 끊임없이 형식적 제약을 넘어서려는 모험을 시도했다. 그러나 초기에는 민족 고유의 정서

49 김학성, 「시조의 정체성과 현대적 계승」, 『시조학논총』 17, 한국시조학회, 2001, 51~52쪽.

를 시조에 담아내면서 의식구조의 변화 가능성을 모색하였다. 이를 통해 현대시조의 방향성을 진단하는 김상옥 시조의 담론과 형식구조를 탐색해본다.

비오자 장독간에 봉선화 반만 벌어
해마다 피는 꽃을 나만 두고 볼 것인가
세세한 사연을 적어 누님께로 보내자.

누님이 편지 보며 하마 울까 웃으실까
눈앞에 삼삼이는 고향집을 그리시고
손톱에 꽃물 들이던 그날 생각하시리.

양지에 마주 앉아 실로 찬찬 매어주던
하얀 손 가락 가락이 연붉은 그 손톱을
지금은 꿈속에 본 듯 힘줄만이 서누나.

—「봉선화」 전문(『草笛』)

김상옥의 대표작으로는 단연 그의 등단작인 「봉선화」를 꼽을 수 있다. 서정적 감수성이 돋보이는 이 작품은 전통적인 율격과 제재로 어린 시절의 추억을 풀어내면서 누님에 대한 그리움을 엮어놓았다. "비오자 장독간에 봉선화 반만 벌어"와 같이 선명한 시각적 심상을 주로 사용하였다. 이를 통해 "해마다 피는 꽃을 나만 두고 볼 것인가", "누님이 편지 보며 하마 울까 웃으실까"처럼 말하는 이의 마음을 표현하는 구절들을 부각시킨다. 누님에 대한 그리움을 시각적인 정경으로 펼쳐 보이는 인용시는 '현재'에서 '상상'의 공간으로 이동했다가 '과거'의 회상, 그리고 다시 '현재'로 시상을 전개시킴으로써 시적 주체의 추억과 그리움을 환기한다. 여기서 김상옥이 보이는 직관적 상상력은 인식의 당위성을 획득하게 되는데, 이것은 섬세한 관찰을 통해 자신의 경험을 회상하는 장면을 증폭하면서 향토적 자연관의 연관성으로 표출된다. "장독간", "봉선화", "편지", "고향집", "꽃물", "연붉은 손톱"으로 이어지는 매 수首의 소재를 통하여 누님을 생각하고, 누님을 상상하고, 누님과 함께 봉선화 꽃물을 들이던 어린 시절의 기억을 떠올리는 모습은 그가 마련한 시적 회로이다. 등단 초기 김상옥은 시조의 3장을 가지런하게 배열하면서 내용에 초점을 맞추어 작품의 흐름과 시상을 전개하는 양상을 보인다.

> 눈을 가만 감으면 굽이 잦은 풀밭길이
> 개울물 돌돌돌 길섶으로 흘러가고
> 백양白楊숲 사립을 가린 초집들도 보이구요.
>
> 송아지 몰고 오며 바라보던 진달래도
> 저녁 노을처럼 산山을 둘러 퍼질 것을
> 어마씨 그리운 솜씨에 향그러운 꽃지짐!
>
> 어질고 고운 그들 멧남새도 캐어 오리
> 집집 끼니마다 봄을 씹고 사는 마을
> 감았던 그 눈을 뜨면 마음 도로 애젓하오.
>
> —「思鄕」 전문(『草笛』)

「사향思鄕」에서도 고향에 대한 그리움과 기억의 조각들을 재구하였다. "눈을 가만 감으면" 그릴 수 있는 옛 고향의 이미지는 과거로의 회상을 가능하게 하는데 이때 "풀밭", "개울물", "길섶", "백양白楊숲", "사립", "초집", "송아지", "진달래", "꽃지짐" 등과 같은 이미지는 고향과 공유되는 심리적인 정서를 내포한다. 김상옥은 1920년에 태어나 '민족 말살 정책'이라는 식민 지배의 특수성을 경험하였으며, 일제강점기에는 모국어母國語인 한글로 작품을 창작하면서 저항 의지를 드러냈다. 항일 운동을 하다가 옥고를 치른 경험이 있는 그에게 '민족주의 시인'이라는 평가는 민족의 문제를 결부하면서 민족 정체성 회복의 문제를 집약하고 있다. 그는 눈 감는 행위를 통하여 고향민족의 정서를 추동하며 정신적 근원인 어머니를 만난다. 이때 조국의 상실감과 사향 의식은 현실적인 극복의 움직임으로 드러난다. 아울러 의성어 "돌돌돌"과 "어마씨", "멧남새"와 같은 방언의 활용은 그리움의 내면을 표출하는 흔적이다. 특히 이것은 현실적인 고통이 제거된 순간적인 만남으로 이상향의 속성을 띠게 된다는 점에서 의미를 찾을 수 있다. 인용시 또한 '현재'－'과거'－'현재'라는 역순행적인 구성을 취하며 다양한 감각적 심상을 사용하면서 자연과 고향 마을의 인정을 소박함과 정겨움의 정서로 집약한다. 여기서도 선경先景 후정後情의 구조로 마음을 표현하고 있는데, 각 장의 유기적인 구조는 작품의 완결성을 높이고 주제를 보다 효과적으로 드러내는 데 일조한다. 특히 고향 마을의 정경을 회상하는 장면에서 묘사가 돋보인다.

찬 서리 눈보라에 절개 외려 푸르르고

바람이 절로 이는 소나무 굽은 가지

이제 막 백학白鶴 한쌍이 앉아 깃을 접는다.

드높은 부연 끝에 풍경소리 들리던 날
몹사리 기다리던 그린 임이 오셨을 제
꽃 아래 빚은 그 술을 여기 담아 오도다.

갸우숙 바위틈에 불로초 돋아나고
채운彩雲 비껴 날고 시냇물도 흐르는데
아직도 사슴 한마리 숲을 뛰어드노다.

불 속에 구워내도 얼음같이 하얀 살결!
티 하나 내려와도 그대로 흠이 지다
흙 속에 잃은 그날은 이리 순박하도다.

—「白磁賦」 전문(『草笛』)

김상옥에게 백자는 '미의 종교'라고 할 수 있다. 「백자부白磁賦」는 백자를 아름답게 형상화하면서 '불'이라는 인고의 시간을 견디며 빚어지는 백자의 우아한 자태를 묘파한다. "불 속에 구워내도 얼음같이 하얀 살결!"은 '불'과 '얼음'이라는 이미지를 상반된 대비를 통해 보여주는데, "티 하나 내려와도 그대로 흠이 지다"라는 역설적 표현으로 백자의 티 없는 투명을 예찬하고 있다. 여기서 백자는 외형적으로는 국토를 내면적으로는 민족을 표상한다고 볼 수 있는데, 이러한 논의는 백자의 바탕 위에 그려지는 시각적이고 대립적인 묘사를 통해 유추해볼 수 있다. "소나무",

"백학白鶴", "바위", "불로초", "채운彩雲", "시냇물", "사슴"과 같은 이미지는 장생불사長生不死를 상징하는 십장생十長生의 이미지로 드러난다. 이는 이상세계를 지향하는 우리 선비들의 순박한 절개를 드러내는 상징물로 매개되면서 선조들의 생활 풍습을 일정 부분 반영하고 있다. 따라서 백자가 함의하는 시적 정서는 전통문화가 지닌 가치로부터 조응하는 순박함이다. 이것은 다시 선비들의 정신적인 생명력으로 표출되는데, 이때 백자는 "꽃 아래 빚은 그 술을" 담아 오는 그릇으로 형상화되면서 '임'과의 재회를 기다리는 대상이 된다. 인용시는 표현상으로 2수, 3수, 4수의 종장에서 "오도다", "드노다", "하도다"와 같은 영탄적 고어체의 종결어미를 반복적으로 사용하여 리듬감을 구성하고 있다. 그러나 외형적인 음수율의 조건에서는 4수의 연시조로 4마디음보 외형률이라는 정격의 시조 형식을 충실히 따른다. 이와 같은 형식상의 구속은 「백자부白磁賦」에서 주목하는 현실적 삶의 거리로 변모하면서 시적 대상을 이해하는 방식에 근본적인 차이를 제공한다.

앞서 살펴보았듯이 『초적草笛』에는 「선죽교善竹橋」를 제외한 나머지 작품이 모두 장별배행을 이루고 있으며, 3·4조의 음수율과 4마디음보가 비교적 규칙적인 율격으로 전개되고 있다. 예컨대 의도적으로 시조 형식의 정격을 지키려는 태도가 빈번히 발견되기도 하는데, 약어를 사용한 '준말'의 흔적이 그렇다.

> 달빛에 지는 꽃은 밟기도 삼가론데
>
> —「春宵」 1수 초장(『草笛』)

바람 잔 고요한 날엔 가슴 도로 설레라.

—「물소리」 1수 종장(『草笛』)

먼뎃벗 하마 오실까 기다리기 겨워라.

—「晩秋」 2수 종장(『草笛』)

언제나 이 문을 나서 그린 임을 뵈올꼬.

—「囹圄」 1수 종장(『草笛』)

귓속에 젖어 있는 물결소린 옛날인데

—「흰돛 하나」 2수 초장(『草笛』)

'준말'은 단어의 일부분을 줄여서 표현한 말을 뜻한다. 이는 어형의 일부를 생략하거나 축약한 형태로 사용하면서 어감의 차이를 만드는데, 여기서 준말은 시조의 앞과 뒤의 마디음보에 무게 중심을 이동시키면서 리듬을 주조하는 형태로 드러난다. 김상옥은 본말을 축약한 형태로 약어를 사용함으로써 의식적으로 시조의 4마디음보를 맞추기 위해 노력하고 있다. 시조의 형식미학에 대해 면밀하게 고심했던 김상옥 시조 형식의 실체는 짧고短 긴長 마디음보의 낭창거림을 표현하기 위해 단어의 의미를 원래의 어형보다 간략하게 표시하는 전략을 펼친다. 단어의 뒤 끝을 자르거나, 앞머리를 자르는 것, 중간을 자르거나, 중간을 남기고 앞뒤를 자르면서 의미를 축약시키는 암시 효과는 시조의 율독에 안정감을 가지고 오는데, 이때 "정격의 묘는 탈격을 가정할 경우보다 오히려 시적 긴장을 일으키고 있다는 점"[50]에 주목해볼 필요가 있다.

김상옥은 『초적草笛』에서 가급적이면 시조 정격의 시조 형태를 지키는 데 주력하면서 시조의 기본 형식에 충실하고자 했다. 그러나 김상옥이 보여준 형식 실험의 지속은 시조 가락의 유연성을 살리고, 이미지를 효과적으로 전달하기 위한 방향으로 전개되면서 단조로운 시조 마디음보의 율격을 극복해낸다.

①

아슴푸레 잊어버렸던 일, 되살리는 것 있다. 월사금 못 내고 벌소제하던 일. 흑판에 백묵글씨 지우고, 지우개 털던 일. 지우개 털면 창窓밖으로 보오얗게 백묵가루 날렸다. 오늘 이 창窓밖에도 그때처럼 보오얗게 날리는 것 있다. 풋보리 피는 고향 산천, 아슴푸레 지우는 것 있다.

—「안개」 전문(『墨을 갈다가』)

②

아슴푸레 잊어버렸던 일, 되살리는 것 있다.

월사금月謝金 못 내고 벌소제掃除하던 일. 흑판에 백묵白墨글씨 지우고, 지우개 털던 일. 지우개 털면 창窓밖으로 보오얗게 백묵白墨가루 날렸다. 오늘 이 창窓밖에도 그때처럼 보오얗게 날리는 것 있다.

50 이지엽, 「정제와 자유, 엄격과 일탈의 시조 형식」, 장경렬 편, 『불과 얼음의 시혼—초정 김상옥의 문학 세계』, 태학사, 2007, 270쪽.

풋보리 피던 고향 산천山川, 아슴푸레 지우는 것 있다.

—「안개」 전문(『향기 남은 가을』)

김상옥은 시조가 갖는 형식의 존재론적 물음을 제기하며 도전과 응전의 자세를 겸한다. 주지하듯이 그는 시조와 자유시를 함께 창작하면서 형식에 대한 고민을 개진하였다. 그가 시조를 '삼행시三行詩'라고 명명한 대목에서 짐작할 수 있듯이 김상옥의 '장'은 '행'의 개념으로 인식되면서 시조 형식의 수용 가능성을 재진단한다. 인용시 ①과 ②는 「안개」라는 작품으로 ①은 『묵墨을 갈다가』에 ②는 『향기 남은 가을』에 실려 있다. ①은 연의 구분 없이 리듬의 단위를 문장이나 문단에 두면서 산문 형식으로 쓴 자유시의 형태에 가깝고, ②는 3행 3연의 형식으로 중장이 늘어난 사설시조의 형태에 가까워 보인다. 이것은 김상옥이 일관되게 구사했던 '행'과 '연'에 대한 지속적인 관심으로 드러나며, 형식 실험의 변화 양상을 확인할 수 있는 하나의 사례로 보인다. 「안개」에서는 초장·중장·종장의 어구와 문장에 '-일', '-있다'와 같은 반복적인 패턴을 만드는데, 이것은 리듬의 탄력적인 운용을 가능하게 하며 각 행장 사이를 구분하는 효과를 더한다. 따라서 이와 같은 유사 어휘의 반복은 각 행장을 연결하는 장치이자 각 행장의 독립성을 강조하는 방향으로 쓰이고 있는 셈이다. 김상옥은 같은 작품의 표면적인 형식에 변용을 시도하면서 시조의 개방적 개념을 확대하고 있다. 특히 인용시 ②의 경우 시조의 종장을 독립적으로 배열함으로써 중장과 종장 사이의 극적인 전환을 이루고 있다는 점은 시조의 형식에 대한 그의 직접적인 고민과 적극적인 시도의 방향으로 이해할 수 있다.

「안개」에서는 시적 주체가 인식하는 풍경의 양상이 몽상적인 시선으로 발화된다. 풍경을 바라보는 방법에서 주체의 위치는 액자형식으로 구성되어 있다. 그러나 현실 인식의 주체와 방외인적인 주체의 시점이 분명하지 않다. 이것은 현재진행형의 사건이면서 눈앞에 스치는 조각조각의 잔상으로 재현되는 풍광이기도 하다. 여기서 "잊어버렸던 일"은 "되살리는 것"이 된다. 비로소 "풋보리 피던 고향 산천山川"에 "아슴푸레" 지워지는 안개의 속성이 부각되어 하나의 이미지를 형상화한다. 김상옥은 시조와 자유시의 넘나듦을 시도하면서 삼분구조三分構造를 활용한 호흡의 완급조절을 효과적으로 보여준다.

①

길가 쓰레기 속에서 주워온 아이의 입김,
그날 없어진 빵과 해어진 담요 조각은
캄캄한 창고 하나를 빛으로 가득 채웠다.

어느 해 추운 겨울날의 정동貞洞 외진 뒷골목
이따금 헐벗은 나뭇가지들이 간들거렸다.
그 아이 밤새껏 와서 입김 녹여주고 갔던가.

금년도 벌써 저물어 책冊은 불쏘시개나 할까,
쓸 때 못 쓰면 쇠붙이도 녹이 스는 법
살얼음 엉긴 가슴엔 입김이란 아예 닿지 않았다.

—「孤兒 말세리노의 입김」 전문(『墨을 갈다가』)

②

길가

쓰레기 속에서

주워온 가여운 아기

그날

없어진 빵과

해어진 담요 조각은

캄캄한

창고倉庫 하나를

빛으로 가득 채웠다.

—「孤兒 말세리노 1」 전문(『향기 남은 가을』)

어느 해

추운 겨울날

정동貞洞 외진 뒷골목

이따금

헐벗은 나뭇가지

간들거리고 있었다.

그 아기

간밤에 예 와서

입김 녹여주고 갔던가.

—「孤兒 말세리노 2」 전문(『향기 남은 가을』)

'장'과 '행'의 문제에 집중했던 김상옥 시조는 이제 『향기 남은 가을』과 『느티나무의 말』에서 시조의 '구' 개념까지 접근한다. 인용시 ①은 시집 『묵墨을 갈다가』에 수록된 「고아孤兒 말세리노의 입김」으로 3수의 연시조로 구성되어 있으며 장별배행을 보인다. 이 작품은 『느티나무의 말』에서 인용시 ② 「고아孤兒 말세리노 1」과 「고아孤兒 말세리노 2」와 같이 돌연 별개의 단시조로 구분된다. 2편의 연작시조의 형식을 취하고 있으며, 장과 행의 문제를 '구'와 '연'의 문제로 확장하고 있다. ②는 초장과 중장, 그리고 종장의 제1마디음보와 2마디음보가 분절되어 2행을 이루고, 3행이 단독적인 구를 형성하면서 각 장을 3연으로 정리하였다. 본래 시조의 정격은 구의 개념까지 포함하여 제약적인 모습을 보이는 것이 일반적인데, 김상옥은 시조의 단점을 제어하면서 점층적인 3행의 패턴을 의도하고 시조의 마디음보와 구의 유연성을 실험하는 형태적 변형을 시도했다. 따라서 ①이 시적 분위기를 촘촘하게 엮어내면서 의미 맥락의 순행적 구조를 보여주는 방식이라면 ②는 형식의 옥죄임에서 벗어나 행과 연의 구분으로 시선을 집중시킴은 물론 의미를 드러내는 이미지를 선명하게 부각하는 역할을 한다.

'말세리노'는 김상옥의 무의식 속에 내재된 소년 이미지의 표상이다. 이때 소년은 생사의 경계로 겹쳐지는 자의식으로 발화된다. 존재의 근원에서 파악되는 원초적인 것과 영원적인 것의 동일시에서 말세리노가 불어넣고 싶은 시간의 정체가 발견되기도 한다. 여기서 "아이"로 발화되는 시간의 개념은 시 속에서 시의 방향을 이끌어가는 시적 주체의 심경으로 볼 수 있다. 인용시 ①의 1수 초장에서 "길가 쓰레기 속에서 주워온 아이의 입김,"은 ②의 초장 "길가 // 쓰레기 속에서 // 주워온 가여운 아기"로 되고 되면서 쉼표가 제거된 명사형으로 종결을 맺고 있다. 이는 시조 제4마디음보의 독립성을 확보한다. 또한 ①의 2수 초장 "추운 겨울날의"에서는 '의'가 제거된 "추운 겨울날"로 중장 "이따금 헐벗은 나뭇가지들이 간들거렸다"에서는 "이따금 // 헐벗은 나뭇가지 // 간들거리고 있었다"로 수정된 것을 확인할 수 있다. 종장에서 "그 아이 밤새껏 와서 입김 녹여주고 갔던가"에서는 ②에서 "그 아기 // 간밤에 예 와서 // 입김 녹여주고 갔던가"로 표기함으로써 한 행에 자리한 '구'와 '연'의 율독 문제까지도 집중하게 한다. 이것은 시적 이미지의 강조와 의미구현을 위한 하나의 방향으로 이해할 수 있다.

그러나 김상옥이 구사하는 형식 실험은 시조 장르에 대한 인식과 정체성의 문제에 혼란을 안겨줄 우려가 있다. 물론, 보수적인 시각에서는 김상옥 시조의 전통적 외형율의 확대와 변조에 대하여 반발이 있어왔던 것이 주지의 사실이다. 그럼에도 그가 "외형률의 잣대로는 그 율격을 도저히 잴 수 없는 독특한 내재율이 살아있는 시조"[51]를 구사한다는 일각의 평가는 전통시조가 빚어온 오랜 상투성에 직면해보려는 현대시조의 긍정적인 반응으로 볼 수 있을 것이다. 다시 말해 김상옥은 시조의 엄격한 규칙과 질서를 만들면서 시조를 전통시조의 '장'으로 한정시키기보다 전통적 외형율의 확대와 변조를 꾀하면서 시조 미학의 형식 체험을 혁신적 시도의

51 윤금초, 「부사 붙은 문학」, 장경렬 편, 『불과 얼음의 시혼 – 초정 김상옥의 문학 세계』, 태학사, 2007, 341쪽.

표지로 삼아왔다. 김상옥은 시조의 형태적 특질과 시조 작품 표면에 드러나는 리듬소를 찾음으로써 낯선 이미지를 발현하였고, 평시조의 정격에서 벗어난 최대치의 실험을 통하여 리듬의 실현을 수행하고자 했다.

그동안 현대시조는 현대인의 감각과 감수성을 충족하는 데 있어 외적 제약이 있다고 판단하면서 내용상, 형식상의 실험을 거듭해왔다. 시조 혁신에 대한 고민의 근원에는 시조 형식에 대한 인식과 정체성의 문제가 상호 충돌하면서 시조의 양식 확장과 가능성의 문제로 대두되었다. 이러한 맥락에서 현대시조가 나아가야 할 방향은 시조의 형식을 모색하고 실천하는 일이며 더불어 대중성과 예술성을 확보하는 방식으로 가능해진다고 할 수 있다. 현대시조는 시조의 보편적 형태를 평시조로 한정 짓지 않고 엇시조, 사설시조, 양장시조 및 여러 형태의 시조를 혼합하는 이른바 옴니버스시조윤금초라는 새로운 형식 실험까지 확장하였다.

그러나 현대시조의 현대화를 위해 변모해온 형식 실험은 시조의 원론적인 물음에 대한 우려의 평가와 함께 공존한다. 시조가 정형 양식으로서 율격미를 바탕으로 한다는 점에서는 차분한 질서와 안정감이 합치하지만 시조의 형식 실험이 기본적인 율격에 반하는 구조라는 점에서는 호응을 얻기가 쉽지 않았다. 또한 정해진 형식에 구애받지 않고 언어의 리듬과 이미지의 패턴에 영향을 주고받는 자유시와 달리 3장이라는 정형적 완결성이 강하게 작용하는 시조의 형식이 자유시와 변별되지 않거나 파격의 과잉이라는 점에는 문제가 있었다. 이처럼 시조 장르를 무작정 열린 양식의 구현이라는 차원으로 보면서 상충하는 갈등이야말로 현대시조가 직시해야 할 문제점으로 보여진다. 다시 말해 시조의 형식을 준수하는 범위를 정하고 우리 시대의 결핍 요소를 충족시키면서 개성과 자유로움을 획득하는 방식으로써 현대시조의 의미를 다시 고찰해야 할 것이다.

그동안 현대시조가 민족 문학의 본령을 지키면서 시조의 계승과 발전을 위하여 어떠한 형식미학을 추구해왔는지 대표적인 사례를 살펴본다.

풍지風紙에 바람 일고 구들은 얼음이다
조고만 책상冊床 하나 무릎 앞에 놓아두고
그 우엔 한두 숭어리 피어나는 수선화水仙花

투술한 전북 껍질 발 달아 등에 대고
따듯한 볕을 지고 누어 있는 해형蟹形 수선水仙
서리고 잠드든 닢도 굽이굽이 펴이네

등燈에 비친 모양 더욱이 연연하다
웃으며 수줍은 듯 고개 숙인 숭이숭이
하얀한 장지문 우에 그리나니 수묵화水墨畫를

—이병기, 「水仙花」 전문(『가람 시조집』, 지식을 만드는 지식, 2012)

현대시조가 그동안 형식 실험을 통해 보여주고자 한 것은 시조를 여러 방면으로 읽게 하는 색다른 방법을 제시하였다는 점이다. 현대시조의 형식 실험 출현 이전에는 3장의 구분에 따라 시조를 배분하면서 4마디음보 율격을 지키는 정형성이 강한 전통율격의 시행이었다. 이병기1891~1968의 「수선화水仙花」는 평시조를 반복적으로 배치하면서 시상의 전개를 강화하는 3수 연시조로서 현대시조 초기에 가장 흔히 볼 수 있었던 시조 형태라고 할 수 있다. 이런 시조는 보편적이고 도식적인 율동을 창출하면서 다소 기계적인 느낌의 규칙성 때문에 시적 긴장을 촉발시키지 못한다. 인용시의 규칙적인 리듬은 상대적으로 시상의 이미지에 집중하면서 시 내부에서 리듬을 발생시킨다. "풍지風紙에 바람 일고 구들은 얼음"에서 "한두 송어리 피어나는 수선화水仙花"는 "투술한 전북 껍질 발 달아 등에 대고 // 따듯한 볕을 지고 누어"있다. 시인은 수선화를 "하얀한 장지문 우에" 그리는 "수묵화水墨畵"로 여기면서 시간과 공간의 비약을 더하여 이미지를 강조하고 있다. 특히 이병기 시조의 "장의 배치나 연의 배치는 '근경에서 원경으로, 혹은 원경에서 근경'으로 배치, 혹은 '전轉의 사용'"[52] 으로 시간의 흐름과 공간의 변화에 따라 절묘하게 표현된다. 이처럼 시조의 정형화된 틀형식은 의미와 부합하면서 각 장과 각 수의 독립적인 병렬구성으로 정연한 시상의 전개를 보여준다.

투박한 나의 얼굴
두툴한 나의 입술

알알이 붉은 뜻을
내가 어이 이르리까

보소라 임아 보소라
빠개 젖힌

52 유순덕, 「현대시조에 나타난 형식미학과 생명성 연구」, 경기대 박사논문, 2014, 26쪽.

이 가슴.

—조운,「石榴」 전문(『조운 시조집』, 작가, 2000)

넌지시 알은 체 하는

한 작은 꽃이 있다

길가 돌담불에

외로이 핀 오랑캐꽃

너 또한 나를 보기를

나

너 보듯 했더냐.

—조운,「오랑캐꽃」 전문(『조운 시조집』, 작가, 2000)

조운1900~1948월북은 "시조의 정형시적 특성이 오늘날 정감을 담기에는 힘들고, 그렇기 때문에 개화시대 이후 마련된 자유시와는 다르다는 주장을 예거한다. 그러면서도 무용론을 벗어나서 시조의 당위성이나 정체성을 강력하게 주장"[53]하는데 이러한 견해는 조운 시조만의 변별적 논지를 찾으며 시조를 과거의 산물로 고정시키지 않았다. 그는 "시조와 시조 아닌 것은 자수로 구별할 수 없으며, 시조와 민요를 기초로 외국시형을 참고한 새로운 형식이 생길 수 있으니, 시조의 '변체적 시형' 또한 필요한 것으로 보았다."[54]

53 김헌선, 「曺雲 時調의 전통계승과 의의」, 조운, 『조운 시조집』, 작가, 2000, 199쪽.
54 김남규, 「1940년대 현대시조 리듬 연구 – 현대시조삼인집(現代時調三人集)을 중심으로」,

인용시 「석류石榴」와 「오랑캐꽃」은 음수의 규범을 정확히 지키면서 4마디음보가 아닌 6마디음보격으로 형식을 취하려 했으나 초장과 중장은 구로 분행한 데 반해 종장을 3행으로 처리함으로써 종장의 긴장과 강조의 방향에 따라 유연한 분행의 효과를 보여준다. 두 인용시 모두 종장의 제1마디음보와 2마디음보는 하나의 의미 구조로서의 기능을 담당하고 있는데, 제3마디음보와 4마디음보는 의미론적인 강세를 자세하게 묘사하면서 변화・반복되는 리듬감을 일으킨다. 「석류石榴」에서는 "보소라 임아 보소라"라는 부르짖음으로 자신의 가슴 "빠개 젖힌" 행위를 강조하고 종장의 제2구 3마디음보와 4마디음보의 분행을 통해 그 의미에 주목한다. 그리하여 격정적인 감정의 전운을 일으키는 속마음이 드러나게 된다. 「오랑캐꽃」에서도 조운은 자유로운 분행을 통해 호흡상의 짧은 휴지休止가 시의 리듬에 어떻게 기여하는지 고심하고 있다. 종장 "나 / 너 보듯 했더냐"에서 "나"와 "너"의 존재가 의미상의 분절을 통해 단호하게 강조되는 것이다. 특이한 것은 제2구의 3마디음보와 4마디음보에서 "나 너 보듯"이라는 한 마디음보가 시행 엇붙임을 이루고 있다는 점이다. 따라서 종장의 1행은 복문의 수식어구와 연결어미의 활용이 리듬을 증식시키는 구조이지만 2행과 3행은 다소 변형되면서 역동적인 느낌을 더해준다.

뵈오려 못뵈는님 눈감으니 보이시네

감아야 보이신다면 소경되어 지이다

—이은상, 「소경 되어지이다」 전문(『이은상 시선』, 지식을 만드는 지식, 2012)

『시조학논총』 53, 한국시조학회, 2020, 115쪽.

그언제 님의아호雅號 '월月'자字넣어 지어주고
지금도 달을바라면 그님생각 합내다

소식이 끊이오매 안부安否를 알길없어
저달로 점치는줄은 님도아마 모르시리

흐린 달을보면 무삼걱정 게시온가
내맘도 깊은구름에 싸이는줄 압소서

하마 밝아지신가 창밖을 보고또보고
새벽만 환하시오면 그제안심安心 합내다

어느땐 너무밝아 너무밝음 밉다가도
그깃븜 생각하옵고 도로축복 합내다

—이은상, 「달」 전문(『이은상 시선』, 지식을 만드는 지식, 2012)

1930년대 초반부터 새로운 시조 형태를 모색하던 이은상1903~1982은 1932년 『노산시조집鷺山時調集』 「양장시조 시작편試作篇」에 2행으로 된 시조 7편을 실어 발표하였다. 양장시조[55]는 초장·중장·종장으로 이루어진 평시조에서 중장을 생략하여 초장과 종장만으로 창작한 시조이다. 당시에 양장시조의 지나친 작위성은 반일적인 민족 감정을 불러일으켜 호응을

55 양장시조는 1928년 탁상수가 시도한 이후, 1930년대 주요한이 「양장시조 試作」(『東亞日報』, 1931.5.13)이라는 제하에 「북극신」, 「送年」, 「交通데이」 3편을 발표하였다.

얻지 못했는데, 시조에서 중장이 빠지면 시조의 묘수인 종장은 시상의 안배에서 무리가 생긴다는 점이 지적되었다.

인용시 「소경 되어지이다」는 1수로 이루어진 양장시조이다. 여기서 화자는 임을 계속 그리워하지만 임은 내 곁에 없다. 시적 화자는 눈을 감아야 볼 수 있는 임이라면 차라리 '소경'이 되어 항상 임을 보고 싶다고 말한다. 따라서 "감아야 보이신다면 소경되어 지이다"라는 역설적인 표현은 임을 향한 그리움의 토로다. 이때 이은상이 의도한 중장의 결함은 임을 향한 그리움의 시간을 반으로 나누어서 "뵈오려 못뵈는님"의 거리를 가깝게 끌어당긴다. 인용시 「달」에서도 마찬가지다. 「달」은 5수의 연작으로 이루어진 양장시조로서 "그님"에 대한 그리움의 정서가 의미의 강약으로 집약되어 있다. "지금도 달을바라면 그님생각"하면서 "창밖을 보고또보고" 애타는 마음으로 임을 기다린다. 이은상은 양장시조의 필요성을 '시상'이나 '내용'[56]의 함축에서 찾으면서 3장이라는 정형의 강박으로부터 벗어나려는 시도를 했다. 그러나 혹자는 이은상의 시조에 나타난 시상의 폭과 깊이, 여운에는 빈약함이 있으며, 시조 형식의 미감을 전혀 고려하지 않은 것으로 보는 시선도 있다. 보는 시각에 따라 평가가 달라질 수 있지만 "이것이 형식의 변용이든 반란이었든 시조사에 한 사건을 일으킨 것만은 분명"[57]한 사실이었으며, 시조의 묘미를 절제와 응축에서 찾는다면 양장이라는 형식 실험은 시조의 새로운 가능성을 시사한다고 볼 수 있다.

---

56 "이 兩章時調란 것에 對하여는 二三年前부터 詩友間에 論議되어 오든 것이다. 그 理由는 時調創作의 實際檢驗上, 그 詩想이 兩章으로 이미 足하고 더 쓸 必要가 없는 것, 萬一 더 쓴다면 結局 군더덕이가 되어 그 詩의 生命과 價値를 도로 損하게 되는 것 等을 恒常 느낌에서 출발한 것이다."(이은상, 「時調 創作問題」, 『東亞日報』, 1932.3.30~4.9)

57 이근배, 「이은상의 양장시조」, 『현대시학』, 2000.7, 224쪽.

방향 감각方向 感覺을 잃고

헤매다간 숨지는 거북

끝내 깨일 리 없는

알을 품는 갈매기들

자꾸만 그 〈비키니〉 섬이

겹쳐 뵈는 산하山河여.

—이호우, 「비키니 섬」 전문(『삼불야』, 목언예원, 2012)

3장이라는 시각적 구분이 명확한 병렬구성의 배열은 오늘날 가장 보편화 된 시조 양식의 틀형식이다. 이러한 복문의 구조는 시조의 한 장을 한 행으로 설명하기 때문에 연속해서 읽는 속성으로 인해 시조의 형식적 구속이 음률로서 질서화된다. 따라서 이러한 형태는 단문보다는 유기적인 리듬감을 형성한다. 인용시는 1구를 1행으로 배열하면서 1장 2행 1연의 형태를 보이고 있다. "1수를 6행 1연 혹은 3연으로 하는 기사법은 최남선 「백팔번뇌百八煩惱」와 주요한의 「봉선화」로 비롯된 가사형식"[58]에서 찾을 수 있는데, 인용시는 초장·중장·종장을 각각 2행으로 배분하면서 구수율에 의한 안정된 표현법을 실현함으로써 전통성과 현대성을 동시에 보여주는 효과를 얻는다.

이호우1912~1970의 「비키니 섬」은 1946~1958년까지 미국의 신탁 통치

58 김제현, 『시조문학론』, 예전사, 1992, 81쪽.

력으로 원자폭탄 실험의 장이 되었던 비키니 섬을 그린 시다. 여기서 특징적인 점은 1연의 1행과 2연의 1행, 3연의 1행에 구문상 병렬구성이 정확히 드러나 있다. "방향 감각方向 感覺을 잃고 // 헤매다간 숨지는 거북"이나 "끝내 깨일 리 없는 // 알을 품는 갈매기들"과 같이 1행의 감추어진 서술구조는 2행에서 읽을 수 있다. 또한 3연에서 비키니 섬과 "겹쳐 뵈는 산하山河"라는 일종의 고발적 메시지는 독립적인 '행'과 '행'으로 구성되어 이미지를 상호조명하게 함으로써 비유적 기능을 넘어선 절제를 표현하는 데 효과적으로 기능한다.

눈보라 비껴 나는

전—군—가—도全群街道

피뜩 차창으로 스쳐 가는 인정아!

외딴집 섬돌에 놓인

하 나 둘 세 켤레

—장순하, 「고무신」 전문(『이삭줍기』, 태학사, 2000)

장순하1928~2022는 시조의 새로운 형식을 궁구하면서 실험적 형태를 취했다. 그는 "절대적 우위에 있던 기존의 전통주의와 탐미주의에 대한 민족적인 중흥을 오히려 현대시조의 위기로 보고, 시조를 근대로부터 구제하려는 시도"[59]로 인식했다. 즉 과감하게 시조 안팎의 경계에 대한 이해의 폭을 넓히며 가변적인 차원에서 시조를 살피고자 했다. 「고무신」은 장순하의 전위적인 시적 표현이 돋보이는 대표적인 모더니즘 시조로 볼 수 있으며, 회화성마저 띠고 있다. 이는 형식과 내용 면에서 시조 고유의 형식을 뛰어넘는 '낯설게 하기'의 전범이다. 눈보라가 날리는 겨울의 어느 날 전주에서 군산으로 가는 "차창" 밖의 풍경이 포착된다. 인정이 느껴지는 시골 마을에 순간적으로 시선이 멈추면서 "외딴집 섬돌에 놓인" 고무신 "세 켤레"를 발견하게 된다. 글자의 크기와 진하기를 달리하여 효과를 준 아버지와 어머니, 아이의 신으로 추정되는 신발의 개수를 헤아리면서 세 식구의 장면을 상상하게 한다. 여기서 종장의 마지막 2구는 통사적인 연결을 교묘하게 역행하여 시행을 분절하고 있다. 그곳에는 섬돌에 놓인 고무신을 표현하기 위해 네모 박스를 그려넣고 액자식으로 글자를 구성함으로써 시각적인 효과를 발휘한다. "전—군—가—도全群街道"라는 직선적인 도로의 추격전처럼 눈이 날리는 모습과 차들이 달리는 속도감을 형상화하는 줄표는 공간의 실제적 묘사를 더욱 사실적이고 입체적으로 표현하는 기능을 한다. 다시 말해 시의 감각적인 이미지와 상상력의 척도를 뛰어넘으며 시 전체에 속도감을 강화한다.

"지지배,

지배지배,

지지배배 지지배배"

---

59 권성훈, 「장순하 초기 시조 의식 고찰」, 『시조학논총』 47, 한국시조학회, 2017, 33쪽.

미주알 고주알 낱낱이 뭐라 일러바치는

발정 난 노고지리 봄하늘을 덮는다.

"……친외세 반민중의 체제란 허깨비는
마구잡이로 마구잡이로 갈기갈기 찢어 발겨……

던져라!"
돌팔매 뜬다. 때맞친 종달새.

"어미 아비 발 뻗치고도 눈물 한 방울 비치지 않을
세상 모르고 자라난 철부지들은……

짓이긴 고춧가루다. 최루탄을 먹인다."

이렇게 오는 거란다, 아가야 민주의 봄은
철조망 바리케이드 개나리빛 노란연막

화염병
꽃불이 퍼져
온 광장이 벌겋게……

—박재두, 「민주화로 오는 봄」 전문(『쑥뿌리 사설』, 태학사, 2004)

굳이 현대시조가 존립해야 하는 근거는 변별, 즉 차이의 표출에 있을 것이다. 박재두1936~2004는 형식통제를 기본으로 하는 시조의 무의식적 담론을 냉정하게 수용하였다. 가령 작품 내적으로는 무한한 함의를 가진 텍스트를 개방하면서 외적 요소에 대해서도 지대한 관심을 가졌다. 「민주화로 오는 봄」은 형식 실험을 통한 현대적 발화가 돋보이는데, 이때 장과 구를 재배치함으로써 시조 형식이 주는 경직성으로부터 탈피할 수 있다. "근대와 현대의 시대 정신이 개성과 자유로움의 추구에 있다면 고시조와 변별되는 현대시조의 현대성은 바로 이 시행 배열의 개성과 자유로움에서 획득"[60]된다. 더욱이 시행발화의 시각적 충족은 운율적 리듬감까지 수용하는 것이다. 4수 연시조로 구성된 인용시는 행갈이를 통해 8연 17행으로 배열되어 있다.

박재두는 시조의 기본 율격을 고수하면서도 전통시조의 장형배열을 완전히 새롭게 해석함으로써 시조를 열린 양식으로 보고 그 가능성을 모색하였다. 1수의 초장 제1구 1마디음보가 따로 분행되면서 계집아이를 뜻하는 "지지배"의 의미가 강조되었는데, 그러한 요소들과 80년대 군부 독재의 민주화 운동으로 얼룩진 현장을 생동감 있게 전달하기 위해 음성적 효과를 창출했다. 규제하고 속박하는 지배자의 구조 표출은 "지배지배"라는 하나의 의성어를 만들어냄으로써 소리 자질과 관련한 질서를 연출해낸다. 이는 1수 초장의 제3마디음보와 4마디음보에서 다시 "지지배배 / 지지배배"라는 "종달새"의 청각적 울림으로 상호 조응되면서 시조의 의미 맥락을 유기화한다. 하나의 "모티브는 그러한 형상을 표출해내는 시인의 주지主旨

60 김학성, 「시조의 정체성과 현대적 계승」, 『시조학논총』 17, 한국시조학회, 2001, 68~69쪽.

에서 드러나는 내재적 리듬"[61]이라고 할 수 있는데, 이러한 리듬의 패턴은 시의 주제를 구축하고 의미상의 맥락을 찾아 통일감을 유도하는 효과를 일으킨다. 또한 박재두 시조에서 주목할 만한 지점은 문장부호 기능의 강화이다. 반복적으로 나타나는 따옴표와 쉼표의 활용은 호흡 마디의 "생생한 '육성 들려주기'의 일환이며, 이중 담론을 양상해 내는 효과"[62]를 형상화한다. 이는 시각과 청각을 자극하는 감각으로 작용하며, 작품의 분위기를 고조시키거나 심리적 긴장을 동반하면서 리듬을 추동한다.

내 나이 일흔둘에 반은 빈집뿐인 산마을을 지날 때

늙은 중님, 하고 부르는 소리에 걸음을 멈추었더니 예닐곱 아이가 감자 한 알 쥐어주고 꾸벅, 절을 하고 돌아갔다 나는 할 말을 잃어버렸다

그 산마을 벗어나서 내가 왜 이렇게 오래 사나 했더니 그 아이에게 감자 한 알 받을 일이 남아서였다

오늘도 그 생각 속으로 무작정 걷고 있다

—조오현, 「나는 말을 잃어버렸다」 전문(『적멸을 위하여』, 문학사상, 2015)

사설시조를 율문과 산문의 경계로 보면서 자유시에 근접하는 형식으로 파악하기도 한다. 얼핏 보기에는 리듬의 배려가 쉽게 드러나지 않지만 사

61 백윤복, 「현대 자유시의 리듬 연구」, 『한국문학이론과 비평』 10, 한국문학이론과 비평학회, 2001, 267쪽.

62 조춘희, 「운초 시조의 실험성과 시적 주체 연구」, 부산대 석사논문, 2006, 20쪽.

설시조는 율격의 변용을 통한 내적 필연성에 연관되어 있다. "사설시조는 선행 장르인 평시조를 긍정적으로 연장 수용하기도 하고 평시조의 짜임새와 격조를 변주하면서 독자적인 미의식을 창조하기도 한다."[63] 이렇듯 사설시조에 나타나는 확장적 형식 구조는 반복과 열거의 점층적인 효과를 기대하면서 증식되는 구성 방식으로 그 특징을 찾을 수 있다. 더욱이 사설시조의 중요한 특질은 산문성이라고 할 수 있는데, 이때 사설시조와 산문시의 구조는 엄연히 다른 것이다. 산문시는 시간의 등장성이 없지만 사설시조는 2음보격으로 엮어나가면서 상승과 하강의 이미지를 반복한다. 사설시조는 구어체적인 어법과 서술성을 활용하면서 동작의 연속성을 다양하게 실험하게 된다.

「나는 말을 잃어버렸다」는 선시禪詩의 표현 방식을 바탕으로 한다. 불교적 영생의식과 순환적인 생명 사상이 주된 정서를 이루는 인용시에는 "내 나이 일흔둘에 반은 빈집 뿐인 산마을"을 지나는 시적 주체의 허무와 쓸쓸함이 묻어난다. 여기에 드러나는 감정은 종교적 심상으로 극복해낸 승화에 가깝다. 현실의 나를 벗어나는 수행을 거쳐 진정한 '나'와 하나 됨의 소리를 찾으려 "오늘도 그 생각 속으로 무작정 걷고" 있는 한 구도자求道者의 면모는 시간의 연속 선상에 놓여 있다. 수행자가 자신의 마음을 "지날 때" 막힘과 분별의 경지인 수행 정진을 할 수 있다. 그러나 멈춤의 순간을 드러내는 '-더니'의 반복은 내면의 자리로 시선을 돌리는 깨달음의 순간으로 유추할 수 있다. 특히 "돌아갔다", "잃어버렸다", "남아서였다", "걷고 있다"와 같이 '-다'의 종결사는 삶과 죽음 속에 침투하는 연속적이고 과정

63 박철희, 「생활의 문맥이 녹아 있는 사설시조」, 열린시조학회, 『사설시조의 특성과 그 전망』, 고요아침, 2008, 9쪽.

적인 존재의 순환구조를 보여주는 사설성의 패턴으로 설명할 수 있다.

한 시인의 시 형식은 내면을 드러내는 미적 장치라고 할 수 있다. 일반적으로 예술의 본질이 미美를 매개로 할 때, 미美는 인간의 정서인 쾌락을 자극하는 것이다. 따라서 예술의 효용은 미의 쾌락과 연관성을 가진다고 할 수 있다. 주지하듯이 김상옥의 시조는 현대시조의 정체성 문제를 시적 소재와 형식의 변용으로 확장시키며 미美의 쾌락적 기능을 획득해왔다. 다시 말해서 김상옥은 시조의 규율화된 지시적이고 기능적인 틀형식을 미적 표현의 본질로 삼기보다 형상화의 과정을 거친 시조의 새로운 의미와 '탈구out of joint'라는 바깥의 영역을 통해 또 다른 전망을 제시한다. 여기서 "리듬은, 그 무엇보다도, 주어진 통사의 제 특성에서 매번 상이하게 조합되고 빚어지는 특수성이자 강세가 배치하는 텍스트의 지형, 그러니까 의미의 사건"[64]인데, 김상옥이 뛰어넘고자 한 시조의 정형 또한 시조의 구조적 한계를 감지하고 미적 감수성을 자극하는 것에 다르지 않다. 가령 시조의 정형률은 4개의 의미 마디음보로 구성되면서 양식의 동일성을 이루는데, 김상옥이 구사한 본격적인 양식의 확장은 이전과는 다른 시조 창작의 방법론을 제시하면서 현대시조의 독특한 활로를 열었다고 볼 수 있다. 김상옥은 시조의 3장 구조를 3연 6행이라는 독자적인 형식으로 정착시켰다. 이때 "행行이며 연聯이라는 형태적 형식은 시적 진실이 살아 움직여 생긴 율동감"[65]을 마주하게 하는 단적인 증거다. 여기서 김상옥이 발견하는 구조적 본질은 시조 이상의 리듬이라고 평가할 수 있다.

시조의 리듬은 그동안 '정형률'로 정의해오면서 율격론의 난제를 겪었

64 조재룡, 「리듬과 의미」, 『한국시학연구』 36, 한국시학회, 2013, 298쪽.

65 오규원, 『현대시작법』, 문학과지성사, 2011, 38쪽.

다. 이러한 혼란은 시조에 내재되어 있는 정형률의 한계에서 기인하였는데, 아직까지 시조의 율격에 대한 명확한 정의를 내릴 수 없다는 점에서 문제를 안고 있다. 따라서 시조-시인들은 시조 형식리듬의 문제에 직면했으며 이에 예민하게 대응해야 했다. 김상옥은 미완으로 귀착된 허약한 정형률을 다양한 형식 실험을 통해 무너뜨리고자 했다. 이러한 실험 의식은 '정형률-자유율'의 강화인 것이다. 앞서 다양한 형식 실험으로 시도된 현대시조에서 살펴보았듯이 현대시조의 리듬은 보편적인 리듬이 아니라 작품 편 편에서 감정이 발현되는 개인적인 리듬으로 주목된다. 그러므로 시조의 리듬은 정형률이라는 규칙이 먼저 선행되는 것이 아니라 각각의 작품에서 시조의 리듬을 추출하는 귀납법에 따른다.

따라서 현대시조의 장르적 위상을 재고하기 위하여 다양한 논의를 통해 시조의 리듬론을 규명할 수 있어야 한다. 시조라는 장르의 가능성을 제시하면서 변화를 수용하는 일은 시조의 본원을 들추면서 시조 안팎의 경계를 확인하는 일이다. 여기서 형식에 대한 이해는 리듬의 짜임이라는 개념으로 이해할 수 있다. 물론 시조의 형식을 열린 양식으로 간주하면서 자의적으로 실험을 가한다는 점은 문제로 지적된다. 그러나 시대의 흐름에 따라 자유와 개성적인 시세계를 추구해온 현대시조 또한 끊임없이 형식리듬에 대한 기본적인 원리를 묻는 논의를 이어 왔다. 시조와 관련된 담론은 전통적 운율구조의 교섭 속에서 가능한 것이지만, 이제 시조의 리듬은 '외재율'이 아니라 '잠재적 리듬'의 발현으로 인식되어야 한다. 결국, 시조에 내재되어 있는 리듬의 질서에 몰두하기 위해서는 개별 작품의 개별 리듬에 주목해야 한다. 이때 개별 시인이 드러내고자 하는 개인 서정의 장치가 시조 장르의 리듬으로 연결되는 것이다. 이것은 시조의 본질에 대한 질문과 답을 찾아가는 과정이 개별자에 의해 실천된다는 인식에서 비롯된다. 바로 시인현대시조 창작 주체이라는 개별 존재가 시조의 '차이'를 창조하면서 '노래=정형률'이라는 시조 장르의 음악성을 강조한다.

제3장

형식의 장형화에 따른 산문성의 리듬

윤금초

시조는 독특한 언어적 구조를 가지고 있다. 여기서 구조라는 말은 형식이나 조직보다 훨씬 포괄적인 의미를 내포한다. "형식이나 조직이란 말은 구조라는 말 속에 포함되는 요소"[1]로서 전체를 형성하는 총합을 이룬다. 그러므로 시조가 내포하는 의미가 두터울수록 시조의 구조를 이루는 요소들도 짜임새가 있다고 볼 수 있다. 시조의 구조는 질서와 의미를 부여하는 행위와 다름없으며, 치밀한 내부 조직을 가지고 있다고 해도 과언이 아니다. 시조는 조선 전기에 사대부의 문학으로 확고한 자리를 잡았고, 조화로운 세계관을 구사할 수 있는 형식으로 인식하면서 활발하게 창작되었다. 그러나 조선 후기에 시조 작품의 내적인 변화를 넘어서 외연적인 변화가 초래하게 된다. 바로 평시조단형시조의 형식을 파괴하는 '사설시조辭說時調'의 등장이다. 이를 평시조에서 길이가 길어진 '장형시조長型時調', 평시조의 형식을 파괴했다는 차원에서 '파형시조破型時調'라고 한다.

1 윤명구, 『文學槪論』, 현대문학, 1990, 38쪽.

사설시조는 대체로 17세기에 이르러 나타났다고 추정하는데, 사설시조의 형식 정의와 기원에 관한 논의는 여전히 문제로 남아있다. 현대시조에서도 사설시조는 시조의 하위영역으로 분류되면서 시조의 장에서 소외되어온 것이 사실이다. 그러나 사설시조의 산문시형은 현실과 밀착된 사설성을 바탕으로 산문문학의 발전에 기반이 되었으며, 특히 '말부림'과 '말엮음'을 중요시하면서 시조의 양식적 틀형식까지도 확장하였다. 이러한 맥락에서 시조의 내용과 형식을 떼려야 뗄 수 없는 불가분의 관계로 볼 때, 현대시조의 현실은 질서 속에서 새롭게 생성되는 '카오스chaos'이다. 이때 시조의 효용은 현실이라는 미美를 매개로 하는 '쾌락'의 추구이다. 그러므로 "'시적인 것'의 확장으로서의 장시조 미학은, 형식에서의 절제시조 형식의 유지와 파격시조의 다양한 변형 사이 그리고 내용에서의 과거역사와 전통와 현재현실에 대한 유추적 관심 사이 그리고 개개 시편의 응축과 '시적인 것'의 확장 사이의 길항"[2]이다. 시조 형식의 장형화는 현대시조의 잠재된 가능성을 끌어올리면서 시조의 형식적 제약으로부터 열린 세계를 지향하는 실천의 일환으로 볼 수 있다.

이 장에서 살피려고 하는 윤금초의 시조는 시조 장르가 가진 정형률에 의문을 제기하고 제한된 시조의 잠재력을 깨운다. 그는 끊임없이 정형의 한계를 극복하려는 움직임으로 현대사회에 범람하는 '탈격脫格'이나 '변격變格'의 흐름을 미학적 가능성으로 열어두었다. 전통시조는 "새로운 미래를 진단하기보다 시조의 '맛'과 '멋'이 어떤 것인가 하는 반복적인 물음"[3]

---

2 유성호, 「사설시조, 확장과 응축의 길항」, 열린시조학회, 『사설시조의 특성과 그 전망』, 고요아침, 2008, 49~50쪽.

3 이송희, 『아달린의 방』, 새미, 2013, 210쪽.

에 머무르면서 시조 정형의 양식적 범주로부터 벗어나지 못했다. 윤금초는 전통시조가 현대시조로 이행하면서 요청되는 복합적인 시선과 해석에 새로운 의미를 부여하며 시조가 더 이상 과거의 규범적인 기준과 이론에 기대어서는 안 된다고 보았다. 윤금초는 '시조-규범적 리듬'이 안고 있는 제약을 살피면서 '시조-자율적 리듬'의 실현을 위해 시조의 형태적 특질을 체계적으로 규명하였다.

1960년대 현대시조 정립기[4]를 구축한 윤금초는 현대시조 자립기반을 다지는 구심적 역할을 하며 이후 현대시조 시인들에게 시조 형식의 갱신과 확산에 힘을 실어주었다. 그가 시도했던 시조 작법상의 비전은 전통과 현대의 '다름'이라는 일종의 변혁 운동이었다. 윤금초는 "음보율이나 음수율에 얽매인 고전적인 평시조 양식을 '막힌 시조' 혹은 '닫힌 시조'라고 규정하고, 폭넓은 융통성을 가진 사설시조, 엇시조, 옴니버스시조와 같은 형태를 '열린시조'라고 명명"[5]하면서 시조의 양식적 확장을 시사했다. 여기서 중요한 것은 전통시조와 현대시조의 자질을 짚어보고 시조 미학의 새로운 지형도를 구축하면서 리듬을 추동했다는 점이다.

윤금초의 문학적 지향점은 삶의 사사로운 욕구와 욕망을 표출하는 서사성으로 드러나는데, 이때 "서사에 내재한 '이야기하기'라는 수사적 함의는 다양한 대상을 서사물이라는 이름으로 획일화하고 균질화하는 독단에

---

4 이지엽은 현대시조 100년 역사를 검토하면서 시대별 시적 경향과 특성을 살폈다. 그는 50년대 이전 : 현대시조 모색기, 50년대 : 현대시조 개척기, 60년대 : 현대시조 정립기, 70년대 : 현대시조 격변기, 80년대 : 현대시조 혁신기, 90년대 : 현대시조 확산기로 분류하여 현대시조의 전이 과정을 정리하였다(이지엽, 『한국 현대 시조문학사 시론』, 고요아침, 2013, 10~22쪽 참고).

5 윤금초, 「열린 문학, 열린 시조」, 열린시조학회, 『2005 신나는 예술 여행』, 고요아침, 2005, 10쪽.

서 벗어나 통합적이고 일관된 범주"[6] 안에서 자질을 고려할 수 있는 논리적 근거를 마련해 준다. 특히, 그는 사설시조의 말부림을 적극적으로 개방하여 현대사설시조의 양식 변화를 도모했다. 그의 말부림은 "민요, 잡가, 판소리와 두루 통하는 거침없는 말과 성 담론의 과감한 시도에까지 이르는데, 이것은 모두 여항-시정적 입담을 바탕으로 하고 있어 사설시조의 진수를 오늘에 되살리고 있는 동력"[7]이 된다. 윤금초의 사설시조는 시조 3장의 논리적 의미망을 충실히 따르면서 시조의 구조, 어구, 길이 등의 변조가 발생시키는 의미의 범주나 리듬의 실현을 수행한다. 따라서 그가 구사하는 '열린시조' 즉, '사설시조' 및 '옴니버스시조'에 나타나는 언어와 형태는 다분히 의도적으로 선택된 것이라 할 수 있으며, 이러한 선택은 시조의 내재적 리듬소를 고려하고 내적 체험의 주제를 이끌어서 유기적인 상관관계를 유지하는 리듬감을 형성한다.

윤금초는 고정불변하는 정형률에 의문을 제기하고, 자기 부정과 불가능에 대한 수용의 넘나듦에서 시조의 가능성을 찾고자 했다. 예컨대 오늘날의 시조 형식에 대한 당위성을 짚어보면서 다채로운 변주를 시도하였다. 윤금초는 고전적 정서와 현대적 감각을 아우르며 잘 지키고 잘 벗어나는 양가성을 매개하면서 시조 양식의 비전에 관심을 기울였다. 이 장에서는 시조의 자유로운 형식 실험으로 자신의 내면을 표출하는 데 몰두하고 있는 윤금초의 시세계를 검토하고, 현대시조가 지향하는 장르적 가능성을 숙고하면서 시조의 형식 실험이 리듬론과 어떻게 직결되고 있는지에 주목한다.

---

6 박유희, 「대중서사장르 연구 시론」, 『우리어문연구』 26, 우리어문학회, 2006, 270~271쪽.

7 김학성, 「사설시조, 그 양식적 개방성」, 열린시조학회, 『사설시조의 특성과 그 전망』, 고요아침, 2008, 42쪽.

1. 개성의 미적 재구성에 따른 시조 리듬의 개방성

윤금초는 시조가 운명적으로 안고 있는 정형의 한계를 극복하면서 현대의 정서를 감각적으로 표현할 때 비로소 현대시조의 미학을 확보할 수 있다고 보았다. 그는 절제와 균제미에 묶인 시조의 정격은 표현에 한계를 가져다준다고 인식하며, 시조의 음률형식을 자유시적 기능으로 확대해나갔다. 윤금초는 시조라는 고정된 형식 안에서 무한한 창조적 개성을 꾸준하게 천착해 보였다. 특히 선험적 규범으로부터 벗어나려는 몸부림으로 독특한 시조의 형태를 구축하였는데, 이러한 모험은 시조가 기존의 일반적인 리듬에서 벗어나 보이는 양상으로 귀결된다. 또한 그는 감상론적 범주에서 발생하는 시조의 오류로부터 해방하고자 규격화된 외형률이 아니라 심상의 자연스러운 호흡법을 표출하였다. 이를테면 시조의 진정성이 시조 내부의 음악성 획득을 통해 드러난다는 개념화가 윤금초의 시조 형식과 서정성을 확장한다. 따라서 정형이라는 외적 요구와 리듬이라는 내적 요구를 동시에 충족시키고자 했던 윤금초의 시적 사유는 직간접적으로 그의 시론과 시조에 영향을 미쳤을 것으로 짐작된다. 예컨대 "시조가 음률적 형식이라는 특성을 배제할 수 없는 것은 형식상의 숙명이다. 그러나 음률에만 치중했을 때 내용사상성, 이미지이 문제가 될 것이며 이미지내재율에만 의존했을 때 형식상의 문제가 야기되기 때문에 양자의 절충과 조화가 현대시조에서는 불가피"[8]한 것이다. 결론적으로 시조의 내용과 형식, 이미지와 내재율은 떼려야 뗄 수 없는 불가분의 관계다. 따라서 윤금초 시조

8 김제현, 『현대시조평설』, 경기대 연구교류처, 1997, 181쪽.

에서 살펴볼 수 있는 객관적 표면의 질서와 내면의 이미지는 서로 밀착되어 능동적인 리듬의 특이성을 구현해낸다. 그는 평시조가 주류를 이루는 시조단에 의문을 제기하며, 스스로 답을 찾기 위해 자문한다. 윤금초는 시조의 새로운 자각을 해석의 가능성으로 열어두고, 개성적인 리듬이 발현해내는 현대적 형식의 실험적 연구를 거듭했다.

석영石英빛 베동정의
썰렁한 소저小姐 눈매,

아지랭이 곰실대는
부화孵化의 봄 소동騷動은

되살아 피 도는 감성感性,
챙기었네 새 세간을.

꾀꼬리 속깃 같은
명주실, 꿈오라기

그리움의 꾸러민가
고무래로 자아 올려

발돋움 미학美學을 짜는
앵두가슴, 그 손결이.

만자창卍字窓에 잦은 가락,
목금木琴 소리 베틀 놀이.

삼단머리 허릴 휘어
설레는 신명神明 따라

금슬琴瑟의 피륙을 감는
내 사상事象은 말줏대.

날줄 씨줄 잉아귀로
한 세월 자개수 놓듯

우리네 사랑의 의미意味,
몇 겁劫으로 풀어 헬까

바디질 멈출 새 없는
열두 자락 내재율內在律.

—「內在律 · 1—길쌈」 전문(『漁樵問答』)

1967년 『시조문학』에 3회 추천 완료된 「내재율內在律」 연작 1·2·3은 당시에 시조 문단의 일반적인 흐름인 자연사상을 바탕으로 한 관조적 세계의 본령을 거부하고, 현실 인식과 투철한 참여 정신을 보여준 작품이라는 점에서 의의를 갖는다. 「내재율內在律 · 1—길쌈」은 4수로 구성된 연시조로 볼 수 있는데, 인용시를 비롯하여 「내재율內在律」 연작[9] 모두 동일한 행과 연의 분행으로 구성되어 있으며, 2마디음보를 기준으로 한 구句별 배행을 이루고 있다. 윤금초는 "날줄"과 "씨줄"을 엮어서 "명주실, 꿈오라기"를 만들어내는 "한 세월"의 "베틀 놀이"가 길쌈이라고 말한다. 그는 "사랑의 의미意味"를 "바디질 멈출 새 없는 // 열두 자락 내재율內在律"로 명명하였다. 이때 시조의 음률형식은 규격화된 외형률이 아니라 호흡의 문제와 연결된다. 따라서 시조의 율격은 외형적 음수율에 의해 규정지을 수 있는 리듬이 아닌 내면의 감정으로부터 연원하는 내재율에 있음을 추측해볼 수 있다. 달리 말해 윤금초의 시조는 사조에 얽매이지 않고, 자체적으로 시조의 폭과 깊이를 더해가기 위해 즉물적인 발상을 거둔다. 따라서 그의 시조에서 발견되는 독특한 특수성은 "목금木琴 소리 베틀 놀이"라는 인간적인 감정의 층위를 포함하여 정서적 리듬감과 긴밀하게 연결한다. 이처럼 윤금초의 시조에서 리듬은 "외부적인 통제가 아니라 발생론적인 과정을 통해서 끊임없이 생성되는 것"[10]으로 결부된다.

윤금초는 정서적으로 자유시의 잠재적 운율이라고 할 수 있는 '내재율'을 시조의 전면에 내세우고 있다. 내재율은 일정한 걸음의 수가 정해져서 겉으로 드러나는 운율인 '외형률'과는 대응되는 개념을 말한다. 그의 시조는 단순히 전통시조의 세계를 복사하는 것이 아니라 고착화되어 있는 시조의 형식을 적극적으로 극복하면서 열림 차원의 의미를 획득하게 한다. 따라서 윤금초가 사유하는 시조 리듬에 대한 근원적인 문제의식은 그

9 「內在律」 연작은 총 6편 「內在律・1－길쌈」, 「內在律・2－아침 靈歌」, 「內在律・3－봐요레타 揷畫集」, 「內在律・5－田園 靈歌」, 「內在律・6－海邊의 발코니」, 「內在律・7－禪」로 구성되어 있으며, 모두 구(句)별 배행을 이루고 있다.

10 김동식, 「'풀이'의 의미론, 생성의 현상학」, 윤금초, 『땅끝』, 태학사, 2000, 128쪽.

가 현대시조를 통해 구가하고 싶은 자유의 표상으로 이해할 수 있다. 인용시에 드러나는 "열두 자락"은 시조의 '열두 가락'를 반추하는 시인의 시적 전략에서 비롯된 것이며, 이는 '12연'이라는 상징적인 숫자를 통해 재확인된다. '12'는 윤금초가 시조로서 추구하고 싶었던 자유 형식의 갱신이라는 차원에서 의미가 있다.

시조 명칭의 표기에 있어서 '시조時調'의 시자가 '시 시詩'자가 아닌 '때 시時'자로 쓰이는 연유는 현대시조가 품고 있는 현재에 대한 전면적인 통찰과 대응을 모색하는 방편이므로 시조가 가장 현대적인 문학 양식임을 암시적으로 드러낸다. 따라서 시조는 시대의 정서와 시대의 상황을 담아내는 문학 장르라고 할 수 있다. 이것이야말로 현대시조의 정서를 아우르면서 새로운 시조 세계를 향한 구체적인 현실과 도래할 미래의 연결점을 찾아주는 시조 근본의 명칭인 것이다. 이 지점에서 윤금초는 시조가 '시詩'와 다름없다는 인식을 기반으로 하여 정형의 형식 안에서 시조와 자유시의 경계를 살폈다. 즉 시조의 리듬을 시의 내용이나 시어의 배치에서 느낄 수 있는 잠재적인 운율의 차원으로 보았고, 시조 또한 내적 정감의 율동을 일으키는 리드미컬한 리듬으로 나타날 수 있음을 감지하였다. 윤금초는 시조를 융통성과 유연성을 가진 자유로운 시로 이해하면서 마침내 시조는 "음수율이나 음보율만 가지고서는 도저히 그 율격을 잴 수 없는, 우리 민족의 공동체 의식에서 자연스럽게 우러나온 신명처럼 독특한 내재율이 살아있는 형식 체험의 시"[11]라는 결론에 도달하였다.

---

11 윤금초, 『현대시조 쓰기』, 새문사, 2003, 15쪽.

보이는가 페가소스, 푸른 날개 페가소스
몽골반점 별자리 지고 조랑말 탄 우리 둥개
오늘 또 신명을 푸네, 둥개둥개 둥개야.

보이는가 실핏줄 강물, 숨결 여린 그 강물을
넉잠 든 늦봄 누에도 저 바다 밑 말미잘도
곤한 네 숨결 여수네, 둥개둥개 둥개야.

—「둥개둥개 둥개야」 전문(『이어도 사나, 이어도 사나』)

윤금초는 시조의 리듬이 어떻게 지각되는지 탐구하면서 규칙과 반복으로 자아내는 소리에 집중하였다. 「둥개둥개 둥개야」에서는 "페가소스", "숨결", "둥개둥개 둥개야"의 강조를 통해 율동적인 느낌을 자아낸다. 이때 인용시의 틀형식은 전통시조의 생래적인 호흡을 기반으로 하면서 하나의 패턴화된 흐름을 만들어낸다. 여기에서 확인되는 주기적인 운동은 소리의 모형화이다. 텍스트 속에 구조화된 하나의 체계가 규칙성과 결합하여 운율론적 접근 방법을 보완하는 것이다. 이는 결국 감춰진 정서의 두께를 찾아내면서 내적 효과를 증대시키는 역할을 한다. 이와 같이 윤금초가 구사하는 전통시조의 기본형은 단선적이고 순차적인 언어의 한계를 극복하면서 유동적인 변이를 만들어낸다. 나아가 그는 시조의 기본형을 의미론적 국면을 포괄하는 역동적인 체계로 인식하고 구성 요소들간의 차이를 구체화한다. 이로써 리듬의 실현을 추적하는 시조는 의미의 확장과 공간적 배치의 문제로까지 직면하게 된다.

①

가 이를까, 이를까 몰라

살도 뼈도 다 삭은 후엔

우리 손 깍지 끼었던 그 바닷가

물안개 저리 피어오르는데,

어느 날

절명시 쓰듯

천일염이 될까 몰라.

—「천일염」 전문(『이어도 사나, 이어도 사나』)

②

노랑 메조 낱알 헤며 땅에서 하늘까지

한 번도 아니 아니고 백 번씩 채운 뒤에 한 마리 새가 천 년에 낱알 하나씩 물고

세상을 몇 백 바퀴씩 휘휘 돌고 돈다고 합니다.

—「가는 세월」 전문(『무슨 말 꿍쳐두었니?』)

③

백설기 눈가루가

팔한지옥八寒地獄 얼음 위에
켜켜이 포개져 있다.

빛 부스러기
내려앉은 호숫가에
금비늘 뒤척이고

휘굽은 다복솔 가지
오도송을 외고 있다.

—「그해 겨울 칸타빌레」 전문(『앉은뱅이꽃 한나절』)

윤금초의 시조가 주목하는 것은 시조 정형의 규칙에 응대하면서 얼마만큼 벗어날 수 있는가의 물음이며, 이러한 고민은 그의 시조 속에서 실천적인 운동으로 기능하게 된다. 윤금초 시조에 나타나는 리듬은 시조 전통의 규칙과 창조적 긴장으로 나타난다. 그는 정형이라고 규정해온 전통시조의 정격에 의문을 제기하면서 보다 넓은 의미의 시조론을 개진한다. 인용시 ①~③은 초장·중장·종장의 형식미를 갖춘 평시조단시조이다. 평시조의 일반적인 특성은 보통 절제된 3장의 형식 안에서 간결하고 압축된 서정 미학을 구현하는 데 있다. 그러므로 함축적인 멋을 잘 보여줄 수 있는 평시조는 더 보탤 것도 뺄 것도 없는 단아한 서정이 돋보이는 형태이다. 하지만 윤금초의 평시조는 내용 혹은 시어의 배치 및 형식에 다양한 변주를 가함으로써 일반적인 시조의 규칙에서 벗어나는 변격의 작품을 상당수 보여준다.

인용시 ①「천일염」에서는 "어느 날 // 절명시 쓰듯" 구축해온 소금의 형상을 존재 전환의 과정으로 담담히 받아들인다. 여기서 초장과 종장은 시조의 기본형에서 1~2음절을 가감하면서 융통성을 보이는 반면 중장에서는 시조 기본형의 음수개념을 무너뜨리고 있다. 중장을 의미상의 4마디음보로 나누어보면 "우리 손 깍지 끼었던 / 그 바닷가 // 물안개 / 저리 피어오르는데" 8/4/3/8로 도식화할 수 있다. ②「가는 세월」에서는 시간의 무한 반복에 대해 연민하는 새의 날갯짓이 "세상을 몇 백 바퀴씩 휘휘 돌고" 도는 형상으로 치환된다. 여기서 중장은 음수율의 불균형 속에 있다. "한 번도 아니 아니고 / 백 번씩 채운 뒤에 / 한 마리 새가 / 천 년에 낟알 하나씩 물고" 8/7/5/10으로 정격에서 상당 부분 벗어난다. ③「그해 겨울 칸타빌레」는 겨울의 풍경과 음악을 결속하는 하나의 선율로 드러난다. 이때 눈은 "백설기 눈가루"로 비유되었고, "빛 부스러기"는 "팔한지옥八寒地獄 얼음"을 비추면서 "다복솔 가지"가 "오도송을 외고" 있는 장면을 포착한다. 여기서는 잇달아 늘어나는 시조 음수의 충동을 제어하듯 초장과 중장의 제1마디음보를 2마디음보와 분절시켜 3행으로 배열하였다. 이 지점에서 윤금초 시조에 나타나는 리듬의 변화를 눈여겨보아야 한다. 그는 시조의 음수율보다 내재율리듬에 주목하면서 의미의 흐름을 좇으며, 시조의 율격리듬에 변화를 주고 있다. 이때 "운율이 율격으로 실현되는 추상적 체계라면, 리듬은 구연으로 실현되는 구체적 발화"[12]라고 할 수 있다. 윤금초의 시조 속에서 발현되는 율격은 정형의 균제미를 넘어서는 것은 물론 파격적인 형식으로부터 역동적인 리듬을 생성하면서 내적 현실까지 고려하고 있다.

12 한수영, 『운율의 탄생』, 아카넷, 2008, 22~23쪽.

그러나 윤금초는 시조의 정격에서 벗어나 보이는 시조를 평시조 변형으로 가정하는 것에 대해 회의적인 반응을 보이며, 엄밀하게 말해 '평시조 변형'이라는 말은 성립될 수 없다는 입장을 밝혔다. 여기서 주목할 것은 그럼 과연 윤금초가 인식하는 '시조의 정형은 무엇인가'와 같은 시조 존재의 근원에 닿아있는 남다른 문제의식이다. 이와 같은 물음은 시조의 정체성을 탐문하는 과정에서 시조의 '탈격'이나 '변격'이라는 관점에 예민하게 맞섦으로서 시조의 개념을 다시 살피게 하는 원동력이 되었다. 윤금초에 따르면 평시조 변형은 '교과서적인 평시조' 형태에서 벗어나 있는 것인데, 다시 말해 평시조 개념은 넓은 의미의 시조 개념에서 보면 어색한 것이 없다는 것이다.[13] 그렇기 때문에 윤금초의 시조에 나타나는 리듬의 문제는 '정형률'[14]에 기초하는 심리적 표본을 지키는 일이면서 운율과 가락의 서사를 구축하고 보편적인 형식을 이해하는 핵심적인 방법이 된다.

①

떡 주무르듯 떡 주무르듯

점토 이겨 바른 몸맨두리

고개 갸우뚱

입도 마냥 헤벌리고

웃는 듯 우는 듯 뭉툭한 그 눈매

13 "시조의 정형 규칙에 의한 자수 개념으로 따지면 그 정격에서 한두 자 넘치거나 모자라는 것, 혹은 율격이 약간 변화를 가져온 것뿐이지 '평시조 변형'이라고 규정짓는 것은 옳지 않다."(윤금초, 『현대시조 쓰기』, 새문사, 2003, 30쪽)

14 "정형률은 보편적 리듬이라는 개념보다는 보편적 형식(율)의 문제로 보아야 하며, 보편적 형식을 토대로 각각의 문학 주체가 시의 리듬을 창조할 수 있다는 '인식'을 비로소 근대적이라고 말할 수 있다."(김남규, 『한국 근대시의 정형률 연구』, 서정시학, 2018, 18~19쪽)

한 자루

푸짐한 익살

부려 놓은 가야 사람아.

—「토우, 가야의 미소」 전문(『이어도 사나, 이어도 사나』, 2003)

②

떡 주무르듯 떡 주무르듯 점토 이겨 올린 몸맨두리

고개 갸우뚱 입도 마냥 헤벌리고 웃는 듯 우는 듯 뭉툭한 그 눈매

한 자루

푸짐한 익살

부려 놓은 가야 사람아.

—「토우, 가야의 미소」 전문(『주몽의 하늘』, 2004)

③

떡 주무르듯 떡 주무르듯

점토 이겨 바른 몸맨두리

고개 갸우뚱

입도 마냥 헤벌리고

웃는 건지 우는 건지 뭉툭한 그 눈매

한 자루

푸짐한 익살

부려놓은 가야 사람.

—「토우, 가야의 미소」 전문(『앉은뱅이꽃 한나절』, 2015)

인용시 ① ② ③은 모두 「토우, 가야의 미소」라는 작품이다. 윤금초에게 가야의 토우는 가야인의 숨결과 정신을 전하는 하나의 상징물이다. 토우는 익살이 가득한 눈매를 드러내는데 이것은 정신적 에너지의 생동하는 기운과 연결된다. 「토우, 가야의 미소」는 발표 시기에 따라 내용 혹은 형식에 변주를 가하고 있다. 가장 먼저 발표된 ①은 초장 "떡 주무르듯 떡 주무르듯 // 점토 이겨 바른 몸맨두리", 중장 "고개 갸우뚱 // 입도 마냥 헤벌리고 // 웃는 듯 우는 듯 뭉툭한 그 눈매", 종장 "한 자루 // 푸짐한 익살 // 부려 놓은 가야 사람아"로 마무리된다. ①은 평시조 기준의 장 배열에서 2구와 4마디음보 율격의 음수개념을 벗어나는데, 시조 특유의 시적 장치인 초장과 중장의 평이한 걸음걸이가 평음보기준 음절수 4음절를 유지하기보다 장음보기준 음절수 초과로 이어지는 현상을 보이며 비대칭적인 호흡을 유도해낸다. 이를테면 초장에서 "떡 주무르듯 / 떡 주무르듯 / 점토 이겨 바른 / 몸맨두리"를 5/5/6/4로 나눠볼 수 있는데, 이러한 변칙적 음절수의 허용은 앞서 이야기했듯이 윤금초가 감행하는 시조 형식에 대한 관심인 것이다. 그러나 윤금초의 시조는 보는 사람의 관점과 기준의 차이로 시조의 형태를 분류하는 다양한 확률과 경우의 가짓수를 품고 있다. 실제로 윤금초가 '평시조 변형'과 '교과서적 평시조'의 변별성을 살피면서 시조에 나타나는 리듬을 환기하는 방식에 주목해보면 다각적인 관점에서 해석의 가능성을 열어볼 수 있다.

예를 들어 ①을 평시조에서 어긋나는 형식인 '엇시조旕時調'[15]의 관점에

15 "엇時調는 字數가 初, 中, 3章의 어느 一部分만 制限이 없고 語調는 좀 變調로 된 것이다." (이병기, 「시조란 무엇인고」, 『동아일보』, 1926.12.)
조동일은 "엇시조는 2음보가 세 번 중첩되어 6음보가 나타난 곳이 한 군데만 있는 시조라고 규정"했다(조동일, 『한국시가의 전통과 율격』, 한길사, 1982, 110쪽).

서 살펴보면 중장 "고개 / 갸우뚱 // 입도 마냥 / 헤벌리고 // (웃는 듯 우는 듯 / 뭉툭한 그 눈매)"라는 2/3/4/4에서 '3구가 2마디음보로 12음절' 늘어난 형태로 볼 수 있는 가능성과 "고개 갸우뚱 // 입도 마냥 / 헤벌리고 // 웃는 듯 우는 듯 / (뭉툭한 / 그 눈매)" 5/4/4/6에서 '3구가 2마디음보로 6음절' 늘어난 형태로 볼 수 있는 가능성을 품고 있다. 이렇듯 그의 시조가 발생시키는 독자적인 형식의 극단을 가능성의 차원으로 집중해 볼 수 있는 근거는 윤금초 시조의 '장'과 '구'가 시상의 단위, 즉 하나의 의미 단위로 나뉘는 음수율보다는 내재율을 중시하고 있기 때문이다.

단순하게 해석되어온 온 정형의 표상인 시조는 형식의 개혁을 시도하는 윤금초에 의해 오히려 다중적인 의미를 발생시키고 있다. 인용시 ②는 사설시조집 『주몽의 하늘』에 수록되었으며, ③은 단시조집 『앉은뱅이꽃 한나절』에 수록되었다. 이렇게 한 편의 시가 세 권의 시집 속에 다른 형태로 자리하는 것은 특이한 일이다. ①에서 초장은 '구' 단위의 연가름으로, 중장은 4마디음보를 3행에 걸쳐 배열하였는데 ②에서는 '사설시조'로 소개되면서 산문적 시행을 부각시키듯 초장과 중장을 길게 나열하는 형태로 배열하고

김대행은 엇시조를 중간 길이의 시조라는 뜻에서 '중형시조'로 분류했으며 중형시조의 기준에 대해서는 논란이 많다고 이야기한 바 있다. 문제는 늘어난 구의 성격과 길이를 어떻게 보느냐 하는 데서 차이가 생기는데 만약 늘어나는 부분이 어느 부분이는지 간에 무제한으로 늘어나게 되면 필경에는 사설시조 즉, 장형시조와의 구분이 애매해진다고 보았다(김대행, 『시조 유형론』, 이화여대 출판부, 1998, 40~41쪽 참고).

"엇시조는 평시조의 기본 틀인 3장 6구 12음보를 기준으로 할 때, 초장 · 중장 · 종장 가운데 어느 한 장의 음보수가 7음보까지 길어진 형식이다. 엇시조는 평시조와 사설시조의 중간 형식이라고 할 수 있으며 초 · 중 · 종 가운데 어느 장이든지 길어질 수 있으나 중장이 길어진 형식이 일반형이라고 할 수 있다."(김제현, 『현대시조작법』, 새문사, 1999, 26쪽)

"엇시조의 '엇(旕)'이란, 한자 '於'에 이두(吏讀) '叱(ㅅ)'을 붙여 만든 이두식 조어(造語)이다. '엇'은 접두사로서 평시조와 엇비슷한, 또는 평시조에서 어긋난 형식을 가리키는 말이라고 할 수 있다."(윤금초, 『현대시조 쓰기』, 새문사, 2003, 31쪽)

있다. 즉, 중장에서는 "고개 / 갸우뚱 / 입도 마냥 / 헤벌리고 / 웃는 듯 / 우는 듯 / 뭉툭한 / 그 눈매"로 한 장이 8마디음보로 길어진 산문시 형식의 시조가 완성되는 것이다. 자유로운 구수율이 돋보이는 ②의 사설시조는 엇시조의 가능성 차원에서 고려해본 ①의 형태보다 안정적이고 편안한 구수율을 보여준다. 시조 전반에서 소음보기준 음절수 미만와 평음보가 비교적 규칙적이고 가지런한 흐름을 유지함으로써 내용의 전달에 충실한 모습으로 비친다.

그러나 사설시조로 분류되었던 인용시 ②는 『주몽의 하늘』 이후 발행된 『앉은뱅이꽃 한나절』에 재수록되면서 돌연 단시조로 구분된다. 시조의 장과 구의 배열적인 측면에서 살펴보면 ③은 앞서 엇시조의 실현성 측면에서 언급한 ①과 같은 구조를 취하고 있다. 그러나 내용적인 측면에서 살펴보면 초장의 "올린"은 "바른"으로 퇴고 되었고, "가야 사람아"라고 지칭되며 영탄적 어조로 끝나던 종장의 마지막 구절은 단시조 고유의 함축과 절제미를 의식한 듯 "가야 사람"으로 바뀌어 상징적 언어의 조형성을 획득한다. 그렇지만 시조의 율독적 배려는 종장에서만 지켜지고 있을 뿐 초장과 중장은 여전히 긴 걸음으로 이어지는 장음보 현상을 드러내며, 단아한 형식을 고수하는 정통 단시조 미학을 찾아보기 어렵게 한다. 심지어 단시조로 몸을 바꾸면서 줄어들어야 할 걸음의 수가 되려 늘어난 구절도 발견된다. 인용시 ①과 ②에서 "웃는 듯 우는 듯"으로 수록되었던 중장 제3마디음보는 ③에서 2음절이 더 늘어난 "웃는 건지 우는 건지"로 퇴고 되어있다. 윤금초는 시조의 형식성을 언어예술인 '문학'의 독자적인 문제로 파악하려 했으며, 형식 분류의 기준을 세우고자 하나의 시조가 어떻게 구조화되어 개성적인 시세계를 드러낼 수 있는지를 살피는 일에 집중하였다. 따라서 윤금초 시조의 개방적이고 개성적인 마디음보 단위[16]는 넓은 의미에서 시조의 미래

지향적인 정체성을 부여하고 있다는 것을 단적으로 반증한다.

반도 끄트머리
땅끝이라 외진 골짝
뗏목처럼 떠다니는
전설의 돌섬에는
한 십년
내리 가물면
불새가 날아온단다.

갈잎으로, 밤이슬로
사뿐 내린 섬의 새는
흰 갈기, 날개 돋은
한마리 백마였다가
모래톱
은방석 위에
둥지 트는 인어였다.

상아질象牙質 큰 부리에
선지빛 깃털 물고

---

16 윤금초는 "어느 한 장의 1구가 2~3음보 정도 길어지더라도, 길어짐의 미학이 그냥 막연하게 자수만 늘이는 식이 아니라 시조 전체 구성상 어쩔 수 없이 늘어날 수밖에 없는 필연성과 타당성을 확보해야 한다는 점"에 주목하면서 시조 형식의 대담성을 보였다(윤금초, 『현대시조 쓰기』, 새문사, 2003, 33쪽).

햇살 무동 타고
미역 바람 길들여 오는,
잉걸불
발겨서 먹는
그 불새는 여자였다.

달무리
해조음
자갈자갈 속삭이다
십년 가뭄 목마름의 피막 가르는 소리,
삼천년에 한번 피는
우담화 꽃 이울 듯
여자의
속 깊은 궁문宮門
날개 터는 소릴 냈다.

몇날 며칠 앓던 바다
파도의 가리마 새로
죽은 도시 그물을 든
낯선 사내 이두박근……
기나긴 적요를 끌고
훠이, 훠이, 날아간 새여.

—「땅끝」 전문(『땅끝』)

윤금초에 따르면 시조의 정형은 '완전하지 못한 시형'[17]이며 명확하게 규정지을 수 없는 것이다. 일찍이 "시조의 형식상 특징을 일컬어 가람 이병기는 '정형시整型詩'라고 규정하였고, 노산 이은상은 '정형이비정형 시定型而非定型 詩이며, 비정형이정형非定型而定型의 시형詩形'"[18]이라고 했다. 여기서 주목하는 '정형'과 '정형 아닌 시'를 도모하는 기준은 현실과 형식에 저항하며 당대의 지배적 경향에 휩쓸리지 않으려는 문제의식을 포함한다. 따라서 윤금초가 아우르는 '정형인 듯 정형 아닌 시'에 대한 고민은 시조의 현실을 대면하는 태도이며, 그것은 구체적으로 시조 리듬의 기조를 마련하는 일이다.

「땅끝」에서 발견되는 형식으로부터의 일탈은 윤금초 시조가 구사하는 새로운 형식의 창출과 저항의 가능성에 주목하면서 내면적 물음을 시도한다. 인용시는 5수로 구성된 연시조이며, 전체적으로 '구' 단위의 배열을 이루면서 호흡의 단락을 유지하고 있다. 대개 종장의 제1마디음보와 2마디음보를 분행하고 3마디음보와 4마디음보를 이어붙이는 등 '구'와 '장'의 배열에 변화를 주면서 호흡법을 의식한다. 땅끝 "외진 골짝"에 자리한 "전설의 돌섬"에 날아드는 "불새" 이미지를 시작으로 "섬의 새"는 "한 마리 백마"가 되고 "둥지 트는 인어"로 묘사된다. 그러나 3수에서 불새는 처음부터 다시 시작하고 싶은 자유의 꿈처럼 "여자"의 모습으로 형상화된다. 여자는 "삼천년에 한번 피는 // 우담화 꽃"을 가르는 경계적인 위치에 서 있다.

---

17 "시조는 불완전 정형시이다. 정형시이지만 완전한 정형시라고는 할 수 없는 것이다. 수많은 학자들이 시조 형식의 특징을 밝히려는 노력을 경주해 온 것은 사실이지만, 어느 학자도 아직 완전한 정설을 내리는 데는 이르지 못한 상태이다. 그래서 나는 감히 시조의 특징을 정형시이면서 비정형시라고 규정한다."(윤금초, 『현대시조 쓰기』, 새문사, 2003, 14쪽)

18 윤금초, 『현대시조 쓰기』, 새문사, 2003, 27쪽.

시의 장면은 다시 "바다"를 향하고, "죽은 도시 그물을 든 // 낯선 사내"의 모습으로 전환하다가 마침내 "적요를 끌고" 날아가는 "새"로 기술된다. 이러한 서사구조는 시간을 자연의 순환고리로 치환하다가 존재론적인 회귀의 화법으로 발화한다.

여기서 불새 이미지는 시간의 전후를 담지함으로써 땅끝이라는 공간의 의미를 서사적으로 부각하는 효과를 이끌어낸다고 볼 수 있는데, 윤금초는 인용시의 형식을 의미상의 누적으로 정의하지 않았다. 되려 '마디음보'와 '구'에 탄력을 가하면서 불연속적인 호흡법을 구사하는 전략을 이끌어내며 특유의 개성적인 화법으로 드러내고 있다. 특히 4수는 초장 "달무리 // 해조음 // 자갈자갈 속삭이다"의 제1마디음보와 2마디음보를 두 행으로 분행시켜 놓고, 3마디음보와 4마디음보를 이어 붙이면서 한 장의 일탈이 허용하는 최대치의 변화에 주목하였다. 여기서 그가 시도하는 파격의 행보는 시조의 기본 형식에서 벗어난 변격의 형태인 엇시조의 도입으로 나타난다. 중장으로 보이는 "십년 가뭄 목마름의 피막 가르는 소리"에서 종장으로 보이는 "여자의 // 속 깊은 궁문宮門 // 날개 터는 소릴 냈다"에 이르기 전에 (삼천년에 한번 피는 // 우담화 꽃 이울 듯)이라는 중장의 제3구가 2마디음보로 길어진 형태를 보이는 것이다. 엄격한 음수율의 해방은 시조를 파격의 시형으로 이끄는데 중장의 제1구와 2구를 8/7로 구사하고, 2마디음보 15음절이 늘어난 엇시조라는 변격 형식의 도입으로 보편적으로 통용되는 평시조에 역동성을 더하는 효과를 발휘한다. 이는 5수 중장 "죽은 도시 그물을 든 // 낯선 사내 이두박근……"과 비교했을 때 유연한 리듬감을 형성해내는 것은 물론 심층적인 내면세계의 진술이 안으로 감기는 힘과 맞서게 하면서 율동적 언어를 창출한다.

섬진강 놀러온 돌 은빛 비늘 반짝이고
드레스 입은 물고기 시리도록 푸르다.

강변 수은등이 젖은 눈 끔벅이고
구르는 갈잎 하나 스란치마 끄는 소리
바람도 빗살무늬로 그렇게 와 서성이고…….

수심 깊은 세월의 강
훌쩍 건너온 한나절,
저 홀로 메아리 풀며
글썽이는 물빛들이
포구 죄 점령하고
이 가을 다 떠난 자리
격자格子 풍경 예비한다.

—「빗살무늬 바람」 전문(『땅끝』)

윤금초는 전통과 현대라는 선후 관계를 인과관계로 규정짓지 않고 유연하게 개척하면서 보다 넓은 차원의 시조론을 개진하려고 힘썼다. 그에게 시조의 기능과 의의는 상식을 뒤집는 역발상의 발견이라고 할 수 있다. 「빗살무늬 바람」은 각종 형식의 시조를 아우른 연형시조로 구성되어 있는데 1수는 양장시조, 2수는 평시조, 3수는 엇시조의 형태를 이루고 있다. 윤금초는 시조의 1수에서 의미를 집약적으로 전달하고자 "초장과 중장 중 어느 한 장을 생략하고 종장과 결구되는 형식으로서 1장 4음보와 2장

종장 4음보로 두 장 8음보로 구성된 시형"[19]인 양장시조를 택했다. "섬진강 놀러온 돌"과 "드레스 입은 물고기"의 상징적 이미지는 현상적 세계에 드러나는 세상을 진술을 통해 발화하는데, 이때 시조의 한 장을 생략함으로써 비가시적인 세상의 시간적 가능성까지 열어놓고 있다. 2수에서는 다시 평시조의 정격을 갖추면서 "강변"의 "젖은 눈"과 "갈잎"을 "끄는 소리"와 "바람"의 "빗살무늬"로 단아한 서정미를 구현해낸다. 그러나 3수 중장에서 "(포구 죄 점령하고)"의 진술이 제3구가 2마디음보로 늘어난 엇시조 형태를 취하고 있다. 흥미로운 것은 윤금초의 시세계는 시조의 가지런한 반복에서 어긋나거나 벗어나는 지점에서 시조의 멋을 찾아낸다는 점이다. 이른바 시조의 특색이라고 할 수 있는 맺고 풀어지는 점층적 구조를 취하면서 시조의 3장을 축약하거나 늘리는 시도를 통해 감정 전이의 여운을 집중시키는 효과를 마련한다. 그렇기에 정형화되어 기계적이거나 흐트러짐이 없는 규칙적인 리듬은 거부하고 의미와 긴밀하게 호응하는 개성있는 리듬을 형성한다.

또한 윤금초 시조가 갖는 중요한 특징 중 하나는 그가 일관되게 자신이 속한 사회와 역사, 예술에 대한 관심을 놓지 않았다는 점이다. 윤금초는 자신의 세계를 구성하는 작품의 질서에 집중하면서 이미지를 형상화하는 방법에 대해 고찰하였다. 이미지는 육체의 지각작용에 의해 이룩된 감각적 형상이 마음속에 재생되는 것이므로 "사람의 인식과 행동의 시작은 감각"[20]에 영향을 미칠 수밖에 없다. 그러므로 시인이 응시하는 개인적인 경험과 그로부터 발생하는 감각, 감정의 탐구는 "시인이 어떤 존재인가를 제

19 김제현, 『시조문학론』, 예전사, 1992, 68쪽.
20 김우창, 「이미지와 원초적 공간」, 『서강인문논총』 24, 서강대 인문과학연구소, 2008, 178쪽.

시하는 것이 아니라 시인 자신은 어떤 존재이며, 되고자 하며, 어쩔 수 없는가, 라는 문제에 대해 그가 생각하고 있는 것을 제시"[21]하는 것과 다름없다.

윤금초 시조에 나타나는 회화적 표현은 감각적 상상력에서 역동적 상상력으로 전환하면서 억압 속에서 일탈하고 싶은 자율성의 배면을 들춘다. 가령 윤금초의 시조에 빈번하게 나타나는 예술작품 소재의 차용은 인간 내면에 잠재하는 억압된 이성으로부터 벗어나고자 하는 몸부림이다. 시인은 일상의 차원에서 대립되거나 모순되는 대상을 독특한 상상력과 체험의 결합으로 이미지화하는데, 이때 예술적 직관의 선택과 조합은 시조의 미학성을 높인다. 특히, 윤금초의 초기시집에 수록된 세계 유명 회화와 조각을 소재로 한 16편의 작품은 시조가 타 장르와의 개방적인 만남을 이루었다고 평가할 수 있다. 「사유와 운동」 1 · 2, 「존재와 꿈」, 「대치와 현상학」, 「일과 몽상」 1 · 2, 「현상과 대비」, 「빛의 누적」, 「연역과 귀납」, 「전체와 부분」, 「굴레와 해방」, 「질료와 정신」, 「상황과 인식」 1 · 2, 「대상과 공간」 1 · 2를 그려낸 그의 시조는 회화적 상상력에 기대어 현실과 초현실, 구상과 비구상의 이미지를 감각적으로 보여준다. 그의 작품은 생성의 상징인 사유 이미지를 평면이라는 공간 속에 배치함으로써 그림과 조형의 구성물들이 언어를 통해 변이되는 과정에 집중했다.

점에서 비롯된 선
숨쉬는 여울이다.

---

21 김준오, 「시인의 얼굴들」, 『가면의 해석학』, 이우출판사, 1984, 295쪽.

생성의 리듬을 탄
경쾌한 음색이다.

수풀 속 고개 내미는
저 비둘기 한 마리.

인식의 땅 찾아 나선
꿈들의 여행이다.

공간 위에 일궈 놓은
다양한 시간 개념.

구구구 우니는 넓은
동그라미 기호란다.

—「사유와 운동 1—클레의 「푸른 새들이 있는 풍경」」 전문(『해남 나들이』)

예술은 눈에 보이지 않는 것을 보이게 하는 일이다. 그러므로 이미지는 필연적으로 감각적 형상에 힘을 보태면서 회화적으로 재현할 수 있는 단초를 제공한다. 독일의 추상화가 파울 클레Paul Klee의 작품을 모티브로 한 인용시는 "동그라미 기호" 같은 단순한 표의적 형상, 기호를 끌어들여 "인식의 땅"을 찾기를 꿈꾼다. "점에서 비롯된 선"은 무수한 '면'을 만들고 하나의 공간을 구성한다. 간단하고 단순한 모형 속에서 그가 꿈꾸는 시적 메시지는 현재를 뛰어넘는 자율성과 관련되어 있다. 그것은 "생성의 리듬을 탄// 경쾌한 음색"의 탄생인 것이다. 이를테면 백지라는 "공간 위"에서 벌이는 "다양한 시간" 축적을 통해 "비둘기 한 마리"의 모습을 피력해낸다. 비둘기는 사회적인 공간의식을 담고 있으며 내적 저항에 우선하여 전면에 나서려는 주체와 다름없다. 따라서 '사유'와 '운동'은 삶의 본질적 수단이나 감정의 반응을 유도해내는 움직임인 것이다. 앞으로 나아가려는 '점'과 '선'의 능동성으로 그의 독특한 상상력이나 체험의 조합은 새로운 의미를 창조해낸다.

산자락 괴고 숨 고를 때
매봉산이 기우뚱하네.

깨복쟁이 저 지렁이
온몸 ∞∞ 뒤척이네.

갈 길 먼
내 이생을 감고
∞∞ 뛰네,
으아악!

—「으악!」 전문(『질라래비훨훨』)

윤금초가 대상을 향해 열어둔 감정의 기제들은 감각의 영토에 놓인 정동情動의 가능성이다. 이미지는 복합적인 감정의 변수를 찰나의 시간에 보여주는 것이며 "이미지즘이 피상적인 것이 된다고 하였을 때, 그것을 다시 에너지를 결집하는 소용돌이"[22]의 차원에서 설명할 수 있다. 그리하여 하나의 장면에서 다른 하나의 장면으로 이행하는 정서와 행동의 충동 이미지는 직접적이고 구체적인 자리를 마련해낸다. 「으악!」에서는 '지렁이' 한 마리가 등장하여 생동하는 화면의 연출을 통해 시각적 이미지와 청각적 이미지가 전경화前景化된다. 이때 지렁이는 시적 주체와 동일화를 이룬다. "산자락 괴고 숨 고를 때 // 매봉산이 기우뚱"하는 풍경은 정념을 이미지화하고, "갈 길 먼 // 내 이생을 감고"서 "온몸 ∞∞ 뒤척"이는 지렁이의 모습은 살기 위해 발버둥 치는 시적 주체의 모습과 겹치면서 삶을 치열하게 통과하는 방식에 주목한다. 경쾌한 시각을 동반한 청각적 이미지인 "∞∞"은 회화적인 '선線'과 '형形'을 주축으로 하여 시각적인 리듬감을 구성하면서, 지렁이시적 주체를 재현하는 도구가 아니라 이미지 자체로서 자기 존재성을 드러내는 질문이 된다.

우글쭈글 세월처럼

凹凸△ 모여 사는,

어느새 한 생애의

깊고 어두운 저녁이,

22 김우창, 「이미지와 원초적 공간」, 『서강인문논총』 24, 서강대 인문과학연구소, 2008, 163쪽.

흑 흑 흑

한 생애 저녁이

발치께에 멈칫댄다.

—「흑 흑 흑」 전문(『앉은뱅이꽃 한나절』)

윤금초 시조에 나타나는 감각이란 외적 세계와 관계에서 내면의 자아를 연결해주는 통로로서의 기능을 하며 외면과 내면은 본질적으로 '물질'과 '정신'의 문제로, 그것은 다시 '형식'과 '리듬'의 문제로 전이된다. 윤금초는 시조라는 내용과 형식을 통하여 고정불변하는 주제를 관념적으로 표현하기보다 변증법적인 발전과정으로 보고 있다. 가령 세계와 사물의 현상이 상호 관련을 맺으면서 발전하고 변화한다는 맥락에서 이해할 수 있다. 따라서 비유의 이미지들은 상징의 이미지를 포함하며, 주제적인 측면에서 심리적인 의미까지도 수렴해낸다. 인용시 「흑 흑 흑」에서 주목해볼 요소는 "凹凸△"의 실체다. "凹凸"은 올록볼록한 요철로 읽을 수 있겠지만 "△"가 드러내는 함의까지 헤아려 보려면 윤금초 시조의 '감춤'과 '드러냄'의 요소를 읽을 수 있어야 한다. "우글쭈글 세월"을 보내는 "한 생애의// 깊고 어두운 저녁"이 "발치께에 멈칫"댄다는 이미지는 설움이 북받쳐 거칠게 우는 "흑 흑 흑"의 소리로 대변된다. 울음의 형상은 의미 이상의 무언가를 내포하는데 이때 상징의 언어는 암시성과도 연관이 있다. 시에서 "특정한 낱말이나 이미지 역시 작품 구조 안에서 재문맥화됨으로써 기호로서의 성격을 넘어 상징으로 전환"[23] 되는데, 흑흑대는 화자의 모습은 울음의 소리인 동

23 오성호, 『서정시의 이론』, 실천문학사, 2006, 247쪽.

시에 숨을 거칠게 내쉬는 호흡의 소리와도 겹쳐 들린다. 그러므로 "깊고 어두운 저녁"과 "한 생애 저녁"은 복합적인 연상작용으로 의미를 환기하면서 모호한 상징의 언어를 들추어낸다. 비로소 "△"는 높고 가파른 '산'의 형상을 함의하며, 생은 굴곡진 '요철산凹凸△'을 오르는 것과 같이 시간의 반복에 단련되는 일임을 유추하게 한다. 인용시에 삽입된 그림 문자는 확정되지 않은 의미의 빈자리를 채우면서 파편화된 조각을 찾게 하는 동시에 그 자체로서 도취감을 일으키고 내적 리듬을 증식시키는 역할을 한다.

근질근질 배롱나무 키득키득 웃고 있다.

겨드랑이 긁을수록 간지럼 타는 건지…. 저 홀로,

훌 훌

깨복쟁이

천진무구 우는 건지.

—「배롱나무 ㅋㅋ」 전문(『앉은뱅이꽃 한나절』)

"이미지란 경험 사실의 감각화 또는 육화肉化"[24]라고 할 수 있는데, 이때 이미지는 감각기관과 관련을 맺으며 상징과 결합된 상태를 말한다. 여기

---

24 오규원, 『현대시작법』, 문학과지성사, 2011, 411쪽.

서 개별 시의 이미지 단락은 회화적 구성에 따라 달라지면서 시행을 시각적으로 분절시키기도 한다. 일명 '간질나무' 혹은 '간지럼나무'로 불리는 '배롱나무'에서 윤금초가 주목하는 것은 시조의 도상성圖像性, iconicity과 리듬이다. 배롱나무는 줄기가 굳고 가지 끝이 부채살처럼 퍼지면서 자라는데, 그 줄기의 껍질은 자주 벗겨지고 벗겨진 자리는 주로 희다. 이렇게 흰 얼룩이 생기는 곳을 살살 건드리면 가지가 움직이게 되고 이것은 마치 나무가 간지럼을 타는 것처럼 보이게 한다. 이때 배롱나무의 형태가 시적 의미를 반영하는 것이라고 할 때, 그 형태는 시에서 소리와 정서의 미묘한 거리, 사건 발생의 순서를 통해 연관성을 자아낸다. "시상의 중심이 되는 단어나 어절을 올려붙이거나 내려 붙여 통사적 관련을 가진 앞, 뒤의 낱말과 단절시킴으로써 그것의 독립적 의미를 강조[25]"하는 모습은 종장의 제1마디음보인 3음절 "저 홀로"를 중장의 뒷구에 배치해놓거나, 2마디음보인 장음보5~8자에서 "훌훌 // 깨복쟁이"를 행과 연가름으로 나누어 분절시켜 놓은 모습에서 확인할 수 있다. 시상의 의미를 강조하기 위해서 두 행 사이의 의미 단절을 초래하는 '엇붙임'은 시인이 일상 언어의 억양, 정서의 변화를 의식적으로 주도하면서 만들어내는 통사적, 의미적 휴지休止인 것이다. 따라서 "저 홀로"는 아래 행과 붙여 읽는 것이 자연스러우나 중장의 뒷구에 붙어 심리적 단절의 기능을 가능하게 하며 스스로의 의미를 강조하고 있다. 또한 종장 제2마디음보 기준 음절수를 초과해야 하는 "훌훌 // 깨복쟁이"를 강제로 끊어 놓음으로써 시상의 이미지 전환을 가져온다. '행'의 변형이 암시해주듯 '행' 분할의 문제는 의미의 차이를 생성하고,

25 황정산, 「한국 현대시에 나타난 시행 엇붙임에 대한 연구」, 『한국학보』 59, 일지사, 1990, 42쪽.

리듬의 문제에 직면하게 한다. "근질근질", "키득키득", "훌훌"과 같은 의성어와 의태어의 역할은 활달한 리듬을 구사하는 데 일조하고, 중장의 "겨드랑이 굵을수록 간지럼 타는 건지…."에서 말의 유보를 드러내는 말줄임표의 사용은 감정을 절제시키는 효과, 묘사하는 주체와 대상 간의 시적 거리를 조정하는 효과를 발휘한다.

결국, 윤금초가 등단 초기부터 관심을 보여 온 개별 시조의 의미와 개성의 문제는 그가 시조로서 이룩하고자 했던 변화무쌍한 균형의 감각이며, 이중적이고 불규칙한 정서에 부합하는 리듬과 다름없다. 윤금초가 궁극적으로 도달하고자 한 인식은 '열려있음'의 차원에서 시조 존재를 새롭게 받아들이는 것이다. 그는 끊임없이 시조정형시가 외형률의 제약을 받는 '닫힌' 문학이 아니라 내재율을 중시하는 '열린' 문학임을 강조했는데, 이러한 시조의 기원과 명칭 및 형식에 대한 민감성은 윤금초만의 독자성을 구축하는 데 일조했다. 윤금초 시조의 개방된 형식과 역동적이며 가변적인 탐구는 새로운 세계에 대한 발견이 아니라 이미 존재해왔던 시조-세계의 새로움으로 연결된다. 윤금초 시조에서의 실험은 한 시인이 뒤집는 형식 체험의 의미론적인 시도이며, 시조가 더 이상 3장 6구 12음보 45자 내외의 기본 음수율 안에서만 귀결될 수 없는 장르임을 동시에 환기한다. 그러므로 이제 그의 시조를 자수율字數律, 음보율音步律, 구수율句數律로 묶어두는 것이 무의미해진다. 윤금초는 자신이 응시하는 미적 대상을 재구성하며 제어할 수 없는 내밀한 심리 변화의 일탈을 허용하고 시각적 이미지를 실현하면서 의미의 긴장감을 강화한다.

2. 병렬 구조의 결속과 소리의 감각적 배열

윤금초 시조에서 확인되는 혁신 의지의 한 단면은 '사설시조辭說時調'[26]에 대한 애정이라고 해도 과언이 아니다. 그가 감각하는 사설시조는 시조의

---

26 윤금초는 "사설시조는 초·중·종장 가운데 어느 한 장이 8음보 이상 길어지거나 각 장이 모두 길어진 산문시(散文詩) 형식의 시조이다. 사설시조는 평시조의 기본 음률과 산문율(散文律)이 혼용된 산문체의 시조 형태를 말한다"고 보았다(윤금초, 『현대시조 쓰기』, 새문사, 2003, 34쪽).
사설시조를 규정하는 지금까지의 논의들은 다음과 같다.
"사설시조는 초장·중장·종장에 두 구절 이상 또는 종장 초구라도 평시조 그것보다 몇 자 이상으로 되었다. 초장·종장이 너무 길어서는 아니 된다."(이병기, 『國文學槪論』, 일지사, 1978, 117쪽)
"그 형식은 사설적이었던 만큼 과거의 모든 구속을 타파하랴 하는 데서 훨씬 자유로운 형식을 취하여 초·중·종 3장 중에 어느 장이 임의로 길어질 수 있다는 것이다. 그러나 이것도 엄격히 말하면 초장은 거의 길어지는 법이 없고, 중장이나 종장 중에 있어 어느 것이라도 마음대로 길어질 수 있다는 것인데 그 중에서도 대개는 중장이 길어지는 수가 많다."(조윤제, 『國文學槪說』, 동국문화사, 1955, 112쪽)
"초·중장 모두 제한 없이 길고 종장도 어느 정도 길어진 것이다."(김사엽, 『李朝時代의 歌謠硏究』, 대양출판사, 1950, 254쪽)
"사설시조는 초·중·종장의 구법이나 자수가 평시조와 같은 제한이 없고 아주 자연스러운 것으로 어조도 산문체로 된 것이다."(김종식, 『時調槪論과 詩作法』, 대동문화사, 1950, 89쪽)
"초·중·종장이 다 정형시에서 음수율의 제한을 받지 않고 길게 길어진 작품을 사설시조라 하며"(김기동, 『國文學槪論』, 대창문화사, 1955, 115쪽).
"장시조는 단시조의 규칙에서 어느 두 구 이상이 각각 그 자수가 10자 이상으로 벗어난 시조를 말한다. 이 파격구는 대개가 중장(제2행)의 1, 2구이다. 물론 종장도 초장도 벗어나고 3장이 각각 다 벗어나는 수도 있다."(이태극, 『時調槪論』, 새글사, 1959, 73쪽)
"사설시조는 시조 3장 중에서 초·종장은 대체로 엇시조의 중장의 자수와 일치하고 중장은 그 자수가 제한없이 길어진 시조다."(서원섭, 『時調文學硏究』, 형설출판사, 1982, 32쪽)
"2음보가 세 번 중첩되어 6음보가 나타난 곳이 두 군데 이상 있거나, 2음보가 네 번 중첩되어 8음보가 나타난 곳이 한 군데 이상 있는 시조는 사설시조라고 규정할 수 있다."(조동일, 『한국시가의 전통과 율격』, 한길사, 110쪽)
"장형시조라 함은 말 그대로 길이가 긴 시조를 말하며 이러한 형태를 가리켜 사설시조로 부르기도 한다."(김대행, 『시조 유형론』, 이화여대 출판부, 1998, 42쪽)
"사설시조는 초·중·종장 가운데 어느 한 장이 8음보 이상 길어지거나 각 장이 6음보 이상 길어진 산문적인 시형이라고 할 수 있다."(김제현, 『현대시조작법』, 새문사, 1999, 28쪽)

전범典範인 평시조라는 주류의 시조-쓰기에서 벗어나 방외인方外人적인 태도를 보인다. 그는 시조라는 고정된 형식에 얽매이지 않고 스스로 일정한 구역이나 범위의 밖으로 미학적 균열을 일으키면서 보다 넓은 세계로의 시조를 추동한다. 그에게 시조의 형식은 시조의 제약된 인식에서 벗어나는 구원이며, 투쟁이다. 이는 시조-현실과 시조-세계를 구별하면서 오히려 현실과 세계를 바라보겠다는 그만의 정면승부로 보인다. 그러므로 현실에 대한 관심은 세계를 향한 부정이 아니며, 마찬가지로 세계에 대한 관심은 현실에 대한 부정이 아니다. 결국, 현실과 세계를 분별하는 기준은 시조의 편견과 고정된 시각으로부터의 갈등을 극복함으로써 얻게 되는 화해인 것이다.

①

들녘을 쏘다니는 야생마 그것처럼
툭 툭 짧은 붓 놀림의 신들린 색채 분할.
억압된 격정의 불길, 활활 솟아 물결친다.

노란 보리밭이랑 까마귀떼 푸득이는,
꿈틀 꿈틀 나울치는 눈부신 풍광 속에
스스로 목숨을 끊고 문빗장을 거는구나.

—「질료와 정신—고흐의 「귀를 자른 자화상」」 전문(『땅끝』)

②

갈필로 문지른 듯 일획으로 포착한 동작

노란 달 물고 나는 까마귀 다섯 마리, 불길한 어떤 예감 농도 짙게 묻어난다. 빈센트 반 고흐의 '밀밭 위의 까마귀 떼'처럼 불길한 예감 시시각각 밀려온다.

까마귀 검은 두 눈에 노란 불을 달고 있다.

―「어떤 예감」 전문(『질라래비훨훨』)

①은 빈센트 반 고흐Vincent Van Gogh의 〈까마귀가 있는 밀밭〉을 모티브로 한 평시조이며 ②는 이중섭의 〈달과 까마귀〉를 모티브로 한 사설시조이다. 같고 또 다른 두 작품을 연결시키는 지점은 "노란 보리밭"과 "노란 달"이라는 이미지의 환기 속에 있으며, "까마귀 떼"와 "까마귀 다섯 마리"를 동반하고 있다. 여기서 시각 이미지로서의 회화적인 요소는 정서적인 반응을 유도해낸다. 비유의 이미지는 상징 이미지를 포함시키며, 주제적 측면에서 심리적인 의미까지도 수렴한다. "툭 툭 짧은 붓 놀림"과 "일획으로 포착한 동작"을 통해 "억압된 격정의 불길, 활활 솟아 물결"치고, "불길한 어떤 예감 농도 짙게" 묻어난다. 이러한 맥락에서 볼 때 인용시 ①, ②가 안고 있는 질문은 밖에서 안을 향하고 있다. 이것은 불안의 실체를 마주하는 어떤 균열이며, 결핍과 불확실성의 본질을 재고하는 질문에 가깝다. ①에서 "들녘을 쏘다니는 야생마"로 비유되는 구절과 ②에서 "까마귀 검은 두 눈에 노란 불"을 단다는 구절은 억압 속에서 일탈하고 싶은 자율성의 배면을 들춘다. 그것은 끊임없이 떨쳐내고 싶은 본능의 움직임이다. 결국 감각으로 되살아나는 것은 "눈부신 풍광"이라는 '정신'의 몸집과 "달"과 "보리밭", "까마귀"라는 '질료'이다. 요컨대 고흐가 자신의 귀를 자

르는 극단적인 행위를 시도한 것은 예술적 주체의 근원적인 억압에서 벗어나고자 한 자유의지의 표상인 것이다.

인용시 ①과 ②라는 두 개의 항을 세워놓고 예술작품의 주체적인 역할에 집중한 것은 시조의 진술 방식을 살피기 위함이다. 윤금초는 시조에 예술작품 및 일상적 삶의 소재를 도입하면서 풍경, 즉 시선의 움직임에 주목하였다. 이때 이야기와 화자의 관계를 중심으로 서사적 특징이 드러나게 되면서 시조의 개별 형식이 두드러지게 된다. ①은 단형적인 서정 시형의 평시조로서 3행이라는 간결한 인상이 돋보이는 데 반해 ②는 서술성이 강한 산문적 정서를 바탕으로 자연스러운 흐름의 산문율을 활용하고 있다. ①에서는 보편적인 정서에 호응하는 규칙적인 소리마디의 리듬이 간결하게 드러나는 게 특징이지만 ②에서는 동작의 연속성이 하나의 움직임으로 표출되면서 전체적인 통일성을 확보한다. 결국 ①과 ②에서 확인할 수 있는 각각의 형식은 시선의 변화에 따라 풍경의 절개 면을 다르게 보이게 하는데, 이때 풍경은 감정 상태에 따른 심리적 변화를 수반한다. 여기서 시조의 형식은 사건의 전개 과정 및 속도에 영향을 미친다.

"우리 시대처럼 '단순성'이 아닌 '다양성'의 시대, 그리고 '서정'의 일원성보다는 '아이러니'의 복합성이 미학적 주류로 기능하는 후기 현대의 시대에 전통적 형식인 시조가 갖는 한계가 비교적 명백하다는 인상은 지우기 쉽지 않다."[27] 따라서 입체적이고 다면화된 현대성의 징후에 좀 더 가깝게 접근하려는 방법이 필요하다. 다시 말하면 우리 시대의 시조는 전통과 현대라는 감각의 교섭과 통합에서 가능한 것이 되는데, "평시조의 현

27 유성호, 「현대시조의 장르적 특성과 행로」, 열린시조학회, 『시조미학의 문학적 성취』, 고요아침, 2007, 68쪽.

학취미나 작위성에 반대하여 개성적인 형식으로 나타날 때 두드러진 점은 대담한 우리말 사용산문화"[28]이다. 규격화된 시어를 버리고 서정적인 삶의 애환을 세태의 풍자나 개인적 삶의 문제로 인식하면서 일상생활에 대해 통찰하고 탐구[29]하는 사설시조는 동적인 역동성을 기반으로 하는 근대지향적인 시형이라고 볼 수 있다. 다시 말하면 사설시조는 정형과 탈정형의 사이에서 이분법적으로 구분될 수 있는 기틀에 하나의 중심선을 이어주었다. 사설시조의 수용은 외연적 규정에 제약을 많이 받는 평시조라는 기본 구조를 재탐색하는 방법이다. 이처럼 근대지향적인 움직임이 한 편의 시조를 구성하는 외적 요소들에 지대한 영향을 끼친다는 사실을 인식하면서 윤금초는 시조의 기본 모델을 두고 활발한 개작을 시도하였다. 이것은 인습적인 전통을 타파하며 시조의 율동성을 회복하고, 시조의 운율적 미감을 살피려는 근본적인 탐문이다.

별 떨기 튀밥같이 어지러이 흩어질 때

어둑새벽 등 떠밀고 달려오는 먼 산줄기, 풍경이 풍경을 포개어 굴렁쇠 굴려간다. 자궁 훤히 드러낸 회임의 연못 하나, 제각기 펼친 만큼 내려앉은 햇살 속으로 염소떼 주인을 몰고 질라래비, 질라래비…. 이 땅의 잔가지들 손잡고

28 박철희, 「생활의 문맥이 녹아 있는 사설시조」, 열린시조학회, 『사설시조의 특성과 그 전망』, 고요아침, 2008, 14쪽.

29 "평시조에 있어서 은둔사상이나 달관이 서정성의 핵이라면, 현실 세태의 시정적 삶에의 집착과 인간본태가 사설시조의 세계다. 이런 점에서 사설시조를 두고 '길거리 노래'(마약노초)라고 한 것은 단순히 비유 이상의 뜻이 있다. 삶과 언어의 상호작용의 현장에서 시가 누리는 형성력은 직접적이며 역동적이다."(박철희, 「생활의 문맥이 녹아 있는 사설시조」, 열린시조학회, 『사설시조의 특성과 그 전망』, 고요아침, 2008, 9쪽)

살비비는가. 질라래비 훨훨, 질라래비 훨훨, 활개 치는 풀빛 아이들.

봄날도 향기로 와서 생금 가루 흩뿌린다.

—「질라래비 훨훨」 전문(『주몽의 하늘』)

「질라래비 훨훨」은 "별 떨기 튀밥같이 어지러이 흩어"지는 어둑한 "새벽"의 풍경으로 형상화된다. "풍경이 풍경을 포개어 굴렁쇠"를 굴려가는 이미지는 어둠이 걷히고 "내려앉는 햇살 속으로" 회화적인 공간성을 연출한다. 원근법적인 선들보다 더 즉각적이고 깊이 있는 "연못 하나"는 "자궁 훤히 드러낸 회임"의 자세가 되는데, "염소떼 주인을 몰고"서 하늘을 날듯이 팔을 휘젓는 모습이 생명의 감각을 재현해낸다. 마치 날갯짓하면서 "활개 치는 풀빛 아이들"처럼 "질라래비"가 되어 "이 땅의 잔가지들 손잡고"서 "질라래비 훨훨, 질라래비 훨훨" 생동하는 봄날의 기운을 전하고 있다. 인용시는 얼핏보면 자유시적인 형식을 정립한 것처럼 보이지만, 사설시조의 산문성이 돋보이는 4마디음보율의 리듬을 바탕에 깔고 있다.[30] 이는 사설시조가 일반적으로 네 개의 통사 단위로 구분되는 수사학적인 기법에서 연유된다는 점에 주목된다. 이를테면 중장에서 "어둑새벽 / 등 떠밀고 / 달려오는 / 먼 산줄기"와 같이 4마디음보가 기본형을 이루면서 "풍

30 김남규는 사설시조에서 4개의 토막을 나눌 통사적 배분과 의미론적 배분이 성립하려면 다음의 요건을 갖춰야 한다고 논의했다. "첫째, 의미의 응집과 결속 혹은 의미의 강조와 반향에 따른 의미론적 배분이 보다 객관적이어야 한다. 둘째, 시에서의 호흡과 휴지의 분절이 관습적이든 일반적이든 간에 일정해야 한다. 셋째, 한국어를 모국어로 하는 일반인에게 통사적 배분 역시 일정해야 한다. 넷째, 사설시조 장 연장의 기준인 '마디' 개념이 확실해야 한다. 다섯째, 이는 시조 장르에 있어서 근본적인 문제이기도한데, 시조와 시조가 아닌 것의 경계가 명확해야 하며, 사설시조 역시 마찬가지다."(김남규, 「현대사설시조의 전개와 형식 문제」, 『우리문학연구』 68, 우리문학회, 2020, 332쪽)

경이 / 풍경을 포개어 / 굴렁쇠 / 굴려간다"로 4마디음보가 더해지는 형식으로 마디음보 단위의 확장이 이뤄졌다.

윤금초가 사설시조로서 추구하고자 한 미의식은 내용상의 자질이며 '말의 확장'이다. 이때 선명하게 부각되는 말의 확장이라는 개념은 '사설성'으로 대변될 수 있으며 이것은 산문적 시형을 표지로 삼고 있다. 그러나 여기서 유의할 것은 사설시조가 시조의 정형성을 부정하는 것은 아니라는 점이다. 사설시조가 평시조의 한정적인 시적 구조에 비해 다중적인 의미를 담아내기에 적합한 그릇이라고 할지라도 평시조 3장의 의미 단락을 고수하면서 결속력을 지속시키고 있다는 점은 간과할 수 없다.[31] 따라서 사설시조가 말을 확장하면서 변화를 허용하는 유연한 양식임을 인지하고 시조의 기본 형식을 유지하는 범위 안에서 일탈을 허용할 수 있어야 한다.

다시 인용시의 초장과 종장을 살펴보면 시조의 음수율이 평시조의 기본형을 잘 지키고 있음을 확인할 수 있다. 초장 "별 떨기 / 튀밥같이 / 어지러이 / 흩어질 때"3/4/4/4와 종장 "봄날도 / 향기로 와서 / 생금 가루 / 흩뿌린다"3/5/4/4는 3/4라는 동일한 양의 음수율이 안정적이고 반복적인 리듬을 실현하고 있다. 이처럼 사설시조는 균형과 조화라는 내적 흐름을 고려하면서도 말의 확장을 통해 집중과 분산의 효과를 끌어안는 유연한 시형인 것이다. 특히 평시조의 정제된 정격에서도 작품마다 개별적 율격이 두

31 "사설시조는 아무리 장형화되어 일탈이 일어난다해도 평시조가 지닌 초장-중장-종장으로의 구분을 고수한다는 것이다. 또한 그것은 단지 세 개의 의미단락을 고수한다는 차원뿐만 아니라 시상의 전개방식까지도 이어받고 있다는 점이다. 그러니까 아무리 율격적 변형이 심하게 일어난다 하더라도 초장에서 시상이 도입되고 중장에서 그것을 이어받아 확대 · 심화시킨 후 종장에서 정서적 고양과 더불어 시상을 마무리하는 평시조의 틀은 모든 작품에 적용되고 있는 것이다."(고미숙, 「사설시조 율격의 미적 특질 (1)」, 『민족문화연구』 26, 고려대 민족문화연구원, 1993, 195~196쪽)

드러짐을 확인할 수 있는데, 사설시조는 심화된 심층구조의 실현이다. 따라서 사설시조의 변주가 여러 방식의 율독적 특질을 열어놓고 있다는 점은 리듬 구조를 검증하는 토대가 된다. 다시 말해서 "사설시조의 이러한 형식구조는 평시조 정형의 틀 내에서 변화를 보인 것이므로 '정형 속의 가변성'이라 그 형식미학을 규정"[32] 지을 수 있다.

> 산은 둥둥 내게 와서 뒤척이는 잔 물굽이, 일렁일렁 나울치는 검푸른 파도 이루었네.
>
> 들쭉날쭉 다가오는 등성이며 마루터기, 겹겹이 포개지는 산그리메 불러오고 이따금 포효하는 삼각파도로 솟구치네. 살아 천 년 죽어 천 년 주목나무 키 재기하고 맹수의 몸짓 고사목枯死木 구릉 지나 난만한 저 꽃덤불이라니!
>
> 그 산은 나에게 와서 젖은 옷깃 여며 주네.
>
> —「산은 둥둥 나에게 와서」 전문(『주몽의 하늘』)

윤금초는 자신의 시조 안에 자연 사물을 수렴하면서 자연과 인간의 상관관계와 정신적 가치에 대해 언표한다. 「산은 둥둥 나에게 와서」는 "들쭉날쭉 다가오는 등성이며 마루터기, 겹겹이 포개지는 산그리메" 불러오면서 "포효하는 삼각파도"를 '산'의 형상으로 정의한다. 이때 산은 "나에게 와서 젖은 옷깃 여며"주는 존재다. 그는 자연을 통해 투영된 함축적 주

32 김학성, 「정형 속의 가변성」, 열린시조학회, 『사설시조의 특성과 그 전망』, 고요아침, 2008, 12쪽.

체의 모습을 드러내고자 한다.

사설시조가 정형과 탈정형적 지향 그 사이에서 움직이고 있다는 전제는 각 '장'이 창출할 수 있는 리듬의 가능성이 열려있기 때문이다. 이와 같이 사설시조가 확보한 값진 성과는 "장별 율격적 독자성이 허용됨으로써 작품마다의 개성 창출의 길"[33]을 넓힌다는 점이다. 인용시는 언뜻 시조의 형식을 갖추었다고 보기에는 불균등한 구조를 지닌 초장에 주목된다. 사설시조에서 초장의 경우, 보통 율격의 변형 혹은 확장의 폭이 상당수 제약을 받는다고 할 수 있는데 인용시에서 초장은 마디음보의 넘나듦이 유동적이어서 '산'이 물결을 타는 듯이 유연하고 탄력성 있는 의미를 창출해낸다. 중장에서는 사설시조의 정제된 리듬감을 의도적으로 조직하면서 통사적인 흐름을 고려하는 모습을 살필 수 있으며, 종장에서는 음량적 균형을 바탕에 깔고 의미와 정서의 선율감을 살리고 있다. 그러나 초장에서는 "산은 둥둥 내게 와서 / 뒤척이는 잔 물굽이, / 일렁일렁 나울치는 / 검푸른 파도 이루었네"와 같이 과감한 호흡의 음수율이 감정의 진폭을 확장하는 효과를 발휘한다. 윤금초는 사설시조에서 개성적인 리듬감을 창출하기 위해서는 '장'이 갖는 형식적인 제약을 최대한 극복해야 한다고 보았다. 중요한 것은 시조 형식의 운용폭을 극대화하면서 산문시형이 가지는 감정의 점층적 표현을 통해 상승곡선과 하강곡선이 그리는 정서적 긴장과 이완의 과정에 집중하고 있다는 점이다.

산문적인 서정시의 가능성을 실험했던 윤금초는 시조의 균형과 안정이라는 내적 원리와 파격과 변화라는 이중성의 허용으로 리듬의 흐름을 따라 읽게 만든다. 사설시조의 경우 이야기가 전개되어 가는 움직임을 시간의 경

33 고미숙, 「사설시조 율격의 미적 특질 (1)」, 『민족문화연구』 26, 고려대 민족문화연구원, 1993, 196쪽.

과에 따라 기술하는 '서술'에 가깝다. 그런 의미에서 서술이란 "인식의 양식인 동시에 설명의 양식"[34]이 된다. 윤금초의 사설시조는 서사와 서정을 담는 그릇이다. 이때 "'서사敍事'가 일정한 시간의 흐름에 의해 규정되는 존재의 연속성에 관심을 두는 것이라면, '서정'은 낱낱 사물들에서 주체가 겪는 순간적 경험에 일차적인 관심을 가지며, 거기서 비롯되는 주체의 인지적·정서적 반응에 가장 직접적인 자기 근거를 둔다."[35] 따라서 서사와 서정은 시적 주체의 순간적인 파악을 통해 대상과 상호 보완적인 관련을 맺게 된다. 이때 애매하고 복합적인 산문시의 리듬은 잠재된 리듬감으로 발현된다.

때린다, 부… 부순다, 세상 한켠 무너뜨린다.

바람도 바다에 들면 울음 우는 짐승 되나. 검푸른 갈기 세워 포효하는 짐승이 되나. 뜬금없이 밀어닥친 집채만한 파도, 파도. 해안선 물들였던 지난 철 허장성세 재갈매기 날갯짓 소리 환청으로 들려오고, 우리 더불어 한바다 이루자던 문무대왕 수중릉 대왕암이 하는 말도, 동해 바다 거품 되어, 거품 되어 스러진다. 난파의 세간살이 부러진 창검처럼 이에 저에 떠밀리는 아찔한 먹빛 하루, 멀고 험한 파랑에 싸여 자맥질한다, 자맥질한다.

저 바다 들끓는 풍랑, 어느 결에 잠재울까.

—「해일」 전문(『주몽의 하늘』)

---

34 김준오, 「서술시의 서사학」, 현대시학회, 『한국 서술시의 시학』, 태학사, 1998, 18쪽.
35 유성호, 「서정 논의의 동향과 쟁점」, 『한국근대문학연구』 36, 한국근대문학회, 2017, 235쪽.

사설시조는 "의미요소가 음악적 요소를 지배하여 율격의 형식을 깨뜨리는 데서 비롯되는 것이며, 내용시상에 통일성을 부여하는 것은 형식적 요소가 아니라 의미내용의 일관성"[36]에서 비롯되는 것이다. 특히 서정적 주체의 기능과 역할에 관련된 문제는 창조적 주체로서의 자기체험과 상상력에서 새로운 의미와 가치를 부여하고 내면화하는 개념이다. 그것은 '서정적 이야기시'의 형태로 발전하면서 음악성의 회복을 강조하는 데 중요한 역할을 한다. 예컨대 대상에 따라 평탄한 시조의 흐름에 리듬감을 보태는 것은 '강-약'이라는 소리의 조절로 발현된다. 바닷물이 크게 일어서 넘쳐 들어오는 해저의 지각 변동은 시적 주체가 행하는 복합적인 기능에 주목하면서 "짐승"이라는 존재로 매개되는데, 이때 서정적 개념을 확장할 수 있다. 인용시에 회상되는 정서는 "울음"으로 울기도 하고, "갈기 세워 포효"하기도 하면서 이야기의 골조를 고조시키다가 "지난 철 허장성세"의 "날갯짓 소리"라는 허무의 "환청"으로 가라앉히는 방식을 취한다. 복합적 정서의 층위가 발현시키는 감정의 높낮이는 억양의 조절로서 율동감을 보탠다. 시적 주체는 세상의 모든 불화의 극치감을 "때린다, 부… 부순다, 세상 한켠 무너뜨린다"고 밝히며 진폭을 확대하고 있다. 그러나 기억 속에 잠든 과거를 환기하면서 "거품 되어, 거품 되어 스러"지는 "동해 바다"의 암시성은 리듬상의 여운을 이미지의 분포에 맞게 적용시킨다. 또 시간적 경과에 따라 "험한 파랑에 싸여 자맥질한다, 자맥질한다"고 마무리되는 중장에서는 떴다 잠겼다 하는 불균등한 동작이 겹치면서 생동하는 물질의 긴장감을 다시 불러일으킨다. 사색적인 지속감과 파동의 긴장감이

36 김제현, 『현대시조작법』, 새문사, 1999, 29~30쪽.

율동이라는 리듬의식을 바탕에 깔고 있다. 따라서 인용시에 나타나는 교차적 리듬의 질서는 사유와 감각을 응축하고 강-약-중-강-약-중-강-약의 진폭을 제시하면서 시적 서정성의 동향을 의식한다.

주지하듯이 사설시조는 산문시의 개념적 범주로서 크게는 산문적인 속성을 지닌 시로 볼 수 있다. 형식적으로는 행이나 연의 구분 없이 비정형적인 언어의 동선을 그려가는 줄글로 쓰여진 산문이고, 내용상으로는 리듬, 이미지, 어조와 유기적으로 관련을 맺음으로써 시의 의미를 생성하는 시라고 정리될 수 있다. 그런 면에서 산문시의 개성은 시행을 나누지 않는 줄글로 쓰이면서 리듬의 단위를 문장이나 문단에 두고 시화를 묘사하는 데 특징이 있다. 따라서 시적 이미지를 교차해 나가는 진술 방식을 통해 시적 의식의 연속적인 흐름과 긴밀성을 연결하면서 산문시의 보편성을 획득한다. 따라서 산문시는 "언어의 배열에 일정한 규율 또는 운율이 수반되는 운문시의 상대 쪽에 위치한다".[37] 이러한 조건은 장르적 가능성을 미궁에 빠뜨리기 충분한 조건이다. 일각의 논의에서 '사설시조=자유시'라는 명제로부터 사설시조의 진보적 미학을 검출하려 했으나 사설시조를 이해하는데 필요한 핵심고리는 역사적 실체의 산물이다. 사설시조의 일차적 요건은 '사설'이라는 장르의 본질과 속성의 문제이며, 내용과 형태상의 특성이 시적 존재의 문제와 결부되어 오랫동안 관심의 대상이 되어 왔음은 분명한 사실이다. 그러나 중요한 것은 산문시와 사설시조가 가지는 유사성 혹은 차별성은 시적 자유화의 심화와 확대라는 점에서 결코 분리될 수 없다.

---

37 박영주, 「사설시조의 산문성과 구조적 분방성」, 『한국시가문화연구』 43, 한국시가문화학회, 2019, 138쪽.

①

앞산도, 저 바다도 몸져누운 국가부도 위기.

03 대통령 IMF 기사를 읽다가 임프! 임프가 뭐꼬? 묻는다. 경제수석 더듬거리며 국제통화기금이라는 것입니다. 03 대통령, 누고? 누가 국제전화 많이 써 나라 갱제를 이 지경으로 맹글었노? 도대체 이번 사태까지 오게 된 원인이 뭐꼬? 뭐꼬? 네네네 네, 여러 가지 있습니다만 종금사 부실 경영이…. 03 대통령 탁자를 내리치며 도대체 종금사가 어데 있는 절이고?

이튿날 대중 대통령, 긴 한숨 내쉬며 언제 디카프리오(빚갚으리오).

—「인터넷 유머 · 1—IMF, 정축 국치」 전문(『주몽의 하늘』)

②

그 작은 옥문玉門 구멍 세상 천지 다 열고 나온다.

머리털 세는 줄 모르는 늦바람에 들깨방정 참깨방정 오두발광 떠는 저 씀바귀야. 게으른 여인 일 제쳐두고 그것 터럭이나 세는 고즈넉한 이 늦봄, 요분질 희학질 소리 거시기 길 나자 홀로 된다더니

옷 가슴 풀어헤치고 속울음 우는 백목련.

—「성 담론 시편—거시기 & 머시기 · 1」 전문(『이어도 사나, 이어도 사나』)

"조선시대 사대부나 문인들은 개인의 구체적 삶에서 겪는 현실의 고난

이나 희로애락의 내면 정감을 사적私的으로 드러내고자 할 때는 한시로 표현하고, 그것으로도 충족하지 못하는 남은 정감을 공적公的으로 드러내고자 할 때는 시조로 표현"했다.[38] 결국, 쓰는 주체 속에서 소진되지 못한 상태로 남은 '나머지'는 상층의 힘과 도덕적 규범으로부터의 일탈을 꿈꾼다. 그러므로 윤금초의 사설시조에 드러나는 진솔하고 구체적인 생동감은 진솔한 생활의 감정을 드러내는 데 필요한 무기인 것이다. 인용시 ①에서는 IMF라는 국가 부도 사태에도 나라의 심각성을 인식하지 못하는 지배층의 권력과 권위를 꼬집으며 현실의 풍자를 통해 진실을 우회적으로 표현한다. 종합금융회사를 가리키는 '종금사'를 두고 "종금사가 어데 있는 절이고?"라고 비방하거나 "디카프리오빚갚으리오"라고 희화하는 지점은 언어유희fun를 통해 발생시키고자 하는 웃음의 정치학이다. 이는 불경건한 세태에 저항하며 익살맞게 현시대를 논함으로써 웃음을 낳는다. 이러한 패러디가 품은 이중화는 "반어의 '이중화'와 정확히 겹친다."[39] 웃음의 뒤틀림은 긍정과 옹호를 포함하고 있다. ②는 봄날에 피어난 백목련의 개화와 낙화를 보면서 성적 상상력을 자극하는 골계미를 드러내는 작품으로 "그 작은 옥문玉門 구멍 세상 천지 다 열고" 나오는 생명의 원초적인 통로로써 형상화된다. 사설시조의 관심사에서 계층을 초월하는 육체적, 물질적 욕망 못지않게 주종을 이룬 것은 남녀 간의 애정[40]인데, 윤금초의 시조에서 사

38 김학성, 「사설시조, 그 양식적 개방성－가집의 편찬과 향유 전통을 통하여」, 열린시조학회, 『사설시조의 특성과 그 전망』, 고요아침, 2008, 25쪽.

39 권혁웅, 『시론』, 문학동네, 2010, 492쪽.

40 고미숙은 심재완의 『역대시조전서』(세종문화사, 1972)에서 사설시조 500여 수를 도출한 결과, 1. 사랑・성 179편 2. 중세와 관념・송축 103편 3. 풍류 80편 4. 취락・염세 46편 5. 현실비판・세태묘사 52편 6. 기타 48편으로 분류하였다. 이 가운데 1과 4, 3과 4는 밀접하게 연결되어 서로 넘나들 수 있으며 6은 단순한 어희(語戱)이거나 민요・소설을 수용한 것으로 사설시조의 장르적 개방성이라는 특성에 포섭된 주변의 것들로 보았다.

랑과 성性의 문제는 인간의 본능적 정서에 가깝다. 그러나 여기에는 현실 세태에 대한 비판과 관념으로서의 장황한 설명이 잡박하게 섞여 있기도 하다. 인용시에서 주목한 그의 담론은 몸과 육체라는 성 이미지이며, "옷 가슴 풀어"헤친 백목련의 모습으로 그려지면서 여자의 성적 에너지로 생기있게 비유되고 있다. 윤금초는 "탈근대시학의 하나인 에로티시즘을 통해서 몸속의 억압된 자연성, 위축된 생명력을 회복하고 인간을 구원하고자 하는 염원"[41]을 담아 감각적인 생동성을 전하고자 했다.

그러나 윤금초의 시조에서 내용상의 자질을 단순화한 논법으로 표준화한다면 의미의 층위가 축소될 수밖에 없다. 인용시 ①과 ②에서 주목할 것은 말장난이 집중하고 있는 마디음보간의 발화 속도와 연합적 요소 간의 상호작용이다. 윤금초가 사설시조로서 만들어내는 선형적인 리듬의 패턴은 '반복'이다. 일상어가 가지는 정서적 호소력은 반복성에서 오는 쾌감의 성질을 구체화하면서 연쇄에 의한 통일적인 리듬감을 수반한다. ①에서 "임프! 임프가 뭐꼬?"라고 묻고느낌표, 또 묻는물음표 과정에서는 강조와 빈정거림의 의미를 포함하는 문장부호를 사용하였다. 여기서 느낌표와 물음표는 불확실한 애매모호성을 함의하면서 의미의 가독성을 높이는 역할을 한다, "누고?", "맹글었노?", "뭐꼬?", "절이고?"와 같이 대답을 요구하는 의문문의 반복은 의미상의 패턴이 새롭게 전개될 것임을 시사하며 발화 속도를 가속화한다. 그러나 "네네네 네, 여러 가지 있습니다만"에서

또한 반중세적, 평민적 역동성을 지닌 것으로 분류되는 1과 5에 집중하여, 시조에서 주요한 미적 형상화의 재료인 성·사랑, 기층적 삶 및 세태묘사의 양상을 추적하여 세계관적 기반을 밝히고자 한다(고미숙, 「사설시조의 역사적 성격과 그 계급적 기반 분석」, 『어문논집』 30, 고려대 국어국문학연구회, 1991, 46쪽~47쪽 참고).

41 최서림, 「미메시스, 고전주의적 삶의 행복」, 윤금초, 『이어도 사나, 이어도 사나』, 고요아침, 2003, 113쪽.

는 말을 지연시키는 효과를 만들면서 발화 속도는 잠시 주춤하게 된다. ② 에서는 "방정"이라는 행동을 형상화하여 동음이의어에 기초한 말장난이 돋보이는데, "들깨방정"의 앞구 "늦바람에"와 "참깨방정"의 뒷구 "오두발광"이 4음절이라는 통일적인 패턴을 유지함으로써 완만한 속도의 의미론적인 강조를 실현하고 있다. 또 "늦바람", "방정", "발광", "씀바귀", "늦봄", "요분질", "백목련"에서 소리-뜻의 일부가 'ㅂ'과 결합하여 반복되고 있다는 사실은 시조 전체에 의미의 기저를 구성한다.

리듬은 소리와 뜻의 의미를 결합하는 형성원리이며 가속과 감속이 만들어내는 구문의 질서이다. 그러므로 "리듬은, 그 무엇보다도, 주어진 통사의 제 특성에서 매번 상이하게 조합되고 빚어지는 특수성이자 강세가 배치하는 텍스트의 지형, 그러니까 의미의 사건"[42]이다. 앞서 살펴보았듯이 유사한 어휘나 구문의 반복으로 실현되는 리듬의 요소는 시적 모티프나 이미지, 의미자질이 유기적으로 내재적 리듬을 실현함으로써 말소리에 무게를 두었다. 주지하듯이 사설시조는 "'말부림'을 가장 중요시하는 '말의 장르'다. 시라는 것이 본질적으로 말부림을 중시하는 장르이긴 하지만, 말을 그냥 부리는 것이 아니라 치렁치렁 '엮어 짜면서' 말을 부려야 하는 장르라는 점"[43]은 자유로운 형식의 역동성을 담보로 한다.

팍팍한 세상 시름 없어 소리 한마당 듣는다.

---

42 조재룡, 「리듬과 의미」, 『한국시학연구』 36, 한국시학회, 2013, 298쪽.

43 김학성, 「사설시조, 그 양식적 개방성-가집의 편찬과 향유 전통을 통하여」, 열린시조학회, 『사설시조의 특성과 그 전망』, 고요아침, 2008, 42쪽.

목구성 좋은 소리에는 목청이 곰삭아서 쉰 듯 나는 껄껄한 수리성, 날 때부터 타고난 힘차고 윤기 흐르는 청구성, 단단하고 높고 강한 철성 같은 것들 있는듸, 감는목 깎는목 끊는목 너는목 다는목 마는목 미는목 엎는목 엮는목 줍는목 찌는목 찍는목 튀는목 파는목 푸는목 훑는목… 어느 날 어느 세월 소리로 소리를 감고 널고 깎고 풀고 팔 수 있는지, 열 가운데 하나나 귀 여겨 듣게 될지 아득하고 아득하여라.

어설픈 아니리광대 재담이나 들으라 하네.

—「판소리」 전문(『주몽의 하늘』)

사설시조를 장형화로 엮어내는 데 '병렬구조'[44]는 독특한 구성 원리로 기능하게 된다. 「판소리」에서 두드러지는 양상도 반복적 병렬구조에서 찾을 수 있는데, 이때 "반복과 병렬은 구비시 일반의 중요한 한 특징"[45]으로 우리나라를 포함하여 광범위한 지역에 구비시의 시적 규범으로 작용한다. 병렬법은 개화기 시가나 민요시, 근현대시의 연구에서 서정 장르를 정의하는 주요 개념으로 논의가 이루어져 왔다. 한편 고전시가에서 반복적 병렬구조는 좀 더 파격적으로 실현되면서 잠재적인 리듬의 원리로 작용한다. 여기서 "병렬이란, 넓은 의미에서 반복에 포함되는 것으로

---

44 이수곤은 사설시조의 병렬구조가 지니고 있는 특성은 사설시조의 장형화에 기여한다고 판단하면서 장형화의 구체적 양상을 크게 두 가지로 정리하였다. "하나는 동일한 구조의 많은 나열로 인한 장형화이고, 다른 하나는 동일한 통사적 구조에 많은 수식적 시어들의 첨가로 인한 장형화이다. 현대적 개념으로 하자면, 전자가 병렬되는 행이 많아지는 것에 의한 장형화라면, 후자는 행 안에서 수식적 시어들을 첨가함으로써 행 자체가 장형화되는 것을 의미한다."(이수곤, 「사설시조의 미적 기반에 대한 시론적 고찰-'병렬구조'를 대상으로」, 『국제어문』 35, 국제어문학회, 2005, 9쪽)

45 이경희, 「시적 언술에 나타난 한국현대시의 병렬법 연구」, 이화여대 박사논문, 1989, 4쪽.

서 반복을 실현하는 한 수단이 될 수 있다. 반복 중에서 반드시 쌍으로 구성되며 대응을 요구하는 것, 곧 '시에 있어서 한 쌍의 서로 다른 구절, 행, 운문들이 대응하는 상태'가 병렬"[46]인 것이다. 인용시에서 단순해보이는 반복 안에 병렬은 "목구성 좋은 소리"에서 "껄껄한 수리성"을, "힘차고 윤기 흐르는 청구성"으로 움직임의 소리가 만들어내는 청각적 이미지를 정연하게 드러내 보인다. 따라서 인간 내면의 무수한 소리를 깨우는 "감는목 깎는목 끊는목 너는목 다는목 마는목 미는목 엎는목 엮는목 줍는목 찌는목 찍는목 튀는목 파는목 푸는목 흩는목…"은 "소리로 소리를 감고 널고 깎고 풀고 팔 수" 있는 은유적 리듬의 중첩이다. 이러한 중첩의 고리는 무질서한 반복과 나열처럼 보이지만 서정적 정서를 강조하는 동시에 응집하는 역할을 한다.

> 열은 / 끝이 있어두 // 아홉은 / 끝이 없는 수여. //
>
> 하늘에서 가장 높은 디는 구민九旻이구, 땅에서 가장 높은 디는 구인九仞이구, 땅에서 가장 짚은 디는 구천九泉이여. / 그 뭣이다 넓으나 넓은 하늘은 구만리장천九萬里長天이구, 넓디넓은 땅뎅이는 구산팔해九山八海이구, 나라에서 가장 큰 관가는 구중궁궐이구 말구. // 또 있다니께. 가장 큰 민가는 구십 구칸이구, 집구석만 컸지 살림살이 째고 쪼들리면 구년지수九年之水이구. 그 땜시 수없이 태운 속은 구곡간장九曲肝腸이구, 수없이 죽다 살았으면 구사일생이구, 그렇게 수없이 넴긴 고비는 구절양장九折羊腸이구, 어찌어찌 셈평이 펴이어 두

---

46 정끝별, 「현대시에 나타난 시적 구조로서의 병렬법」, 『한국시학연구』 9, 한국시학회, 2003, 313쪽.

구두구 먹구 살 만치 장만해뒀으면 구년지축九年之蓄이구… / 열버덤 많은 수가 아홉인 겨. 아홉은 무한량 무한대 무진장을 가리키는 수가 없는 수니께. 암, 암. //

열버덤 / 열 배는 더 큰 수가 // 아홉이구 말구, / 참말루! //

—「뜬금없는 소리 3」 전문(『뜬금없는 소리』)

「뜬금없는 소리」는 총 76편으로 구성된 연작 사설시조이다. 장형화를 이루고 있는 중장은 동일한 의미범주를 형성하면서 반복된 양상을 보이는데, 통사적 유사성을 지닌 '숫자 9'의 말놀이가 반복적으로 짝을 이룬다. 논리적이고 규칙적인 변주와 변형을 통하여 '9'가 가진 생성구조를 무한대로 끌어올리는 것이다. 초장 "열은 끝이 있어두 아홉은 끝이 없는 수여"에서 확인할 수 있듯이 아홉이라는 숫자가 열보다 크다는 역설적인 표현을 해학적 위트로 풀어내고 있다. 이때 중장만을 4마디음보의 흐름으로 도식화해보자면 12마디음보-13마디음보-32마디음보-11마디음보를 보이고 있다. 특히 제3마디음보는 다른 마디음보에 비해 음절수가 월등하게 늘어난 장음보長가 되었다. 이것은 한 사건의 연속이라는 차원에서 장단 완급의 호흡이 빈복과 열거에 의존하여 설명되면서 '9'라는 혁명의 에너지를 힘있게 분출하고 있다. 이처럼 인용시는 소리의 반복과 산문시체의 지속성으로 텍스트의 유기적인 병렬성을 획득하고 있다. '-이구', '-이여', '-니께'와 같은 접속어를 중심으로 "무한량 무한대 무진장을 가리키는 수"인 '9'를 자유롭게 배열하고 있다. 그러나 확장된 음수율을 허용하고 있으면서도 각 구에서 늘어나 있는 걸음의 수는 안정적인 짝수 걸음을 보이면서 사설의 엮음이 되려 가벼워지는 형상을 취한다. 이처럼 사설성의 진수는 산문적 언술로 느껴지지 않고 오히려 탄력적인 리듬감의 성취로 환기된다. 그의 사설시조에서 표출되는 줄글의 이면에는 시적 분위기를 조성하는 에너지의 호흡이 치밀한 구도의 시선 배치와 압축미를 획득하며 반복과 병렬적 의미를 구축하고 있다.

이와 같이 윤금초의 사설시조는 평행적인 병렬구조를 변형하고 해체하면서 재구축하는 과정으로 전개해왔다. 이때 리듬이 지니는 근본적인 특성은 주기적인 반복성으로 실현된다. 다시 말해서 동질적인 성격의 요소가 규칙적인 반복을 통해 질서를 형성하는 것이 보편적인 순환구조라고 할 수 있다. 여기서 병렬은 대조에서 출발하는데, 시를 구조화시키는 유기적인 감각은 병치구조의 리듬으로 시적 이미지를 선명하게 한다.

> 몸 낮출수록 우람하게 다가서는 저 산빛
>
> 떡갈나무 숲 흔들고 오는 문자왕 그의 호령 중원 고구려비 돌기둥 휘감아 도는데 들리는가, 산울림 우렁 우렁 일렁이는 소리
>
> 찻찻찻찻자되찻자…… 기차소리, 하늘의 소리.
>
> —「중원, 시간 여행」 전문(『주몽의 하늘』)

인용시는 중원을 가르는 기차의 움직임을 관찰하면서 고구려에서 현재를 잇는 긴 역사적 시간을 가늠하게 한다. 달리는 기차에 몸을 싣고서 '바깥'의 풍경을 통해 '안'을 들여다봄으로써 역사의 한 장면을 들춘다. 역사

적 시간은 "우렁 우렁 일렁이는" 기차의 기적汽笛소리로 깨어난다. 중장은 시조의 기본 틀에서 벗어나 말수의 확장을 꾀하는 변화형을 향유한다. 이때 말수의 자유로운 일탈은 점층의 방향을 지속하면서 기차가 달리고 있는 듯한 현장감과 연결된다. "몸 낮출수록 우람하게 다가서는 저 산빛"의 시작으로 순환의 형식을 유지하는 리듬은 부분적인 것에서 전체적인 것으로 이동하면서 회화적인 거리감을 유도한다. 기차는 역사를 기억하는 방법 속에서 외세의 침략에 의해 훼손된, 역사적 자긍심을 되찾고자 한다. "찾찾찾찾자되찾자……"는 의성어를 활용한 감각적인 이미지로 연기를 내뿜는 기차의 모습을 형상화한다. 더욱이 고정불변인 종장의 제1마디음보 3음절을 기차 소리의 속도감으로 표현해내기 위해 2마디음보와 붙여서 썼다는 점에서 리듬의 유연성을 더한다.

「중원, 시간 여행」에는 세 가지의 '기저리듬'[47]이 조직되어 있다. 'ㅎ', 'ㅇ', 'ㅊ'의 출현이다. 특히 'ㅊ'은 외세의 침략으로 훼손되었던 역사적 자긍심을 되찾고자 하는 의미론적 강세가 시조 전체에 힘찬 박동을 일으킨다. 자음과 모음이라는 복합체의 실현은 소리의 중심이 되어 시조 전체를 구성하는 리듬의 축이 된다. 중장에서는 "흔들고", "호령", "휘감아"가 가지는 심리적 의미 일부를 자음이 품고 있는 개별 음운의 호흡으로 조절하면서 박자를 구성한다. 초장의 "우람"과 중장의 "산울림", "우렁 우렁" "일렁이는"에서도 마찬가지로 'ㅇ'이라는 음운의 산발적 배치가 구문상의 선율과 상호작용하면서 리듬을 만들고 있다. 이로써 마음을 "일렁이는 소리"는 시간을 달

---

47 "기저리듬이란 단위리듬의 부분들로 구성된, 단위리듬의 이전 단계에서 실행되는 리듬을 말한다. 단위리듬이 의미와 단단하게 결속되어 있다면 기저리듬은 이 단위리듬(소리-뜻)을 구성하는 음소들의 개별적 출현으로 생성된다."(권혁웅, 「현대시의 리듬 체계」, 『비교한국학』 22, 국제비교한국학회, 2014, 23쪽)

리는 "기차 소리"가 되고, 과거와 현재를 잇는 "하늘의 소리"가 된다.

윤금초의 사설시조가 가지는 이야기성은 사건과 갈등의 거리를 살피며 과거를 회상하게 하고 의미를 부여하는 방식으로 드러난다. 여기서 사설시조의 리듬은 '행'과 '연'의 단위로 나눠기보다 정서의 구조를 포함하는 의미 전달에 우선한다. 동일한 소재라고 하더라도 그것을 표출시키는 지향점에 따라 시조의 미의식은 다르게 나타날 수 있는데 윤금초는 사설시조의 형식 운용에서 시조의 3장 구조가 가진 원칙을 준수한다. 특히, 그의 사설시조는 각 장의 4마디음보 율격을 4개의 통사나 의미 단위로 확장하되, 중장에서 2마디음보 연속체[48]로 말을 엮어가면서 양적 팽창을 확인한다. 사설시조의 틀형식을 무시하고 말수를 늘여나가면 마침내 시조와 자유시와의 경계가 무너지겠지만 윤금초는 사설시조 존재의 이유를 3장 구조와 종장의 3음절 규율에서 찾으며 시조와 자유시의 경계를 분명히 하고 있다.

이때 줄글로 펼쳐지는 사설시조의 단순한 '행' 배열에서 병렬구조가 보이는 시적 기능과 효과는 나름의 규칙성과 불규칙성을 동시에 공존시키며 작품이 지닌 리듬을 보조하는 기능을 한다. 병행의 반복을 통하여 시적 주체의 태도와 정서를 심화시키는가 하면, 변형을 통해 새로운 의미를 생성하기도 한다. 이렇듯 윤금초의 사설시조는 통사 구조상 병렬의 형성원리인 특정한 음성, 어휘, 의미의 반복으로 텍스트를 하나로 통일시키면서 장형화된 시조의 리듬현상을 체계화한다.

---

48 "말 엮음의 방식은 2음보격으로 사설을 풀어내거나(풀이성), 말을 놀이화하여 엮어 짜거나(놀이성), 말을 재미나게 주어 섬기는 방식(어휘성(語戲性))을 취한다. 사설시조를 가리켜 엮음시조(편(編)시조), 주슴시조(습(拾)시조), 말시조(사설(辭說)시조)라는 이칭으로 부르는 이유다."(김학성, 「사설시조, 현대의 하늘을 날다」, 윤금초, 『뜬금없는 소리』, 고요아침, 2018, 169쪽)

3. 사설시조 혼합 연형과 양식적 확장

시인은 자신의 사상과 감정의 체험을 시적 상상력이라는 개성으로 주관한다. 이때 모든 대상과의 심리적 거리는 형식을 요구하기 마련이다. 언술의 특성을 살리는 미학이 개개인의 정서라고 할 때, 시인은 자신이 표출하고자 하는 대상과의 심리적 거리를 조정한다. 따라서 시적 대상의 의미내용와 형식이 하나로 일치되었을 때 작품의 완결성을 갖출 수 있다. 그러나 시조의 경우, 정해진 형태에 맞춰서 의미의 단락을 이루어야 하는 작시상作詩上의 어려움이 따랐고, 자유시에 비해 정제된 언어를 다룰 수밖에 없었다. 여기서 윤금초는 생각의 차이를 만든다. 시조의 규격화된 형식에 의미를 의존하는 것이 아니라 시를 구성하는 대상과 인식에 주목하여 주체 간에 휩싸인 감정의 층위로 다양한 형태적 탐구를 주도한다. 윤금초가 집중하는 형식은 작품 속에 내재된 주체의 정서와 대상 사이의 긴축 또는 수축으로 발현된다. 윤금초는 시조의 내재적 충동으로부터 표출되는 긴장감을 감지하면서 시조의 의미와 형식이 갖는 고정관념을 뒤집어서 생각했다.

윤금초는 사설시조의 품을 넉넉하게 보고 산문적 표현의 욕망을 심화시키는 동시에 이야기의 연속성과 불연속성의 경위를 살폈다. 그의 담화방식에서 이야기형 사설시조는 이야기의 구조를 극적으로 보여준다. 그는 평시조에서 사설시조로 혹은 사설시조에서 평시조로 돌아오는 항유 양상을 큰 영역으로 확장하여 한 편의 연작시조連作時調 속에 평시조·양장시조·엇시조·사설시조 등 다양한 시조의 형식을 아우르는 '혼합混合 연형시조連形時調'를 구사한다. 형식이 내용에 우선하는 것이 아니라 '내용이 형식을 지배한다'는 그의 남다른 문제의식은 '옴니버스시조'[49]라는 새로운 형태의 시조를 추적해낸다. '옴니버스시조'는 평시조의 단조로움을 극복하면서 웅장한 서사구조의 생동감과 현장감을 부여한다. 그가 시조로서 실현하고 싶은 신념이야말로 시조 외연의 확장과 개방성의 지향이다. 결국, 윤금초가 시조라는 장르를 통해 문학의 '진실' 내지 '본질'을 추구할 때 어김없이 시조로서 부정했던 것은 형식이라는 거대한 구조였다. 가령 그에게 형식의 제반 구조를 형성하고 유지했던 기존의 모든 제도는 시조의 욕망을 추동하는 중심축이었다. 따라서 윤금초 시조 양식의 해체와 실험은 시인 주체의 인식 변화에 가까워보인다. 그는 현실로서의 역사적인, 사회적인 삶의 불완전성에 가까워 보이는 갈등과 고통을 시의 언어로 바꿔놓으면서 원경과 근경의 밸런스를 유지하는 것은 물론 경사가 심한 이야기 화법의 묘미를 적극적으로 수용한다.

윤금초 시조를 장악하고 있는 주된 저항정신은 크게 두 가지 단계의 전략을 가지고 있다. 하나는 기존의 관습적인 언어를 수용하는 것이고, 다른 하나는 자기 자신의 고유한 언어를 찾고 그것을 수용할 수 있는 미학적 형식으로 표현하는 것이다. 윤금초 시인의 「청맹과니의 노래」는 장편서사시조의 첫 시발점이라고 할 수 있다. 이 작품은 그의 첫 시조집 『어초문답漁樵問答』[50]에 수록되었던 4편의 작품에 추가적으로 5편의 작품이 더해져 총 9

49 "시나 소설을 구획짓는 장르 개념이 차츰 허물어지고 있는 요즘, 장편서사시조 같은 스케일이 웅장하고 이야기가 담긴 시조작품을 생산하기 위해서는 '다양한 변주(變奏)'를 시도해야 한다. 그러기 위해서는 '옴니버스시조'를 활발하게 창작, 시조문학의 지평을 한껏 넓혀 나가야 할 것이다."(윤금초, 『현대시조 쓰기』, 새문사, 2003, 40쪽)

50 윤금초 시인의 첫 시조집에 수록된 「漁樵問答」은 「私僮 짓소리」, 「備荒政策」, 「壬午野乘」, 「탈놀음」으로 모두 4편의 연작시조로 구성되었다. 그러나 두 번째 시조집 『해남 나들이』와 우리시대 현대시조 100인선 『땅끝』에서는 「청맹과니의 노래」로 제목을 바꾸고 「쑥대머리」, 「고구마」, 「개펄」, 「사물놀이」, 「지노귀새남」이 새로 보태어져 9편으로 재구성되었다. 여기서 「탈놀음」은 「탈놀이」로 수정되었다. 이후 4인 시조집 『네 사람의 얼

편의 작품이 하나의 표제 아래 결합되어 있는 연작시조다. 「청맹과니의 노래」에 수록된 「1 쑥대머리」, 「2 사동私僮 짓소리」, 「3 비황정책備荒政策」, 「4 임오야승壬午野乘」, 「5 고구마」, 「6 개펄」, 「7 탈놀이」, 「8 사물놀이」, 「9 지노귀새남」에는 윤금초 시인의 역사의식과 자의식의 강렬한 에너지가 표출된다. 시조의 형식적인 측면에서 살펴보자면 「1 쑥대머리」는 평시조, 「4 임오야승壬午野乘」은 사설시조, 「9 지노귀새남」는 장형의 사설시조에 해당하며, 나머지 작품들은 모두 다양한 형태의 시조가 혼합되어있는 옴니버스시조로 구성되어 있다.

두들겨라
지게 장단,
어서 노를 휘저어라.
그 무슨 젓대를 불어
이 아픔을 하소하랴,
환장할 경치를 지고
떼거지로 그렇게.

조지고, 비비틀고, 작신작신 힐권 세월.
더러는 혼을 챙겨 공출 나간 아수라장, 도솔천 차양을 드린 그 마름 야로 속에 모가지 얼레에 감긴 참혹한 생애던가.
어이어, 어여하 어이. 어이 어이 어여하.

굴』에서는 「사물놀이」, 「개펄」, 「지노귀새남」이 각각의 독립된 작품으로 발표되고 있다.

풀고

풀어볼수록

가슴 조이는 사슬,

끝끝내 무르팍에

찬 바람 절로 인다.

비비쫑

우니는 새야

형극의 강 비켜 날고.

이승을 닫아 건 보릿대 쓰디쓴 연기.

글러먹은 연대의 글러먹은 식리殖利였네. 등줄기 휘인 채로 요역, 공신 좌구렁의 거만鉅萬의 농장에 갇혀 불지짐 효수할 때

거꾸로 매달린 목숨, 오리무중 달은 지네.

—「청맹과니의 노래-2 私僮 짓소리」 부분(『해남 나들이』)

「청맹과니의 노래」는 규정된 형식의 압력에 대한 저항 의지를 보여준다. 작품에서 공통적으로 발견되는 타자는 특정 집단이나 공동체의 구성원에 주목한다. 핍박받는 민초들의 애환을 상기하면서 불특정 집단으로부터 오는 폭력적인 세계와 부패한 횡포를 꼬집는다. '청맹과니'란 겉으로 보기에는 눈이 멀쩡하지만 앞을 보지 못하는 사람을 일컫는다. 눈을 뜨고 있어도 못 보는 사람이 들려주는 노래가 '청맹과니의 노래'이다. 이것은 소위 볼 수 있지만 보지 않는 눈 먼 사람들이 만든 도시 풍경의 재현이고, 노래라는 생동의 힘을 일으켜 사상이나 감정을 드러내 보이는 방식으

로 그려진다. 따라서 '청맹과니'와 '노래'의 암시성은 '보기' 차원의 에너지가 '듣기' 차원의 에너지로 이행하는 과정이며, '눈으로 듣고, 귀로 보는' 이야기가 문학이라는 사실을 은유적으로 내포하고 있다. 「2 사동私僮 짓소리」는 민초들의 아픔을 생생하게 읽어내며 현실의 상황을 사실적인 진술을 통해 풍자하고 있다. "조지고, 비비틀고, 작신작신 할퀸 세월"을 견뎌야 하는 민초들의 삶은 "풀고 // 풀어볼수록 // 가슴 조이는 사슬"이다. 이처럼 "이승을 닫아 건 보릿대 쓰디쓴 연기"를 뒤집어쓰고 "거꾸로 매달린 목숨"처럼 "오리무중 달은" 지는 중이다. 민초들의 삶은 지리멸렬함과 오랜 상투성의 감옥 속에 은폐되어 있다.

윤금초는 1수의 초장 제1마디음보와 2마디음보를 분절시키면서 "두들겨라 // 지게 장단"이라며 민초들의 투박하고 단호한 외침 소리를 들려준다. 지겟작대기로 지겟다리를 치면서 장단을 맞추고 있는 민초들의 반동은 "등줄기 휘인 채로 요역, 공신 죄구렁의 거만鉅萬의 농장에 갇혀 불지짐 효수할 때" 피가 절로 솟구치는 것이다. 그들은 개인의 자리에서부터 사회적인 문제를 자각하며 부정한 역사를 고발한다. 자신이 속한 집단의 안팎을 정찰하는 심리적 거리는 윤금초의 시조 속에서 형식에 대한 관찰을 통해 드러난다. 1수와 3수는 평시조인데, 특히 3수에서는 초장과 종장을 3행으로 배열하면서 각 행에서 보이는 이미지의 중량을 분명히 전달하는 효과를 거둔다. 또한 2수와 4수에서 보이는 산문시형의 줄글은 윤금초의 시조가 의도적으로 구사했던 '행'의 리듬을 파기하고 점층적인 열거를 통하여 정서적 의미를 강화하는 리듬감을 구사한다. 이때 윤금초가 주도하는 리듬이란 2수와 4수의 중장에서 2음보격 연속체로 마디음보를 늘여나가는 시조 음수의 파격에서 살펴볼 수 있다. 여기에서 4마디음보의 확장은 의미의 중첩과 확충을 통하여 빠른 호흡으로 긴박한 분위기를 형성한다.

전라도 막막한 골 땅끝 어느 외딴 섬은
날궂이 바람 불고 우우우 바다가 울면
함부로 보이지 않는 신기루로 떠오른단다.

세월도 뒷짐지고 저만큼 물러선 자리
밀물에 부대껴서, 썰물 북새에 떠밀려서
유배지 무지렁 땅에 뿌리 뽑힌 질경이다.

대명천지 밝은 날은 땡볕 외려 섬뜩해라.
하늘 밑창 맞물린 저 수평선 이고 서서, 초라니 망둥이새끼 3·4조로 헤갈대는, 진수렁 뻘밭 헤집는 따라지 민초들은 저마다 방패막이 울짱 같은 연막 친다.
한 평생 자맥질하는 천덕꾸리 달랑게로.

〈혼백 상자 등에다 지곡
가슴 앞에 두렁박 차곡
한 손에 비창을 쥐곡
한 손에 호미를 쥐곡
허위적허위적 들어간다〉

―「청맹과니의 노래―6 개펄」 부분(『해남 나들이』)

「개펄」은 1수 평시조, 2수 평시조, 3수 사설시조, 4수 '혼백 상자' 제주 민요 한 대목, 5수 평시조, 6수 평시조로 구성되어 있는 옴니버스시조다. 인용시에서 평시조는 묘사 중심의 시상을 떠올리며 "땅끝 어느 외딴 섬"의 풍경을 그려낸다. 이것은 엄격한 체계를 가진 소리의 반복이라기보다 시를 통해 해명해내고자 하는 의미를 수식하고 변형을 통해 직조되는 감각에 가깝다. 인용시의 평시조에서는 2음절 또는 3음절의 어휘에 조사나 어미를 붙여 3음절~4음절의 음수율 단위를 만든다. 이때 고르고 규칙적인 마디음보율이 유장한 거리의 리듬감을 구현한다. "바람"이 부는 소리인지 "바다"가 우는 소리인지 "우우우" 내뱉는 의성어의 쓰임은 '불면'에서 "울면"으로 전환하면서 의미론적인 상동성을 이룬다. 또한 "밀물"과 "썰물", "부대껴서"와 "떠밀려서"처럼 상반되거나 모순되는 어구의 연속적인 축조는 대립적인 되풀이를 이루며 병렬 관계를 형성한다. 여기서 "평시조가 '정물화'의 방법으로 되어있다면 사설시조와 민요는 역동성의 원리로 지탱되고 있다."[51] 이때 3수의 사설시조는 서사중심의 산문성이나 내용중심의 현장성을 살려 생생한 율동감을 전한다. 민초들의 염원을 신명으로 풀어내고 부조리한 적폐를 청산하여 대동 사회를 구현하고자 하는 시적 주체의 굳은 의지는 민요 한 대목을 끼워 넣은 4수에서 그 진폭을 확산하며 정서적 여운을 안겨준다. 독립된 1수로 처리한 민요의 후렴구는 "지곡", "차곡", "쥐곡"이라는 시적 해석의 다의성에 기여하며, '-곡'이라는 통사적 유사성을 지닌 단어들을 변형하면서 반복적 병렬구조를 보인다. 그 과정에서 "3·4조로 헤갈"대며 "한 평생 자맥질하는 천덕꾸리 달랑게"

---

51 조남현, 「형식과 의식의 틈, 그 네 가지 해결 방법」, 윤금초 외, 『네 사람의 얼굴』, 문학과지성사, 2000, 92쪽.

로 "허위적허위적" 걸어 들어가는 민초들의 모습은 지배층의 무능과 부패를 풍자하는 해학적 상상력의 산물이다.

> 북 장구 꽹과리에 징소리가 어우러진
> 앞 마당 멍석 위에 둥 따닥 굿판 났다.
> 걸립패 사물놀이에 달도 차서 출렁인다.
>
> 그냥 그 무명 적삼, 수더분한 매무새로
> 폭포수 쏟아놓다 바람 자듯 잦아드는,
> 신바람 자진머리에 애간장을 다 녹인다.
>
> 〈ᄃᆞᆯ하 노피곰 도ᄃᆞ샤
> 어긔야 머리곰 비취오시라
> 어긔야 어강됴리
> 아으 다롱디리〉
>
> 얼마나 오랜 날을 움츠린 목숨인가.
> 관솔불도 흥에 겨워, 흥에 겨워 글썽이는
> 〈어긔야 어강됴리
> 아으 다롱디리〉
>
> 돌아라, 휘돌아라. 숨이 가쁜 종이 고깔.
> 더러는 눈칫밥에 한뎃잠 설쳤기로, 논틀 밭틀 한을 묻고 거리죽음 뜬쇠들

아. 아픔의 응어리로 북을 때려 시름 푸는, 풍물잡이 시나위는 민초들 앙알대는 목소리다. 짓밟고 뭉갤수록 피가 절로 솟구치는, 투박한 그 외침은 뚝배기 태깔이다.

앙가슴 풀어 헤쳐서 열두 발 상모를 돌려라.

—「청맹과니의 노래-8 사물놀이」 전문(『해남 나들이』)

윤금초의 시조는 한국 특유의 해학적 정서로 춤추고 노래한다. 민초들의 가난과 설움, 아픔과 슬픔은 집단적인 춤과 노래를 통해 일의 능률을 올리고 공동체 의식을 갖게 한다. 그는 신명을 일으키는 꽹과리 · 장구 · 북 · 징을 치며 민초들의 한풀이를 하듯 "둥 따닥 굿판"을 벌인다. 「사물놀이」에서도 윤금초가 실험했던 과감한 외형적 구조가 돋보이는데, 1수 평시조, 2수 평시조, 3수 '정읍사井邑詞'의 한 대목, 4수 평시조, 5수 사설시조로 구성되어 있다. 실제로 장단을 연구하는 사물놀이의 긴장과 이완의 주기적인 흐름은 '기경결해起景結解'의 발달, 전개, 절정, 결말의 전개방식으로 이루어지는데, 윤금초는 사물놀이의 흥취가 고조되는 효과를 발휘하기 위해 다양한 양식의 시조를 적재적소에 배치했다. 이렇듯 전통적인 시조 형식에서 벗어나 과감하게 시조의 외형을 주조하는 그만의 시도는 사물놀이의 음악적 선율과 흥겨운 리듬감을 추동한다.

특히 3수에서 민초들이 어우러져 감흥을 일으키는 모습을 효과적으로 드러내기 위해 '정읍사'의 한 대목을 빌려온 점에 주목해보면 시조가 더 이상 평면적인 구성이 아니라 연속적인 갱신을 통해 율동미를 드러내는 장르임을 방증한다. 이러한 그의 창작 방법은 민초들의 소박하고 진솔한 감정을 발화하면서 원한을 위로하는 방식과 결부되어 있다. 4수에서는 정읍사의 '여음餘音'을 종장에 하나의 시행으로 배치함으로써 시조의 한 장을 구성하고 있는데 이때 여음은 시적 감흥을 북돋아주고 연행의 효과를 높이는 구실을 하나, 인용시에서는 한 가지 문제점으로 확인된다. "어긔야 어강됴리 // 아으 다롱디리"는 종장 제2마디음보에서 '5음절' 이상이 되어야 하는 시조 정격의 규칙을 벗어나기 때문이다. 따라서 인용시의 4수를 과감한 실험적 측면에서 살펴본다고 하더라도 전통시조의 평시조 논리로는 완전히 설명되지 않는 애매모호함이 남는다.

'정읍사'는 현재까지 노랫말이 전해지는 백제 시대의 유일한 노래이다. 그러나 이 노래가 백제가 아닌 고려의 노래라는 주장도 있다. 실제로 그 연원은 백제이지만 고려에서도 사용되고 있다는 점을 감안하면 정읍사가 백제 때 그대로인 것으로 보기는 어렵다. 정읍사를 여음, 즉 후렴을 뺀 기본 시형으로만 보면 3연 6구의 형식이 되고, 기본 3마디음보 또는 4마디음보를 바탕으로 하고 있어 시조 3장 6구의 근원을 정읍사에서 찾고자 하는 일각의 시선이 있었다. 윤금초는 이러한 측면에서 의미의 자장을 확장하는데, 인용시 4수는 3수의 정읍사 한 대목을 이어받은 의도된 시형으로 해석할 수 있다. 특히 초장과 중장은 3·4조가 주조를 이룬 율조를 바탕으로 한국시의 음수율을 잘 지키고 있으며, 종장은 시조의 규칙에서 어긋나지만 고려속요에 예외 없이 되풀이되는 '여음후렴'의 차원으로 이해해볼 수 있다. 다시 말해 이것은 윤금초 시조가 꾸준히 논의해온 실험과 실천의 극단이며, 동시에 그것이 가능하게 된 세부적인 조건을 개인의 자리에서 심문하고 해결의 실마리를 찾는다. 여음을 지니는 모든 고려속요에는 동일하게 반복되어야 할 여음의 자리가 있으며, 각 '연'마다 같은 여음을 지녀야만 형태상으로 온전할 수 있다. 이때 윤금초는 사실의 자리를 직접적인 방식으로 재확인하면서 독자적인 기능을 적용한다. 가령, 표면 아래 숨겨진 그의 창작 의도를 유추해보자면 3수 정읍사의 시행과 여음 한 토막을 4수에서 이어받아 윤금초식의 정읍사로 연결해놓는다. 따라서 한 편의 시조 안에 두 편의 속요정읍사, 정형의 규칙에서 일탈한 시조를 포함시켜 옴니버스시조의 액자식 구조에 입체성을 더하는 것이다. 이는 신명을 통한 한풀이와 살풀이로서의 정화의식을 실현하는 동시에 사물놀이 특유 정중동靜中動의 율동미를 살리려는 의도로 읽을 수 있다.

> 긴긴 세월 동안 섬은 늘 거기 있어 왔다. 그러나 섬을 본 사람은 아무도 없었다. 섬을 본 사람은 모두 섬으로 가 버렸기 때문이었다.
>
> 아무도 다시 섬을 떠나 돌아온 사람은 없었기 때문이었다.
>
> —이청준 소설 '이어도'에서

지느러미 나풀거리는, 기력 풋풋한 아침 바당
고기비늘 황금 알갱이 노역의 등짐 부려놓고
이어도, 이어도 사나. 이어도 사나, 이어 이어….

퉁방울눈 돌하루방 눈빛 저리 삼삼하고
꽃멀미 질퍽한 그곳, 가멸진 유채꽃 한나절.

바람 불면 바람소리 속에, 바당 울면 바당 울음 속에
웅웅웅 신음 같은, 한숨 같은 노랫가락 이어도 사나 이어도 사나

아련히 바닷바람에 실려 오고 실려 가고.

다금바리 오분재기
이어도 사나, 이어도 사나
상한 그물 손질하며
급한 물길 물질하며
산호초 꽃덤불 넘어,
캄캄한 침묵 수렁을 넘어.

자갈밭 그물코 새로 그 옛날 바닷바람 솨솨 지나가네.

천리 남쪽 바당 밖에 꿈처럼 생시처럼 허옇게 솟은 피안의 섬, 제주 어부 노래로 노래로 굴려온 세월 전설의 섬, 가본 사람 아무도 없이 눈에 밟히는 수수께끼 섬, 고된 이승 접고 나면 저승 복락 누리는 섬, 한번 보면 이내 가서 오지 않는, 영영 다시 오지 않는 섬이어라.

이어도, 이어도 사나. 이어도 사나, 이어 이어….

밀물 들면 수면 아래 뉘엿이 가라앉고
썰물 때면 건듯 솟아 푸른 허우대 드러내는
방어빛 파도 헤치며 두둥실 뜨는 섬이어라.

마른 낙엽 몰고 가는 마파람 쌀쌀한 그해 겨울

모슬포 바위 벼랑 울타리 없는 서역 천축 머나 먼 길 아기작 걸음 비비닥질 수라의 바당 헤쳐 갈 때 물 이랑 뒤척이며 꿈결에 떠오른 이어도 이어도, 수평

선 훌쩍 건너 우화등선 넘어가 버리고

섬 억새 굽은 산등성이 하얗게 물들였네.

—「이어도 사나, 이어도 사나」 전문(『이어도 사나, 이어도 사나』)

시조는 "'가곡 한바탕'이라 하여 평시조의 여러 음악적 양식을 향유하다가 농-낙-편이라 하여 사설시조의 여러 양식을 향유하고 다시 평시조인 「태평가」로 마무리 하는 편가篇歌로서의 다양한 레퍼토리를 즐긴다."[52] 평시조의 경우에는 기본 장단으로, 사설시조의 경우에는 장단을 연장하는 방식으로 시조 양식의 확장을 모색한다. 이때 사설시조의 민요, 무가, 잡가, 판소리 등에서 끌어오는 '여음후렴'의 효과는 작품 전반의 감흥과 율조에 영향을 미친다. 앞서 논의한 바와 같이 여음은 주로 가창에서 리듬과 관련된 어절이므로 시어로서의 의미기능에 깊은 비중을 두어 생각할 필요는 없으나 또 단순한 소리 가락으로만 규정지을 수도 없는 것이 주지의 사실이다.

이청준 소설 「이어도」에서 모티프를 얻어 차용해 온 「이어도 사나, 이어도 사나」는 문맥상의 정점과 여운의 효과를 발휘하기 위해 종장에 "이어도, 이어도 사나. 이어도 사나, 이어 이어"라는 행을 2회에 걸쳐 배열하였다. 이는 시조 종장으로서의 역할을 수행하는 동시에 매기는 소리로 사용되어 서정적 운율감을 형성하면서 감정을 고조시키는 역할을 한다. 또한 "이어도 사나 이어도 사나", "이어도 이어도"와 같이 심리적 느낌을 강조하는 조음기관의 소리는 의성적 상징어가 되어 직접 감각하는 것과 같은

52 김학성, 「정형 속의 가변성」, 열린시조학회, 『시조미학의 문학적 성취』, 고요아침, 2007, 19쪽.

실감성을 높인다. 이처럼 윤금초의 옴니버스시조에서 발견되는 시적 정서와 심리를 반영한 문체론적인 수법들은 사설시조에 비하여 훨씬 폭넓은 스펙트럼을 가지고 있다. 주제의식에 따른 소재와 모티브를 바탕으로 구성요소, 운율, 심상, 표현, 어조 등을 획일적으로 규정하기 힘든 다양성을 기반으로 하기 때문이다. 「이어도 사나, 이어도 사나」의 원형은 제주도 구전 설화인 이어도 전설에 입각한다. 이어도는 바다에 나간 사람은 있지만 돌아오지 못하는 아들이나 남편이 깃든 곳으로 수면 아래 잠수해 있는 수수께끼의 섬이다. 거친 바다에서 고기를 잡으며 고달픈 삶을 이어가는 제주도 사람들에게 이곳은 실체가 없는 유토피아utopia로 자리한다. 일하지 않고도 살 수 있다는 피안의 섬 이어도는 사람들의 마음속 깊숙이 내재되어 있는 섬이라 할 수 있다. 윤금초의 옴니버스시조 상당수 시편에서 이야기의 연행과 전승으로 구전되어온 고전주의적 요소를 쉽게 발견할 수 있는데, 이 시도는 결국 그의 심층에 잠재해 있는 전통적 주체가 자연스럽게 현재적 주체를 불러 모으는 시적 기획인 것이다.

총 일곱 수로 구성된 인용시는 1수 평시조, 2수 양장시조, 3수 엇시조, 4수 평시조, 5수 사설시조, 6수 평시조, 7수 사설시조로 짜여져 있다. 정형이라는 틀 안에서 낙원의 자유를 향하는 힘은 단조롭고 틀에 박힌 리듬을 뛰어넘는 서사구조를 만들어낸다. 특히 2수에 포함된 양장시조는 전통시조의 형식에서는 볼 수 없다 점에서 흥미롭다.[53] "꽃멀미 질펀한 그곳"

53 전통시조에서 연시조 혹은 연작시조를 지을 때 평시조나 사설시조를 일관하지 않고 '엇시조'나 '사설시조'를 섞어 혼합 연형시조를 구성하기도 했다. "강복중(1563~1639)은 「청계통곡육조곡」이라는 연시조 6수를 지으면서 첫수를 사설시조로 시작하고, 「訪珍山郡守歌」 5수의 연시조를 지으면서 넷째 수를 엇시조로 노래한다. 그리고 고응척(1531~1605)은 「大學章句」 25수의 연작을 지으면서 6째 수를 엇시조로, 14째 수를 사설시조로, 다시 15째 수를 엇시조로 변화를 보이며 노래했다. 그리고 「浩浩歌」 3수는 사설시조의 연작으

의 풍광은 낙원 회복을 꿈꾸는 시적 주체에게 긴말이 필요 없는 세계다. 3수에서는 다시 엇시조의 형식을 구사하면서 "이어도 사나 이어도 사나"라는 '여음후렴'의 효과를 돌발적인 리듬으로 살려낸다. 이어서 5수와 7수에서 사설시조는 자유시적 성격을 보이며 반복과 비유의 수사법으로 내재적인 규칙을 만든다. '-속에', '-같은', '-하며', '-넘어', '-오고', '-가고', '-들면', '-때면' 등의 반복적이고 대칭적인 병렬구조를 통해 단어의 속성과 그 의미적 요소가 서정성을 높여주고 있다. 또 인용시에서 두드러지는 닿소리 'ㅇ'의 사용은 소리의 반복이 주는 지속성에 의해 점층적으로 감정을 고조시키며 시의 진폭을 확장하는 역할을 하고 있다. 바로 윤금초 시조와 서사적 요소의 실재성은 사설시조 형식이 가진 효용 가치의 신뢰를 담보하며 혼합 연형양식이라는 시조의 첨단을 열어간다.

그러나 시조의 양식적 틀을 거침없이 깨나가면서도 윤금초가 이상향으로 그리는 시간은 과거에 있다. 그의 시편에서 눈여겨 볼만한 시조 근원의 물음은 역사 인식을 바탕에 두고 있으며, 역사적 경험이 어떠한 형태로 각인되어 있는가와 같은 문제는 다시 특수한 공간과 시간에 얽혀있는 집단적이고 개인적인 이야기로 형상화된다. 일찍이 윤금초의 시조는 '역사'라는 수사가 붙으면 특별해졌다.[54] 흔히 역사는 소환의 문제이며, 재해석의

로만 짓되 고산의 「어부사시사」처럼 시조 특유의 종장 규칙(첫 음보를 3음절로, 둘째 음보를 과음보로 하는)은 마지막 수에만 적용하고 첫째와 둘째 수는 초-중-종장 모두 4음 4보격으로 일관함으로써 연시조(聯時調)가 아닌 연시조(連時調)를 사설시조로 선보이고 있다."(김학성, 「정형 속의 가변성」, 열린시조학회, 『시조미학의 문학적 성취』, 고요아침, 2007, 20쪽)

54 1968년 『동아일보』 신춘문예에 당선된 시조 「안부(安否)」는 윤금초의 등단작이다. 미국과 베트남의 이념 전쟁에 한국군을 파병하여 대리전쟁을 치르고 있을 때의 일을 회상하며 쓴 이 시조는 월남전에 참전한 아우와 주고받은 편지를 바탕으로 한다. 윤금초가 등단 초기부터 관심을 가졌던 역사성과 신화성의 문제는 인간 내면의 보편적인 진리체계를 포

문제로 구분될 수 있다. 관습적인 진술 속에서 역사의 사실성을 확보할 수 있으며, 시간 의식에 따라 문학의 오브제로 변형시키는 기제가 될 수 있다. 결국 역사의 문제는 현세와의 시간적, 공간적 차원의 연속 선상을 꿈꾸고 있었다는 점에서 현재적 욕망을 품고 있다고 볼 수 있다. 따라서 윤금초 시조에 나타나는 역사성은 '현재적'인 의미에서 어떤 기억을 붙잡아 두는 순간이다. 시간이라는 표지는 그의 시조에서 중층적 서사시나 이야기시라는 장르로 분류되어 시적 주체가 의도하는 방향으로 직접적인 이해를 도모한다. 여기서 과거 사건의 시간적 이미지는 역사적 기억의 이미지로 되살아나는 것이다.

물새떼 날개짓에는 하늘색 묻어난다
중생대 큰고니도, 갈색 부리 익룡들도
후루룩 수면 박차고 날자 날자 날자꾸나.

장막 걷듯 펼쳐지는 광막한 저 백악기 공원.

물벼룩 물장구치는 안개 자욱한 호숫가, 켜켜이 쌓아올린 색종이 뭉치 같은 시루떡 암석층 저만큼 둘러놓고 배꼽 다 드러낸 은빛 비늘 아기공룡 물끼 흥건한 늪지 둑방길 내달릴 때 웃자란 억새풀 뒤척이고 뒤척이고……. 발목 붉은 물갈퀴새, 볏 붉은 익룡 화석도 잠든 세월 걷어내고 두 활개 훨훨 치는 비상의 채비한다.

1억년 떠돌던 시간, 거기 머문 자리에서.

함하는 동시에 기존의 관습적인 사고에서 벗어나는 세계관의 대결이라고 볼 수 있다.

한반도 호령하던 그 공룡 어디 갔는가
지축 뒤흔드는 거대한 발걸음 소리
앞 산도 들었다 놓듯 우짖어라, 불의 울음.

저물면서 더 붉게 타는 저녁놀, 놀빛 바다.

우툴두툴 철갑 두른 폭군 도마뱀 왕인가. 파충류도 아닌 것이, 도롱뇽도 아닌 것이, 초식성 입맛 다시며 발 구른다 세찬 파도 밀고 온다. 검은 색조 띤 진동층 지질 아스라한 그곳, 결 고운 화산재・달무리・해조음 뒤섞이고 뒤섞여서 잠보다 긴 꿈꾸는 화석이 되는 것을, 별로 뜬 불가사리도 규화목硅化木 튼실한 줄기도 잠보다 긴 꿈꾸는 화석이 되는 것을……. 깨어나라, 깨어나라. 발목 붉은 물갈퀴새, 볏 붉은 익룡 화석도 잠든 세월 걷어내고 이 강물 저 강물 다 휩쓸어 물보라 치듯 물보라 치듯, 하늘색 풀어내는 힘찬 저 날개짓!

후루룩 수면 박차고 날자 날자 날자꾸나.

―「백악기 여행-우항리 공룡 발자국 화석에 관한 단상」 전문(『땅끝』)

"1억년" 전 '백악기'의 회귀로 펼쳐지는 "공원"에 대한 묘사는 "암석층"의 "화석"이라는 과거시제와 "지축 뒤흔드는" 소리의 "공룡" 출현을 통해 재생된다. "장막 걷듯", "안개 자욱한", "켜켜이 쌓아올린", "잠든 세월", "떠돌던 시간", "머문 자리" 등과 같이 과거를 회상하거나 시간적 의미의 매개로 발화되는 장면들은 단편적인 풍경의 파편 속에서 재구성된다. 실제로 보거나 마주한 적은 없지만, '지금'을 기점으로 한 점층적인 전개 방식을 통하여 역사는 현재와 근접한 것이 된다. 과거를 향한 능동적인 회상은 "하늘색"과 "날자 날자 날자꾸나"의 반복으로 대변되고 있는데, 여기서 희망적인 전언은 현실에서 대처할 수 있는 이상적인 실현이기도 하다. 한편 자주 등장하는 시각적 이미지는 '색色'이라고 할 수 있는데, 그중에서도 7회에 걸쳐 반복되는 '붉은'에 대한 이미지를 빼놓을 수 없다. 붉은색의 의미는 생명에 대한 표식이며, 원초적인 욕망의 표출로서 상기된다. '붉은'이라는 시어의 반복적 사용은 2수와 5수에서 확인할 수 있는데 여기에는 두 개의 시간 의식이 겹쳐있다. 바로 "발목 붉은 물갈퀴새"와 "볏 붉은 익룡 화석"이 "잠든 세월 걷어내고" 날개짓하는 의미의 강화는 역사의 과정을 기록하는 궁극의 시간을 되묻는다.

「백악기 여행-우항리 공룡 발자국 화석에 관한 단상」은 모두 4수로 구성되어 있으며 1수와 3수는 평시조, 2수와 4수는 사설시조로 배치하였다. 1수의 평시조는 과거의 회상이기도 하고 상상의 실현이기도 하다. 여기서 "물새떼 날개짓"하면서 곧이라도 하늘을 날아오를 것만 같은 공룡의 모습을 상상한다. 그러나 3수에서 시적 주체의 시선은 현재를 기준으로 한다. "한반도 호령하던 그 공룡 어디 갔는가"의 물음으로 "앞 산도 들었다 놓듯" "거대한 발걸음 소리"도 다 사라지고 우짖는 "불의 울음"만 남았다. '불'은 빛과 열의 에너지며 생명력이면서 창조력의 상징이다. 그렇지만 이제 '불'은 되돌릴 수 없는 시간을 의미한다. 1수와 3수의 평시조에서는 시를 전개해가기 위한 지배적인 인상을 심어주지만 시적 대상에 대한 심리적 거리는 멀게 느껴진다. 그러나 2수와 4수의 사설시조에서는 대상과 인식주체 사이의 거리가 가깝게 밀착된다. 더욱이 피상적인 인식에서 벗어나 서경적敍景的 시점으로 이동하면서 작품 전체의 풍경에 주목한다. 2수는 각각의 이동 시점이 하나의 패턴을 만들고 있다. 예컨대 물벼룩→호숫가

→암석층→아기공룡→억새풀과 같이 고정 시점을 이동시키면서 연상적 배치를 가능하게 한다. 그에 반해 4수는 공룡을 "철갑 두른 폭군 도마뱀 왕"으로 등장시킴으로써 순간적인 인상을 감각적으로 전달하는 효과를 얻는다. "검은 색조 띤 진동층 지질", "결 고운 화산재·달무리·해조음" 뒤섞인다는 지리적 특성의 열거는 대상에 대한 정보전달의 기능을 하는데, "긴 꿈꾸는 화석"의 정황을 드러내기 위한 암시적 묘사에 가깝다. 이렇듯 인용시에 포함된 생략, 점층, 반복 및 같은 '수首'에서 여러 번 급변하는 억양의 변화는 심리적 운율감과 연결되고 있다. 산문적 이야기시의 함축적이고 은유적이며 상징적인 것들은 '단어'에서 '문장'으로, 나아가서는 '문단'으로 긴밀하게 조직되어 리듬을 실현시키는 중요한 역할을 한다.

그리움도 한 시름도 발묵潑墨으로 번지는 시간
닷 되들이 동이만한 알을 열고 나온 주몽朱蒙
자다가 소스라친다, 서슬 푸른 살의殺意를 본다.

하늘도 저 바다도 붉게 물든 저녁답

비루먹은 말 한 필, 비늘 돋은 강물 곤두세워 동부여 치욕의 마을 우발수를 떠난다. 영산강이나 압록강가 궁벽한 어촌에 핀 버들꽃 같은 여인, 천제의 아들인가 웅신산 해모수와 아득한 세월만큼 깊고 농밀하게 사통한, 늙은 어부 하백河伯의 딸 버들꽃 아씨 유화여, 유화여. 태백산 앞 발치 물살 급한 우발수의, 문이란 문짝마다 빗장 걸린 희디흰 적소謫所에서 대숲 바람소리 우렁우렁 들리는 밤 발 오그리고 홀로 앉으면 잃어버린 족문 같은 별이 뜨는 곳, 어머니 유화가 갇힌 모략의 땅 우발수를 탈출한다.

말갈기 가쁜 숨 돌려 멀리 남으로 내달린다.

아, 아, 앞을 가로막는 저 검푸른 강물.

금개구리 얼굴의 금와왕 무리들 와 와 와 뒤쫓아오고 막다른 벼랑에 선 천리준총 발 구르는데, 말채찍 활등으로 검푸른 물을 치자 꿈인가 생시인가, 수천 년 적막을 가른 마른 천둥소리 천둥소리…. 문득 물결 위로 떠오른 무수한 물고기, 자라들, 손에 손을 깍지 끼고 어별다리 놓는다. 소용돌이 물굽이의 엄수를 건듯 건너 졸본천 비류수 언저리 오녀산성에 초막 짓고 도읍하고, 청룡 백호 주작 현무 사신도四神圖 포치布置하는, 광활한 북만北滿 대륙에 펼치는가 고구려의 새벽을….

둥 둥 둥 그 큰북소리 물안개 속에 풀어놓고.

—「주몽의 하늘」 전문(『주몽의 하늘』)

「주몽의 하늘」은 고구려 주몽朱蒙 신화를 차용하여 창작하였다. 영웅적 면모를 극대화하여 주몽의 서사를 재현하고 있는 인용시는 서술성을 바탕으로 신화적 시간과 예술적 시간을 상호 대립적으로 펼쳐보인다. 이때 신화는 시간의 안과 밖을 넘나들면서 해체되고 재조립되는 시간으로 변모하게 되는데, 모방은 이제 상호 혁신을 통한 새로운 차원의 시간으로 해석된다. 윤금초는 주몽 신화에 주목하면서 주몽이 고난과 역경을 극복하고 고구려를 건국하기까지의 과정을 박진감 넘치는 방식으로 점증시킨다. 신화의 창조적 변형을 서술적인 이미지로 복원함으로써 주몽의 신성한 능력이 정당성을 얻게 된다. 이때 시적 긴장감은 현재적 감각과 잠재적 감각 사이에서 복원되는 이미지다. 윤금초 시조에 나타나는 서술성은 파격적인 언술방식을 주도하면서 시조다움을 구현함과 동시에 현대적인 접근 방식에 대해 고심한다. 특히 윤금초가 구사하는 옴니버스시조는 탈脫서정이 아니라 서정의 개척을 꾀하려는 시인의 창조적 진로의 결과라는 점에 주목된다.

1수에서는 "동이만한 알을 열고 나온" 주몽의 탄생설화와 "서슬 푸른 살의殺意"라는 적대 세력의 존재를 보여줌으로써 갈등을 조장한다. 2수에서는 "어머니 유화가 갇힌 모략의 땅 우발수를 탈출"하는 주몽의 모습을 '장'과 '구'의 구별 없이 풀어내고 있으며, 3수에서는 "금개구리 얼굴의 금와왕 무리" 쫓아와도 굴하지 않고, "졸본천 비류수 언저리 오녀산성에 초막 짓고 도읍"을 세우며 고초와 위기를 극복하는 주몽의 모습을 그려낸다. 이로써 "고구려의 새벽"을 지키는 주몽의 영웅 일대기를 보여주고 있다. 인용시 또한 평시조 한 수와 두 수의 사설시조가 결합된 옴니버스시조이다. 윤금초는 1수의 평시조에서 "그리움도 한 시름도 발묵潑墨"으로 번진다고 이야기하며 "알을 열고 나온 주몽"의 이미지에 시선을 집중한다. 그러나 2수와 3수의 사설시조에서 그는 서술적 구조의 통로를 열며 문장의 긴장감과 긴밀함을 찾고자 했다. 여기서 "유화여, 유화여", "우렁우렁", "아, 아", "와, 와, 와", "둥둥둥"과 같은 청각적 이미지는 과거와 현재를 이어가는 영속성을 확보하며, 기억과 시간에 대한 담론에 동적이고 입체적인 의미를 부여한다. 윤금초 시조에 나타나는 산문율은 문화적 배경의 결합이 더해져 담화의 효과적인 깊이를 제공한다. 주몽 설화에서는 신화의 기원과 역사의 신성화라는 모티브를 탐구하면서 자신의 언어적 본질과 감각을 구체화시켰다. 이때 원초적인 시간의 개념은 과거의 시간을 현존으로 그대로 옮겨옴을 뜻하는 것이 아니라 의식과 무의식적인 경계를 무너뜨리고 새로운 질서가 새로운 세계를 만든다는 실천적인 의미를 함의한다. 윤금초는 외부 세계로부터 전해져 내려오는 역사적 · 신화적 이야기를 수용하고 통합하면서 시조의 의미론적인 심층 세계로 진입하고자 했다. “이야기를 통한 시화는 엘리엇의 유명한 ‘객관적 상관물’처럼 시인이 효과를 획득하기 위해 채용할 수 있는 서정 장르의 한 요소 또는 장치”[55] 라고 할 수 있다. 그는 옴니버스시조의 형식적 변주를 통하여 서사적 요소의 자유로운 도입을 시도하고 산문적 형태의 불규칙한 리듬에서 사회 변화와 내적 체험의 주관적 표출을 가능하게 한다.

실여울 잡았다 놓는 몇 그루 미루나무
강물에 거꾸로 잠긴 긴 머리채 헹궈낸다.
ㅎ ㅎ ㅎ 매복한 바람이 낮은 포복 산을 긴다.

독毒으로 말한다면 이보다 더한 맹독 있을까.
천야만야 고드름 잔등 톡 톡 톡 분질러놓고
이 강산 돌림병 돌듯 꽃물 들이는 봄의 혀.

잎철 먼저 당도하여 축전처럼 술렁거리고

넌더리 낸 비가 그어 꽃샘잎샘에 슬픈 듯 슬픈 듯 이따금 날개 접질린 새같이 휴짓조각 높이 솟구쳤다 곤두박질치고, 요리 밍긋 저리 밍긋 말문 지쳐 뒷짐 진 후엔 만날 입이 구쁜 것인가. 아내는 봄빛 언뜻 스쳐 지나간 듯한 찻맛

55 김준오, 『문학사와 장르』, 문학과지성사, 2000, 69쪽.

을 우려내고, 칼칼한 열무장아찌며 노각나물 한 자밤씩 내다 놓고, 비릿한 세상도 뒤집고 뒤집다 보면 고소로운 깨소금 맛 되는 것을… 더러는 들풀 사이 봄을 성큼 물고 오는 전서구傳書鳩 같은 저 쇠별꽃!

짱짱한 아이 목소리, 그 꽃 위로 줄달음한다.

—「짱짱한, 아이 목소리」 전문(『무슨 말 꿍쳐두었니?』)

이제까지 살펴본, 옴니버스시조에 나타나는 서술적 발화의 의미와 특성을 파악하면서 서정적 미의식을 확보하기 위해서 주체화자와 타자청자 사이의 관계를 명확히 할 필요가 있다. 한 편의 시조를 구성하는 효과적인 주제가 반드시 시적 주체에 의해 의도되었다고 볼 수는 없다. 그러나 시적 주체의 중심 사상과 정서의 적절한 결합은 내면화 과정을 거치면서 주체가 의도하는 방향으로 타자에게 객관성을 전달하는 구조가 된다. 예컨대 이것은 시인이 어떠한 사물에 새롭게 부여하는 이름을 이야기하는데, 지극히 명시적으로 드러나는 것이라 할지라도 텍스트에서 발생된 사물의 이름은 시인의 개별적 언어라고 할 수 있다. 따라서 하나의 텍스트에는 일반적이고 객관적인 고정의 이름과 추상적이고 이상적인 창조의 이름이 함께 부여되는 것이다. 즉 "시인은 예술적 효과를 창조하려는 의도와 관련하여 낱말을 엄밀히 선택하고 이것을 긴밀하게 배치함으로써 세부와 세부, 세부와 전체 간의 유기적 관계를 맺도록 한다. 언어의 선택과 배열은 언어 기호의 형성"[56]인 것이다.

윤금초의 시조는 열린 구조를 지향하면서 개별 시조가 발현해내는 다각

56 오형엽, 『문학과 수사학』, 소명출판, 2012, 21쪽.

적인 의미 구조에 집중한다. 특히 연작시조 형식의 창작을 통해 시조를 증식시키기도 하고, 기존에 선행되었던 문학 텍스트를 일부 차용하거나 부분적으로 패러디하면서 소재를 확장한다는 점에 주목할 수 있다.[57] 그는 시조의 결속 구조와 뒤틀림에서 발견되는 의미론적인 긴장감을 확인하면서 역동적 의미를 재생산한다.

「짱짱한, 아이 목소리」는 유강희 시 「참깻대」를 인용하고 이외수 소설 「칼」을 부분 패러디한 작품이다. 그는 한 편의 시조에 두 편의 텍스트를 교섭시키면서 파생되는 새로운 언어 찾기에 주력한다. 이때 한 텍스트는 다른 텍스트에 대해서 전혀 다른 층위의 의미를 품을 수 있다. 인용시에서 주목하는 화제는 "꽃물 들이는 봄"날의 풍경이다. 더 구체적으로 살펴본다면 봄날의 "꽃 위로 줄달음"하는 "짱짱한 아이 목소리"다. 그러나 "꽃샘 잎샘에 슬픈 듯 슬픈 듯" 술렁이는 시적 주체의 서글픈 감정은 "휴짓조각 높이 솟구"치듯 고달픈 형상이다. 이러한 시적 의미의 해석은 다시 일반화의 과정을 필요로 하는데, 인용시에서 내부적인 정황은 1수와 2수의 평

57 윤금초는 시조집 『무슨 말 꿍쳐두었니?』에서 선행 텍스트를 인용하여 자신의 텍스트에 포함하면서 활달한 패러디 시학을 펼친다. 강신재, 김선우, 김승옥, 김용택, 박민규, 손철주, 송찬호, 이문구, 이외수, 두보, 이솝 등의 시와 소설의 텍스트를 부분 인용하거나 패러디하면서 텍스트와 텍스트 간의 의미론적 긴장감을 만든다. 총 65편의 작품 중 인유와 패러디의 작품은 27편이다. 평시조 10편 「민들레야, 장엄 열반 민들레야」, 「꽃의 적멸보궁」, 「팥배나무 청진기 대기」, 「누이의 달」, 「슬픈 틀니」, 「칠금령 흔드는 새」, 「무슨 말 꿍쳐두었니?」, 「봄 먼저 당도하여」, 「디오게네스 소라게」, 「토란잎 물방울 마을의 아침」, 사설시조 15편 「뜬금없는 소리 2」, 「뜬금없는 소리 3」, 「물너울 뒤척이다」, 「물빛 하루」, 「뜬금없는 소리 6」, 「개오동 그림자」, 「무애동 설화」, 「아직은 보리누름 아니 오고」, 「이순의 산」, 「서울쥐와 시골쥐」, 「슈퍼맨, 코모도왕도마뱀 으쓱한 얼굴로」, 「강 보메 예서 살지」, 「백련꽃 사설」, 「흔들리는 시먹」, 「뜬금없는 소리 14」, 옴니버스시조 2편 「신검」, 「짱짱한, 아이 목소리」가 있다. 시조의 양식적 측면에서 일명 '패러디 시학'을 구사하는 상당수 작품의 형식을 사설시조와 옴니버스시조로 집중하고 있다는 점에 주목하면서 시조의 산문성과 패러디 시조가 함의하는 의미를 짚어볼 수 있다.

시조에서 산출할 수 있다. "ㅎ ㅎ ㅎ 매복한 바람이 낮은 포복"으로 산을 기어가는 모습과 "천야만야 고드름 잔등 툭 툭 툭" 분지르는 봄날의 열림은 "독毒으로 말한다면" "맹독"이나 다름없다. 이를 바탕으로 3수 사설시조의 서술적 발화를 통해 드러내고자 하는 시적 의도를 유추해보자면 이른 봄날 꽃이 필 무렵에 느껴지는 스산한 추위를 만나게 된다. "잎철 먼저 당도하여" 준비되지 않은 시간 속에서 "봄을 성큼 물고 오는 전서구傳書鳩 같은 저 쇠별꽃"은 타자에게 상황적 객관성을 담보하는 단서를 제공한다. 더불어 '잡았다 놓는', '낸다', '긴다', '말한다면', '분질러놓고', '솟구쳤다', '박질치고', '지나간 듯한', '우려내고', '내다 놓고', '뒤집다 보면', '물고 오는'과 같이 술어를 중심으로 한 결속 구조에서 시적 주체의 상태나 움직임이 능동적인 이미지로 결속하여 율동감을 일깨우고 있다. 이처럼 윤금초 시조에서 산문적 이야기 요소의 도입은 시 전체의 사실성을 확보해주면서 각각의 명제가 가진 의미와 결속한다고 할 수 있다. 다시 말해 옴니버스시조에 나타나는 의미장의 결속 구조는 주제를 형성하는 관계 속에서 다양한 시조 양식의 배치를 통해 균형미를 유지함은 물론 산문적인 발화 장르가 지닐 수 있는 무미건조함을 지우고 리듬을 강조하는 방향으로 나아간다.

윤금초 시인이 시조라는 그릇을 두고 거듭 강조하는 '환幻'의 사유는 현대적 세기에 부응하는 새로운 표현 양식에 대한 열망이며 갈증이다. 따라서 그가 시대적인 과제를 두고 취하는 능동적인 태도는 '시조'와 '시조 아닌 것'으로부터 오는 상보적 관계를 유지하면서 개방된 체계로 시조의 정격을 파악해보려는 시도이다. 이와 같은 다중적이고 양가적인 태도는 결국 시조라는 장르가 어떤 대상에 대해 말할 수 있는 동시에 말할 수 없는 처지에 놓이는 묘한 주체가 된다는 점에 있다. 특히 그가 시도했던 시조의 장형화는 기존의 시조가 가지고 있던 정격의 형식을 일탈하여 한 편의 시조 속에 여러 갈래의 양식을 결합하는 파격을 제공했다. 윤금초의 시조는 한두 갈래로 정의 내릴 수 없는 광폭의 세계로 행보를 이어가며 이전의 시조와는 다른 의미를 파생시키면서 시조의 낯선 감각을 일깨워준다.

윤금초는 다양한 시조 형식을 모두 아우르는 옴니버스시조를 구사하며 시조의 숨은 잠재력을 끌어올렸다. 가령 시조의 형식적 제약으로부터 탈피하여 열린 세계를 지향하려는 주도적인 움직임은 시조의 혁신을 위한 실천적 조치의 일환으로 볼 수 있다. 따라서 그가 감행한 옴니버스시조는 전통시조가 가지고 있었던 인습, 규율에 반하는 새로운 도전으로 시조 리듬의 가능성을 보여주는 계기가 되었다. 여기서 중요한 것은 혼합 연형시조의 축으로 보이는 산문율 또한 비유와 상징, 함축과 암시 등을 함유하는 고유의 서정 미학을 담보하고 있다는 점이다. 이제 시적 의미의 응집과 해체에 관심을 가지는 시조의 형식 문제는 시조의 의미를 빼놓고서는 이야기될 수 없으며 리듬으로부터 자유로울 수 없다. 특히 윤금초가 구사하는 한 편의 연작시조 속에 여러 형식의 시조가 배치되는 옴니버스시조의 경우 시조의 리듬은 개별적 발현이라는 내적 충동과 연관된다. 이를 통해 결국 시조의 리듬은 시조 장르의 고정된 시형으로부터 숨은 리듬을 복원해내려는 '발견'에서 비롯되는 것임을 확인할 수 있다.

제4장

다양한 형식 변주와 단독성의 리듬

박기섭

보편적으로 리듬은 시적 대상에 의하여 포착이 가능한 외형률과 의미나 구문의 반복이 드러내는 정서적 반응에 집중한 내재율로 나뉘면서 청각에 의해 감지되는 청각률의 범주에서 문제 삼아왔다. 그러나 현대시에서는 리듬의 문제를 이미지의 가능성에서 찾으면서 정서의 덩어리를 하나의 이미지로 환기하였다. 이러한 방식은 기존의 언어를 구성하는 이미지들의 기호를 보여줌으로써 시적 체험을 통해 심미적 체험까지 가능하게 한다. 현대시조의 경우에도 시적 언어와 이미지를 동시에 견지하려는 시각적인 기법을 제시하며 '시각률'의 가능성을 시사하였다. 이는 세상을 바라보는 방식을 시각적 은유의 문제로 살피고 시각화된 이미지와 의미의 결합을 시의 계기로 삼으려는 시인의 태도와 연관된다. 이 같은 문제의식은 기존의 메시지를 그대로 보여주는 것이 아니라 다른 이미지를 첨가하거나 치환하여 대상의 특성을 새롭게 해석해 내는 방식으로 강화된다. "시인의 언어란 함축적 의미connotations가 외연적 의미denotations와 꼭 같이 중요한 역할을 하는 언어"[1]라고 할 수 있다. 이때 시인의 언어는 이미 규정되어 있던 의미작용으로부터 벗어나 이미 존재했던 모든 의미작용과는 차별화되는 새로운 무엇이 된다. 그렇기 때문에 시인은 자신만의 고유한 이미지에 대하여 고민해야 한다. 가령 시에 나타나는 '시각률' 또한 시인의 고유성 측면에서 생각해볼 수 있다. 이는 하나의 상징적 기호를 형상화하는 동시에 시각적인 리듬의 문제로 연결된다. 이때 "시각적 차원에서 리듬은 '시각적 유기화'라고 볼 수 있으며 질서를 다른 각도에서 살펴보면 이것은 하나의 흐름이며 리듬으로써 통합된 유기성"[2]을 갖는다.

이 장에서 살피려고 하는 박기섭은 열린 시의식을 지향하며 현대시조의 변화에 과감한 물꼬를 튼다. 그는 시조의 시각적인 표현과 그 효과에 보다 깊은 관심을 가진다. 예컨대 시조의 '장행'과 '구연'를 의도적으로 시각화하면서 활자가 만들어내는 공간적 포스에서 동적인 리듬을 발견해낸다. 그는 시조의 의미와 형식의 문제에 집중하며 현대시조의 새 시대를 여는 조건으로 네 가지를 제시한다.

> 시조를 어떻게 볼 것인가는 상당히 중요한 문제입니다. 시조의 특징적 요소를 재삼 거론해 보면, 첫째, 시조는 정형률이기 전에 '인간율'이다. 둘째, '정형성 속의 가변성'의 특징을 가져 무한한 가능성과 개성을 담을 수 있는 장르로 결코 닫힌 공간이 아니다. 셋째, 완결의 미학으로 자유시와 변별성을 가진다. 넷째, 자연스러움의 미학이 생명인데, 정형시이기 때문에 이 점은 더욱 중요하다고 요약할 수 있습니다. 시조는 우리말과 우리 정서, 개개인의 취향이나 관심에 따라 얼마든지 새로운 개성의 세계를 열어갈 수 있는 장르입니다.[3]

1 클리앤스 브룩스, 이명섭 역, 『잘 빚은 항아리』, 종로서적, 1984, 9쪽.
2 오병권, 『디자인과 이미지 질서』, 이화여대 출판부, 1999, 48쪽.

박기섭은 전통시조의 극복을 위한 기획으로 현대시조의 개념을 상정하면서 오늘날의 시조 문제를 재정의하고 있다. 이때 전통시조의 개념에는 시조성의 계기가 내재해있는데, 이러한 맥락에서 시조성은 현대시조를 정의하는 가장 기초적인 지표가 된다. 그는 '시조성'의 극복을 위한 전략을 '현대성'에서 찾으며 창조적 주체로서의 통찰을 담고 있다. 가령 박기섭이 말하는 '시조를 어떻게 볼 것인가'의 질문은 현대시조에 대한 폭넓은 정의를 요구하는 것이면서, 동시에 '현대시조는 무엇을 하는가', '현대시조는 어떤 종류의 활동이 되어야 하는가'와 같은 일련의 파생 질문을 유발하는 과정이다. 더 나아가 그것은 현대시조 자체의 분석을 요구하는 것과 다르지 않다. 박기섭은 현대시조라는 개념을 매개로 하여 지난 과거의 전통시조를 성찰하는 작업에서 각각의 토대를 발견하려 하는데, 이는 시조가 "얼마든지 새로운 개성의 세계를 열어갈 수 있는 장르"라는 점에서 촉발되는 문제의식일 것이다.

현대시조는 1970년대 격변기를 지나 1980년대 혁신기에 들어선다. 1980년대는 한국 역사의 변곡과 직결되는 격변기 혹은 과도기로 규정되며, 개방과 자유 등의 키워드로 정의된다. 특히 시조단에서 1980년대는 수적으로도 많은 시인들이 배출되는 시기였다. 이때 개성있는 재능을 가진 시인들의 등장은 시조 문단을 윤택하게 하였을 뿐만 아니라 개인의 고유한 문체를 끌어 올리면서 현대시조의 적극적인 변화를 주도하였다. 더욱이 1980년대는 동인 활동과 더불어 전국 각지로 소규모 모임이 형성되면서 현대시조의 대담한 시도가 돋보이던 시기였다. 주로 영남과 호남을 축으로

3 박희정, 「옹이와 여울의 시학」, 『우리시대 시인을 찾아서』, 알토란북스, 2013, 23쪽.

동인들이 활발한 창작활동을 시작했으며, 더불어 소규모 시조 모임을 형성하면서 창작과정에서 얻어진 작품들로 등단의 문을 두드리는 문학도가 늘어나기 시작했다. 그 결과 1980년대는 1990년대 시조를 부흥기로 이끌어내는 교두보 역할을 하면서 시조의 새로운 사조를 만들어낸다.

1980년대부터 시조 문단의 획기적인 변화를 이끌었던 박기섭은 시조의 의미와 형식 혁신을 위하여 치열한 응전을 펼쳤고 시조의 제재, 주제, 기법 등을 기반으로 하여 형식적 모험을 구체화하였다. 특히 박기섭의 시조는 '보기'와 '보여주기' 차원에서 시각적 힘을 입증하는 미학적 추동이 되었다. 이때 강조되는 시각 은유는 두 개 이상의 이미지를 하나로 결합하여 새로운 의미를 생성해낸다. 박기섭은 경험과 체험을 통해 인식되는 공상적이고 창조적인 생각을 시각적으로 형상화함으로써 시조의 관습적인 틀을 깨고 활성의 에너지를 주도한다. 그리고 이것은 리듬의 문제를 본격화한다. 이러한 맥락에서 박기섭은 시대의 변화에 따른 사회적 현상을 시적 표현의 시각화 문제로 발전시키면서 시조의 내적·외적인 형식을 새롭게 해석해낸다. 그는 언어의 의미와 대상의 '형形'에서 발현되는 상호관계의 기능을 관철하고 다채로운 형식을 주도하면서 시조 형식의 폐쇄성이 지닌 한계점을 극복해내려 한다. 이때 언어의 특수한 용법에서 차이 발생의 괄목할 만한 단서를 찾는다는 점은 시조의 새로운 활로를 개척하는 그만의 시도인 것이다.

박기섭이 모색하는 시조의 미의식은 결국 '종장'에 대한 관심으로 수렴된다. 그에 따르면 '종장'은 시조의 본질적 구조가 지닌 규칙과 억압적 강제로부터 해방되는 자유의 순간에 가깝다. 그에게 시조는 할 말이 없어서 짧아진 시가 아니라 할 말이 너무 많아서 짧아진 시이며, 그것이 또

압축미를 드러내는 시조의 종장인 것이다. 결과적으로 시조는 억압적인 강제로부터 해방되는 절대적 자유라고 할 수 있다. 이 장에서는 전통시조의 이해 지평을 해체하고 현대시조의 확산과 모색의 변화에 연관된 본질적인 질문들을 유발하면서 현대시조의 시적 잠재성을 밝히는데 목적이 있다. 이를 통하여 시조의 리듬을 정태적으로 파악해내는 기존의 관점을 재고하려 한다.

1. 시각적 은유와 '정형률定型律'의 전위 가능성

박기섭 시조에 나타나는 뚜렷한 특질 중 하나는 시각화된 이미지다. 그는 시조를 '문자예술文字藝術'로 이해하며, 시조 형식의 가치와 가능성을 탐색하는 실험을 통해 언어의 함축된 힘을 보여준다. 가령 시조에 형상화되는 이미지의 구조를 직시하며 다양한 의미의 층위를 만들어낸다. 이때 이미지는 단조로운 세계에 다층적 의미를 적층시켜 입체성을 드러낸다. 박기섭의 시조는 문자예술과 조형예술의 경계에서 미리 계산된 이미지의 중첩으로 중의적인 의미 담기에 집중한다. 시적 소재를 단순화하거나 기호화해 전달하고자 하는 메시지를 새로운 그림문자로 창조하기도 한다. 그는 시적 대상이 지닌 형태, 움직임, 구조, 색, 소리 등의 객관적인 개념을 해체하거나 조합하여 비가시적인 추상적 의미까지도 표출해낸다. 이처럼 박기섭 시조의 조형성에서 빚어지는 비선형구조는 시간과 공간을 넘나들면서, 유동적인 자리를 시각화하려는 시도로 나타난다.

따라서 박기섭의 시조에서 시적 언어는 더 이상 시조 형식으로서의 의미가 아니다. 그는 언어를 하나의 재료로 인식하고 의미론적 지평으로부터 부단히 벗어나려는 모험을 감행한다. 그의 시조에서 보여주는 탈구조화된 실험적 요소는 시조 정형의 규율을 일탈하는 동시에 시조의 비관습적인 지각 경험을 도와주는 역할을 한다. 시조의 '장'이나 '구'를 시각적인 효과를 고려하여 자유롭게 배열하면서 유희적인 효과를 강조하는 것이다. 어떠한 움직임이 적당한 간격을 두고 반복되거나 변화하는 모습을 보일 때 우리는 시각적인 리듬감을 느끼게 되는데, 그의 시조에서 내용이미지과 형식활자 배열은 한 방향을 향해 직시된다. 중요한 것은 이 과정에서 시적 의미를 반전시키거나 혹은 배가시키는 역할이 함께 연관성을 맺는다는 점이다. 그것은 박기섭 시조가 시각적 유기화를 통하여 미학적 특이성을 확보하는 방식일 뿐만 아니라, 새로운 시조 양식을 도모하는 실천적 운동으로 기능하고 있다.

길섶
두엄더미나
뻘밭 속을 지나온 비
온 마을 물웅덩이 곳곳을 돌아다닌다
그 빗속
자욱한 부유,
하루살이 한 떼의 집

냇둑
한 모서리를

냅다 잡아당기면

여윈 들판이 바싹 산턱에 다가앉고

빗발에 좌르르 밀리며

와글거리는

물안개

—「점묘」 전문(『默言集』)

2수로 구성된 「점묘」는 시조 고유의 3장 배열이 아닌 의미 단위의 '마디음보'와 '구'로 분절되어 있다. 인용시의 주된 소재는 '비'라고 할 수 있는데, 이때 비는 고정되지 않은 유연한 동작으로 시각화된다. 예컨대 "뻘밭 속을 지나온 비"와 "그 빗속", "빗발에 좌르르" 밀리는 비의 속도를 시각적으로 형상화한다. 박기섭은 음절수를 늘리고 줄어들게 하면서 요철을 통해 활자의 배열을 새롭게 한다. 이러한 파상 배열은 빗물이 흩날리는 모양을 움직임으로 표현한 것이다. 점을 찍어 묘사하는 그림을 말하는 '점묘'는 분할주의分割主義 수법을 말한다. "와글거리는 // 물안개"는 기체 상태의 수증기를 떠올리게 하는데 이것은 공기 중으로 이동하는 과정을 시각화한다. 눈에는 보이지 않지만 박기섭은 이 형상을 아주 작고 세밀한 점으로 표현하는 것이다. 박기섭은 점묘의 특성에 주목하면서 비가 내리는 동작의 불규칙한 호흡을 점묘의 점으로 조절한다. 여기서 규칙적인 이미지 대신 연속적인 점묘의 배열로 유동적인 동선을 그리는 그의 시조는 화면 안에서 강조할 부분과 절제할 부분, 혹은 동세와 흐름의 구조에 민감하게 반응하여 조형성에 대한 선명한 해석을 요구한다. 시의 구조적인 의미를 확산하면서 분위기가 고조되는 지점에는 시조를 장별로 배열하여 빗물이 낭창거리는 모습을 언어의 유연성으로 입증하였고, 다시 비의 속도가 줄어드는 모습은 시조를 마디음보 혹은 구별로 배열하여 "자욱한 부유"와 "물안개"에 대한 인상을 부각하면서 시조의 가독성까지 고려하는 태도를 보인다.

점묘화는 점의 크기, 배치, 방향성 및 점의 조밀도에 따라 평면의 화폭 속에 곡면, 음영을 만들어낼 수 있다. 형태를 이루는 점들이 서로를 끌어당겨 색감, 형상, 깊이의 복합적인 층위로 입체감을 표현하는 것이다. 마찬가지로 박기섭이 '점묘'라는 회화적 양식을 통해 드러내고 싶었던 것은 의미론적 축에 의해 증대되는 '형形'에 다름없다. 여기서 시각적인 '형形'은 어떠한 인식에서 비롯되는 하나의 기호체계가 된다. 박기섭의 시조 속에 드러나는 기호체계는 시적 대상의 내부 공간을 포함하는 '형形'의 윤곽이면서 눈으로 지각할 수 있는 이미지의 또 다른 속성이다. 다시 말해 그의 시조에서 "일정한 공간을 점유하고 질서 있게 늘어서 있는 활자들의 이어짐"[4]을 통해 우리는 '시각률'을 느끼게 되는데, 이것은 다시 리듬의 문제와 연결된다.

작열하는 태양열로 달구어 낸 야성의 뿔
저리 검고 눈부신 아열대의 우림 속을
오 시방 진흙 뻘물 게우며
솟구쳐 오르는

4 강홍기, 『현대시 운율 구조론』, 태학사, 1999, 307쪽.

들소!

—「시편 · 1—힘에 대하여」 부분(『默言集』)

박기섭은 초기시집에서부터 시각적인 표현 양식에 꾸준한 관심을 드러냈다. 그는 시조라는 정격을 공시적으로만 감각하는 것이 아니라 통시적으로 파악하고자 했으며, 기존의 사고방식이나 세계관을 더욱 본질적인 문제의 토대 위에 놓을 것을 강조한다. 따라서 그의 시조에 드러나는 '시각률'의 유동적인 리듬은 시인이 선택하는 심리적 요구의 반영이자, 숨겨진 의미 찾기다. 「시편 · 1—힘에 대하여」에서는 남성성의 강인함이 발견되는데, 이것은 "뿔"의 저력을 통해 확인할 수 있다. 격앙되어 있는 시적 주체의 목소리를 종장의 제4마디음보 '들소!'라는 시어를 단독으로 배열하면서 활자의 크기를 키웠으며, 느낌표까지 이어 붙여서 강조점을 더하고 있다. 이는 분행된 행의 끝에서 잠시 호흡을 멈추게 하는 효과를 부른다. "작열하는 태양열"과 "야성의 뿔", "아열대의 우림" 속에서 "솟구쳐"오른다는 들소의 힘은 점층적인 열거 방식으로 서술되다가 들소가 전하는 힘의 무게를 가장 아래로 내려 붙이면서 공간상의 배열까지 의식한다. '들소'의 독립적인 분행은 시각적으로 낯선 리듬감을 생성하면서 몰입도를 높이는데, 이 역시 강대한 힘의 상징인 '들소'를 시각화한 것이며, 내적 심리 현상을 반영한 의미강조라고 할 수 있다. 여기서 '굵은 고딕체'[5]의 활자 표기는 이미지의 주목성을 높이는데 이미지의 강도에 따른 강조점이 강렬한 여운과 깊이를 더한다.

---

5 강홍기는 "① 다른 종류의 문자를 혼용 표기한다든지 ② 활자의 字體를 달리한다든지 ③ 활자의 크기를 변화있게 배열함으로써 보다 효과적으로 드러나는 시각적 리듬 현상을 混字律"로 설명하였다(강홍기, 『현대시 운율 구조론』, 태학사, 1999, 310쪽).

남도잡가의 구겨진 치마폭처럼 가을은 오고

나의 센티멘털보다
떨리는 몸짓으로

바람에 할퀸 낮달이
빈 수레를
끌
  고
    있
      다

—「입추」 전문(『비단 헝겊』)

가을이 시작되는 절기 「입추」에서는 "센티멘털"한 분위기가 감돈다. "남도잡가의 구겨진 치마폭처럼" 일그러지는 "몸짓"은 가을날의 공허함을 배가시킨다. 특히 종장의 제4마디음보에서 "빈 수레"를 '끌고있다'의 조형적인 분행이 눈에 띈다. 가을 "바람"이 가슴을 할퀴듯 스산한 마음을 더 움츠리게 한다. 인용시에서는 시어가 가진 기본적인 의미 단위에 시각적인 형태의 배열까지 더하여 시조의 전반적인 주제를 효과적으로 전달하고 있다. 따라서 동사 "끌 // 고 // 있 // 다"는 아래쪽에서 위쪽으로 끌려 올라오는 파상 배행으로 재해석되어 공간상에 입체성을 더한다. 하나의 마디음보로 구성된 각각의 글자를 한 글자씩 분절하여 4행으로 나눠 쌓아 올리면서 시적 짜임새를 강조하는 것이다. 여기서 주목할 부분은 '쌓기'의 운동성이다. 박기섭은 '행'을 끊어내는 동시에 쌓아 올리면서 의미상의 맥락을 분명히 하고 있는데, 이때 힘의 방향은 낯선 움직임의 반대항으로 표출된다. 예컨대 박기섭이 추구하는 운동성은 미적 자율화의 길항 관계로 얽혀 있다. 가을을 알리는 절기인 '입추'를 시작으로 서늘하게 부는 바람은 보편적인 리듬의 문제를 포섭하면서 계절의 변화를 알리는 긴박감을 전달한다. 결국 박기섭의 시조에 나타나는 '시각률'은 시각적 정보와 언어적 정보를 떼어놓고 생각할 수 없다. 그는 언어적 정보의 이해를 바탕으로 언어적 명시성을 의식하면서 시각 은유의 주체자로서 전략을 펼친다.

칼

날이

닿기 전에

수박은 자복한다

붉게 잘 익은 음모

백일하에 드러내며

새까만

죄의 씨앗을

낱·낱·이

밸—아—낸—다

—「수박을 쪼갠다고?」 전문(『默言集』)

「수박을 쪼갠다고?」에서 주목되는 것은 초장과 중장의 점층적인 의미 구조다. 수박을 가르는 행위를 통해 박기섭 특유의 존재론적인 상상력이

동원된다. 박기섭은 '수박'과 '칼'이라는 일상 언어의 도입으로 각각의 단어가 품고 있는 의미를 시각적으로 표현하였다. 이를 통해 "칼 // 날이 // 닿기 전"의 긴장감은 행가름을 통해 효과가 배가되면서 독특한 리듬으로 발현된다. 수박은 이제 기존의 관습적인 수박과는 다른 양상을 띄게 되는데, 이때 박기섭은 두 가지의 이미지를 하나로 결합하여 새로운 의미를 구사해낸다. 그는 "자복"하는 수박의 외형을 "붉게 잘 익은 음모"를 연상하게 하는 이미지와 결부시킨다. 비로소 "새까만" 수박씨를 감싸듯 일상적인 오해와 진실을 따져 묻는 "죄의 씨앗"을 "낱·낱·이 // 뱉—아—낸—다". 박기섭은 '죄'를 뱉어내는 행위를 통해 허울을 벗어 버리고자 하는 주체의 의지를 드러낸 것 속에 드러내지 않은 것, 감춘 것 속에 감추지 않은 것으로 치환한다. 그는 사건, 감정, 관념과 같은 지속적인 심리 현상의 이중적인 면모를 시각적으로 보여주고자 했다.

백자

항아리에한움

큼꽃을꽃는다순간

항아리는항아리가

아니다섬뜩한

파열음을안고

변질하는

그고고의

투명

—「백자」 전문(『默言集』)

박기섭 시조에 나타나는 '시각률' 즉 '시각 은유'[6]는 언어적 정보에 새로운 이미지를 더하거나 대체하여 시가 품고 있는 메시지를 보다 빠르게 이해하며 감정의 반응을 이끄는 방식이다. 그는 시조 형식의 변화 과정을 꾸준히 탐구하면서 '활자성'[7]에 관심을 가지고, 시조가 내포하는 율동적 구조를 리듬으로 파악하였다. 이러한 흐름은 자연스럽게 읽는 시조, 관조하는 시조로의 전환을 이끌면서 감각이 살아있는 시조 표현의 가능성 차원으로 틈입하였다.

「백자」는 항아리의 형태를 고의적으로 모사模寫한 구체시다. 동양 미학의 정수라고 할 수 있는 항아리의 유려한 곡선은 시각 기호로서 조형적인 분행과 분절을 극대화하였다. 박기섭은 시조의 주제에 맞게 사물 그대로의 모습을 담아냄으로써 시각적 공감을 불러일으키는 데 초점을 맞추고 있다. 이것은 한 폭의 정물화처럼 그려져 있다. 회화적인 시행의 배열은 시조의 진행 속도인 호흡에 영향을 받았다기보다 백자의 형태 그 자체를 조형적인 형상으로 구축해내기 위해 '행'으로 부각하였다. 이러한 언어적 표현은 시각적인 공간 속에 나타나는 조우에의 열망이 특유의 시적 언어로 연출화된 것이다. 박기섭은 화폭에 그림을 담듯 문자를 펼치거나 모으면서 '이미지즘imagism'적인 시의 상상력을 요구한다. 이때 시적 어휘의

---

6 조지 레이코프와 마크 존슨(George Lakoff · Marc Johnson)은 우리가 잘 의식하지 못하는 사이에 우리의 시각을 구성해주는 것이 은유라고 설명하며, "우리의 사고를 지배하는 개념들은 우리가 지각하는 것, 우리가 이 세계 안에서 살아가는 방식, 그리고 다른 사람과 관계를 맺는 방식 등을 구조화 한다"고 했다(G. 레이코프 · M. 존슨, 나익주 · 노양진 역, 『삶으로서의 은유』, 박이정, 2006, 21쪽).

7 "활자성(type-ness)이란 언어가 활자로 인쇄되었을 때 가지게 되는 형태적인 인상 및 물성에 대한 관심이다. 즉 활자가 가진 고유의 표현적인 성질이자 활자가 모여 이룬 텍스트 전체의 형태와도 관계가 있다."(안상수, 「타이포그라피적 관점에서 본 李箱 시에 대한 연구」, 한양대 박사논문, 1995, 67쪽)

분절도 시조 고유의 마디음보라는 원형을 깨면서 정형이라는 제한된 구속으로부터 벗어난다. 박기섭은 시적 대상을 좀 더 객관적인 심상으로 감지하고 싶어한다. 이러한 우회로의 성찰은 인쇄문자라는 평면의 한계를 뛰어넘어 감각하고 싶은 대상에 대한 무의식적 욕망에 공간성을 부여하는 방식으로 발현된다.

그러나 '이미지즘'에 집중된 새로운 시조-쓰기의 발로는 시조의 형식을 위태롭게 하거나 무의미하게 만들 수 있다. 가령 「백자」의 경우, 율독의 차원에서 호흡의 휴지休止가 자의적이고 가변적으로 나타날 수밖에 없다. 비통사적인 분행과 띄어쓰기 없이 쓰이고 있는 시어의 불규칙한 형태는 일정한 규칙을 내포하는 시조의 마디음보를 벗어나면서 모순을 떠안게 된다. "한움 // 큼", "항아리가 // 아니다", "섬뜩한 // 파열음을안고"와 같이 의미상의 맥락이 다음 '행'에 걸쳐지게 함으로써 되려 역설적인 의미를 강조하고 있다. 이러한 추상의 흔적은 시어의 의미를 이어받는 다음 '행'의 호흡에서 다의적이고 복합적인 리듬감을 형성한다. 단시조로 구성된 「백자」를 율독 혹은 통사적 구분에 따라 4마디음보로 나누어보면 "백자 / 항아리에 / 한 움큼 / 꽃을 꽂는다 // 순간 / 항아리는 / 항아리가 / 아니다 // 섬뜩한 / 파열음을 안고 / 변질하는 / 그 고고의 투명"으로 읽을 수 있다. 이러한 4마디음보 리듬이 백자의 외형적 형태로 변모하면서 불안정하고 급박한 호흡까지 포괄해내고 있다. 그러나 불균등한 통사적 배분을 안정적이고 균형 잡힌 백자의 몸체 속에 구현해냄으로써 정서적이고 심미적인 공감성을 형성한다. 이때 박기섭은 '시조는 어떤 목적에 따라야 하는가'와 같은 질문을 유발함으로써 시조에 대한 분석을 요구하고 있다.

한 이 통 리 는
순 박 마 는 장
간 히 냥 구 쾌
에 는 일 겨 한
항 세 거 서 저
하 상 에 패 힘
사 한 구 대 의
의 낱 겨 기 난
못 깡 버 치 장

—「소나기」 전문(『默言集』)

시어의 분행 및 분절은 박기섭만의 논리적인 법칙으로 재구성되면서 일종의 '포멀리즘形式主義, formalism' 형태로까지 접근해나간다. 이때 시적 이미지는 상징적 시각언어가 되어 시조와 회화의 결합 가능성을 본격화하는데, 이와 같이 박기섭 시조 전반에서 확인할 수 있는 시행 배열에 대한 관심은 단어와 의미를 강조하므로 즉시성이 있다. 박기섭에게 시조는 '미美'를 창조하는 언어예술이며, 여기서 '미美'란 상징적인 조형성을 바탕으로 한다. 요컨대 언어가 모든 예술의 창조적 '미美'로서 성립된다면 "문학관과 언어관의 차이에 따라 문학과 언어에 대한 태도는 다양하게 나타나며, 이것은 문학이 언어예술인 이상 문학의 세계에 언제나 열려있는 가능성이요 자유"[8]라고 할 수 있다. 박기섭 시조에 나타나는 언어예술은 시어

8 김준오, 『시론(제4판)』, 삼지사, 2017, 56쪽.

가 의미의 본체로 자리하면서 의미는 미적 자유 이론의 원리를 촉구하며 적극적이고 창조적인 기능을 격상시키는 방식으로 탐색된다. 그러므로 박기섭 시조의 실험적 시도는 "시적 재료로서의 시어가 언어에서 다 보여주지 못하는 한계를 회화에서 찾아내고 시각적 언어로의 시어망을 확대"[9] 한다는 필연성을 담보할 수밖에 없다. 다시 말해 시조의 시각화된 언어는 시조 정형의 고정된 율격을 무너뜨리는 동시에, 시조의 틀형식이 더 이상 고정된 표현 매체로서의 언어에 의존하지 않겠다는 의지로 비친다.

인용시에서 갑자기 쏟아지는 소나기를 빗물이 날리는 모양으로 배열한 것은 소나기라는 시적 뼈대와 질서를 재생성하면서 시조 공간상의 구성 및 단락 배열에 대한 관심을 증대한다. 여기서 사선이라는 소나기의 시각적 이동은 시조의 규칙화된 한계를 뛰어넘는 활달한 리듬감을 구성해낸다. "한순간에 항하사의 못이 박히는", "구겨서 패대기치는", "장쾌한 저 힘의 난장"은 사선의 역동성에 힘을 싣는다. 그런 점에서 이제 시조는 '읽는-시'에서 읽고 '보는-시'의 입체적 개념에 도달하여 외연적 담화의 감수성인 공감각적 자극을 불러일으킨다. 박기섭 시조에 나타나는 '보는-시'에 대한 관심은 기존 시조의 기호체계를 뒤엎는 파격인 것이다. 더군다나 고정된 형식이 정해져 있는 시조의 경우에는 더욱이 시조의 경계로부터 일탈하는 현상이므로, 언어라는 질료 그 자체에 대한 물음을 제기할 수밖에 없다. 박기섭의 시각 은유는 언어의 기능보다 더 깊은 의미로 확장하면서 시조라는 장르적 외연을 무너뜨린다. 심지어 그는 도상적인 비언어적 기호를 바탕으로 새로운 기호체계를 창조하는데, 기호가 지칭하는

9 이유진, 「시각언어로 표현한 현대시의 시각은유 분석」, 서울산업대 석사논문, 2008, 12쪽.

세계가 또 다른 기호로 연결되어 기호의 내적인 언어관을 구체화한다. 이때 기호는 그것 자체만을 지칭하는 것이 아니라 너머의 세계까지 함께 지향하므로 하나의 의미로 수렴되지 않고 끊임없이 미끄러진다.

고두이던살　　　　　다는놓을길
떠　　　　　　　　　　원
난　　　　　　　　　　여
녹　　　　　　　　　　에
슨　　　　　　　　　　끝
물　　　　　　　　　　지
펌　　　　　　　　　　가
프　　　　　　　　　　감
에　　　　　　　　　　은
낮　　　　　　　　　　굽
뻐꾸기울음만이무시로건너와서휘

—「빈집」 전문(『키 작은 나귀 타고』)

이미지는 어디까지나 감각의 소산이다. 「빈집」은 선명한 이미지를 창조하여 공간이라는 인식의 장소를 눈앞에 제시한다. 그는 이농현상으로 방치된 농촌 현실의 비애감을 상징적으로 드러내고자 '빈집'을 시각화하였다. 박기섭이 감각하는 빈집은 개별적이고 독자적인 특징을 지니는데, 그는 눈에 보이는 순간적인 인상을 형식에 대한 고민으로 이어갔다. 이때 감각은 "개별자로서의 감각만이 있을 뿐이며, 그것들을 유개념감각과 보편적 실체감각되는 것, 곧 사물"[10]로 쪼개는 것은 불가능하다. 따라서 구체와 추상, 공간성과 시간성이라는 대립적인 두 항이 자연스럽게 결합하기 마련이다. "살던 이 / 두고 떠난 / 녹슨 / 물 펌프에 // 낮 뻐꾸기 / 울음만이 / 무시로 / 건너와서 // 휘 굽은 / 감가지 끝에 / 여윈 길을 / 놓는다"로 풀어질 수 있는 단시조는 안정적인 율격체계를 갖추고 있다. 반면 시각성의 강조를 위하여 이미지에 집중하고 있는 인용시는 비어있는 중심으로서의 '빈空' 형상을 직시한다. 박기섭의 감각적인 사유는 이제 마음속의 이미지로 형상화되어 조형 언어의 '자간율'[11]까지 동원한다. 당연히 시적 대상의 근본적인 마주침은 활자의 밀착과 이어짐이 만들어내는 휴지적 공간 속으로 진입하면서 텍스트의 시작과 끝, 가로·세로의 외곽이 구축하는 창조적인 공간으로 탄생된다.

박기섭은 1990년에 발행한 첫 시집 『키 작은 나귀 타고』에서 9편의 「추상」 연작 시조를 발표했다. 그는 단순화된 사각의 형태로 내면의 인상을 재구상하고 시조를 수직·수평의 평행형으로 표현하면서 패턴 언어를 발굴하였다. 그는 회화적 상상력에 관심을 보이면서 일관되게 전통시조에서 오는 표현 양식의 한계를 뛰어넘으려 했다. 요컨대 문자를 통해 포착되는 점, 선, 면과 같은 조형요소가 시적 대상을 재현하기 위한 도구가 아닌 그것 자체에 내재된 이미지의 표상이라고 믿었다. 그러한 판단은 기존 시조의 선형구조에서 벗어나 시적 대상이 하나의 공간 속에서 관계 맺는 시각화와 연결지어 언급할 필요가 있다고 보면서 '시각률'의 적극적인 도입

10 권혁웅, 『시론』, 문학동네, 2010, 530쪽.
11 "'활자'와 '활자 사이의 공간'이 만들어내는 시각적 리듬 현상을 자간율이라고 명명한다."(강홍기, 『현대시 운율 구조론』, 태학사, 1999, 308쪽)

을 시도하였다. 시조의 정격에 가해지는 균열을 직시함으로써 취하게 되는 박기섭 시조의 정체성은 마치 하나의 수수께끼와 같은 기호체계로 존재한다. 그중에서도 '추상'이 지시하는 기억은 일련의 조직화된 횡포처럼 연속 배치되고 있다.

①

분지에날아온북
구라파의기러기
떼처럼그들은댐
으로가물수제미
를뜨곤한다희디
흰작위의복사뼈
감추어도보인다

—「추상 1」 전문(『키 작은 나귀 타고』)

②

키작은나귀타고예수
가가고있다연신갓끈
을죄며뒤따르는베드
로는객줏집몇잔의술
에너스레를놓고있다

—「추상 2」 전문(『키 작은 나귀 타고』)

③

입동절엔핀

셋을든늙은

의사생각난

다아픈미열

이탈지면에

묻어나고누

군가창밖에

와서잔기침

을쏟고있다

—「추상 3」 전문(『키 작은 나귀 타고』)

④

말을탄말갈족

들이연해주쪽

으로가고있다

먼두만강엔몇

개목창이꽂히

고찢어진북채

는하나강기슭

에버려져있다

—「추상 5」 전문(『키 작은 나귀 타고』)

⑤

왕조의먹물이번진

저지창미닫이가에

남아퍼런멍자국을

죽지에나파묻은채

더러는슬픈목안이

목비틀고앉아있다

—「추상 8」 전문(『키 작은 나귀 타고』)

「추상」 연작에서 인간의 내면을 드러내는 미적 장치는 정적이고 도식적으로 유형화된다. 대상의 주관적 측면에서 이미지는 감각적 사실을 바탕으로 관철되며, 이때 주체의 발화는 이미지와 결속하여 인과관계를 형성한다. 인용시에서 시적 대상은 추상 조형에 형식이 맞추어져 있으며, 단순화된 감각의 생성지를 마련하여 묘사되는 대상을 부각하는 역할을 한다. 여기서 이미지들은 보이는 것을 설명하기 위해 실제적인 관계를 구현하고 새로운 의미를 찾아낸다. 안과 밖의 경계와 내부와 외부의 이분법이 무화되는 지점에는 박기섭이 구사하는 비관습적인 언어의 분절이 있다. 「추상」 연작은 전체적으로 띄어쓰기와 구두점이 생략되어 있으며 이미지나 의미의 강도에 따른 특별한 굴곡 없이 사각의 시행으로 배열되어 '모더니즘modernism' 시의 회화성을 높인다. 박기섭은 마주보는 두 쌍의 변이 평행한 사각이라는 프레임 안에 언어를 배열함으로써 전통시조의 형식으로부터 시조를 해방시킨다. 따라서 시조 3행의 동일한 나열이 아닌 정사각형 또는 직사각형의 배열을 의도적으로 선택하여 시적 주체가 경험하는

'추상'의 길들여지지 않는 낯섦을 효과적으로 전달하고 있다.

따라서 이제 이미지는 '추상'의 소산이 아니라 직간접적으로 체험되어 몸과 마음속에 재생되는 구체회화와 다름없다. 박기섭의 회화적 틀형식은 질서와 균형의 아름다움을 추구한 추상회화의 선구자 피에트 몬드리안Piet Mondrian의 작업과 닮아있다. 직선과 직각, 수평과 수직의 축으로 절제된 세련미를 담고자 한 몬드리안은 외부로부터의 정확한 모사가 아닌 내부로부터의 변화와 의미 단락에 집중했다. 몬드리안은 세상에 보이는 것을 더 단순하게 그리면서 불필요한 것들을 없애 나갔고, 그리고자 하는 대상을 단순화하다 보니 선만 남게 된다는 사실을 발견해낸다. 이로써 가장 기본적인 것이 가장 아름다운 것이라는 입장에서 엄격한 질서와 균형미를 드러내는 데 몰두했다. 몬드리안은 "추상을 통해서 추구한 것은 절대적인 실재 리얼리티"며 "본질적 표현은 순수한 조형을 통해서만 확립"[12]될 수 있다고 믿었고, 면 분할을 통하여 대상의 감정과 감각을 그대로 드러낼 수 있다고 생각하였다. 그런 이행의 반복 속에서 몬드리안은 법칙은 '만들어진 것'과 '발견되는 것'으로 나눌 수 있으며 두 가지 모두 법칙이며, 법칙은 언제나 옳다는 입장을 표명한다. 한편 박기섭 또한 하나의 프레임 속에서 대상을 단순히 관찰의 몫으로 상정해 두지 않고, 눈앞의 대상과 그것을 포함한 주변의 인식을 하나의 세계관으로 포착해내려 했다. 그의 시조에서도 법칙은 실재 속에 숨어서 우리를 둘러싸고 있는 여러 겹의 감각과 시공간을 암시하는 것이다.

정리하자면, 박기섭의 시조가 결합의 방식으로 택한 의미론적 기호가

12 정미령, 「추상성에 따른 공간표현 연구」, 홍익대 석사논문, 2005, 6쪽.

'추상'이며, '추상'은 순수한 미적 틀형식로써 이해할 수 있다. 결국 '추상'은 외적인 것으로부터 내적인 것으로의 추동을 통해 주관적인 내면성을 표출하려는 의도에서 출발한다. 박기섭은 자아와 세계, 시상과 감정이 융합된 가장 구체적인 텍스트를 보여주려 했다. ①"감추어도" 보이는 "희디흰 작위의 복사뼈"나 ②"객줏집 몇 잔의 술에 너스레"를 놓는 장면 ③"탈지면에 묻어나"는 "아픈 미열"과 "잔기침" ④"말을 탄 말갈족들이 연해주 쪽으로" 이동하는 움직임 ⑤"펴런 멍자국을 죽지에나 파묻은" 주체의 위치를 '봄'과 '앎'의 차원에서 감응하고 있다. 그러나 ①"분지에 날아온 북구라파의 기러기 떼" ②"키 작은 나귀타고 예수가 가고 있다" ③"입동절엔 핀셋을 든 늙은 의사" ④"먼 두만강엔 몇 개 목창이 꽂히고 찢어진 북채"가 있다는 흔적 ⑤"슬픈 목안이 목 비틀고 앉아"있다는 표현은 현실과 동떨어진 '추상'에 가까운 의도적인 묘사로 보인다.

이와 같이 박기섭이 감각한 것은 사유의 움직임이다. 시시각각 변하는 대상의 절대적인 규칙을 버리고 눈에 보이는 현상 뒤에서 숨겨진 진리를 찾고자 한 그의 '추상'은 탈중심적이고 무제한적인 복수의 공간으로 배분된다. 여기에 박기섭이 이젤을 던져 버리는 행위, 즉 시조 3장의 정격 규칙을 벗어나 수직과 수평의 율동으로 그를 움직이게 한 원동력은 리듬과 가삽나. 단일 평면에 변형을 시도하면서 순수 기하학적 형태의 화면 구성을 시조의 틀형식로 발전시킴으로써 이차원의 화면에서 깊이와 넓이, 높이를 대표하는 공간감을 구축해낸다. 결국 「추상」은 박기섭이 그린 개별 그림이면서 연작 전체가 하나의 큰 그림이 되는 시각성의 변혁이다.

저,

땅속

깊은 곳에

미혹의 발꿈칠 박고

탑의 두개골은 선연히 열려 있다, 덧없는 풍우의 사상만 바스라지는 일순!

지상에

탑은 없다,

다만 한 송이 꽃이

바람 앞에 떨고 있는 가냘픈 한 송이 꽃이

서천西天에 대궁일 고눈 채 나부끼고 있을 뿐

눈부신 형해形骸를 벗고 가볍게 부서지는, 그런 탑의 몸속을 무리져 다니면서

낱낱이

금은金銀의 비늘을

번득이는 고기떼여

—「탑」 전문(『하늘에 밑줄이나 긋고』)

그의 시조가 대상의 전부이자 일부의 의미를 동시에 갖게 되는 데는 그만한 이유가 있다. 전체와 부분을 이루는 두 개의 항을 명확하게 나눌 수 없는 지점에서 발생하는 모호성, 그것은 박기섭이 생각하는 시조의 정체성 문제와 연관한 것으로 보인다. 본다는 것은 받아들이는 것이고, 다시 보여주는 것이다. 예컨대 '보기'와 '보여주기'로 해석되는 시적 대상과의

결착이면서 대상의 통찰이 불러오는 핵심의 행위에 귀속되는 일이다. 박기섭은 자신이 바라본 「탑」을 상징적 이미지로 변형시키며 상승과 하강의 굴곡을 보여준다. 그는 물리적 대상인 시의 상관물을 존재론적 은유의 위상과 결부시킨다. 박기섭은 의미 재생으로서의 본질적 대상의 균형에서 완전한 미美를 느꼈는데, 인용시에서는 '탑'의 이미지를 효과적으로 드러내기 위하여 시행 배열을 통한 시선의 힘을 강조하고 있다.

1수에서는 초장의 제1마디음보가 "저, // 땅속"으로 분절되었고, 2마디음보는 독립적인 행으로 분행되었다. 제3마디음보와 4마디음보는 한 행으로 붙어있으며, 중장과 종장은 연속적인 한 행으로 배열되었다. 여기서 특징적인 부분은 1수와 2수 각행의 첫머리가 점차 아래로 향하는 사형구조를 드러낸다는 점이다. 그러나 3수에서는 초장과 중장을 한 행으로 붙여놓고 종장의 제1마디음보와 2마디음보를 분행하여 3행의 구조를 시각화하고 있다. 1수와 2수는 시각적 양감을 증대시키면서 점층적인 리듬감으로 접근해나가지만 3수에서는 점층적인 행의 끝이 점점 짧아지다가 늘어나는 요철형을 이루고 있다. 다시 말해 박기섭이 구사하는 '사행률'[13]의 시도는 탑 모양을 형성한다. 그의 시조에 드러나는 볼록과 오목의 형태가 탑의 맨 꼭대기를 이루는 상륜부, 탑의 몸체가 되는 탑신부, 탑의 몸체를 받치는 기단부의 역할을 하며 시각적인 형상을 재구성해낸다.

박기섭 시조에서 확인되는 뚜렷한 특징은 시조가 단순히 읽고 해석하는 언어적 한계에 그치는 것이 아니라 회화의 미학을 느끼게 한다는 점이다. 따라서 그의 시각 이미지는 시적 재료를 바탕으로 특유의 공간을 구성한

---

13 "비스듬히 경사지게 이어지는 행들이 만들어내는 시각률을 斜行律이라고 명명한다."(강홍기, 『현대시 운율 구조론』, 태학사, 1999, 316~317쪽)

다. 이때 의미론적 기능에서의 추상 기호는 더 이상 대상과 동일시될 수 없다. 오히려 언어와 실재의 분열은 대립의 짝인 동시에 원초적 통일성을 경험하는 동력이 된다. 그는 시조의 3장 구성 속에 구현되는 의미체계를 지우고 형식 실험의 극단까지 밀고 가려는 움직임을 보인다. 박기섭은 시조의 내적 요소의미에 결부하여 작품을 구성하는 외적 요소형식에 지대한 관심을 보이면서 시조의 본질을 재고하는 질문을 모색하였다. 가령 순수한 시각성으로 환원되는 추상 이미지의 실현은 박기섭 특유의 자유 표출과 연관되어 강한 호소력을 획득한다. 그에게 시조의 형식은 정서적인 메시지를 전달하는 중요한 도구였고, 그 결과 시조의 '보기'와 '보여주기' 차원의 새로운 미학적 추동이 되었다. 박기섭이 추구하는 시각적 연상을 강조한 다각적인 시도는 시조의 의미에 기여하는 리듬을 다시 보게 한다. 특히, 현대시조는 음악성에 치우쳐 있던 과거의 전통시조로부터 벗어나 이미지를 통한 자기표출에 주목한다는 사실을 확인할 수 있는데, 중요한 것은 이러한 실험정신이 정형 안의 자유를 보장하는 해방구의 역할을 하며 현대시조의 전위적인 창작 기법을 기술하는 가능태로 존재한다는 점이다.

2. 장章과 구句의 분절과 리듬 충동

이제 시조의 리듬 또한 정형에 얽매이는 구속이 아닌 자유로운 발화의 차원으로 이해할 수 있다. 그것은 자유로운 이행을 가능하게 한다. 고정되고 진부한 음의 질서를 넘어 궁극의 새로움을 발견하게 하는 시조의 형식 실험은 유동적이며 가변적인 속성을 가지고 있다. 가령 시조의 경직성을 탈피하고 질서 안에서 역동성을 회복하고자 하는 실험적 태도는 이러한 현상을 추적하게 하는 단적인 증거가 된다. 박기섭의 시조가 보여주는 의도적인 '행' 배열의 파괴와 '호흡'의 변화는 기존 시조에서 규칙적이고 균형 잡힌 정격의 리듬에 반反하는 탄력적인 리듬감의 성취로 이어진다. 그리고 이것은 궁극적으로 시의 주제를 강조하는 방식으로 수행된다.

한 편의 작품은 그 자체로 '역동적인 실재'이다. 따라서 "작품의 통일성은 균형 잡혀 닫혀 버린 전체가 아니라, 역동적이고 열린 완전성이다. 그런 요소들 사이에 동일화와 첨가의 정적인 표시가 아니라, 상호 관계와 통합 역동적 표시"[14]가 형성된다. 이때 열린 완전성으로 거듭날 수 있는 감각이 발현된다. 그러므로 시조의 리듬은 이제 규칙성에 의해서만 생성되는 것이 아니라 규칙성의 위반에 의해서도 생성될 수 있으며, 정격은 가두어진 틀형식이 아니라 틀형식 안의 자유가 될 수 있다. 박기섭의 경우, 시조의 통사 단위와 의미 단위를 파괴하는 시도를 통해 리듬을 주도한다. 예컨대 '행'과 '연'의 분행분절은 시조에서 일종의 '휴지休止, pause'를 만들고 휴지는 다시 리듬의 단위가 된다. 이때 리듬은 객관적인 시간의 흐름과 내면의 변화를 살피는 장치이다. "자유로운 율격과 마찬가지로 행과 연 역시 개별 시의 의미와 개성에 부합되기 위해 매번 새롭게 창조"[15]되며 "분행을 통한 쉼을 이용하여 호흡을 조절하고 표면화되지 않은 정서"[16]를 나타낸다. 그러므로 문장의 통사적 분행이 아닌 자의적으로 가해진 독특한 '장행'과 '구연'의 분행 방식은 시조에 함축된 의미를 부여하는 하나의 방법이 된다.

---

14 로뜨만 · 무까르조프스끼 외, 조주관 역, 『시의 이해와 분석』, 열린책들, 1994, 141쪽.
15 이혜원, 「현대시의 운율」, 오세영 외, 『현대시론』, 서정시학, 2010, 139쪽.
16 김현수, 「시 리듬 교육내용에 관한 연구」, 『문학교육학』 38, 한국문학교육학회, 2012, 198쪽.

시조 3장의 의미구조를 살펴보면 주로 각 장은 의미의 단위가 된다. 따라서 한 편의 시조가 말하고자 하는 개별적인 내용에 집중하여 장과 장 사이의 관계를 밝히고 전체적인 의미맥락을 짚어갈 때 진정한 시상의 전개와 명료한 시적 의미를 밝힐 수 있다. 그러나 박기섭의 시조는 주제와 내용의 자유로운 발화를 위하여 '장'과 '구', '마디음보'에 탄력을 높이는 유연성을 추구한다.[17] 예컨대 그의 시조에 확연하게 부각되는 문제의식은 이미지의 분절이며 이미지의 대립으로 발생한다. 이러한 특성은 전통시조의 율격구조와 규칙을 맹종하는 경직된 리듬에서 벗어나 현대시조 형식의 다양성을 갱신하는 방법으로 보장되어야 한다. 앞에서 살펴보았듯 박기섭 시조의 실험 의식은 두 가지 측면으로 집중해 볼 수 있는데, 하나는 형태 면이고 하나는 내용 면이다.

①

밤새 칼을 씻는다 씻을수록 날 서는 칼 그러나 그 순간에도 눈에 안 보이게 조금씩 모지라드는 칼 모지라드는 욕망 기실 그 욕망은 쉴 새 없이 바스락거리며 스스로 반짝이는 잔뿌리를 내리지만 세상의 향기로운 늪 진흙 속에 박힌다

—「칼을 씻으며」 전문(『默言集』)

17 이지엽은 "시조가 지녀야 할 형식장치가 3장 6구 열두 걸음이라면 이러한 형식장치를 아울러 고정된 3행이나 6행으로 제어하는 것은 가뜩이나 꽉 막힌 공간을 더욱 옥죄임하는 결과만을 초래"할 것이라고 이야기하며 시조의 일반형으로 인식되어온 자수개념의 논리가 수정되어야 한다고 보았다(이지엽, 『현대시조 창작강의』, 고요아침, 2014, 42~43쪽).

②

1

중년中年의 치골에 박힌 돌의 살을 녹이기 위해 그는 옻을 먹네, 순도 100%의 참옻

닿으면

금세 발열하는,

그 맹독의

순수를……

2

0.2그램, 영혼의 무게를 가누지 못해

전셋집 뜰에는 밤 목련이 느닷없는 성욕性慾처럼 부풀어 오르고

마침내 그의 몸은 슬슬, 가려워 오기 시작한다

—「옻」 전문(『하늘에 밑줄이나 긋고』)

③

내 잠의

머리맡에

금金의 강을

두신다면

살 벗고

아아 살 벗고

뼈 하나로

건너야 하리

화엄 속

불의 화엄 속

뼈 하나로

건너야 하리

—「뼈 하나로 건너야 하리」 전문(『오동꽃을 보며』)

④

노란 점멸등이 깜박거리다 이내 푸른 신호로 옮겨가듯이 영안실을 빠져 나온 공기는 가볍게 신생아실 환풍기를 비집고 든다

청동의 조형물에 청동의 좀이 슬어 온전히 제 살을 뜯어 먹고 스러져 가기까지는 정확히 말해서 청동의 시간이 필요하다

마침내 하나의 상징이 스러져 가기까지는

—「청동의 좀」 전문(『비단 헝겊』)

그의 작품에 숨어있는 시적 전략은 일반적인 문장의 통사적 분행이 아니라 시인의 자의적인 분행으로 인해 리듬이 부여되는 '시행발화詩行發話'[18]의 형식이다. 박기섭에게 '장행'과 '구연'의 구분은 시조 의미상의 변주이며 리듬의 발견이다. 인용시 ①은 평시조 1수를 장이 아니라 행으로 구성하고 있다. 여기서 시조의 장은 행의 개념과는 다른 방식으로 작동한다. 시조 '장'의 제약된 발화는 '행'으로 배열되면서 전체적으로 의미론적 강세와 독립성을 지각하며 자유시행의 복합적인 리듬감을 구사한다. ②는 한 편의 시조를 1과 2로 구분하여 평시조 1수와 엇시조로 연결시켜 놓고 있다. 이때 1에서는 초장과 중장을 연결하여 산문성이 두드러지는 문장으로 의미상의 가독성을 높였고, 종장은 2연 4행으로 배열하고 있다. 즉 1연을 2행씩 분행하여 휴지休止에 의한 리듬감을 형성하는 것이다. 2에서는 초장과 종장을 하나의 장으로 배열하여 시조의 일반적인 규칙을 준수하고 있는데, 중장에서 한 장의 마디음보가 6음보로 길어져 단조로운 평시조

---

18 '시행발화'는 디어터 람핑의 용어이다. 그에 따르면 18세기 초까지 '시란 무엇인가'의 물음에 대한 답변은 분명했다. 그것은 명백하게 시행(詩行, Vers)과 각운(脚韻, Rcim)을 갖춘 문학을 지칭하였으나, 18세기 중엽부터 의문에 여지없이 적용되었던 조건들은 차츰 무너지고, 시행을 갖추고 있지 않은 산문시(Prosagedicht)라는 용어가 나타났다. 20세기에 들어서서는 자유시행으로 씌여진 텍스트들, 즉 전통적인 의미에서 일체의 각운은 물론 최소한 시행도 전혀 갖추고 있지 않는 텍스트들이 나타난다. 이러한 지점에서 람핑은 '시'의 개념 규정을 새롭게 시도하며, 시를 '시행발화(詩行發話, Versrede)' 혹은 '시행을 통한 발화(Rede in versen)'로 규정할 것을 제안한다. 이때 시행은 특별한 분절(分節, Segmentierung) 방식을 통하여 리듬에 있어 정상 언어적 발화로부터 이탈하고 있는 모든 발화가 시행발화로서 지칭된다(디어터 람핑, 장영태 역, 『서정시-이론과 역사』, 문학과지성사, 1994, 35~40쪽 참고).

형식에 파격을 준다. ③은 초장·중장·종장을 의도적으로 분행함으로써 1연 2행의 배열을 유지하고 있다. 여기서는 시조 한 장의 4마디음보를 1마디음보씩 끊어 자의적으로 배분하면서 시의 '행'으로 구현해낸다. 시조의 구 단위로 연가름이 시도되어 1연이 단독적인 하나의 '구'를 이루는 것이다. 따라서 총 6연 12행의 배열을 통해 시조에 새로운 차원의 리듬을 형성한다. ④는 사설시조이다. 박기섭은 산문적인 시형을 통해 시적 주체의 내용 전달에 충실하고자 하며, 평시조로 다하지 못하는 말부림으로 시적 에너지를 분출해낸다.

박기섭의 치열한 실험 의식은 형식뿐만 아니라 내용 면에서도 계속된다. 그는 남성적 시풍의 강고한 의지로 사회적, 현실적 비판의식을 표출하면서 수직적 성향의 시어로 감정의 격렬함을 드러낸다. 일반적으로 전통적 소재에 맞물린 구태의연한 시조의 주제를 반복하지 않으며, 단순한 소재를 재구하여 시적 상징과 관련 지으면서 참신성을 확보해낸다. 비로소 시조는 현재적 가능성을 대변하게 되는데 요컨대 ①에서 살펴볼 수 있는 '칼'과 '욕망'이라는 시어는 시조에서는 잘 동원되지 않는 시어들이다. 그러나 박기섭은 칼을 전면적인 주제로 내세운다. 짧은 단시조에 칼은 3회, 욕망은 2회 구사하며 들끓는 내면의 자아를 그려낸다. ②에서는 "치골에 박힌 돌의 살", "맹독의 순수", "성욕性慾"이 환기하는 살벌함으로 격양된 목소리가 시의 분위기를 주도하고 있다. 또한 "100%", "0.2그램"과 같이 숫자를 활용한 언어 구사의 한 방향은 시에 어떤 특정한 의미를 갖게 하기보다 기존 질서에 대한 저항, 또는 잠재해 있는 자기 주체의 의식과 직관에 맞물린 심리를 반영하는 하나의 기호체계로 유추된다. 이때 숫자는 시적 언어가 아닌 글로 그린 회화 같은 시각적 이미지를 형상화한다. ③은

"살 벗고", "뼈 하나로", "화엄 속", "불의 화엄 속"이라는 함축적이고 다면적인 시어를 등장시킨다. 이것은 "건너야 하리"라는 발화내용의 주체적 행위에 힘을 싣고 있는데, '-하리'라는 암묵적인 다짐은 실천적 의지를 중시한다. ④에서는 "푸른 신호", "영안실", "신생아실 환풍기"라는 상징적 언어를 포착하여 상처와 아픔의 전이 과정을 생동감 있게 전달한다. 이때 '청동의 좀'이 슬어가는 "청동의 시간"은 시공간의 이동을 가능하게 한다. 이처럼 박기섭 시조를 구성하는 진보적인 실험 의지는 시조의 형식과 내용에 대한 그의 확고한 개성으로 치열하게 모색되는 것이다. 즉 내적 필연성에 의거한 시적 소재와 형식의 쇄신을 통하여 현대시조의 의의를 재점검한다.

1

그냥 산이어선 안돼, 그냥 그런 산이어선

스스로 골짜기를 팬, 그런 속살의 아픔을 아는,

그 온갖 푸나무 자라고 새떼 깃드는 그런 산

마을과 마을을 감싸고 남북 천 리를 달리는,

엔간한 철조망이나 까짓 지뢰밭쯤은

가볍게 발등으로 차버리고 휘달리는 그런 산

—「꿈꾸는 반도」 부분(『키 작은 나귀 타고』)

일반적으로 전통시조의 3단 구조는 초장과 중장의 의미가 종장으로 통합되어 종결되는 형태를 보인다. 논리적으로 앞과 뒤의 관계를 분석하면서 의미구성을 이루는 것이다. 이때 종장의 역접 전환으로 합일화되는 전개 과정을 확인할 수 있다. 「꿈꾸는 반도」에서는 시조의 의미구조가 시상의 전개를 통해 열거적 구조를 보이다가 정반합의 변증법적 대립으로 종합적인 전개를 가능하게 한다. "그냥 산이어선 안돼, 그냥 그런 산이어선"으로 시작되는 시적 주체의 발화에서 현실의 정황을 살필 수 있다. 박기섭은 "골짜기를 팬", "속살의 아픔", "철조망", "지뢰밭"과 같은 이미지를 매개로 꿈꾸는 "그런 산"의 존재를 확인하고 있다.

그는 시조의 3장 형식의 외적·내적 구조에 관심을 가지면서 의미구성의 원리에 집중한다. 이와 같이 박기섭의 시조에서 초장→중장→종장의 순행적 구성 혹은 초장←중장←종장의 역순행적 구성으로 3단의 논리에 바탕을 두는 시편을 상당수 확인할 수 있다. 박기섭은 의미의 열거와 접속으로 자신이 지향하는 시정신을 드러내는 데 몰두한다. 그리고 이것은 시조라는 내적 의미구조의 독특함을 드러내는 독자성으로 이어진다. 바로 여기서 박기섭이 구사하는 형식에 대한 고민을 확인할 수 있는데, 그의 시조에서 구의 연첩은 의미율意味律과 합을 이루면서 시각적 효과를 높이는 응결력을 갖는다.

굳이 말하자면

나는 이미

낡은 책이다

그러니까 그 책 속의

내 시도

한물간 시다

귀 터진 책꽂이 한쪽에

낯익고도 낯선 책

날을 벼린다손 금세 또 날이 넘는,

은유의 칼 한 자루

면지에 박혀 있다

찢어진 책꺼풀 사이로

붉게 스는

좀의 길

그 활판 그 먹활자

향기는 다 사라지고

희미한 종이 재만 갈피에 푸석하다

터진 등 덧댄 풀 자국

바싹 마른

서녘의, 책

—「서녘의, 책」 전문(『서녘의, 책』)

「서녘의, 책」에 나타나는 책의 이미지는 의식과 무의식을 관장하는 상징유형으로 드러난다. 여기서 책은 시적 주체의 현실을 투사하는 의미의 재화이지만, 이미 "낡은", "한물간", "귀 터진", "찢어진", "희미한", "덧댄", "바싹 마른"과 같이 "희미한 종이 재만 갈피에 푸석"한 "서녘의, 책"이다. 해가 기울 듯 자신의 책도 "면지에 박혀 있다"고 이야기하는 박기섭의 시에서 '서녘'과 '책'은 독립적인 이미지다. 또한 계속해서 현실을 기록하고자 하는 의지 표명의 단상인 것이다. 인용시는 모두 3수의 연시조로 구성되어 있다. 그러나 인용시에서는 평시조의 초장·중장·종장이라는 4마디음보를 파악하기 어려울뿐더러 시조의 형식을 잘 모르는 사람이라면 이 불분명한 규칙 속에서 시조의 패턴을 읽어내기가 쉽지 않을 것이다. 심지어 자유시로 읽어낼 가능성도 다분하다. 그럼에도 박기섭은 각 장을 2개의 구로 나누는 보편적인 6구 형식의 행과 연가름을 벗어던지고 의도적으로 리듬 패턴을 조직해 나간다. 이와 같이 시조의 리듬 패턴이 전경화되는 경우, 시조로서의 리듬 패턴은 어떻게 감지될 수 있는지 파악해야 할 것이다. 더욱이 시조의 리듬에 나타나는 하나의 의미체계를 밝히고자 하는 경우에는 시조의 기저에 내재해있는 리듬을 볼 것인지, 외재적인 리듬을 하나의 의미체계로 볼 것인지가 문제로 남는다. 결국 이러한 문제의식은 박기섭 시조의 개별 시편에서 실현되는 리듬의 요소가 이항대립적인 사유를 대신하여 새로운 차원의 리듬 생성을 점검하게 하는 근본의 힘이 된다.

가령 박기섭이 리듬을 부여하는 방식인 '시행발화'는 시조의 4마디음보에 미묘한 긴장감을 높인다. "굳이 말하자면 // 나는 이미 // 낡은 책이다"는 1수의 초장에 해당한다. 그러나 그는 4마디음보의 반복인 전통시조의 연첩 구성을 지우고 초장을 3행에 걸쳐 배열하였다. 제1마디음보와 2마디음보에 해당하는 "굳이 / 말하자면"은 한 호흡으로 이어져있으며, 제3마디음보와 4마디음보는 각각의 독립된 행으로 자리하고 있다. 중장 또한 "그러니까 그 책 속의 // 내 시도 // 한물간 시다"와 같이 초장에서 보인 호흡의 단락을 반복하고 있다. 이러한 시조의 흐름은 종장에 이르러서야 "귀 터진 책꽂이 한쪽에 // 낯익고도 낯선 책"이라는 2개의 구 단위 배치로 1수를 마무리한다. 2수와 3수에서도 마찬가지다. 4마디음보의 '장'을 줄글로 쓰기도 하고 때에 따라 '마디음보'와 '구'의 음률에 변용을 가하면서 전통적 4마디음보 패턴과는 전혀 다른 리듬을 지각하도록 만든다. 이는 박기섭의 시조에서 특징적인 4마디음보의 탄력성을 확보하는데, 긴 호흡의 주기를 짧게 분행하여 율동적 긴박감을 조성하는 특성을 갖는다.

무얼 보느냐는
네 물음에
으응, 달

암 것도
모르면서
저 혼자 환한, 달

키 낮은 뽕나무 가지
볼기를 턱
까붙인, 달

달은 왜 보느냐는
네 물음에
으응, 그냥

그냥
못 들은 척
가지를 떠나는, 달

그래, 달

너는 좋겠다

그냥 떠나면 되고

—「달」 전문(『달의 門下』)

박기섭은 자신만의 리듬을 구사해내는 파격을 선택하면서 시조를 구성하는 의미론적 요소의 독립성에 관심을 가졌다. '시행발화'의 낯선 분절로 결정되는 휴지休止가 속도 패턴에 영향을 미치면서 리듬 통합체를 형성하는 것이다. 시조는 4마디음보를 기본으로 하지만 초장·중장과는 달리 종장에서 일반적으로 '3음절小-5음절長-4음절平-3음절小'이라는 고정되지 않은 에너지의 변화를 일으킨다. 그러므로 시조는 소리와 관련된 율격적 관습인 '등시성isochronism'의 시간 규칙에서 자유롭지 못하다. 비록 전면적이라고 말할 수는 없지만 이때 박기섭의 시조에서 주목해야 할 부분은 그가 시조의 장을 유연하게 배행하여 통사적·의미적 배분이나 생리적 에너지의 배분까지 고려하고 있다는 점이다. 이처럼 시조의 '장'을 '행'의 실천적 문제로 열어두려는 그의 인식에는 새로움의 에너지가 있다. '행'은 공동으로 협력하는 어절을 한 단위로 읽으면서 그 규칙에 부합되는 운율구를 생성해낸다. 즉 언어의 유사한 요소로 이루어지는 집합체 속에서 작은 요소를 선택하고 결합하는 과정 중에 음소, 음절, 어휘, 문장은 상위의 단위가 된다.

이와 같은 시적 기능은 통합적 관계의 의미론적 차원이 아니라 소리의 차원으로 접근할 때 타당성을 얻는다. "리듬 즉 운율은 말소리의 모든 요소를 포함하여 동시에 유지 및 말뜻에까지 관련되어 있다. 따라서 시에 있어서 분행 및 분절, 구두점의 종류 및 유무, 그리고 심지어는 우리시에 있어서의 한글과 한자의 시각적 효과의 차이까지가 리듬과 불가분의 관계"[19]에 있는 것이다. 따라서 박기섭 시조에 나타나는 '장행'의 구현은 하나의 문장에 잠재된 다양한 요소와의 상호작용으로 소리와 소리의 자질들을 연합함으로써 리듬소의 통합체를 형성한다고 볼 수 있다.

「달」에서는 의미론적 요소인 '달'의 강조로 의미의 개념과 행동의 개념을 병치시킨다. 박기섭은 달의 모습을 의인화하면서 시적 주체와 달의 심경을 중점적으로 보여준다. 여기서 달은 반복적으로 사용되어 의미론적인 변용의 효과를 얻고 있다. 인용시는 2수로 구성된 연시조이다. 그는 각 장을 3행으로 나누고, 3연으로 구성하였다. 시조의 4마디음보를 주관적인 휴지休止의 구간으로 설정하고 통사적 분행을 가하면서 리듬의 경계를 감지하고 있다. 1수와 2수의 중장에서는 제1마디음보와 2마디음보가 분행되고, 제3마디음보와 4마디음보를 이어 붙이면서 3행의 배열을 고수하고 있지만 "저 혼자 환한, 달"과 "가지를 떠나는, 달"에서 '달'을 선택적으로 끊어 읽게 하고 있다. 이는 1수 종장 "까붙인, 달"에서도 마찬가지로 나타나는데 심지어, 2수 종장에서는 제1마디음보로 고정된 3음절 "그래, 달" 마저도 쉼표를 활용하여 분리시키고 있다. 그러나 쉼표는 언어 사이에 형성되는 운율구의 경계를 고려한 선택으로 리듬이 생성되는 단위만 고려했을 뿐 시조의 낭독적 배분으로 나누어볼 때 어떻게 시조의 4마디음보를 소리로 실현하고 있는지 명쾌하게 정의하기 곤란한 부분이 있다. 예컨대 1수 초장 "무얼 보느냐는 // 네 물음에 // 으응, 달"과 2수 초장 "달은 왜 보느냐

19 김종길, 「韻律의 개념」, 『김종길 시론집』, 민음사, 1986, 23쪽.

는 // 네 물음에 // 으응, 그냥"을 통사적, 의미적 배분의 4마디음보로 나눌 때 어디에 강세를 두며, 어디에서 끊어 읽을 것인지 선택할 수 있다. 선택의 문제는 "무얼 / 보느냐는"과 "으응, / 달" 혹은 "달은 왜 / 보느냐는"과 "으응, / 그냥"에서 일상적인 언어의 관습에서 허용되는 범위 내에서 의식적 노력 없이 생성되는 리듬감을 가능성의 차원으로 열어놓고 있는 것이다. 다시 말해 박기섭은 시조 리듬의 단위인 '장행' 개념에 심리적인 규칙으로의 유사성과 상이성을 포함하여 리듬의 체계를 실현하고 있다.

1

내 열 번 전생의 일이라면

그대 알겠는가

그 전생 그 가을의 일이라면

그대 알겠는가

그 가을 그 애저녁의 일이라면

알겠는가 그대

2

진흙 뻘밭이면

진흙 뻘밭을 넘고

얼음 수렁이면

얼음 수렁을 건너

마음이 마음을 만난다
몸이 몸을 만난다

3
이금泥金의 몸이었네 아편의 봄바다였네 박하 서향서껀 백단향의 길이었네
쇠도끼 시퍼런 허기를 어루만진 향기였네

—「내 열 번 전생의 일이라면」 전문(『오동꽃을 보며』)

시조 또한 대상을 인식하는 방법 내지는 체계에 대한 이해를 목적으로 한다. 그러므로 시조는 철두철미하게 상징적이고 복합적인 본질을 표출해내는 '장'의 열림이다. 중요한 것은 '~이 있다'는 인식을 넘어서 '~을 본다'와 같이 시각적 해석을 통과하면서 가능성과의 긴장을 이루는 것이다. 따라서 한 편의 시조를 관통하는 시선은 대상의 주체적 정체를 확인하는 차원을 너머 동시에 그것을 바라보는 자기 인식을 관철하는 일이다. 「내 열 번 전생의 일이라면」에서는 모두 3수의 연시조가 각기 다른 형식으로 구현되고 있다. 주로 점진적으로 나아가는 운동성을 확보하며 의미 강조로서의 요소를 표출한다. 또한 대상을 결속하는 힘을 가지면서 의미를 다변화한다. 박기섭은 선택과 결합의 발화 고리에서 '계열'과 '배열'의 축을 마련하여 '유사성과 인접성'[20]에 근거한 사고를 보여준다. 박기섭의

20 야콥슨은 유사성에 근거한 선택 관계를 '은유'로, 인접성에 근거한 결합 관계를 '환유'로 인식한다. "인접성에 유사성이 중첩되는 시에서는 환유는 모두가 다소는 은유적이며 은

시조에서 계열의 축과 배열의 축으로 등가의 원리를 투사하는 잠재된 요소는 하나의 리듬소가 된다. 그에게 리듬 통합체는 이른바 선택과 결합을 통한 일련의 상호작용이다.

인용시 1은 "내 열 번 전생의 일", "그 전생 그 가을의 일", "그 가을 그 애저녁의 일"에서 "열 번", "전생", "가을"이라는 선택을 '은유'로 "전생의 일", "가을의 일", "애저녁의 일"이라는 배열을 '환유'로 기술하고 있다. 이것은 다시 "그대 알겠는가", "알겠는가 그대"와 같은 되물음과 이해를 구하는 통사구조의 반복으로 두드러진다. 2에서도 "진흙 뻘밭이면" 뻘밭을 "넘고", "얼음 수렁이면" 얼음을 "건너"서 "마음이 마음을" 만나고 "몸이 몸을" 만난다고 말한다. 이때 시조 2의 배행법은 1과 같은 방식인 구 단위를 이루고 있다. 예컨대 "진흙 뻘밭이면 진흙 뻘밭을 넘고"라는 문장이 한 행으로 처리되어 있다면 "진흙 뻘밭이면 / 진흙 뻘밭을 / 넘고"와 같이 일상어의 운율구에 따른 관습으로 읽힐 수 있을 것이다. 그러나 "진흙 뻘밭이면 // 진흙 뻘밭을 넘고"와 같이 배행함으로써 2마디음보+2마디음보의 결합으로 분절하여 읽게 된다. 3에서는 한 수의 시조를 연달아 배행함으로써 마디음보의 발화 속도가 각각의 연합 요소들 간 상호작용의 결과로 가속과 감속을 만들어낸다. 또한 각 마디음보가 끝날 때마다 '-이었네'와 '-였네'의 반복으로 하나의 패턴을 이루는 효과를 창출한다. 이처럼 박기섭이 시도하는 한 편의 작품 속에서도 리듬의 통사구조는 상이한 발화 속도를 만들어낸다.

유는 모두 환유적 색깔을 갖는다."(로만 야콥슨, 신문수 역, 「언어학과 시학」, 『문학 속의 언어학』, 문학과지성사, 1989, 78쪽)

단도직입이다,

그는 늘

어디서나

응답이 오기 전에 온몸을 내던진다

찢긴 채 곤두박인 채

떠다니는,

푸른 귀

—「폭포」 전문(『오동꽃을 보며』)

「폭포」에서 주목하게 되는 것은 가변적인 속도의 패턴이다. "떠다니는, // 푸른 귀"라는 풍경의 묘사에서 "곤두박인 채" "온몸을 내던"지는 폭포의 거침없는 정황을 확인할 수 있다. 이렇듯 폭포의 속도를 가늠할 수 있는 단초는 시행의 배열과 유연하게 처리된 마디음보의 단위에 나타난다. 특히 초장에서 "단도직입이다, // 그는 늘 // 어디서나"에서는 시조 마디음보의 불안정성마저 가져오고 있다. 인용시의 초장을 3마디음보로 읽어야 할지 4마디음보로 읽어야 할지 분명하지 않기 때문이다. 그러므로 휴지休止의 강세를 어디에 두어야 할지 결정 내리기가 어려워진다. 시조의 통사적 구조에 따라 배분해보자면 "그는 늘"을 "그는 / 늘"로 읽도록 강제하지만 제2마디음보와 3마디음보의 음절수가 2음절에서 1음절로 줄어듦으로써 감속되는 경향을 보인다. 흔히 전통적인 4마디음보에서는 제2마디음보와 4마디음보가 제1마디음보와 3마디음보보다 한두 음절이 많아지는 '3-4-3-4'의 특징을 보이는 것이 일반적이다. 그러나 박기섭의 시조에서는 '6-2-1-4'와 같이 속도를 높여 출발하다가 점차 음절수가 줄어드는 경향을 보이면서 다시 안정감 있는 속도를 유지하고 있다. 이는 전통적인 4마디음보와는 다른 박기섭만의 특징적인 4마디음보를 강렬하게 지각하도록 만든다. 보통 "4보격은 절제와 여유를 바탕으로 한 깊은 생각이나 분별력을 앞세우는 감정 상태의 표현"[21]이라고 할 수 있는데, 박기섭은 시조의 4마디음보가 창출하는 정적이고 안정감 있는 발화 속도가 아닌 4마디음보의 내부에 3마디음보를 함께 공존시킴으로써 동적이고 경쾌한 리듬감을 응축해낸다. 이러한 패턴의 움직임은 직립하는 폭포의 역동성을 보여주면서 초장 제2마디음보와 3마디음보 사이의 짧은 휴지구를 생성하여 곧은 폭포의 물줄기를 최고 속도로 예비하는 효과를 보여준다.

①

강의 상류上流에는 상류의 고요가 있다 실날 같은 에움길을 당겼다 놓았다 하며 풀 먹인 도폿자락을 슬몃 벗어 던진

고요

—「上流」 전문(『하늘에 밑줄이나 긋고』)

②

으능나무 가지마다 두레박줄 걸어 놓고 참매미 떼로 와서 개울물을 펴 올

21 성기옥, 『한국시가율격의 이론』, 새문사, 210쪽.

린다 펴 올려 목물을 한다

고요하구나

단애

—「대낮」 전문(『달의 門下』)

시조로 부르기에 그가 선택한 다소 불규칙한, 그러나 자유로워 보이기까지 하는 한 토막씩의 마디읆보는 시조 속에서 리듬이라는 가시적 구현물이 된다. 박기섭의 시조에서 '행'과 '연'의 문제는 매우 주체적인 성격을 가지고 있다. 보통 '행'과 '연'이 밀접하게 관계 맺어 호흡의 파동을 이끌어내는 것을 리듬이라고 할 수 있는데, 이때 리듬은 정서의 흐름을 강조하거나 배제한다. 그러므로 호흡이 맺히거나 풀리면서 발생되는 휴지적 공간은 말로 다 표현되지 않은 빈자리로 발화의 패턴을 만들어내는 것이다. 좀 더 구체적으로 말하자면 이것은 시적 의미를 인식하는 정서 여백의 단위이면서 구조적인 측면에서 리듬 발생이라고 할 수 있다. 박기섭은 리듬을 단순히 일회적으로 실현시켜 나가는 것이 아니라 의미구조의 적층을 통해 동일한 이미지를 매우 다르게 상조한다. 그러므로 어휘가 동일하다고 하더라도 '행'과 '연'이라는 구조가 주는 영향이 크게 작용할 수밖에 없다.

그의 시조에서 자주 등장하는 이미지는 '고요'라고 해도 과언이 아니다. 그는 "시어를 아끼고 시상을 단출하게 함으로써 얻는 효과"[22]를 극대화하

22 김헌선, 「비슬산에 숨어 사는 외톨박이 시인의 형식과 언어」, 박기섭, 『달의 門下』, 작가, 2010, 123쪽.

였는데, 이때 고요의 이미지는 그의 형식적 탐구를 통해 시행의 마지막에 위치하면서 집중력을 높이게 된다. 시적 이미지는 한 단어나 어휘가 한 행으로 위치한 경우 강조되는데, 박기섭은 '고요'라는 이미지를 '행'과 '연'의 움직임으로 서서히 이동시킨다. 이때 '행'과 '연'은 구조적인 힘으로 작동하면서 리듬의 영향을 받는다. 인용시 ①과 ②는 모두 단시조이며 3행 배행의 병렬식 구조를 보인다. 이와 같은 기획은 각 '장'의 의미망을 다음 '장'이 포괄해내면서 시적 맥락을 이어가고 있다. 여지없이 초장과 중장, 종장의 앞구가 접속 형태로 연결되어 있는 것이다. 박기섭은 ①「상류上流」에서 빙 둘러서 가는 "에움길을 당겼다 놓았다" 하며 "상류의 고요"를 찾는다. 여기서 마지막 종장 뒷구의 제4마디음보 '고요'를 강조한다. ②에서는 여름 「대낮」의 "참매미 떼"가 시끄럽게 우는 모습을 형상화한다. 여기서 종장 뒷구의 제3마디음보와 4마디음보 "고요하구나 // 단애"가 단독적인 '행'과 '연'으로 강조되고 있다. "리듬은 시의 형태나 구조 변화에 따라 시의 이미지를 단독으로 존재시키며 의미가 강조되거나 혹은 빠르게 이어져 약화 혹은 연쇄되면서 다르게 존재"[23]할 수 있다. 그러나 이러한 의미 단위의 배열은 전통시조 모형의 장과 구 개념에 반反하는 시도라고 할 수 있는데, 여기서 박기섭의 시적 이미지는 의미 단위와 구조 단위로 작동하면서 점층적인 진폭의 특이점을 발현해낸다. 이와 같이 의미와 구조 단위의 감각 속에 은폐되어 있던 어떠한 현상은 상투성을 벗고 독자적인 기능으로 작동한다. 그렇게 ①에서 강의 발원지에 가까운 "강의 상류上流에는 상류의 고요"가 찾아왔으며 ②에서 "으능나무 가지마다 두레박줄" 걸어놓

23 최석화, 「한국 현대시 리듬론 재고」, 『한국근대문학연구』 30, 한국근대문학회, 2014, 313쪽.

듯 달려드는 "참매미 떼"의 이미지는 매미소리와 고요라는 상충적 이질성을 드러내기 위하여 분행으로 시도되면서 대낮을 조명하고 있다. 눈에 띄는 것은 '고요'와 '단애'가 강조하는 리듬은 시각적인 기능의 리듬으로 변화되어 시적 공간에 공명을 불러일으킨다. 이처럼 그의 시조에 나타나는 리듬은 언어를 통해 조형되는 자유의 표상이다.

승부는 늘
박빙이다

혼신의 질주 끝에 날끝을 들이밀며 의표를 찌르더니 얼음 속 얼음의 속도를

끄집어내는
순간!

—「박빙」 전문(『달의 門下』)

시조에서 하나의 시행은 독립적이면서 동시에 두 개의 마디음보가 연합되어 하나의 의미 단위를 구축하는 것이 일반적이다.[24] 반면 박기섭의 시조에서 의미와 소리의 단위는 긴밀한 연관 관계를 보여주기 위하여 의도적인 '행' 배열의 파괴를 시도한다. 이를 '시행엇붙임' 혹은 '앙장브망

24 "시조가 3장으로 이루어졌다 함은 세 개의 의미 단위가 유기적으로 연결되어 한 작품을 이루어 낸다는 뜻이다. 한 장 안에 구가 두 개 들어 있어서 모두 6구로 되어 있는데 구는 장보다는 작은 의미 단위로서 두 구가 결합될 때 보다 큰 의미 단위의 장"이 된다(임종찬, 「현대시조의 진로 모색과 세계화 문제 연구」, 『시조학논총』 23, 한국시조학회, 2005, 37쪽).

enjambment', '행간걸침', '이월시행'이라고 부른다. "행과 행 사이의 분절은 대체로 시어의 통사적 분절과 일치한다. 그러나 통사적 분절과 행 사이의 분절이 일치하지 않을 경우 호흡의 변화가 일어나고 때로 그에 따라 의미의 변화가 수반되는 일정한 시적효과를 발휘"[25]하게 된다. 따라서 '시행엇붙임'은 기존의 운율을 낯설게 하면서 의미와 호흡의 변화를 시도하는 리듬의 전략인 것이다.

'박빙의 승부'를 위하여 쾌속 질주하는 이미지의 탄력은 특유의 속도감으로 전개된다. 이것은 일련의 걸음걸이인 마디음보나 호흡의 짧은 단위인 휴지부로 끊어지면서 현대적 정서를 결합하는 동시에 신선한 언어 감각에 따른 속도 변화의 차이를 보여준다. 「박빙」은 초장의 앞구와 종장 뒷구의 독립적인 의미 단절을 제하고서는 모두 둘째 연에 연결되어 시행발화의 구심점을 만든다. "혼신의 질주"를 연상시키는 행렬은 2연에서 확인할 수 있다. 초장 제3마디음보와 4마디음보, 종장 제1마디음보와 2마디음보가 중장과 연결되어 둘째 연, 즉 중장이 길게 늘어져 있는 것처럼 보인다. 여기서 '시행엇붙임'은 시행의 끝에서 파격적인 구문을 만듦으로써 시선을 모으게 하는 힘을 가진다. 바로 시행 '올려붙임'과 '내려붙임'[26]이라는 엇붙임을 통한 결속 방향의 고찰로 외부세계와 내면세계의 갈등 관계를 확인

25 황정산, 「한국 현대시에 나타난 시행 엇붙임에 대한 연구」, 『한국학보』 59, 일지사, 1990, 35~36쪽.

26 이영광은 시행 '올려붙임'과 '내려붙임'의 차이를 다음과 같이 설명했다.
"'올려붙임'은 완결된 문장 뒤에 붙이는 방식과 완결되지 않은 문장으로 끊어내는 방식으로 나눌 수 있다. 이 경우 행말에서 율격시행은 멈추려 하고, 통사시행은 나아가려 한다. '내려붙임'은 통사적으로 앞말에 이어진 문장을 뒤행에서 종결하고 다음 문장을 붙이는 방식인데 이때 율격시행은 나아가려 하고 통사시행은 멈추려 한다."(이영광, 「한국시의 시행 엇붙임과 시의식에 대한 연구-1960~80년대 시를 중심으로」, 『현대문학이론연구』 13, 현대문학이론학회, 2000, 230쪽 참고)

하는 것이다. "얼음 속 얼음의 속도를 // 끄집어내는 순간!"에서 시적 주체의 호흡으로 시행의 분절을 이루면서 의미의 단절과 강조를 주도한다. 이처럼 박기섭은 의식적인 노력으로 시조에 '시행엇붙임'을 시도하고 있다. 다시 말해 개성적인 시행의 기능과 표현방식에 주의를 집중하는데, 그 결과 표현의 다양성을 추구하는 그의 시조에서 엇붙임의 구사는 암시성을 내포하는 방식으로 빈번하게 출현한다. 이때 리듬은 전통시조의 율격인 마디음보율을 넘어서는 창조적 산물로 인식될 수밖에 없다.

①

언 강에

돌을

던진다 겨우내 떠 있는 돌 강물이 풀릴 때까지 무게를 못 버리고 새봄의 양수 속으로 가라앉았다

뜨는

돌

―「뜨는 돌」 전문(『달의 門下』)

②

저음의

첼로 현이

길게 휘는 저녁, 놀이터 아이들이 고무공을 튕길 적마다 그 가을 바스켓은

자꾸

　실핏줄이

　터졌다

―「첼로가 있는 풍경」 전문(『오동꽃을 보며』)

시인은 자신의 정체성을 부여받게 된 시점부터 시를 통해 해명하고자 하는 세계를 포착하게 된다. 그것은 개별적이고 현실적인 문제를 통시적으로 묘사해내려는 시인의 태도와 다름이 없으며 시적 상상력을 통해 새로운 시도를 보여준다. 시조-쓰기에도 특수한 의미작용으로 구축되는 발화행위의 법칙이 존재하는데, 이는 내부에 잠재해 있는 '율律'의 시학을 개진하는 작업이다. 결과적으로 시조의 리듬 또한 형식에 의미를 부여하면서 '상징적 형식'을 조직할 수 있어야 한다. 앙리 메쇼닉Henri Meschonnic은 텍스트에서 "'모든 요소들이 함께 의미한다'는 사실을 강조하기 위해서 "의미-형식"이라는 개념을 제안"[27]한 바 있다. 인용시 「뜨는 돌」과 「첼로가 있는 풍경」이 의미하는 방식에 대한 고민, 다시 말하여 의미의 지표나 의미의 요구는 끝도 없이 의미론적 공간 속에 개입하면서 형식과의 관계를 필연적으로 조직한다.

인용시 ① 「뜨는 돌」에서 박기섭은 '언 강'과 '돌'의 이미지를 강조하기 위해 시행 엇붙임을 시도한다. "언 강에 // 돌을"은 초장 제1마디음보를 행가름을 통해 분절하고 "던진다"를 아래의 연으로 '내려붙임'으로써 중층적인 고리를 만든다. 이는 앞서 발생한 의미맥락의 통사적 의문이 해소

27 루시 부라사, 조재룡 역, 『앙리 메쇼닉―리듬의 시학을 위하여』, 인간사랑, 2007, 71쪽.

되는 과정으로 비춰진다. 반면 종장의 제1마디음보~3마디음보에 해당하는 "새봄의 / 양수 속으로 / 가라앉았다"는 종장의 주어와 서술어를 중장에 '올려붙임'으로써 앞 행장의 시어들과 논리적으로 연결되었다. 그러나 둘째 연을 시조의 중장으로 보았을 때 "무게를 / 못 버리고" 옆에 자리한 시행 '올려붙임'은 갈등을 지속하는 역할과 갈등을 이월하는 역할을 동시에 수행해낸다. 이때 완결된 의미 단위는 또 다른 의문을 생성하다가 휴지休止를 통해 긴장감을 형성하게 된다. 이를 통해 부각되는 시어는 "뜨는 // 돌"이다. 물 안에 가라앉았다 맑은 물 위로 비치는 돌의 이미지는 '뜨는'과 '돌'이라는 명시적 표현을 통하여 시각적 효과를 주면서 시의 주제를 배가시킨다. ② 「첼로가 있는 풍경」은 5행으로 구성된 단시조이다. "길게 휘는 / 저녁"과 "그 가을 / 바스켓은 자꾸"에서 시행 '내려붙임'과 '올려붙임'이 시도되어 심리적인 원근감이 부각되었다. 또한 "실핏줄이 // 터졌다"는 발화를 통하여 "첼로 현", "고무공", "가을"의 시어들이 시적 주체의 시선에 따라 점점 가까워지는 근접 과정을 보여준다. 박기섭은 의미론상의 확산과 축소 및 행갈이 배열의 변형을 통한 움직임을 '시행엇붙임'으로 시도하는데, 여기서 '연'의 구분 없이 '행'으로만 시행을 분절하면서 의미의 차이를 만들고 리듬의 층위를 생성해낸다. 시조 '장'과 '구'의 구분을 임의로 강세하면서 시도되는 개성적인 시행발화는 시조의 의미와 소리의 단위에 집중하게 한다. 이를 통해 박기섭이 드러내고 싶었던 은유의 코드는 '첼로'와 '첼로 활'이라는 시각적이고 추상적이며 생략적인 기호이다.

이 몹쓸 군지러움을

그냥 확,
구겨 던져?

아니면 발로 툭 차

처박아,
수챗구멍에?

환장할 떼죽음이여,

피는 족족
죽는 꽃!

—「꽃 앞에서」 전문(『오동꽃을 보며』)

현대시조의 변혁에 있어서 형식의 변화는 전통시조의 단조로움을 벗어나 시조에 강조점을 부여하는 효과를 준다. 박기섭의 시행에 나타나는 시적 발화에서 유난히 강화된 시각적 특징은 문장부호의 기능이다. 시에서 활발한 문장부호의 활용 또한 시적 형상화 방법의 일환으로 의미와 형식에 이바지한다고 볼 수 있는데, 문장부호 사용이 지시하는 음악성은 시의 외형적인 율동미 전달과 함께 '호흡률'[28]로 연결된다. 인용시에서 눈에 띄

28 "'호흡률'은 생물의 호흡 단위, 즉 들숨과 날숨이라는 이원적 대립항의 등가적 반복에 의해 형성되는 리듬을 가리킨다. 그러나 시적 리듬에서 중요한 것은 들숨과 날숨의 교대라는 호흡률의 추상적인 원리가 아니라 각각의 시와 시인에 따라 고유하게 실현되는 호흡률의 특수한 발현 형태들이다."(장철환, 「김기림 시의 리듬 분석－문명의 '속도'의 구현

는 표기는 '물음표'와 '느낌표'의 쓰임이다. 그는 일정한 호흡 마디음보의 균제된 리듬을 도모하기 위하여 호흡 마디음보를 독립시키고 있는데, 이는 율독하는 과정상의 호흡에 영향에 미친다. 초장 제3마디음보~4마디음보 "그냥 확, // 구겨 던져?"와 중장 제3마디음보~4마디음보 "처박아, // 수챗구멍에?" 나타나는 물음표의 강세는 소리 자체를 강조하거나 시적 주체의 감정을 강하게 전달하는 효과를 창출한다. 또한 종장 제3마디음보~4마디음보에 나타나는 "피는 족족 // 죽는 꽃!"으로 강조되는 느낌표는 정서 전달에 단호한 의지를 보인다. 뿐만 아니라 3회에 걸쳐 활용되고 있는 쉼표의 사용은 시어와 문장을 끊어 읽게 함으로써 시행의 휴지休止와 종장이 산출해낼 여운의 효과까지 의식하고 있다. '꽃'을 매개로 하여 움직이는 호흡의 정지와 이어짐이 봄의 정취를 감각적으로 드러낸다.

> 막, 껍질을, 깨고 나온, 채, 눈도, 뜨지 못한, 그러면서 연거푸, 연거푸 뻗대는 새의…… 살 없는, 다리뼈에 번지는, 감파르족족한, 저, 핏물
>
> 그 뒤로
> 새를 보면
> 잔약한 가슴뼈가, 입안에서 바싹 씹히는 물 젖은 날갯죽지가,
> 날것의 비린내 속에 덧게비치곤 한다
>
> —「새—부화」 전문(『달의 門下』)

양상을 중심으로」, 『현대문학의 연구』 42, 한국문학연구학회, 2010, 381쪽)

「새-부화」는 잦은 쉼표와 말줄임표의 사용으로 시적 분위기가 고조된다. 그는 1연에서 11회의 쉼표와 1회의 말줄임표를 사용하였고, 1연과 2연을 합하면 짧은 단시조에 모두 13회의 쉼표를 활용하여 시적 함의를 확장해나간다. 여기서 적극적인 말줄임표의 활용은 시조의 평면적인 진술에서 벗어나 소리의 음성적 효과를 강화하면서 '호흡률'의 패턴에 변화를 일으킨다. 특히 1연 "막, 껍질을, 깨고" 나오면서 새가 부화하고 있는 장면에 긴장감을 불러일으킨다. 인용시는 관조적 주체의 시선에 따라 새가 깨어나는 동작을 시조로 형상화하고 있다. 이때 쉼표의 활용은 감정의 전이를 통하여 긴장과 탄력을 부여하는데, 그것은 새가 부화하는 단조롭고 일상적인 리듬에 변화를 주면서 시조의 호흡을 불규칙적이고 불균등하게 만든다. 반면 2연에 활용되는 말줄임표는 구문론적 구조를 강제하면서 호흡을 가다듬게 함으로써 긴박한 템포를 안정시키는 효과를 준다. 이처럼 1연은 시조 1수로서 새가 부화하는 시간상의 움직임을 한 행으로 구성한 것이며, 2연은 시조 2수를 '시행엇붙임'으로 시도하는데 초장 뒷구를 중장이 이어받으면서 새가 부화한 이후의 모습을 4행의 배열을 통해 풀어내고 있다. 그는 한 편의 시조에서 1수와 2수의 표면적 형식을 달리하여 심리적 차원에서의 이미지 전개에 초점을 맞추면서도 리듬 효과까지 고려하는 모습을 보인다.

산꿩이 울다 놓친
경상도 풀빛 고향

키 큰 수수밭머리

사위어 간 초가 몇 채

문살에

발갛게
번지는

산 시오리
저녁빛

—「저녁빛」 전문(『키 작은 나귀 타고』)

박기섭은 전통시조 형식의 리듬에 대한 인식론적 전환을 요청한다. 소위 정형이라는 규칙성을 탐색하는 전통적 리듬론은 현대시조의 개성적인 성격에는 잘 부합하지 않는다. 따라서 현대시조의 언술 방식에 따른 실험이 전통시조의 정형 율격 앞에서는 속수무책일 수밖에 없다. 그러나 현대시조라는 양식이 '지금' 존립해야 한다면 그 근거의 변별은 '차이'의 표출에 있을 것이다. 박기섭의 시조는 현대적 리듬에 정형률이 공존하는 감각적인 미학을 구현해낸다. 시조에서 독자적인 규칙이 발견되는 곳은 '종장'[29]이라고 할 수 있는데, 특히 종장의 제1마디음보 '3음절' 규칙은 시조의 불문율이며, 2마디음보는 반드시 '5음절 이상'이 되어야 한다. 「저녁빛」에서 종장의 제2마디음보는 "발갛게 번지는"으로 6음절에 해당하며 얼핏

---

29 "종장 제1음보는 기준 음절수 미만(3음절)이고 제2음보는 기준 음절수를 초과(5음절 이상)한다."(김제현, 『현대시조작법』, 새문사, 1999, 26쪽)

보았을 때 큰 문제는 없어 보인다. 그러나 여기에서 박기섭 시조의 독특한 종장 운용방식을 확인할 수 있다. 하나의 호흡 마디로 구사한 종장 제2마디음보를 행가름을 통해 분절시켜 놓으면서 "발갛게 // 번지는"을 독립된 '행'으로 배열하고 있다. 이는 은은하게 번지는 저녁 노을의 흐름을 짧은 휴지休止 효과로 보여준다. 다행히 호흡의 마디음보로 추정할 수 있는 외적 표지가 확실해 보이지만 이것은 시조 종장의 규칙에 반反하는 자의적인 분절임이 분명하다.[30] 그러나 두 행으로 구성된 각각의 3음절은 율독상의 경계를 나타내면서 발화상의 고유한 호흡 패턴을 규제하는 방식으로 드러난다. 다시 말해 박기섭은 시조의 규칙 또한 발화상의 호흡을 유력한 지표로 간주하여 호흡상의 발화 패턴에 따른 분행이 가능하다고 본다. 이와 같이 박기섭에게 시조 형식에 대한 근본적인 탐구는 다시 시조의 '장'과 '구'의 문제를 되묻게 한다. 여기서 문제의 핵심은 율독 패턴의 지속과 변화에 따른 상이한 리듬적 효과가 산출되며, 이미지의 분절은 내적 호흡의 충돌에 따라 일련의 변화를 감지할 수 있다는 점이다.

다시 말해 박기섭의 시조에서 선택과 결합의 축으로 작동하는 '시행발화'와 '시행엇붙임', '문장부호'와 같은 형식 실험의 문제는 시조 호흡상의 패턴을 조직하면서 나아가 시조 리듬의 변화를 규제하는 중심 지점으로 보는 것이 타당하다. 그는 '장행'과 '구연'의 자유로운 분행으로 이미지의 구성 및 배치에 유연성을 높이면서 운율적 공간의 지형도를 바꾼다. 박

30 시조도 시다워야 한다고 주장하는 이지엽은 "어쩌보면 관습화하여 3연 혹은 6연으로 획일화하는 연가름"이 시조의 문제일 수 있음을 지적하며 연가름은 "시의 내용에 따라 마땅히 그러해야 할 이유가 있을 때 언제든지 가능"한 것이라고 이야기한 바 있다. "시조 역시 자유시와 마찬가지로 각 작품의 개별성"을 지니고 있으므로 "3연 혹은 6연으로 재단"할 수 없음을 강조한다(이지엽, 『현대시조 창작강의』, 고요아침, 2014, 229~230쪽 참고).

기섭은 시조의 3장 구성에 일탈을 허용하면서 변형과 변용의 움직임으로 시조의 가능성을 회복하고자 한다. 여기서 박기섭이 말하는 시조는 모름지기 '시조가 시조다워야 한다'는 경직된 세계관을 버리고 시조 역시 새롭게 인식할 수 있어야 하며, 시조에 있어서 시적 주제나 내용, 표현 방법은 필연적으로 형식의 문제와 연결되어 있음을 지적한다. 따라서 시조의 내용과 형식은 각각의 개별적인 것으로 존재하는 것이 아니라 세계를 바라보는 관점이나 감정 상태의 소리, 속도, 강약, 고저, 장단의 변화에 긴밀하게 영향을 주고 받는 것이다. 이때 시행을 중심으로 나타나는 '호흡률'은 결국 시조를 이끌어가는 시각점으로 이해할 수 있다.

박기섭은 전통시조의 수평적 배열에서 벗어나 시조의 형식에 다양한 변주를 시도하였다. 따라서 박기섭의 시조에서 '시조성'은 오롯이 형식의 문제로 보아도 무방하다. 그는 '시조성'과 '현대성'의 차이를 자각하면서 현대시조가 나아가야 할 새로운 방향을 제시하는데 그것은 '시조성'과 '현대성'의 조화로운 상생임을 인지하는 일이다. 이와 같이 그에게 당면한 문제의식은 현대시조의 가치와 의미획득의 문제로 연결된다. 시조의 형식에 자유의 계기를 포섭하고자 했던 박기섭 시조의 질료는 '시조의 시조다움'을 위하여 '종장'에 대한 관심을 수렴한다.

3. 극대화된 종장과 시조의 단독성 확보

의심의 여지없이 시조의 '본질적 구조'[31]는 3장이다. 그러므로 시조의 언술은 초장·중장·종장이라는 3장의 본질적 구조와 연관 관계를 맺으며 에너지를 확장한다. 이때 시 텍스트는 유기적으로 연결되거나 무질서하게 병치됨으로써 의미의 충돌을 느끼게 되는데, 중요한 것은 시조의 경우 구조적 질서를 피할 수 없다는 점이다. 시조는 '3단 구성'이라는 '3단 논법'을 기본으로 하면서 처음과 중간과 끝을 계획적으로 설정하고 실현해내기 위해 힘쓴다. 이와 같은 문제의식은 한시漢詩의 절구絶句에서 확인할 수 있는 기승전결起承轉結의 전개 방식에 빗대어 설명되어 왔다. 소위 한시를 지을 때 사용되는 내용 구성 방법인 기승전결은 기구起句에서 시상을 불러일으키고 승구承句에서 시상을 확장해나가며 전구轉句에서 시상을 전환하다가 결구結句에서 마무리하며 끝맺는 방식을 일컫는다. 이때 결구에서는 기구와 승구, 전구와는 서로 다른 시상을 연결하면서 더욱 강한 효과를 일으켜야 한다는 것이 일반적인 특징이다. 실제로 시상을 구조화하는 전개 방식은 보기에 따라 시조와 대응할 수 있는 구조로 보여진다. 예컨대 시조의 초장과 중장은 기구와 승구에 해당하고 종장은 전구와 결구로 나눌 수 있다는 것인데, 이와 같은 맥락에서 한시와 시조의 의미구조를 추적한 사례도 빈번하게 있었던 것이 사실이다. 그러나 시조의 3장 구조를 단순히 한시의 기승전결에 비교하는 것은 지극히 노골적인 언술로써만 지시될 수 있는 일원론적인 태도로 비춰진다. 시조는 시상의 흐름과 내용뿐만이 아니라 형식이라는 리듬론과 긴밀한 연관성을 맺는다. 이때 음절수가 조정하는 리듬이 반복되면서 패턴화를 이루기

31 "시의 본질적 구조(우리가 그 구조에서 추출하는 "진술"의 합리적 또는 논리적 구조와 구별되는)는 건축이나 회화(繪畵)의 구조와 비슷하다. 그것은 긴장들의 구조이다. 또는, 시간 예술을 고찰함으로써 시에 좀더 접근하면, 시의 구조는 발레나 악곡(樂曲)의 구조와 비슷하다. 그것은 시간적 구성을 통해 전개된 해결과 균형과 조화의 구조이다."(클리앤스 브룩스, 이명섭 역, 『잘 빚은 항아리』, 종로서적, 1984, 210쪽)

도 하는데 이러한 요소는 작품이 종결되더라도 시조 리듬상의 완결성을 완전히 설명하기 어렵다.

가령 전통시조의 경우에도 종장은 초장과 중장에 비해 중요한 자리를 차지한다고 보았다. 시조의 종장은 완결적이고 종결적인 기능을 발휘하면서 의미의 면에서나 리듬의 면에서 어떤 세력들 간의 균형을 유지해야만 했다. 그러므로 "시조의 일반적 구조로서 초·중장의 병렬과 그것이 극복되는 곳이 종장이라는 구조원리"[32]는 시조의 조직을 하나로 통일시키는 통합체이면서 가능태의 복합체일 수밖에 없다. 반면에 어떤 것에 대한 주체적 인식과 태도는 체험을 종합하는 방식으로 시적 구조에 반영되는데 이는 언제나 논리적인 과정이 아니라 추체험되는 통제된 체험에 다름 없다. 정리하자면 시인은 시적 주체의 인식 과정을 통하여 의미와 실패의 기록을 동시에 보여준다. 그렇기 때문에 시조의 미학적 특이성을 확보하는 종장은 언제나 결말의 미완이며 결말의 실패로 사유된다. 여기서 결말은 어떠한 시적 언술로도 짐작할 수 없는, 설명이 불가능한 것이다. 그러므로 결말은 다시 미완과 실패를 통한 열린구조가 된다. 시조의 종장은 열린구조로서 현실의 체험과 진정한 재현을 고민하게 하며 갈등을 드러내는 표상으로 나타나는데 이때 응대의 흔적을 시의 자리에 기입하는 것이다. 그 과정에서 시조는 의미의 확산과 수렴의 중층구조를 형성해낸다.

박기섭의 경우 시조의 종장을 치밀하고 집요하게 탐구하면서 현대시조의 구조적 완결성에 대해 고민하였다. "시의 결론은 어떤 방법으로건—명제로건, 은유로건 상징으로건—조성된 여러 가지 긴장을 푸는 것이다.

---

32 김제현, 『시조문학론』, 예전사, 1992, 45쪽.

그 통일성은 논리적 방법이 아니라 극적 방법으로 달성되며, 공식이 아니라 힘들 간의 균형이다."[33] 따라서 시조의 종장은 시 전체의 구조와 맞물려 있으면서 의미 전개에 대한 전환점으로 기능하게 되는데, 이때 시적 전개의 '중지' 혹은 '정지'에 대한 감각을 불러일으킴으로써 시적 의미 전달의 성패를 좌우한다. 한편으로는 시조의 종장이 시적 의미를 강화하는 역할을 하며 또 다른 지평을 형성하고 새로운 의미망을 펼쳐놓는다. 다시 말해 이것은 의미의 '생산'과 '배반'이라는 이중의 운동으로 볼 수 있다. 이때 확정되지 않은 '여백blanks'의 열림은 시조의 '본질적 구조'를 유동적으로 분절시키거나 편입시켜나가면서 시간의 지평성을 내포하게 된다.

결국, 시조 종장의 의미나 형식의 반복은 개별 작품마다 상식적인 결론을 벗어나는 다른 방식을 취해야 한다. 그런 의미에서 박기섭 시조의 종장을 살피는 일은 현대시조의 시의식을 살피는 일로서 궁극적으로 현대시조의 미학적 가능성을 엿보는 일이다. 이때 시조의 방향과 "시-공간 내에서의 그의 전진은 끊임없이 그의 앞쪽에 미래와 지평을 재창조한다. 그가 기획한 것들을 '실현해나감'에 따라, 또 다른 가능태들이 장래의 머나먼 시간들 속에서 모습을 드러낸다. 발견된 지평 하나하나에서 탐험해나가야 할 새로운 지평"[34]을 구축해내는 것이다. 따라서 박기섭 시조의 지평구조와 의미 생성에 대한 특수성은 시조의 처음초장과 중간중장을 지배하면서 시공간적 지평을 초월하는 일이며, 일종의 마무리종장 의식을 규명하는 일이다. 즉 종장은 의미적층의 긴장을 발산하는 과정이므로 층위적 리듬을 구현한다고 볼 수 있는데, 그와 같은 믿음은 박기섭이 강조하는 정형률

33 클리앤스 브룩스, 이명섭 역, 『잘 빚은 항아리』, 종로서적, 1984, 213쪽.
34 미셸 콜로, 정선아 역, 『현대시와 지평 구조』, 문학과지성사, 2003, 87쪽.

이전의 '인간율'[35]이라는 사유와도 관련이 있다. 그는 시조의 3장을 선택과 결합에 의해 구축되는 연속적인 질서의 체계로 인식하면서 행간 속에 숨어있는 사유의 분광을 보고 싶어 했다.

> 시조는 맺고 푸는 형식입니다. 맺되 옹이를 지우고, 풀되 굽이치는 여울을 둡니다. 시조의 생명은 긴장과 탄력, 절제와 함축을 바탕으로 완결의 미학을 추구하는 데 있습니다.[36]

박기섭에 의하면 시조는 "맺고 푸는 형식"이다. 그는 이러한 정체성을 부여받게 된 시점부터 시조를 통하여 해명하고 싶은 것들을 포착하려 했다. 시적 상상력의 기저에는 "맺되 옹이를 지우고, 풀되 굽이치는 여울을" 두듯 삶과 시조를 한데 묶어보려는 시인의 태도가 있다. 지극히 원론적인 이야기지만 그는 시조의 생명력을 "긴장과 탄력, 절제와 함축"에 두면서 "완결의 미학"을 추구하는 미적 거리의 확보가 우리의 지평이자 시조의 지평이라고 보았다. 이러한 가운데 시공간적 잠재성은 시조의 결말 맺기 방식인 종장에서 살펴볼 수 있다. 그것은 과거와 장래의 지평을 향해 무수히 열려있으므로 이때 완결의 미학이 품고 있는 종장의 이중성은 확정되지 않은 지평 세계와 다름없다. 박기섭은 종장을 '소멸'이며 '생성'의 차원으로 인지한다. 이렇게 볼 때 시조의 종장은 무한한 가능성의 차원이자, 가능성의 끝이다. 박기섭은 시적 주체의 정조가 고양되는 순간과 의미 발

---

35 "시조의 형식은 정형률이기 전에 '인간율'이다. 때문에 그것은 부리는 이의 성정에 따라 얼마든지 개성적인 형식을 재창조할 수 있다."(박기섭, 「매화와 휘파람새」, 『하늘에 밑줄이나 긋고』, 만인사, 2003, 80쪽)

36 박희정, 「옹이와 여울의 시학」, 『우리시대 시인을 찾아서』, 알토란북스, 2013, 27쪽.

생의 순간에 발현되는 긴장을 멀리까지 연장시킨다.

> 그대 앞에 나는 늘 새벽 여울입니다
>
> 그 여울 소리 끝에 불 켜든 단청입니다
>
> 다 삭은 풍경風磬입니다, 바람입니다, 춤입니다
>
> —「춤」 전문(『하늘에 밑줄이나 긋고』)

「춤」에서 눈에 띄는 것은 각 장에 드러난 '-입니다'의 반복과 병렬구조이다. 이것은 단순해보이는 반복 안에서 같고 다름의 의미를 중첩시키고 때로는 감춰진 서정의 두께를 읽어내기도 한다. 나아가 순차적인 언어의 한계를 극복하면서 의미의 변이를 만들어낸다. 따라서 반복과 병렬은 '차이'로서 창출되는 내부 리듬과 다름없다. 특히 종장 3회에 걸쳐서 나타나는 "다 삭은 풍경風磬입니다, 바람입니다, 춤입니다"의 점층적인 반복구조는 리듬의 시각화를 생성하며 시조 한 '장'에 속도감을 부여하고 있다. 사랑의 모습을 그리는 시적 주체의 상징 이미지는 "여울", "단청", "풍경風磬", "바람", "춤"과 같은 동선을 만들면서 시적 의미를 선명하게 한다. 이때 단순 반복에 의한 병렬구조는 등위적 언술을 통하여 시조의 의미를 응집시키면서 서정적 정서를 강조하지만 동시에 긴장을 해소시키고 안정감을 주는 역할을 수행한다. 이렇듯 인용시 종장에 집중적으로 변조된 도식적인 리듬은 시간적 연쇄를 보이면서 의미상의 진행 과정을 효과적으로 넓혀간다.

새벽 여울 아니라면 서녘 붉깔입니까

정이월 해 짧은 날 남아 부신 볕뉘입니까

한 그릇 세숫물 속에 흘러 넘친 고욥니까

—「새벽 여울 아니라면—춤 · 別曲」 전문(『달의 門下』)

앞에서도 살펴보았듯이 그의 시조에 나타나는 '춤'은 3장의 고적한 행간을 지피는 서정적 움직임이다. 「새벽 여울 아니라면—춤 · 별곡別曲」에서 리드미컬한 춤의 움직임은 동일하게 반복되는 '-ㅂ니까'의 의문형 종결어미를 통해 확산된다. 이때 '붉깔', '볕뉘', '고요'와 같은 시어의 호응이 시적 진폭을 확장시키고 있다. 특징적인 것은 새벽과 노을, 짧은 해와 부신 볕뉘, 한 그릇 세숫물과 넘치는 고요라는 대조적이고 상호모순적인 이미지들을 한 장에 펼쳐놓고 연쇄적인 화법으로 시조 3장의 제4마디음보를 반복함으로써 형태적으로 강한 종결력을 촉구한다는 점이다. 이때 '-ㅂ니까'가 함유하고 있는 다각적인 성질과 그에 의해 촉발되는 감각의 통합은 형태적인 차원에서 의미의 층위를 넓혀나간다. 이에 따라 촉발되는 감각의 기능도 각 장에 나타나는 공간의 느낌을 환기시키는데, 여기서 종결적 구문의 지표는 한 수의 구분을 수반하는 동시에 한 장의 단독적인 기능을 강화하는 방식으로 나타난다.

뉘 없이 우리 둘만이 무장 걸어서 간다면?

—「천년의 하루」 1수 종장(『키 작은 나귀 타고』)

황급히 빨아 대나니, 오오 즐거운 탐식!

—「미물론(微物論)」 3수 종장(『默言集』)

천리를 휘달려 온 그 피의, 그 가공할 살의!

—「연가」 종장(『비단 헝겊』)

그냥 그 꽃분홍이랄까, 뉘 두 볼에 떠오던 빛!

—「복사꽃물」 종장(『하늘에 밑줄이나 긋고』)

하루믄 병균도 다 죽는다는디, 입병은 무슨 입병?

—「참쇠와 퉁쇠–김용락(66)」 종장(『엮음 愁心哥』)

아무렴, 내 시의 폐업은 저 가을 속일까 보아

—「가을 烙畵」 1수 종장(『달의 門下』)

내 속이 이코롬 타는데 뭣이 어째, 생트집?

—「角北–나락밭에 제비」 2수 종장(『角北』)

오, 너는 어느 만년설을 홀로 건너온 무지개더뇨

—「나의 직립보행」 4수 종장(『서녘의, 책』)

어이쿠, 열 많은 열구름 날비 아니 뿌릴까

—「우화 3」 3수 종장(『오동꽃을 보며』)

박기섭 시조에 나타나는 종결어미의 강화는 종결사의 다양성에서도 확인할 수 있다. 특히 그는 의문형과 감탄형 어미를 사용하여 시적 주체의 심리적인 지형을 그려낸다. 의문형과 감탄형 종결사는 전통시조에서 빈번하게 확인할 수 있는 종결방식인데, 현대시조에서는 그 빈도수가 확연히 떨어진 것이 사실이다.[37] 이것은 전통시조가 듣는 사람의 관계성을 중시하는 청자 지향적 문학이라면, 현대시조는 이야기의 주체적인 화자 중심적 문학성을 강조한다는 사실에 빗대어 생각할 수 있다. 현대시조는 고유의 개인성을 중요시하면서 현대인들의 복잡다단한 정서를 담고자 한다. 그러나 박기섭은 전통시조와 현대시조의 양식적 단절이 아닌 연속의 차원에서 시조의 존재성을 모색하였고, 구문적 지표를 통해 종결을 강화하는 의문형과 감탄형 종결사를 시조의 종장에 반영하였다. 이러한 시도로 그는 시조의 종장에 독립성이 강한 단독적인 문장을 구현하여 시조의 의미망을 넓혔다. 의문형과 감탄형 종결사의 문장은 감정적이고 강의적인 수사적 의문이므로 답을 필요로 하지는 않지만 청자로 하여금 상징적 뜻을 강조하는 행간의 여백을 제공함으로써 설의법의 효과까지 얻어낸다.

> 곳잔등을 움켜쥔 채 피를 뱉는 꽃이 있다
>
> 가슴을 검뉻으며 울부짖는 꽃이 있다
>
> 허옇게 거품을 문 채

---

37 민병관은 1910~1990년대 등단한 대표적 시조시인들의 시조선집인 '우리시대 현대시조 100인선'에서 대표작을 모은 시조집 이지엽 외, 『현대시조 100인 선집』을 분석하면서 종장의 배열 형태 및 종결사의 유형을 살폈다. 그 결과 고시조의 종결사가 의문형이나 감탄형이 50% 이상인 데 반해, 현대시조는 5.7%에 불과하다는 점에 주목했다(민병관, 「현대시조의 종장에 나타난 특성 연구」, 『시조학논총』 40, 한국시조학회, 2014, 125~126쪽 참고).

바둥거리는

꽃, 아닌 꽃

뻐꾸기 먼 소리를 따라가는 꽃이 있다

눈물 글썽이며 주저앉은 꽃이 있다

파르르 입술을 떨며

자지러지는

꽃, 아닌 꽃

—「꽃, 아닌 꽃」 전문(『오동꽃을 보며』)

인용시는 2수로 구성된 연시조로 1수와 2수의 시적 구조가 동일하게 반복된다. 예컨대 초장과 중장은 "꽃이 있다"라는 평서형 종결사로 종장은 "꽃, 아닌 꽃"의 명사형 종결사로 배치되면서 부분적 독립성이 강화되었다. 그러나 형태적으로 볼 때 시조의 장과 구, 문장 구조의 결합 관계가 동일하게 되풀이되어 음악적 효과를 살리고 있다. 이때 같은 어구의 반복은 시적 주제를 환기하는 효과를 부른다. 이러한 현상은 1수와 2수의 처음과 끝이 균형을 이루고 심리적 안정감을 추구하면서 내적 의지를 강화하는 구절에서 찾을 수 있다. 초장과 중장에서는 "콧잔등을 움켜쥔 채 피를 뱉는", "가슴을 검뜯으며 울부짖는", "뻐꾸기 먼 소리를 따라가는", "눈물 글썽이며 주저앉는" 꽃의 시간을 순환적 질서로 환원하면서 주제를 집결시킨다. 그러나 「꽃, 아닌 꽃」에서 적층된 의미구조를 강조해나가는 시조의 흐름은 박기섭이 구사하는 종결 방식인 마무리의 암시성과도 관련이 있다. 초장과 중장에서 '-있다'로 산포되었던 의미망이 종장에서 통합과 응축을 이루게 되는데, 이때 '꽃,'과 '아닌' 사이에 쉼표라는 긴장감과 휴지休止의 자리가 마련되어 '꽃'이라는 명사형 종결사에 짧고 굵은 여운이 생긴다.

포장집 낡은 석쇠를 발갛게 달구어 놓고
마른 비린내 속에 앙상히 발기는 잔뼈
일테면 시란 또 그런 것, 낱낱이 발기는 잔뼈

—가령 꽃이 피기 전 짧은 한때의 침묵을
—혹은 외롭고 춥고 고요한 불의 극점을
—무수한 압정에 박혀 출렁거리는 비애를

갓 딴 소주병을 정수리에 들이부어도
미망의 유리잔 속에 말갛게 고이는 주정酒精
일테면 시란 또 그런 것, 쓸쓸히 고이는 주정酒精

—「꽁치와 시」 전문(『默言集』)

「꽁치와 시」는 구체어와 추상어의 결합으로 현실에 대한 내적·외적 갈등을 반영한다. 그는 꽁치의 '잔뼈'를 살피면서 시인의 '시의식'을 밝히고 있다. 1수에서는 구운 꽁치를 두고 "앙상히 발기는 잔뼈", "낱낱이 발기는 잔뼈"라는 수직적인 시어를 상징적 장치로 사용한다. 3수에서는 "유리잔 속에 말갛게 고이는" 소주의 "주정酒精"을 반복하면서 "쓸쓸히 고이는" 감정의 격렬함을 소리의 주문으로 발현해낸다. 이때 "잔뼈"와 "주정"은 중장과 종장으로 2회에 걸쳐 되풀이되는데, 반복 · 변주되는 문장의 연쇄를 통하여 각 장의 의미는 해체되면서 되려 새로운 발성에 기여하고 있다. 그러나 2수에서는 신선한 병렬구조를 만나게 된다. 추상어에 해당하는 "침묵", "극점", "비애"가 '-을'의 반복을 통해 강화되는데 이때 통사적 유사성을 지닌 세 단어를 미완의 병렬구조로 확산해낸다. 이러한 구문의 반복은 박기섭 시조에 나타나는 현실의 애환과 슬픔, 불투명한 불안에 대한 이미지를 고양시켜 한꺼번에 풀어내고 있다. 특히 목적격 조사인 '-을'이 지시하는 목표의 방향은 여분의 기대를 남기지 않는다. 되려 그것은 1수와 3수에서 노출되는 시어 '꽁치'와 '시'라는 이분법적인 사유를 하나로 묶어준다. 박기섭은 은유에 의한 전이의 일체를 일상의 경로로 드러내고자 하면서 그러한 의도를 지속하기 위하여 상징적 시어들을 매개한다. 결국 그의 시조 종장에 나타나는 시어의 반복은 시간적, 경험적 층위에 변화를 주고 의미를 누적하면서 시적 주제를 통합하는 기능을 한다.

사람 없는 집에 살구꽃은 필락말락

(그래 흥, 필락말락)

저뭇한 산그늘에 봄비는 들락말락

(그래 흥, 들락말락)

생각은 끊일락이을락 기별은 또 올락말락

(그래 흥, 올락말락)

—「角北—살구꽃은 필락말락」 전문(『角北』)

「각북角北—살구꽃은 필락말락」에서 운율의 입체감을 더하는 것은 의태어의 쓰임이다. "필락말락", "들락말락", "올락말락"은 시적 의미를 보강하는 장치로 쓰인다. 이것은 주제에 따른 정서의 부가적인 운율감을 드러냄으로써 시의 리듬을 구성하는 가장 기본적인 실현이기도 하다. 아울러 '-락 -락'의 반복이 주는 울림은 정서적인 여운을 남기는 동시에 밋밋함을 완화하는 역할을 한다. 특히 인용시에서 주목할 만한 독특한 지점은 초장과 중장, 중장과 종장 사이, 종장의 뒤에 자리한 독립된 '행'의 자리이다. 그것은 의식적으로 시적 주체의 정서를 환기하는 소리인 '그래 흥, -'의 반복구로 나타난다. 이때 부가적인 반복구로 드러나는 일종의 '여흥'은 시조의 한 장과 병행을 이루면서 시조의 '장'과 한 '쌍pair'의 구조로 발현된다. 이 같은 특징은 일종의 '반여음半餘音' 효과를 창출한다. 마치 민요의 후렴처럼 동일하게 반복되는 괄호 안의 문장이 서정적 운율감을 형성할 뿐만 아니라 감정을 증폭시키는 것이다. 비로소 "사람 없는 집에", "저뭇한 산그늘에" 집중되는 마음의 움직임은 '꽃'과 '비'가 취하는 형태적 특질을 마음의 모양으로 그려낸다. 그는 종장에 다다라서야 "생각은 끊일락이을락 기별은 또 올락말락"하다며 복합적인 의미의 기틀을 마련하고 있다. 이때 'ㄱ'으로 집중되는 소리자질은 지속적인 반복의 적층을 통해 시적 패턴을 구축한다. 이러한 상황을 고려해볼 때, 그가 외관상의 병렬과 반복적 병렬구조의 병행을 통해 보이고 싶었던 종결 방식은 지속인 것이다. 지속은 그의 시조에서 사건의 종결이 아닌 사건의 여분을 기대하게 한다.

黃梅山

가다가 본다

개오동나무 개오동꽃을

개오동나무 개오동꽃을

황매산

가다가 본다

그

서녘

반짝이는 물,

그 물 속의

개오동꽃

—「개오동꽃」 전문(『하늘에 밑줄이나 긋고』)

「개오동꽃」에서도 종장은 의미의 지속이면서 의미의 적층 구조를 취하고 있다. 그는 다양하고 다채로운 시조의 형식을 주조하면서 정격이라는 갇힌 틀의 폐쇄성을 완화하기 위하여 형식적 실험을 계속하였다. 더욱이 시상의 구조가 형식의 틀에 갇히는 것을 우려하였는데, 이때 그의 시조에 드러나는 종결 방식은 구조화된 체계를 밝히는 선택과 결합의 관계로 문장 전개의 통합체, 그 이상의 것을 환기한다. 이러한 점에서 시조는 각 '행장'에서 형성된 의미가 다음 '행장'을 위한 단서로 작용하면서 본질적으로 시적 의미와 시적 의도의 필연성을 담보한다. 박기섭에게 종장은 도래할 미래로 나아가 새로운 인식에 도달하려는 실현의 동력이다.

시조의 경우 종장이라는 종결부가 명확하게 구분되는데, 박기섭은 시조의 전개에 일종의 전환점을 마련하는 종장의 마디음보를 자유롭게 위반하고 부정하면서 의도의 힘에 따른 계산된 전략을 펼친다. 예컨대 인용시의 1연 1~3행은 초장, 4~6행은 중장에 해당한다. 그는 '黃梅山'과 '황매산'을 시각화함으로써 보는 이의 시선을 주목시킨다. 게다가 "가다가 본다"라는 다의적인 의미를 품은 문장의 반복은 리듬에 기여하는 의식적인 장치다. "개오동나무 개오동꽃을" 보겠다는 그의 의지는 형태적으로 안정감을 보이다가 종장 "그 // 서녘 // 반짝이는 물"을 통해 전환된다. 비로소 시상의 전개가 이전과는 다른 새로운 국면에 접어들게 되는데, 이는 종장 제1마디음보에서 '그 / 서녘'이라는 단일 마디음보의 호흡 분절과 2마디음보의 분행을 통해 상황적 맥락의 전환을 유도하면서 장면의 변화를 초래한다. 다시 시적 주체는 "그 물 속의 // 개오동꽃"과 직면함으로써 시적 주체가 의도한 시적 의미를 강하게 드러내려는 의도를 보인다.

①
남녘 대밭이다, 밤 소나기 때리는
때리면 때릴수록 짙푸르게 일어서는

그
대밭

가득히 고인

슬픈 시간의 잔해

―「내 그리움은」 전문(『默言集』)

②

검은 바다 위에 섬이 이렇듯 아름다운 폭발의 기억으로 남아 있기까지 섬이 이렇듯 속 깊이 앓던 불을 삭여 숭숭 서러운 바람 구멍을 내어 놓기까지

사람들은 향기로운 폐허의 예감 속에 철근을 쑤셔 박고 콘크리트를 비벼 넣으며 온갖 허섭스레기 헛기침으로 세기말의 짧은 평화를 구가하느니

그

섬의

내밀한 불은 다만 쉬고 있을 뿐이다

—「섬이 이렇듯」 전문(『默言集』)

인용시 ①과 ②에서 살펴볼 수 있는 공통적인 특징은 종장에 나타나는 구조적인 사형 배열이다. 두 시조는 종장 '3음절'의 단일 마디음보를 2행으로 분절하여 배열하였으며, 각 행의 길이가 아래를 향해 점차 길어지거나 급격하게 연장된 형태를 보이고 있다. 시각적 양감에 따른 점층적인 리듬은 박기섭 시조가 고려하는 시각적 리듬의 연속적인 배치라고 할 수 있는데, 한편으로는 전통시조 종결부의 특성을 크게 벗어나므로 문제가 있어 보이는 것이 사실이다. 전통시조에서 종장은 주로 한 장의 배열이 주를 이루면서 "종장의 분립성, 제1음보의 감탄사적 성격, 제1음보의 3음절 고정, 제2음보의 율조의 파격"[38]을 기본적 특성으로 하고 있다. 이에 반해 박기섭이 구사하는 현대시조의 종장은 배열의 형태에서부터 확연히 구별된다.

38 최동원, 『고시조론』, 삼영사, 1986, 176쪽.

①은 단시조의 초장과 중장을 한 장의 형태로 배열한 반면에 종장은 별개의 독립된 연과 행으로 배열하였다. 그는 "가득히 고인 // 슬픈 시간의 잔해"가 드러내는 그리움의 형체를 쌓여있는 무게로 표현해냈다. ②는 초장과 중장이 길어진 사설시조이며 산문 형식을 빌어 바다의 정경을 서술하였다. 이때 산문성은 자유의 표출처럼 읽혀지지만 그 이면에는 간결한 압축미와 치밀한 시선의 배치가 숨어있다. 예컨대 마침표를 제거한 의도적인 줄글, '섬이 이렇듯', '-까지', 후두유기마찰음 'ㅎ'의 반복은 풍경의 움직임을 확장할 뿐만 아니라 정서적 밀착감을 고조하며 시적 주체의 심정을 지속시키는 데 효과를 높인다. 이러한 시행의 배열이 발현해내는 의미의 누적은 종장의 완결과 함께 새로운 지평구조를 형성한다. 다시 말해 "그 // 섬"의 돌올한 형상은 직접적인 감정의 표출을 지양하면서 감정의 층위를 극대화한다. 주체와 대상은 전경화를 이루는데 여기서 종장은 다시 종결의 지속으로 의미를 누적하는 것이다. 결국 그의 종장은 전체를 결부하는 과정을 거치며 최초의 지점을 환원하는 매개가 된다.

①

한 번 빠져서는 빠져 나오지 못하는, 뼈도 안 남기고 다 발겨낸 독 안의, 쥐

비어서 가득한 고요의, 텅 빈 독 안을 내닫는, 쥐

—「쥐」 전문(『달의 門下』)

②

새앙쥐 한 마리가 시계 속에 들어갔다 초침 분침에 시침까지 갉아대더니

태엽이 다 풀린 아침 온데간데없는………… 쥐

—「불면」 전문(『달의 門下』)

「쥐」와 「불면」에서는 '쥐'가 핵심 이미지로 드러난다. 이때 '쥐'는 하나의 상징이면서 새로운 시도를 가능하게 하는 형식 실험의 낱말이다. '쥐'는 시인이 시적 의도를 숨기는 독립의 시어가 되는데, 그것은 시조의 외연을 강화하면서 시간적 흐름과도 긴밀하게 연결된다. 이처럼 시적 의미와 의도는 시의 종결에 해당하는 종장을 향해간다. 가령 시조의 종장 4마디음보에서 시조는 대개 마무리 의식을 가진다. 시조의 종장은 마지막 시간에 기술되기 때문에 미래의 사건이면서 동시에 이전의 시간을 포괄하는 지표가 된다. 따라서 시조의 시작과 끝은 각각의 독자적인 구조를 형성하면서 상존하는 구조를 유지할 수밖에 없다. 특히 시조의 종장은 초장과 중장을 접속 또는 통합 종결하는 장이므로 이야기의 시간 기술에 이미 미학적 가능성을 품고 있다. 결국 어떤 새로운 것의 출현은 기존의 의미론적 지평과 내부의 짜임 관계를 넓히는 대립적인 것이다. 이러한 지평 내부에 "시적 시간이 창조되는 지점은 대개 기술되는 시간의 전개에 있어서 시의 이야기의 시간이 마무리 될 무렵에 종결을 예비하는 표지가 나타나는 부분부터이다".[39] 이를 '종결 예비 단계'[40]라고 부를 수

39 윤의섭, 「한국 현대시의 종결 구조 연구」, 『한국시학연구』 15, 한국시학회, 2006, 168쪽.
40 "종결 예비 단계 역시 종결부에 포함된다. 종결 예비 단계는 시의 종결이 시작되고 있음을 알려 주는 단계라고 할 수 있다. 종결 예비 단계는 종결부 이전까지의 의미적, 시간적 흐름이 수렴되는 양상을 보인다. 시인은 이 단계에 이르러 종결을 예비하게 되고 시의 전체적 의미의 시간적 흐름을 마감할 준비를 한다. 또한 시의 전반적 흐름에서 형성된 감정과 의미의 내적 리듬이 종결 예비 단계에 이르러서는 차분히 가라앉는 느낌을 주며 다시 시의 종결에 강한 어조가 형성되도록 유도하는 기능을 한다."(윤의섭, 「한국 현대시의 종결 구조 연구」, 『한국시학연구』 15, 한국시학회, 2006, 169쪽)

있는데, 이 시점은 다시 종결 이전과 종결 이후를 구분하게 하는 하나의 표지가 된다.

인용시 ①과 ②의 경우 '쥐'를 부각시키며 상황적인 묘사를 기술하고 있지만 시적 주제와 정서에 따른 부가적 의미가 다르게 드러나는데, 이러한 원인은 문장부호의 활용에서도 확인할 수 있다. ①에서는 문장의 통사적 단위뿐만 아니라 강조하고 싶은 시적 의미를 가시화하기 위해 쉼표를 활용하고 있으며 ②에서는 가운데 찍힌 6개의 점이 2회 반복되어 총 12개의 점이 말줄임표로 찍혀있다. 이는 시간적 지연을 대기시키는 의미로서, 행방이 묘연해진 쥐의 상황적 맥락을 유추하게 하면서 해석의 여지를 남겨준다. 요컨대 문장부호의 효과는 시적 의미와 의도를 적층시켜나가는 종결 예비 단계에 대한 기대감을 형성한다. ①은 "비어서 가득한 고요의," 에서 쉼표가 "텅 빈 독 안"의 쥐라는 강한 어조를 유도하는 종결 예비 단계의 기능을 하며 ②는 "태엽이 다 풀린 아침 온데간데없는…………"에서 말줄임표로 남은 정서적 여운이 "새앙쥐 한 마리가 시계 속에" 들어간 긴박한 분위기를 차분히 가라앉히는 효과를 주며, 종결부에서 쥐의 이미지를 입체화시키는 역할을 한다.

③

돌바닥에 홍건히 괸 어둠의 멱피를 찍어
마구 막치로 환을 치듯 환을 치듯
울음도 웃음도 아닌,
슬픈 쾌감의

일인무一人舞

―「처용」 전문(『하늘에 밑줄이나 긋고』)

박기섭 시조에 나타나는 종장은 시조 3장의 완결을 위하여 구조적 움직임이 이루어지기 시작하는 부분이며, 다시 시조의 종결을 의식하기 시작하는 부분으로 시조를 구속하는 새로운 힘의 관계에 있다. 시조의 '장'은 독립된 '행'이므로 각 장마다 종결부가 존재해야 하는 것이 일반적이지만 시조의 형태가 전체로서의 시조 자체의 종결을 보증하는 것은 아니라는 점에서 시조의 종장은 부분과 전체로서의 성취를 놓고 이루어져야 한다. 그러나 여기서 강조하고 싶은 것은 종장이 시조의 전체적인 의미와 시간적 흐름을 개연성 있게 연결시키는 독자적인 '장'이 되어야 한다는 점만큼은 부정하기 어렵다는 사실이다. 하지만 인용시 ③에서는 '행'과 '연'의 배열이 강조되면서 종결부 이전까지인 종결 예비 단계의 구분이 확연하게 드러나고 있다. 중요한 것은 그가 구사하는 종장이 새로운 것의 출현으로 발생되기 이전까지 주도하던 '장' 전체의 구조적 짜임, 그 자체를 바꾸고 있다는 점이다. 이와 같은 현상은 소급적으로 박기섭만의 시적 조건을 정립해나가면서 전체와 부분의 리듬을 조절하고 기획하는 양상을 보여준다. 이러한 맥락에서 인용시의 종결부인 '일인무一人舞'는 통사적 구분에 의한 독립된 분행으로 자리하면서 시조의 이미지 전개를 뒷받침하는 구체적인 사건이 된다.

1

더러는 하산길의 억새풀로 꺾이다가

계룡갑사鷄龍甲寺 어귀쯤의 객으로나 와서 앉아
처연한 하늘빛 보고 망연자실하느니……

2
가을도 무량겁을 벗고 앉은 법당 마루
그 저녁빛 속절없이 단청은 무너지고
문밖에 말갛게 닦인 접시 하나 놓여 있다

—「가을 갑사(甲寺)」 전문(『키 작은 나귀 타고』)

종결 예비 단계를 거쳐 종결부로 이어지던 종장은 종결부의 수렴 이후에도 시적 여운의 지속성을 유지한다. 시의 의미가 시간 흐름상의 어떤 시점에서 종결의 의미를 얻기 위해서는 그것이 어떤 사건을 중심으로 '단절'되는 것인 동시에 '연속'되는 것이어야 한다. 그러므로 단절과 연속의 동시성이 끊임없이 시적 의미의 질적 고양의 문제로 수렴될 수 있다. 인용시는 「가을 갑사甲寺」라는 주제로 1과 2를 분리하여 기술하고 있다. 이때 1의 종장에 이르면 "망연자실하느니……"에 시선이 주목된다. 종장의 제3마디음보~4마디음보에 해당하는 이 구절은 통사적 단위로 진술된 하나의 의미마디음보로 볼 수 있지만 시조의 규칙적인 4마디음보로 유추해보자면 그것의 최소 형식은 불완전한 것, 추상적인 것으로의 결과를 초래한다. "망연자실하느니"를 7음절에 해당하는 하나의 마디음보로 규정했을 때 종장의 제4마디음보가 생략된 형태를 보이기 때문이다. 다만 여기서 특이한 점은 1수 종장의 마지막 공간이 말줄임표로 생략되어 미완의 구조를 보이고 있다는 것이다. 이때 말줄임표의 자리는 존재하는 것이면서 존재하지 않는 것으로 '비-존재'의 모습을 드러낸다. 다시 말해 박기섭이 시도한 형태적 실험의 가치는 어떤 의미체계에 도전하는 일이면서 어떤 의미체계 자체를 거부하는 하나의 단상으로 이해할 수 있다. 이러한 지점에서 우리는 말줄임표로 제시된 빈 공간이 불러오는 감정의 층위를 헤아리게 되는데, 1에서 발생한 정서적 울림은 종결 이후에도 의미의 여운을 지속시키지만 2를 통해 적층된 의미를 수렴해내면서 확산하는 종결방식을 보인다.

> 거칠게 빨아들인다, 살 맞은 짐승처럼
>
> 길게 목을 늘인 채
>
> 기슭에
>
> 웅크린 산
>
> …서서히 빨려 오르는 저, 계곡 밑바닥의 욕정
>
> ―「아침의 산」 전문(『비단 헝겊』)

원칙이란 지극히 단순하고 원론적이므로 고정된 실체다. 이때 원칙은 지켜야만 하는 것이고 지켜져야만 하는 것이지만 실천의 의무와 윤리는 개별 시인의 몫이다. 「아침의 산」에서는 종장의 제1마디음보에 '… 말줄임표'를 담으며, "서서히" 차오르는 복합적인 감정의 층위를 말줄임표로 구사해낸다. 할 말을 줄이거나 말없음의 상태로 표시되는 말줄임표의 활용은 침묵의 '결'과 '흐름'을 끌어오는 데 도움을 준다. 가령 이제 "…서서히"는 말줄임표가 생략된 "(…) 서서히"가 될 수 있다. 말줄임표의 역할은 애초부터 '무언부'의 영역으로 자리하기 때문에 있어도 없는 내면의 추상을 환기하는 자리다. 박기섭이 구사하는 말줄임표는 매순간마다 시간의 흐름 속에서 자기 변용의 리듬을 만들어내는데 이것은 끊임없이 머무르는 것이며 머물러 있는 것에 저항하는 것이다. 그는 시조의 '3음절' 원칙을 자발적으로 위반하면서 넓은 의미의 시조-쓰기를 실천하는데 이때 시조는 미리 규정되어 있는 고정된 원칙을 이야기하는 것이 아닌 자기 자신과 관계 맺는 부정성의 운동으로 기입된다. 그는 시조의 형식에서 궁극적으로 시조의 최종적 지평 세계인 종장과 관련하여 시가 재구되고 내재화되는 과정을 보여주었다. 즉 초장에서 중장으로, 중장에서 종장까지 전진하는 거리의 폭을 의도하면서 세계를 재현하였는데, 이러한 이행의 반복은 고정되지 않고 그것 자체로서 새로운 창조의 이름이 되었다.

> 쉰의 이쪽에서 문득 건너다보는 늦마흔 저쪽 풍경의 눈부신 억새밭이여
>
> —「角北-艾年」 전문(『角北』)

「각북角北 – 애년艾年」에서는 시조의 초장이 사라지고 중장과 종장만 접속 혹은 통합되면서 개성이 돋보이는 시형을 구축해냈다. 50세의 나이를 뜻하는 '애년艾年'은 일상적 시간과 문학적 시간을 연결 짓는 하나의 상징이다. 말하자면 삶의 중턱을 넘어가는 '애년艾年'의 삶과 시간의 속성은 구체적으로 의식하지 않는 연속의 차원에 있다. 그러나 문학적 시간 속에 '애년艾年'은 객관적이고 측정 가능한 시간을 요구한다. 사건이 일어나는 순서나 혹은 질서의 개념에 있어 문학성을 중심으로 해명될 수 있기 때문이다. 그러므로 객관적이면서 주관적일 수밖에 없으며 개인적이고 비일상적일 수밖에 없다. 정리하자면 "언어의 시간성이란 문학 작품을 언제나 우리가

'소리처럼 처음부터 끝까지 순서대로 듣거나 읽어야 하며, 형체처럼 한꺼번에 볼 수는 없다'는 사실"[41]을 환기하는데 박기섭은 이러한 현상을 의식한 듯 '애년艾年'의 시간을 현재를 기점으로 재해석해낸다. 그는 현재-미래라는 인식의 문제를 조명하면서 지나간 시간의 '저쪽 풍경'을 지워버린다. 따라서 삶의 일부를 생략된 형태로 보여주기 위해 초장의 자리를 여백의 공간으로 둔다. 여기서 삶의 절반을 살아온 사람들이 바라보는 '저쪽 풍경'은 자꾸만 잊히는 기억일 것이다. 혹은 남은 절반을 살아갈 사람들의 지워질 '저쪽 풍경'은 '지금-여기'가 될 수 있다. 이와 같이 새로운 것의 출현을 이념으로 하는 박기섭 시조의 종장은 종결 이후의 지평을 여는 가능성의 공간이 된다. 그는 종장의 종결 방식을 절대적 자유로 포섭하면서 언제나 도래할 것으로 열어두는 단독의 차원을 구가한다.

①

주루룩… 흘러내릴 듯… 미끈대는… 봄의… 성기性器

—「꽃」 전문(『하늘에 밑줄이나 긋고』)

②

돌해태

콧등에 지는,

산복사꽃

41 이승훈, 『문학과 시간』, 이우출판사, 1983, 100쪽.

몇 닢

—「적멸궁」 전문(『달의 門下』)

③

나

잠깐

잠든 눈썹에

서까래를 뉘 얹었누?

—「눈썹」 전문(『달의 門下』)

④

연푸른 잇자국마다 머위꽃이 피었다

—「角北—그 봄비」 전문(『角北』)

⑤

달은 저, 서녘의 눈썹

물에 잠긴

중천中天

—「초승달」 전문(『서녘의, 책』)

박기섭은 시조의 핵심이 '종장'에 있다고 보았다.[42] 그는 종장을 시조 형식의 긴장을 촉진하며 강렬한 욕망을 실현할 수 있는 장으로 보았는데, 이를 통해 표현미학의 진경을 넓히고자 했다. 다른 한편으로는 이미지로 시조 문맥의 흐름을 주도하면서 정형미학 속에 응축된 인식의 층위를 특히 종장에서 찾을 수 있다고 믿었다. 형식의 관습에 부딪히면서 내용 혁신의 몰두를 통해 시조 양식의 스펙트럼을 넓히고자 한 그의 시편에서 눈에 띄는 성과는 종장만으로 시 형식을 드러내는 일명 '단장시조', '절장시조', '홑시조'에서도 발견할 수 있다. 조금씩의 의미 차이는 있지만 이러한 형식들이 공통적으로 지향하는 방향은 시조의 3장을 하나의 '장종장'으로 압축하여 시적 긴장을 강화하는 데 있다. "평시조의 형식에서 종장만을 독립시켜 하나의 형식으로 삼을 때 여기에 수반되는 여러 시적 정치와 이념, 역사적 맥락 등은 이 양식의 성패를 좌우하는 중요한 조건"[43]이라고 할 수 있는데, 박기섭이 시도하는 단장시조의 경우, 독특한 이미지의 직조능력이 뒷받침된다.

인용시 ①은 만물의 생장 에너지를 "미끈대는… 봄의… 성기性器"로 보고 있는데, 이때 말줄임표의 효과는 피어나는 꽃의 진행 속도를 보여주듯 점진적으로 의미 보강 및 시각적 여운을 확충한다. ②는 한적한 적멸궁의 풍경을 극대화하기 위해 길이가 짧은 단장시조에 행가름을 더하고 있다. "돌해태" 콧등에 떨어지는 "산복사꽃 // 몇 닢" 사이의 여백은 1연과 2연

---

42 "시조성의 핵심은 종장에 있습니다. 그 종장만 살려서 한 편의 시조를 쓰는 겁니다. 그러면 일본의 하이쿠보다도 더 짧은 시가 됩니다. 짧은 시일수록 절제와 함축, 긴장과 탄력, 생략과 여운이 중요한 기제로 작용합니다."(박기섭, 「시조를 위한 다담茶談 혹은 객담客談」, 임채성 외, 『이명』, 고요아침, 2019, 33쪽)

43 이재복, 「단장시조 혹은 홑시조의 형식 실험과 시적 전망」, 『현대문학이론연구』 75, 현대문학이론학회, 2018, 284~285쪽.

에 행해진 연가름의 공백으로 적막감이 더해지고, 종장의 첫 구 제2마디음보에 찍힌 쉼표로 인해 풍경의 속도가 느슨해질 수밖에 없다. ③은 잠든 사이에 벌어진 일이다. '눈썹' 아래 층층히 덧댄 '서까래'의 이미지를 부르며 기와집 한 채의 형상을 시각적으로 입체화하였다. ④는 그 봄비 지나가고 난 이후 '머위꽃'이 피어나는 상황을 묘사한다. ⑤는 하늘의 한 가운데 잠긴 '서녘의 눈썹'을 떠올리며 초승달의 모습을 구체화하고 있다.

단장시조가 물리적으로 시조의 기본형을 축소시킨 자의적인 형식이라는 우려 섞인 목소리가 있었던 것은 주지의 사실이다. 그러나 현대시조의 진정성이 "익숙한 정서를 익숙하게 일깨우면서 낯섦의 미학을 궁구"[44]하는데 있다면 이러한 시도는 새로운 시대에 대비하는 새로운 각성이라고 할 수 있다. 그것은 전통시조와는 변별되면서 현대시조의 정체성을 모색하게 하는 잠재적 근거라고 할 수 있는데, 특히 박기섭이 구사하는 짧은 시조의 절묘한 이미지 수사는 독립적으로 존재하는 단장시조의 의미장을 다시 일깨우게 한다.

1

벌거벗은 천둥 번개 다 쫓겨간 하늘가에

황금의, 수천 수만의, 고기떼를 풀어놓고

아득히 벼 익는 들녘, 나는 네게 갇힌다

---

44 박기섭, 「전통과 혁신, 확산과 모색」, 열린시조학회, 『현대시조문학사 서술 가능한가』, 고요아침, 2011, 78~79쪽.

2

황금의, 수천 수만의, 고기떼를 풀어놓고

아득히 벼 익는 들녘, 나는 네게 갇힌다

3

아득히 벼 익는 들녘, 나는 네게 갇힌다

—「벼 익는 들녘」 전문(『하늘에 밑줄이나 긋고』)

박기섭의 시조는 넓은 의미의 시조를 실천하면서 시조-세계에 대한 비전을 제시한다. 박기섭 시조에 나타나는 독특한 개성은 들뢰즈의 『차이와 반복』에서 부각하는 유일무이함으로 '단독성singularity'[45]이라는 개념으로 파악될 수 있다. 단독성이란 다른 무엇과도 바꿀 수 없는 고유성을 의미하며 이때 단독성은 '일반성generality'과 '특수성particularity'으로는 구별되는 개념이다. 등가성의 양적 질서를 중심축으로 하는 '일반성'과 '특수성'의 도식을 살펴보면 '일반성'의 영역 내에서 '특수성'은 모든 개체는 교환될 수 있고 대체될 수 있는 무엇이 된다. 그러나 '단독성'은 그 어떤 것으로도 대체될 수 없고, 교환 불가능하기 때문에 고유함을 가리킨다. 박기섭이 현대시조를 통해 발현해내는 독특한 시적 개성은 다른 무엇과도 바꿀 수 없는 자신만의 고유한 '단독성'에 입각해 있다. 그는 단독적인 시조-쓰기를 통하여 시조 형식의 보편성을 보여주려 한다.

「벼 익는 들녘」은 황금빛으로 물든 가을 들녘의 벼와 벼를 수확하고 난

45 질 들뢰즈, 김상환 역, 『차이와 반복』, 민음사, 2004, 25~78쪽 참고.

뒤 텅 비어있는 논의 공허감을 표현했는데, 여기서는 존재하는 모든 것에 대한 '단독성'을 추구했던 박기섭 시조의 투철한 자각을 엿볼 수 있다. 2수의 연시조로 구성된 인용시에서 돋보이는 특징은 단연 독립된 '행'과 '연'을 강조한 형식 실험이다. 확실한 1수로 보이는 1에서는 초장·중장·종장을 한 수로 구성했으며, 2에서는 초장과 중장을, 3에서는 종장을 엮어낸 듯 보인다. 이때 벼를 베어나가는 광경을 시각적으로 가시화함으로써 점차적으로 줄어드는 시조 3장의 변주가 쓸쓸한 '들녘'의 분위기를 배가시키고 있다. 특히 3회에 걸쳐 반복되고 있는 "아득히 벼 익는 들녘, 나는 네게 갇힌다"는 구절은 의미의 보강을 꾀하고 시의 입체감을 살려주는 장치로 작용한다. 그러나 여기서 주목할 것은 박기섭 시조에 나타나는 형식 실험은 시조를 쓰는 시인의 본질과 닮아있다는 점인데, 그는 시조에서 다른 무엇과도 바꿀 수 없는 '단독성'을 확보할 때 진정한 시조의 변주가 가능하다고 보았다. 그러므로 박기섭 시조에 나타나는 '단독성'은 절대적인 자유를 요구하는 일이며, 자유를 보장받는 일이다. 그리고 그것은 모든 시조를 모든 형식으로 말할 수 있게 해주는 자유의 제도와 다름없다. 결국, 2수의 연시조로 헤아리던 인용시는 각기 다른 형식의 변주평시조, 양장시조, 단장시조로 구현된 개별 시편의 집합체로 평가할 수 있을 것이다.

1

수몰지에 이울던 꽃 다시금 이울지 않고

꽃 따러 날아간 새 돌아오지 않는다네

그 물에 돌팔매질 마라

꽃 다칠라

새 다칠라

2

내게 늘 미답인 그대

물의 저쪽인 그대

—「물의 저쪽」 전문(『오동꽃을 보며』)

박기섭에 따르면 모든 시조는 개별 시편이다. 박기섭이 추구하는 시조 형식의 복합적인 실험 또한 개별 시편에 대한 몰두에서 시작되었다. 이는 자기 갱신으로 출발한 자유의지의 결과가 매 시편마다의 의미와 형식의 개진으로 발화되면서 조탁과 변주의 가능성을 열어두는 것이다. 따라서 이제 '시조는 시조다'라는 고정관념에서 일탈하여 '단독성'을 목적으로 하는 시조의 새로운 출현을 도모할 수 있어야 한다. 「물의 저쪽」에서 보이는 독특한 개성 또한 시인이 산출한 개별 시편의 기원이라고 할 수 있는데, 이는 근본적으로 박기섭이 구사하는 창작의 자유와 관련된다. 1과 2가 구현해내는 명징한 이미지, 균제된 감각, 행간의 사유와 섬밀하게 침잠하는 언어를 관조하는 태도는 다시 유동하는 율동감과 연결된다. 평시조와 단장시조가 구현해내는 시조 생성미학의 출발점은 섬세한 관찰과 묘사로 인하여 감정의 현을 자극하고 있다. 예컨대 1에서 "그 물에 돌팔매질 마라 // 꽃 다칠라 // 새 다칠라"에 나타나는 행과 연가름의 변주는 "수몰지"에 일어나는 모든 파문의 이미지를 응시하게 한다. 2는 시조 종장이 함의하는 응축의 묘미가 구 단위로 행가름되고 있다. 이때 대구로 짝지은 구절은 형식의 안정감을 드러내는 동시에 의미의 차이를 발생시킨다. 중요한 것은 시인이 주도하는 형식 실험의 성취를 위하여 은폐된 세계를 드러내는 형식 실험은 시적 의미와 긴밀한 미적 조응을 담보하고 있다. 그런 의미에서 박기섭은 늘 "미답"인 동시에 "저쪽"인 그대에게 의미의 지속을 고수한다.

이와 같이 박기섭 시조에서 살펴볼 수 있는 복합적인 실험은 시조 종결 기능의 가치를 추구하는 종장의 미의식과 관련된다. 이때 종장은 절묘한 이미지의 세계를 집약적으로 보여주면서 이미지의 다채로운 함의를 통해 표현미학의 진경을 아우른다. 여기서 종장의 이미지는 시 문맥의 흐름을 주도하면서 내성의 탐구에 주력하게 되는데 이것은 시조의 긴장을 촉진하는 활성 에너지와의 접목을 시도하는 것이다. 시조는 단일한 양식으로 명확한 답을 구사할 수 없으며, 이는 개별 시편에 따라 분화되는 개성의 의미를 지니게 된다. 따라서 시조는 침잠과 유동의 인식 구조를 동시에 품고 있는데 그중에서도 시조의 종장은 자기 변용의 운동으로 고정된 실체로 머무르기를 저항한다. 박기섭 시조의 종장은 불확실하고 불가능한 대답, 즉 하나로 규정할 수 없는 열린 결말을 시도하면서 이전 시대와는 변별되는 새로운 각성이 담긴 형식을 구사해낸다.

박기섭 시조에서 주목해야 하는 대목은 '시조를 어떻게 시작해야 하는가'에 대한 물음이 아니라 '시조는 어떻게 끝맺어야 하는가'와 같이 보다 본질적인 물음을 궁구하는 데 있다. 시조 종결부에 대한 관심은 일련의 마무리 의식으로 볼 수 있는데, 이때 시조의 종장은 전체적인 구조의 의미망과 긴밀하게 연결된다. 그것은 시조 의미상의 전개에 대하여 일종의 전환점을 제시하는데, '종결'은 대개 미래의 사건으로 부정성의 시간을 의미한다. 그러나 박기섭은 시조의 당위성을 입증하는 시조 종장의 문제를 부정성의 시간에 대항하지 않는다. 그는 오히려 현재로서의 시간과 도래하는 시간을 온전히 받아들임으로써 그것 자체의 새로움을 발견하고 있다. 따라서 시조 종장의 문제는 어쩔 수 없이 시인 내면의 얼굴이며 심상을 대변하는 상징으로 환원된다. 그것이 내포하는 결말이 현상적이든, 함축적이든 간에 시조 종장의 바탕은 시인의 자유의지를 살피는 과정에 동참하는 일이다. 중요한 것은 박기섭 시조에 나타나는 종장의 자유의지가 시조 개별 시편의 단독성을 보장하면서 시조 본질의 출현을 담보하고 있다는 점이다. 여기서 박기섭 시조가 시도하는 종결 방식의 변별은 예리한 의미 적층을 지속하고 정형률 속에 내재된 리듬을 찾아가는 과정을 제공하며 현대시조의 메커니즘을 들여다보는 표지가 된다.

제5장

현대시조의 리듬과 의미지평

이 글은 김상옥, 윤금초, 박기섭 시인의 작품을 분석하면서 현대시조의 형성 과정 및 리듬론 전개 양상을 고찰하였다. 이들의 현대시조는 '정형률'이라는 규격화된 형식에 구속받지 않고 다양한 가능성을 보여주었다. 특히 '리듬'을 시적 영역 안으로 포섭하여 시조의 가장 핵심적인 조건인 '정형'에 대한 물음을 궁구하였다. 그 결과 전통시조의 정격이라는 고착된 사고에서 벗어나 현대적 미의식과 다양성의 가치를 지향하고자 하는 현대시조 창작 주체들의 첨예한 시의식을 발견할 수 있었다. 이 글에서는 정형률-자유율로의 전환에서 전근대적이라 비판받으며 비교적 소외받고 있는 정형률을 체계적으로 탐색하였다. 이에 따라 전통과 현대라는 대립적 구도와 내용과 형식이라는 이분법에서 벗어나, 시의 본질이라 할 수 있는 시조 리듬을 다각도로 고찰할 수 있었다.

그동안 문학 연구의 장에서는 시조가 '전통 장르'라는 고답적인 인식에 매몰되어 '내용의미'과 '형식리듬'의 통일체로 리듬론을 살피지 못했다. 텍스트 내부에 숨겨진 이미지와 소리의 자질을 고정된 형식인 '정형률'로 수렴함으로써 현대시조 리듬의 다양한 존재론을 정립하기 어려웠다. 그러나 현대시조 창작 주체들은 시조의 리듬이 통사적 차원에서 구현되고 있다는 사실에 착안하여 정형률을 단순히 음수와 마디음보의 규칙에 고정된 것으로 보지 않고, '장'과 '구' 또는 '행'과 '연'의 의미론적 분절 혹은 연장으로부터 개성적인 리듬을 확보할 수 있다고 보았다. 이 글에서는 시조의 형식 또한 내용의미과 밀접한 상관관계에 있다는 사실에 주목하면서 시조의 정형이 형식을 제한하는 것이 아니라 형식을 주조한다는 점에 의거하여 다양한 시형을 살펴보았다. 이들의 형식에 대한 첨예한 고민은 다양한 감정의 표출을 가능하게 하면서 음악적 성취를 어느 정도 이루었다. 이 글은 시인 내면에 절제된 서정성에 따라 발현된 리듬 충동이 현대시조의 의미 체계를 구성하고 있으며, 내용과 형식의 결합, 이미지와 소리의 결합으로 구현되고 있음을 파악하였다.

이 글에서는 김상옥, 윤금초, 박기섭의 시조에 나타나는 형식 실험을 유형화하고 각 유형에서 도출되는 리듬의 특질을 연구하였다. 이를 통해 현대시조의 리듬은 규칙과 불규칙의 반복이 상호 대립적으로 충돌하면서 비주기적인 양상을 띠고 있다는 점을 확인할 수 있었다. 현대시조에서 음수와 마디음보라는 규칙적인 반복은 이제 호흡률이라는 추상적인 자질을 제시하면서 개별 시인이 발화해내는 '템포tempo'와 '휴지休止'에 따른 율독의 마디음보로 설명될 수 있다. 그러나 시조의 정격에 국한되었던 마디음보의 개념으로는 시조의 리듬을 온전히 설명할 수 없다. 다시 말해 전통시조에서 출발하는 통사적 경계로서 마디음보의 문제는 명시적인 관점으로 어느 정도 규정할 수 있지만, 최종적으로 규칙과 불규칙 속에 내재된 정형과 비정형의 경계를 정확히 규명해내기 어렵다. 이와 같은 문제는 현대시조의 리듬이 어떠한 방식으로 발현되는지 살펴보게 하면서 시조의 본질적 존재론에 접근하게 한다. 이때 개별 작품에 따른 개별 발화는 보편적 질서라 할 수 있는 '정형률'에 얽매이지 않으므로 새로운 리듬의 단위 혹은 리듬의 해석 방식이 요청된다.

제2장에서는 근대문학의 반성을 토대로 하여 역설적으로 근대문학의 가능성을 점검하게 한 김상옥의 시세계를 살펴보았다. 반근대성이 내세우는 존재 가능한 양식의 확장이 우리 시대 시조의 가능성을 얼마나 열어주고 있는지를 검토하였다. 김상옥은 시조와 자유시를 장르적 구분 없이 수용하면서 자유로운 형식의 개성 있는 변주를 실현하였는데, 이를 통해 시조라는 형식에서 최대한 멀어지면서 획득되는 긴장감을 확인할 수 있었다. 그는 기존에 답습해 왔던 '정형률'이라는 시조 형식의 문제를 재점검하는 기회를 마련하였다. 이러한 김상옥의 문제의식은 현대시조의 '정형률' 즉 '리듬'에 대한 탐구를 가능하게 하였다.

제2장 1절에서는 시조의 내용과 형식에 대한 김상옥의 다양한 시작詩作법을 살폈다. 정제된 시조 형식의 실체에 근접하는 동시에 기존의 질서에 대응할 수 있는 새로운 양식을 찾고자 한 김상옥의 실험 의지를 엿볼 수 있었다. 또한 그의 시조에 자아 성찰 및 사회·역사에 대한 정신사적 고뇌가 두드러지게 나타난다는 사실을 확인하였다. 이러한 맥락에서 김상옥이 인식한 시조의 심층적 의미나 구조에 대한 천착은 시인이 의도한 형식 실험으로 직결되는데, 그는 정서적 장치로서의 '정형整形'을 강화하면서 시인 내면에 자리 잡고 있는 원초적인 리듬을 시조의 다양한 형식으로 재현하였다.

제2장 2절에서는 김상옥의 초기 시편부터 후기 시편에 나타나는 시조 형식의 다양한 변모를 살피면서 정형률의 본질과 리듬의 문제를 추적하

였다. 김상옥의 경우 첫 번째 시조집 『초적草笛』에서 기존의 관습적인 시조 규범을 일정 부분 수용하고 그것을 자신의 고유한 표현으로 바꾸는 하나의 전략으로 구사하면서 미적 실천을 이어갔다. 그러나 두 번째 시조집 『삼행시육십오편三行詩六十五篇』에서 시조의 시형을 '3장'이 아닌 '3행'으로 제시하면서 시조의 4마디음보 기준의 통사적 배분에 불균등한 구조를 주도하며 시조 전반의 질서와 흐름에 불안정한 리듬을 추구하였다. 이러한 시도는 현대시조에서 무반성적으로 사용해왔던 '음보율'에 대한 논의가 보편성과 특수성의 문제로부터 시작될 필요가 있음을 보여준다. 또한 『향기 남은 가을』과 『느티나무의 말』에서는 시조의 한 장인 '구'를 3행으로 가르는 시형의 변화를 시도하면서 작품에 '3'이라는 절대적인 질서를 부여하였다. 여기서 '3'이라는 패턴은 시조의 안정적인 구조를 의미하며 시조의 본질적 구조에 대한 사유를 개진하는 장을 열어주었다.

제2장 3절에서는 시조의 현대화를 위하여 내용의 쇄신을 병행하며 형식적 제약을 극복하려는 김상옥의 실험 의식을 정리하였다. 또한 현대시조가 민족 문학의 본령을 지키면서 시조의 계승과 발전, 대중성의 확보를 위해 어떠한 형식미학을 추구해왔는지 대표적인 사례를 살펴보았다. 이로써 율격론의 난제를 겪으면서 형식리듬의 문제에 예민하게 대응해야 하는 현대시조 창작 주체들의 현 상황을 논구했다. 특히 시조의 리듬은 외재율이 아니라 '잠재적 리듬'의 발현이라는 점에 주목하면서 다양한 리듬의 가능태로서의 현대시조로 개진되기 위해서는 개별 시인의 개별 리듬에 집중해야 함을 확인하였다.

제3장에서는 시조 형식의 장형화를 현대시조의 잠재적 가능성으로 보면서 사설성을 강조한 윤금초의 시세계를 살폈다. 이를 통해 현대시조의

탈격이나 변격의 흐름이 시조의 새로운 지형도를 구축할 수 있으며, 이는 내재적 리듬소와 연결된다는 점을 확인할 수 있었다. 또한 윤금초의 장형화 실험은 시조의 양식적 확장을 시사하는데, 윤금초는 시조의 양식을 '막힌 시조' 혹은 '닫힌 시조'가 아닌 '열린 시조'를 지향하는 리듬임을 강조하였다. 윤금초는 폭넓은 융통성을 가진 시조의 형식이 사설시조, 엇시조, 옴니버스시조라고 명명하면서 시조의 '규범적 리듬'을 '자율적 리듬'의 실현으로 보았다. 그는 서정적 진술을 드러내는 '말부림'과 '말엮음'을 바탕에 두고 산문성의 리듬을 추적하였다.

제3장 1절에서는 윤금초가 시조 정격의 규칙에 응대하면서 전통규칙과 미적 재구성 사이의 긴장 관계를 살피는 과정에 주목하였다. 이를 통해 그가 시조로서 재현하고자 한 변화무쌍한 운율 감각과 불규칙한 정서에 부합하는 리듬의 다중적 의미를 파악할 수 있었다. 윤금초가 시도하는 독자적인 형식의 극단은 하나의 의미 단위로 나뉘는 음수율보다 내재율을 중시하면서 시인의 개성적 호흡과 긴밀한 호응을 이룬다. 이와 같이 무한히 개방된 역동적이며 가변적인 시조의 리듬은 새로운 시조-세계를 열어 보였다. 윤금초 시조의 파격적이고 개성적인 마디음보 단위는 내면 심리와 섬세한 조응을 이루면서 자유로운 리듬을 성취하였다.

제3장 2절에서는 윤금초가 집중했던 사설시조의 특성을 시간의 경과에 따라 기술되는 산문성의 시형으로 보면서, 시조의 산문성 또한 기본적으로 존재의 연속성을 의미한다는 사실을 환기할 수 있었다. 아울러 윤금초 시조에 나타나는 사설시조는 말의 확장을 통해 닫히기 쉬운 리듬의 파괴와 상실을 극복하고 산문성의 리듬을 축조하는 방식으로 접근하고 있다는 점에서 의의를 파악하였다. 이는 내용과 형식의 결속 구조를 유연하게

끌어안으면서 장형화된 시조의 리듬을 구현하는 과정으로 나타났다. 또한 병렬 구조를 활용하여 시적 주체의 태도와 정서를 객관화하고 형식의 균형미와 의미의 무한한 조합 가능성을 열어주었다.

제3장 3절에서는 사설시조 혼합 연형의 양식적 확장인 윤금초의 '옴니버스시조'를 살피면서 시조 외연의 확장을 통해 발현되는 시적 주체의 정서와 대상 사이의 관계 양상 또는 수축의 추이를 고찰하였다. 윤금초는 이야기의 연속성과 불연속성의 경위를 시조 형식을 직접 구현하려는 능동적인 태도로 일관하였는데, 이는 새로운 표현 양식에 대한 열망이며 시조 혁신을 위한 실천으로 보인다. 한 편의 연작시조에 다양한 형식의 자유로운 시조가 배치되는 윤금초의 '옴니버스시조'는 시조의 잠재력을 끌어올리면서 균형미를 유지함을 물론 산문적인 발화의 무미건조함을 지우고 리듬을 강조하는 방향으로 나아간다. 이는 윤금초라는 개별 시인의 자유로운 충동과 깊은 연관성을 맺고 있음을 보여준다.

제4장에서는 열린 시의식을 지향하면서 현대시조의 의욕적인 변화를 주도한 박기섭의 시세계를 살폈다. 시인의 언어가 품고 있는 함축적인 의미와 외연적인 의미로 주목되는 동적인 리듬을 관찰하였다. 박기섭은 시조에 상징적 기호를 형상화하면서 시각적 이미지가 발현해내는 시각률에 관심을 가졌는데, 이는 활자와 여백이 만들어내는 '보기'와 '보여주기' 차원의 미학적 힘을 지향하였다. 이때 강조되는 시각 은유는 시조의 관습적인 틀을 깨고 활성 에너지를 주도하면서 리듬의 문제를 본격화한다. 바로 시조의 내적·외적인 형식이 생성해내는 의미의 단위에 새롭게 해석할 만한 여지를 제공하였다. 특히 박기섭 시조의 형型에서 파악되는 상호관계의 기능은 다채로운 형식을 주도하면서 시조 형식의 폐쇄성이 지닌 한계를 극복해냈다.

제4장 1절에서는 박기섭 시조의 조형성을 관찰하면서 그가 시각적 소재를 단순화하거나 기호화하는 과정을 통해 이미지를 중첩시키고 중의적인 의미를 담고 있다고 파악하였다. 여기서 시의 활자는 시간적, 공간적 의미를 매개하면서 시각적 연출을 통해 구체화되는데, 이것은 인쇄 문자라는 평면적 한계를 뛰어넘는 일이면서 감각하는 대상에 대한 이미지즘적 상상력을 요구한다. 따라서 시각 은유는 시조의 규칙화된 한계를 뛰어넘는 활달한 리듬감을 구성하며 공감각적인 자극을 불러온다. 이와 같이 박기섭은 시각적 은유와 정형률의 전위 가능성을 매개로 하여 이미지를 통한 자기 표출에 주목한 것으로 파악했다.

제4장 2절에서는 박기섭의 시조가 '장'과 '구' 개념을 파괴하는 과정을 확인하며, 의미와 소리 단위의 긴밀한 연관 관계를 파악하였다. 이때 그는 의도적으로 시행발화의 구심점을 만들고 시행의 기능과 표현 방식에 주의를 집중한다. 가령 박기섭의 시조에서 빈번하게 발견되는 '시행엇붙임'은 균형 잡힌 정격의 리듬에 반하는 탄력적인 리듬 충동으로 발현되었다. 시행 '올려붙임'과 '내려붙임'을 통한 결속 방향으로 외부세계와 내면세계의 갈등 관계를 확인할 수 있다. 따라서 이미지의 분절은 내적 호흡의 충돌과 변화를 감지하는 일이면서 시조 리듬의 변화를 추적하며 시조의 무한한 가능성을 보여주는 일이라고 판단하였다.

제4장 3절에서는 시조의 본질적 구조인 3장에서 종결적인 기능을 발휘하는 '종장'에 주목하면서 박기섭 시조가 치밀하고 집요하게 탐구하고자 한 시조 종장의 완결성과 문제의식을 확인하였다. 이때 시조의 종장은 시적 의미를 강화하는 동시에 또 다른 지평을 형성하고 새로운 의미망을 펼치는 하나의 운동으로 기입된다. 그렇기 때문에 시조 종장의 '중지' 혹은

'정지'에 대한 감각은 또 다른 '열림'이라는 시간의 지평 선상에 놓이게 된다. 이러한 맥락에서 종장은 의미의 '지속'이라 할 수 있으며 사건의 종결이 아닌 사건의 잉여와 초과를 기대할 수 있다. 그리고 이것은 의미 적층을 통해 내재된 리듬을 찾아가는 과정이다. 특히 박기섭 시조의 종결 방식은 절대적 자유를 포섭하면서 언제나 도래할 것으로 열려있는 단독의 차원을 구가하고 있다는 것을 확인할 수 있다.

이상과 같이 김상옥, 윤금초, 박기섭의 형식 실험을 통해 시조의 존재론과 형식의 상관관계를 살필 수 있었다.

김상옥은 정형률의 본질과 리듬의 문제를 본격적으로 제기하면서 시적 상황에 대한 객관적인 거리를 유지하고 시적 장치를 대상화하였다. 여기서 시인 내면에 작동하는 기율이 조화를 이루면서 시상의 변화를 섬세하게 드러낸다. 특히 시집 『초적草笛』 이후 시편에서 보이는 시조 형식에 대한 끊임없는 실험은 현대시조 리듬론과 관련하여 성과가 크다고 할 수 있다.

윤금초는 시조의 장형화를 통해 시인의 갈등과 의지로부터 길항하는 시인 내면의 율동에 집중했다. 사설시조와 옴니버스시조로 표출되는 다양하고 역동적인 리듬은 시인의 주체적인 사유와 비판적 성찰을 가능하게 하며 산문적 리듬을 폭넓게 보여주었다. 윤금초는 절제와 암시, 집중과 몰입의 방법으로 기존에 볼 수 없었던 새로운 리듬을 보여준다.

박기섭은 정형성이 강한 시, 시각성이 강한 시, 산문성이 강한 시, 자율성을 획득한 시 등을 다각도로 실험하면서 형식의 변주에 집중했다. 박기섭의 형식 실험은 의미의 전달과 미적 형상화에 최대한 몰두하고 있다. 특히 극대화된 시조 종장은 시인 고유의 리듬을 창출하고 있다. 박기섭 시조의 단독성은 서경과 서정의 대립 요소를 아우르면서 시조 리듬의 강약 조절을 수행하는 것으로 나타났다.

이 글은 현대시조에서 정형률이라는 정형의 질서와 정격의 원리를 개별 시인을 통해 귀납하였다. 이를 통해 현대시조의 존재론을 재고하는 데 연구의 목적을 두었으며, 전근대와 근대라는 시간과 공간이 상호 교차하는 지점에서 궁극적으로 현대시조 리듬의 문제를 진단할 수 있을 것으로 보았다. 시조의 정형률이 근대 이후 어떤 변화를 겪고 재구성되었는지 추적하며 시사의 전개 과정에서 지속적으로 개입되거나 변화를 요청했던 제도화 혹은 공식화된 정형률을 살펴보았다. 그러나 이때 정형률이라는 개념은 근대 이전에 사용되어온 작시법에 불과하며 무비판적으로 이행되어왔으므로 시조의 다양성을 포괄하기에는 곤란함이 있다고 판단하였다.

이 글에서 현대시조의 리듬은 규칙과 불규칙, 변형과 변화의 원리가 개별 시인의 개별 작품을 추동하는 핵심적인 원리로 작용한다는 사실을 확인하였다. 현대시조가 지닌 미적 특질의 요체는 개별 시인과 개별 작품에 나타나는 새로운 리듬이다. 따라서 현대시조 창작 주체들은 궁극적으로 시조의 리듬이 의미와 형식을 결합하는 조직화된 원리라는 사실을 작품으로 보여주고 있다. 따라서 그들의 시세계에 감지되는 다양한 리듬 요소들의 갈등과 충돌은 불가피하며 이것은 균열을 일으키는 동시에 하나의 단일체로 통합하는 길항관계에 놓인다는 사실을 반영한다.

앞으로 현대시조는 '정형' 혹은 '규범'과 맞서면서 자유롭고 새로운 리듬의 가능성을 개진할 것이다. 현대시조의 리듬이 지닌 문학사적 의의는 정형률에 대한 끊임없는 문제 제기와 미적 실천으로 구현될 것이며, 이는 한국시 리듬론에도 상당 부분 기여할 것으로 기대한다.

참고문헌

1. 기본자료

『개벽』, 『금성』, 『대한매일신보』, 『독립신문』, 『동광』, 『동아일보』, 『매일신보』, 『문장』, 『민중일보』, 『사해공론』, 『삼천리』, 『시대일보』, 『시원』, 『신민』, 『신생』, 『신흥』, 『새한신문』, 『인문평론』, 『조선문단』, 『조선어문』,『조선일보』, 『조선중앙일보』, 『조선지광』, 『진단학보』, 『창조』, 『청구학총』, 『청춘』, 『태극학보』, 『태서문예신보』, 『학생』, 『학지광』, 『현대평론』

김상옥, 민영 편, 『김상옥 시전집』, 창비, 2005.
윤금초, 『漁樵問答』, 지식산업사, 1977.
______, 『네 사람의 얼굴』, 문학과지성사, 1983.
______, 『해남 나들이』, 민음사, 1993.
______, 『땅끝』, 태학사, 2001.
______, 『이어도 사나, 이어도 사나』, 고요아침, 2003.
______, 『주몽의 하늘』, 문학수첩, 2004.
______, 『무슨 말 꿍쳐두었니?』, 책만드는집, 2011.
______, 『네 사람의 노래』, 문학과지성사, 2012.
______, 『질라래비훨훨』, 시인생각, 2013.
______, 『앉은뱅이꽃 한나절』, 책만드는집, 2015.
______, 『큰기러기 필법』, 동학사, 2017.
______, 『뜬금없는 소리』, 고요아침, 2018.
박기섭, 『키 작은 나귀 타고』, 동학사, 1990.
______, 『默言集』, 동학사, 1995.
______, 『비단 헝겊』, 태학사, 2001.
______, 『하늘에 밑줄이나 긋고』, 만인사, 2003.
______, 『엮음 愁心歌』, 만인사, 2008.
______, 『달의 門下』, 작가, 2010.
______, 『角北』, 만인사, 2015.
______, 『서녘의, 책』, 발견, 2019.
______, 『오동꽃을 보며』, 황금알, 2020.

2. 학위논문

김귀희, 「초정 김상옥 연구」, 성신여대 박사논문, 2007.
김남규, 「한국 근대시의 정형률 논의에 관한 연구」, 고려대 박사논문, 2017.
김민정, 「현대시조의 고향성 연구－김상옥, 이태극, 정완영을 중심으로」, 성균관대 박사논문, 2003.
나재균, 「김상옥 시조 연구」, 한국교원대 석사논문, 1998.
문명인, 「윤금초 시조 연구」, 고려대 석사논문, 2007.
문무학, 「한국근대시조론연구」, 대구대 석사논문, 1986.
박슬기, 「한국 근대시의 형성과 율(律)의 이념」, 서울대 박사논문, 2011.

박희정, 「박기섭 시조 연구」, 고려대 석사논문, 2009.
안상수, 「타이포그라피적 관점에서 본 李箱 시에 대한 연구」, 한양대 박사논문, 1995.
오승희, 「현대시조의 공간연구」, 동아대 박사논문, 1992.
우은숙, 「현대시조에 나타난 생태학적 특성 연구－이병기, 김상옥, 정완영의 작품을 중심으로」, 경희대 박사논문, 2016.
유순덕, 「현대시조에 나타난 형식미학과 생명성 연구」, 경기대 박사논문, 2014.
이경희, 「시적 언술에 나타난 한국현대시의 병렬법 연구」, 이화여대 박사논문, 1989.
이교상, 「현대시조의 형식 연구」, 고려대 석사논문, 2007.
이순희, 「김상옥 시조의 전통성과 변모 과정」, 경북대 석사논문, 2008.
이유진, 「시각언어로 표현한 현대시의 시각은유 분석」, 서울산업대 석사논문, 2008.
장미라, 「한국 근대 시조 연구」, 중앙대 박사논문, 1990.
정미령, 「추상성에 따른 공간표현 연구」, 홍익대 석사논문, 2005.
정병경, 「초정 김상옥 시조 연구－텍스트 언어학적 분석을 포함하여」, 경원대 석사논문, 2008.
조춘희, 「운초 시조의 실험성과 시적 주체 연구」, 부산대 석사논문, 2006.
주강식, 「현대시조의 양상연구」, 동아대 박사논문, 1990.
홍성란, 「시조의 형식 실험과 현대성의 모색 양상 연구」, 성균관대 박사논문, 2005.
홍정자, 「사설시조의 반구(半句)구조 연구」, 서강대 석사논문, 1984.
황성진, 「김상옥의 시조 문학 연구」, 공주대 석사논문, 2008.

3. 소논문 및 평론

강호정, 「이호우와 김상옥 시조 비교 연구」, 『시조학논총』 49, 한국시조학회, 2018.
고미숙, 「사설시조의 역사적 성격과 그 계급적 기반 분석」, 『어문논집』 30, 고려대 국어국문학 연구회, 1991.
______, 「사설시조 율격의 미적 특질 (1)」, 『민족문화연구』 26, 고려대 민족문화연구원, 1993.
권성훈, 「장순하 초기 시조 의식 고찰」, 『시조학논총』 47, 한국시조학회, 2017.
권혁웅, 「한국 현대시의 리듬 연구」, 『우리어문연구』 46, 우리어문학회, 2013.
______, 「현대시의 리듬 체계」, 『비교한국학』 22, 국제비교한국학회, 2014.
김경복, 「초정 김상옥 시조의 상상력 연구」, 『현대문학이론연구』 25, 한국문학이론학회, 2005.
김남규, 「1940년대 현대시조 리듬 연구－현대시조삼인집(現代時調三人集)을 중심으로」, 『시조학논총』 53, 한국시조학회, 2020.
______, 「한국 현대시조 리듬론 비판적 검토－김상옥을 중심으로」, 『우리문학연구』 66, 우리문학회, 2020.
______, 「현대사설시조의 전개와 형식 문제」, 『우리문학연구』 68, 우리문학회, 2020.
김동식, 「'풀이'의 의미론, 생성의 현상학」, 윤금초, 『땅끝』, 태학사, 2000.
김명인, 「비유와 리듬의 활용에 대하여」, 『나래시조－직지사 여름시인학교』, 나래시조시인협회, 2006.
김보람, 「윤금초 시조의 형식 실험과 현대시조 리듬 연구」, 『어문학』 149, 한국어문학회, 2020.
______, 「현대시조에 나타난 형식 실험 연구－박기섭을 중심으로」, 『열린정신 인문학연구』 21, 원광대 인문학연구소, 2020.
김상옥, 「時調 創作의 辯」, 『시조학논총』 11, 한국시조학회, 1995.

김우창, 「이미지와 원초적 공간」, 『서강인문논총』 24, 서강대 인문과학연구소, 2008.
김재홍, 「정죄(淨罪)의식과 초극의 갈망」, 박기섭, 『默言集』, 동학사, 1995.
김태경, 「생태언어학과 방언의 가치－윤금초 시조를 중심으로」, 『국제어문』 80, 국제어문학회, 2019.
______, 「윤금초 시조 연구」, 『어문학』 123, 한국어문학회, 2014.
______, 「윤금초 시조에 나타난 시의식 연구」, 『어문학』 131, 한국어문학회, 2016.
김학성, 「시조의 정체성과 현대적 계승」, 『시조학논총』 17, 한국시조학회, 2001.
______, 「사설시조, 현대의 하늘을 날다」, 윤금초, 『뜬금없는 소리』, 고요아침, 2018.
김헌선, 「비슬산에 숨어 사는 외톨박이 시인의 형식과 언어」, 박기섭, 『달의 門下』, 작가, 2010.
______, 「害雲 時調의 전통계승과 의의」, 조운, 『조운 시조집』, 작가, 2000.
김현수, 「시 리듬 교육내용에 관한 연구」, 『문학교육학』 38, 한국문학교육학회, 2012.
김흥규, 「한국 시가 율격의 이론 I」, 『민족문화연구』 13, 고려대 민족문화연구원, 1978.
민병관, 「현대시조의 종장에 나타난 특성 연구」, 『시조학논총』 40, 한국시조학회, 2014.
박기섭, 「매화와 휘파람새」, 『하늘에 밑줄이나 긋고』, 만인사, 2003.
______, 「시조를 위한 다담茶談 혹은 객담客談」, 임채성 외, 『이명』, 고요아침, 2019.
박슬기, 「율격론의 지평을 넘어선 새로운 리듬론을 위하여－장철환, 『김소월 시의 리듬 연구』, 소명출판, 2011 〈서평〉」, 『민족문학사연구』 48, 민족문학사연구소, 2012.
______, 「최남선의 신시(新詩)에서의 율(律)의 문제」, 『한국근대문학연구』 21, 한국근대문학회, 2010.
박시교, 「80년대의 외로운 주자에게」, 박기섭, 『키 작은 나귀 타고』, 황금알, 2019.
박영주, 「사설시조의 산문성과 구조적 분방성」, 『한국시가문화연구』 43, 한국시가문화학회, 2019.
박유희, 「대중서사장르 연구 시론」, 『우리어문연구』 26, 우리어문학회, 2006.
박진임, 「이후의 삶과 이후의 시」, 『시조시학』, 2016. 여름호.
백윤복, 「현대 자유시의 리듬 연구」, 『한국문학이론과 비평』 10, 한국문학이론과 비평학회, 2001.
예창해, 「한국시가 운율의 구조 연구」, 『성대문학』 19, 성균관대 국문학회, 1976.
오문석, 「한국 근대시와 민족담론－1920년대 시조부흥론을 중심으로」, 『한국근대문학연구』 4, 한국근대문학회, 2003.
유성호, 「가람, 시조, 문장」, 『비평문학』 45, 한국비평문학회, 2012.
______, 「견고함과 솟구침, 그 역동적 결속」, 『시조시학』, 2008. 여름호.
______, 「단형 서정의 전율과 그 심연」, 윤금초, 『앉은뱅이꽃 한나절』, 책만드는집, 2015.
______, 「서술성을 통한 현대시조의 양식론적 확장」, 윤금초, 『주몽의 하늘』, 문학수첩, 2004.
______, 「서정 논의의 동향과 쟁점」, 『한국근대문학연구』 36, 한국근대문학회, 2017.
______, 「섬세한 언어적 자의식과 첨예한 양식적 실천」, 윤금초, 『무슨 말 꿍쳐두었니?』, 책만드는집, 2011.
______, 「오래도록 치열하게 다져온 그만의 정형 미학」, 윤금초, 『큰기러기 필법』, 동학사, 2017.
______, 「초정 김상옥의 시조 미학」, 『비평문학』 43, 한국비평문학회, 2012.
______, 「현대시의 세계화」, 『나라사랑』 121, 외솔회, 2012.
______, 「현대시조에 나타난 '자연' 현상」, 『서정과 현실』, 2004. 하반기호.
유재영, 「정형률과 인간률」, 『현대문학』, 1997.3.
윤의섭, 「시의 지평 형성과 시간성 연구－종결 구조와 관련하여」, 『한국시학연구』 24, 한국시학회, 2009.
______, 「한국 현대시의 종결 구조 연구」, 『한국시학연구』 15, 한국시학회, 2006.

이경호, 「견고한 지조의 미학」, 박기섭, 『비단 헝겊』, 태학사, 2001.
이근배, 「이은상의 양장시조」, 『현대시학』, 2000.7.
이명찬, 「근대시사에 있어서의 시조부흥운동의 성격에 관한 연구」, 『한국시학연구』 57, 한국시학회, 2019.
이송희, 「김상옥 시조의 미적 형상화」, 『한국시학연구』 63, 한국시학회, 2020.
_____, 「SNS 시대 짧은 시 대안으로서 단시조」, 『국제어문』 83, 국제어문학회, 2019.
_____, 「윤금초 시조의 창작방법 연구」, 『호남문화연구』 64, 전남대 호남학연구원, 2018.
이수곤, 「사설시조의 미적 기반에 대한 시론적 고찰-'병렬구조'를 대상으로」, 『국제어문』 35, 국제어문학회, 2005.
이순희, 「김상옥 시조의 전통성과 시대정신」, 『시조학논총』 34, 한국시조학회, 2011.
이영광, 「한국시의 시행 엇붙임과 시의식에 대한 연구-1960~80년대 시를 중심으로」, 『현대문학이론연구』 13, 현대문학이론학회, 2000.
이완형, 「고시조와 현대시조, 그 이어짐과 벌어짐의 사이」, 『시조학논총』 28, 한국시조학회, 2008.
이우걸, 「80년대와 현대시조」, 『현대시조』, 1987. 가을호.
이우종, 「한국 현대시조의 이해」, 『시조생활』, 1989. 창간호.
이재복, 「단장시조 혹은 홑시조의 형식 실험과 시적 전망」, 『현대문학이론연구』 75, 현대문학이론학회, 2018.
이정환, 「거침과 부드러움의 시학」, 『열린시조』, 2000. 겨울호.
_____, 「정형률, 그 도저한 인간율」, 『대구문학』, 1995. 겨울호.
이중원, 「김상옥 시조와 자유의 형식」, 『시조학논총』 48, 한국시조학회, 2018.
이지엽, 「자유정신의 구현과 대지적 여성성」, 윤금초, 『뜬금없는 소리』, 고요아침, 2018.
이형대, 「가람 이병기와 국학」, 『민족문학사연구』 10, 민족문학사연구소, 1997.
임곤택, 「1950년대 현대시조론 연구-月河 이태극을 중심으로」, 『한국시학연구』 40, 한국시학회, 2014.
_____, 「한국 현대시조의 위상과 '2차 시조부흥운동'」, 『비평문학』 43, 한국비평문학회, 2012.
임선묵, 「『초적』고」, 『국문학논집』 11, 단국대 국어국문학과, 1983.
임종찬, 「다각적 관점에서 본 시조 형식 연구」, 『시조학논총』 30, 한국시조학회, 2009.
_____, 「현대시조의 진로 모색과 세계화 문제 연구」, 『시조학논총』 23, 한국시조학회, 2005.
장경렬, 「무엇을 위한 시조 형식인가」, 윤금초, 『해남 나들이』, 민음사, 1993.
장석원, 「'프로조디, 템포, 억양'을 통한 새로운 리듬 논의의 확대-김수영의 「사랑의 변주곡(變奏曲)」을 중심으로」, 『국제어문』 52, 국제어문학회, 2011.
장순하, 「今初를 形成하는 몇 가지 要素」, 윤금초, 『어초문답』, 지식산업사, 1977.
장영우, 「시와 시인을 찾아서 · 19-초정 김상옥 대담」, 『詩와 詩學』 23, 시와시학사, 1996.
장철환, 「격론 비판과 새로운 리듬론을 위한 시론」, 『현대시』, 2009.7.
_____, 「김기림 시의 리듬 분석-문명의 '속도'의 구현 양상을 중심으로」, 『현대문학의 연구』 42, 한국문학연구학회, 2010.
_____, 「〈님의 침묵〉의 리듬 연구」, 『비평문학』 46, 한국문학이론과비평학회, 2012.
정과리, 「자유의 모험으로서의 현대시조」, 윤금초 외, 『네 사람의 노래』, 문학과지성사, 2014.
정끝별, 「현대시에 나타난 시적 구조로서의 병렬법」, 『한국시학연구』 9, 한국시학회, 2003.

조남현, 「형식과 의식의 틀, 그 네 가지 해결 방법」, 윤금초 외, 『네 사람의 얼굴』, 문학과지성사, 2000.
조병무, 「漁樵問答의 試圖性」, 윤금초, 『어초문답』, 지식산업사, 1977.
조연정, 「1920년대의 시조부흥론 재고(再考)-'조선' 문학의 표상과 근대 '문학'의 실천 사이에서」, 『한국문예비평연구』 43, 한국문예비평학회, 2014.
조영복, 「'노래'를 기억한 세대의 '朝鮮語 詩歌'의 기획-岸曙 金億의 논의를 중심으로」, 『한국현대문학연구』 46, 한국현대문학회, 2015.
조재룡, 「리듬과 의미」, 『한국시학연구』 36, 한국시학회, 2013.
_____, 「메쇼닉에 있어서 리듬의 개념」, 『불어불문학연구』 64, 불어불문학회, 2003.
조창환, 「현대시 운율 연구의 방법과 방향」, 『한국시학연구』 22, 한국시학회, 2008.
조춘희, 「탐식의 시대, 거식증을 앓다!」, 『시조시학』, 2015. 여름호.
차승기, 「근대문학에서의 전통 형식 재생의 문제」, 『상허학보』 17, 상허학회, 2006.
최명희, 「김상옥 시와 시론의 상관성 연구」, 『한국언어문학』 61, 한국언어문학회, 2007.
최서림, 「미메시스, 고전주의적 삶의 행복」, 윤금초, 『이어도 사나, 이어도 사나』, 고요아침, 2003.
최석화, 「한국 현대시 리듬론 재고」, 『한국근대문학연구』 30, 한국근대문학회, 2014.
최승호, 「윤금초 시조의 미메시스적 연구」, 『우리말글』 36, 우리말글학회, 2006.
최현식, 「한국 근대시와 리듬의 문제」, 『한국학연구』 30, 인하대 한국학연구소, 2013.
하재연, 「근대시 형성기 시들의 형식과 변화 과정」, 『비평문학』 39, 한국비평문학회, 2011.
황정산, 「한국 현대시에 나타난 시행 엇붙임에 대한 연구」, 『한국학보』 59, 일지사, 1990.
황치복, 「윤금초 시조에 나타난 골계미의 양상과 효과」, 『어문논집』 85, 민족어문학회, 2019.

4. 단행본

강홍기, 『현대시 운율 구조론』, 태학사, 1999.
권갑하, 『현대시조 진단과 모색』, 알토란, 2011.
권혁웅, 『시론』, 문학동네, 2010.
고정옥, 『國語國文學要綱』, 대학출판사, 1949.
구인모, 『한국 근대시의 이상과 허상』, 소명출판, 2008.
김기동, 『國文學概論』, 정연사, 1969.
김남규, 『한국 근대시의 정형률 연구』, 서정시학, 2018.
김동준, 『한국시가의 원형이론』, 진명문화사, 1996.
김대행, 『시조 유형론』, 이화여대 출판부, 1998.
_____, 『우리 시의 틀』, 문비신서, 1989.
_____, 『韻律』, 문학과지성사, 1984.
김윤식, 『한국근대문예비평사연구』, 일지사, 1999.
김제현, 『시조문학론』, 예전사, 1992.
_____, 『현대시조작법』, 새문사, 1999.
_____, 『현대시조평설』, 경기대 연구교류처, 1997.
김종길, 『김종길 시론집』, 민음사, 1986.
김종식, 『時調概論과 作詩法』, 대동문화사, 1950.
김준오, 『가면의 해석학』, 이우출판사, 1984.

김준오, 『문학사와 장르』, 문학과지성사, 2000.
_____, 『시론(4판)』, 삼지사, 2017.
김학성, 『한국 시가의 담론과 미학』, 보고사, 2004.
김홍규, 『욕망과 형식의 시학』, 태학사, 1999.
박희정, 『우리시대 시인을 찾아서』, 알토란북스, 2013.
서우석, 『시와 리듬』, 문학과지성사, 2011.
성기옥, 『한국시가율격의 이론』, 새문사, 1986.
안 확, 『시조시학』, 조광사, 1940.
열린시조학회, 『2005 신나는 예술 여행』, 고요아침, 2005.
__________, 『사설시조의 특성과 그 전망』, 고요아침, 2008.
__________, 『시조미학의 문학적 성취』, 고요아침, 2007.
__________, 『현대시조문학사 서술 가능한가』, 고요아침, 2011.
오규원, 『현대시작법』, 문학과지성사, 2011.
오병권, 『디자인과 이미지 질서』, 이화여대 출판부, 1999.
오성호, 『서정시의 이론』, 실천문학사, 2006.
오세영, 『한국 낭만주의시 연구』, 일지사, 1980.
오형엽, 『문학과 수사학』, 소명출판, 2012.
윤금초, 『현대시조 쓰기』, 새문사, 2003.
윤명구, 『文學槪論』, 현대문학, 1990.
이병기, 『가람문선』, 신구문화사, 1966.
이송희, 『아달린의 방』, 새미, 2013.
이승훈, 『문학과 시간』, 이우출판사, 1983.
이우걸, 『이우걸 평론집-젊은 시조문학 개성읽기』, 작가, 2001.
이지엽, 『한국 현대 시조문학사 시론』, 고요아침, 2013.
_____, 『현대시조 창작강의』, 고요아침, 2014.
이태극, 『時調槪論』, 새글사, 1956.
이혜원, 『현대시 운율과 형식의 미학』, 서정시학, 2015.
장경렬 편, 『불과 얼음의 시혼-초정 김상옥의 문학 세계』, 태학사, 2007.
장철환, 『김소월 시의 리듬 연구』, 소명출판, 2011.
정병욱, 『한국고전시가론』, 신구문화사, 1985.
정지용, 『가람시조집』, 문장사, 1939.
정효구, 『現代詩와 記號學』, 도서출판 느티나무, 1989.
조규설·박철희 편, 『시조론』, 일조각, 1978.
조동일, 『서사민요연구』, 계명대 출판부, 1970.
_____, 『한국시가의 전통과 율격』, 한길사, 1982.
조재룡, 『시는 주사위 놀이를 하지 않는다』, 문학동네, 2014.
_____, 『앙리 메쇼닉과 현대비평』, 길, 2007.
조창환, 『한국시의 넓이와 깊이』, 국학자료원, 1998.
최동원, 『고시조론』, 삼영사, 1986.

최동호 외, 『현대시론』, 서정시학, 2010.
최승범, 『스승 가람 이병기』, 범우사, 2001.
한수영, 『운율의 탄생』, 아카넷, 2008.
현대시학회, 『한국 서술시의 시학』, 태학사, 1998.

5. 국외논저

디어터 람핑, 장영태 역, 『서정시-이론과 역사』, 문학과지성사, 1994.
로뜨만·무까르조프스끼 외, 조주관 역, 『시의 이해와 분석』, 열린책들, 1994.
로만 야콥슨, 신문수 역, 『문학 속의 언어학』, 문학과지성사, 1989.
루시 부라사, 조재룡 역, 『앙리 메쇼닉-리듬의 시학을 위하여』, 인간사랑, 2007.
미셸 콜로, 정선아 역, 『현대시와 지평 구조』, 문학과지성사, 2003.
G. 레이코프·M. 존슨, 나익주·노양진 역, 『삶으로서의 은유』, 박이정, 2006.
질 들뢰즈, 김상환 역, 『차이와 반복』, 민음사, 2004.
클리앤스 브룩스, 이명섭 역, 『잘 빚은 항아리』, 종로서적, 1984.